AURELIA VELTEN

Falsche Nummer, Mr. Right?

– Boston Berserks 14 –

Über die Autorin

Aurelia Velten wurde 1993 in Süddeutschland geboren und wuchs zweisprachig auf. Seit sie ihr Bachelorstudium in Psychologie erfolgreich abgeschlossen hat, konzentriert sie sich voll und ganz auf ihre Liebesromane, Grafikdesign, u.v.m.. Zudem hat sie einen Hund, der sie immer auf Trab hält. Neben dem Alltagswahnsinn versucht sie, so viel wie möglich zu schreiben, was oft in Chaos endet. Zum Glück gibt es Schokolade!

MEHR ÜBER AURELIA VELTEN GIBT ES HIER:

Facebook: www.facebook.com/aurelia.velten

Instagram: www.instagram.com/autorin.aurelia.velten

Website: www.aurelia-velten.de

Roman

Falsche Nummer, Mr. Right?

- BOSTON BERSERKS BUCH 14 -

von Aurelia Velten

Book
BOYFRIEND EDITION

Erste Taschenbuchausgabe 2021
Book Boyfriend Edition ist ein Verlag von Hippomonte Publishing e.K.

Umschlag: Hippomonte Publishing e.K.
Umschlagmotive: Hintergrund © by Ivankmit, www.depositphotos.com (Stockfoto-ID: 230415430); Frau © by VitalikRadko, www.depositphotos.com (Stockfoto-ID: 431528846); Mütze © by Vitalily73, www.depositphotos.com (Stockfoto-ID: 88246066)
Korrektorat: SW Korrekturen e.U., www.swkorrekturen.eu
Satz: Hippomonte Publishing e.K.
Druck und Bindung: Amazon Media EU S.à r.l., 5 Rue Plaetis, L-2338, Luxembourg

ISBN: 978-3-946210-58-0

www.book-boyfriend.de

Bibliografische Information der Deutschen Nationalbibliothek: Die Deutsche Nationalbibliothek verzeichnet diese Publikation in der Deutschen Nationalbibliografie; detaillierte bibliografische Daten sind im Internet über http://dnb.d-nb.de abrufbar.

Für euch,

das vergangene Jahr war vermutlich für uns alle nicht gerade leicht. Ich für meinen Teil hatte das Bedürfnis nach einem „Wohlfühlbuch“ und hoffe, dass ihr mit dieser Geschichte träumen könnt.

Habt eine wunderschöne Vorweihnachtszeit! ♥

Kapitel 1

Orangefarbenes Laub zierte die Baumkronen, während Ryan Tanner seinen Wagen aus Boston in die Vororte lenkte. In den letzten Tagen hatte es viel geregnet, doch in diesem Moment wärmten Sonnenstrahlen seine Haut. Ein kleines, entspanntes Lächeln zuckte an seinen Mundwinkeln – nach einem langen Tag im Büro freute er sich immer darauf, seine Familie zu besuchen.

Alexanders Familie, verbesserte er sich gedanklich. Sein bester Freund war vor zehn Jahren an einem seltenen Herzfehler gestorben, damals hatte Ryan ihm versprochen, für dessen Frau und Sohn da zu sein. Und das war er. Als Susanna vor lauter Trauer kaum atmen konnte, hatte er sie gehalten. Lucas war damals erst sieben Jahre alt gewesen, hatte noch nicht recht verstehen können, warum sein Vater nicht mehr nach Hause kam. Ryan hatte es ihm erklärt, auch wenn es ihm einen Pfahl durchs Herz gebohrt hatte – so hatte es sich zumindest angefühlt.

Seitdem war viel passiert. Susanna konnte wieder lachen, auch wenn er sie manchmal dabei beobachten konnte, wie sie ein Foto von Alexander anstarrte, selbstvergessen und mit Tränen in den Augen. Mit nun siebzehn war Lucas wie jeder andere vorlaute Teenager, aber er hatte die Gutmütigkeit seines Vaters geerbt, hatte immer ein warmes Lächeln parat.

Und Ryan? Seine Gefühle hatten sich verändert. Es hatte Jahre gebraucht, bis er vor sich selbst zugeben konnte, dass er sich in die Ehefrau seines besten Freundes verliebt hatte.

Angespannt fuhr er sich mit einer Hand über das Gesicht. Seine Hände verkrampften sich um das Lenkrad, doch er hatte keine Zeit, sich länger mit seinem inneren Konflikt auseinanderzusetzen, denn er bog gerade in die Straße ein, in der Susanna und Lucas wohnten.

Schon von Weitem konnte er sehen, dass ein fremdes Auto in der Einfahrt stand. Ein Pick-up-Truck. Vielleicht gehörte er einem von Lucas' Freunden? Stirnrunzelnd fuhr er näher, um seinen Audi daneben zu parken. Gerade als er den Motor abstellte, öffnete sich die Haustür.

Automatisch blickte Ryan in die Richtung, ein Lächeln auf den Lippen, um Susanna zu begrüßen, doch es erstarb einen Wimpernschlag später. Ein Mann in seinem Alter trat aus dem Haus auf die Veranda, drehte sich noch einmal um … und presste Susanna einen Kuss gegen den Mund. Er schien ihr ein paar Worte zuzuflüstern, danach grinste er kopfschüttelnd und machte sich schließlich daran, die paar Stufen von der Veranda hinabzusteigen.

Während der andere Mann auf den Pick-up, der offenbar ihm gehörte, zuging, nickte er Ryan mit einem freundlichen Ausdruck zu. Er schien ein guter Kerl zu sein, trotzdem fühlte es sich an, als habe er ihm einen Hieb in die Magengrube verpasst.

Ryan hatte immer geglaubt, Susanna und er würden eines Tages zusammenfinden. Er hatte darauf gewartet, dass sie ihre Trauer um Alexander gänzlich überwinden würde … Doch nun wurde ihm klar, dass er seine Chance verpasst hatte.

Stoßweise entglitt ihm der Atem, seine linke Hand ruhte noch immer auf dem Lenkrad, die rechte auf dem Knopf, der den Motor abgeschaltet hatte. Seine Glieder waren wie erstarrt, ein beharrlicher Schmerz breitete sich in seinem Innern aus, pumpte mit jedem Herzschlag durch seinen Körper.

Er war zu spät, hätte ihr viel früher sagen müssen, wie er fühlte.

Mit einem Mal verengte sich seine Kehle. Neben ihm heulte der Motor des Pick-ups auf, bevor sich das Geräusch zu einem Brummen veränderte. Kurz darauf parkte der andere Mann aus, schon bald war er um die nächste Straßenecke verschwunden.

Doch die Wahrheit war weiterhin deutlich sichtbar: Als Ryans Blick zu Susanna huschte, konnte ihm nicht entgehen, wie sie dem anderen nachsah – ein verträumter Ausdruck auf den Zügen.

Sie war verliebt.

Und zwar nicht in ihn.

Er sollte sich für sie freuen. Ein Teil von ihm tat das auch, schließlich hatte sie es mehr als verdient, glücklich zu sein. Nur ein anderer Teil von ihm hatte immer gehofft, dass sie eines Tages *gemeinsam* glücklich sein würden.

Verpasste Chance. Er hätte … früher …

Susanna wandte den Blick von dem wegfahrenden Pick-up ab, um sich in Ryans Richtung zu drehen. Vermutlich wunderte sie sich, warum zum Teufel er noch nicht ausgestiegen war, denn in einer etwas zögerlichen Geste hob sie die Hand, um ihm zuzuwinken, zur Begrüßung lächelte sie ihn an.

Ein Ruck ging durch ihn. Abrupt öffnete er die Fahrertür, um auszusteigen.

„Hi, Ryan! Was für eine schöne Überraschung!“, rief Susanna ihm zu, was den alles auffressenden Schmerz in seinem Innern nur noch verstärkte.

Sein breiter Kiefer verkrampfte sich, während er die Autotür hinter sich zuschlug und über die Einfahrt auf das Haus zuging. Er zwang sich dazu, ihr Lächeln zu erwidern, schließlich konnte sie nichts dafür, dass er sich in sie verliebt, ihr aber nie etwas gesagt hatte.

„Onkel Ryan ist da?“, erklang es aus dem Innern des Hauses. Nicht einmal die freudige Stimme seines Patenkindes konnte in diesem Moment das Loch in seinem Innern stopfen. Die gähnende Leere in seiner Brust drohte, ihn zu verschlingen.

Zum ersten Mal in seinem Leben verstand er, warum sein Bruder, der von ihren Angestellten gerne *Eisklotz* genannt wurde, schon vor Jahren seine Gefühle abgestellt hatte. Vielleicht war es manchmal besser, nicht zu fühlen. Zumindest weniger schmerzhaft.

Kaum dass er die Stufen zur Veranda erklommen hatte und vor Susanna zum Stehen gekommen war, fiel sein Blick auf ihre weichen Züge. Beinahe wäre er zusammengezuckt, weil erneut ein Stich durch ihn ging. Angespannt biss er die Zähne zusammen, mahlte mit den Kiefern und spürte, wie sich eine innere Taubheit in ihm ausbreitete. Beinahe mechanisch verzogen sich seine Lippen zu einem Lächeln, um ihre Begrüßung zu erwidern.

„Hi“, brummte er, ignorierte seine enge Kehle und zwang die Worte mit aller Gewalt hervor. „Ich war in der Gegend und dachte, ich komme vorbei.“

„Wir haben gerade zu Abend gegessen, aber es ist noch was da. Ich mach es dir direkt warm.“ Während sie sprach, streckte sie eine Hand aus, um seinen Unterarm zu drücken – so war sie eben, lieb, fürsorglich … Deswegen hatte er schließlich das Herz an sie verloren.

Im nächsten Moment verschwand sie im Innern des Hauses, Ryan kannte den Weg zur Küche schließlich. Um genau zu sein, kannte er sich hier aus, als wäre es sein eigenes Zuhause. So hatte es sich auch immer angefühlt, bis jetzt.

Während er in die Diele trat und mit abgehackten Bewegungen den Mantel abstreifte, kündigten die polternden Schritte auf der Treppe Lucas bereits an. Im nächsten Moment stand der hochgewachsene Teenager vor ihm.

Ein Blick in Lucas' Augen genügte, um das Mitgefühl darin zu erkennen. Offenbar hatte Ryan seine Gefühle nicht so gut verborgen, wie er immer geglaubt hatte. Zumindest der Junge ahnte von ihnen. Alles in ihm verkrampfte sich, kurz darauf hängte er den Mantel an die Garderobe.

„Wie war dein Footballtraining?“, fragte er, um die unangenehme Stille zu durchbrechen.

Einige Sekunden lang sagte Lucas nichts, eine Falte bildete sich zwischen seinen Brauen, als überlegte er, wie er die ungesagten Worte, die zwischen ihnen in der Luft hingen, laut aussprechen sollte. Nach einer Weile entschied er, das Thema besser ruhen zu lassen, wofür Ryan mehr als dankbar war. Schon jetzt hatte er keine Ahnung, wie er den Abend überstehen sollte, bereute es, hierhergekommen zu sein. Allerdings konnte er schlecht einfach wieder gehen, ohne Susanna erklären zu müssen, warum er dies tat.

Also bleiben.

Zähne zusammenbeißen und so tun, als sei alles in Ordnung.

„Das Training war gut, unser Coach meint, das nächste Spiel haben wir schon in der Tasche.“ Ehrliche Aufregung schwang in Lucas' Stimme mit. Der Junge liebte Football – vielleicht weil es alles war, was ihm von seinem Vater noch geblieben war.

„Hast du es in den Familienkalender eingetragen?" Kaum hatte Ryan die Frage gestellt, zuckte er zusammen. Susanna, Lucas und er hatten über eine App einen gemeinsamen Kalender erstellt, wo sie eintrugen, wann sie zusammen Abendessen, Grillabende oder Ähnliches planten. Lucas' Footballspiele waren natürlich auch eingetragen, schließlich versuchte Ryan, so viele wie möglich zu besuchen.

„Steht drin", bestätigte Lucas, zögerte aber von Neuem. „Moms Freund wird auch da sein", ließ er ihn wissen. „Ich glaube, sie wollte euch miteinander bekannt machen."

Die Taubheit breitete sich noch weiter in seinem Innern aus, Ryan war dankbar dafür. Ohne sie hätte er es schließlich nicht geschafft, zu nicken und „Klingt gut" zu sagen.

In einer aufmunternden Geste stieß Lucas' mit der Schulter gegen Ryans, bevor er den Flur hinabging, um in Richtung Esszimmer zu gehen. Ein leckerer, würziger Duft drang von dort bereits zu ihm, angespannt drückte er die Schultern zurück, um seinem Patenkind zu folgen.

Irgendwie würde er den Abend durchstehen, mit der Frau, die er seit Jahren liebte, am Tisch sitzen und so tun, als sei ihm das Herz an diesem Abend nicht aus der Brust gerissen worden. Er würde sogar lächeln und die Wut über seine eigene Dummheit, ihr nie von seinen Gefühlen erzählt zu haben, hinunterschlucken.

Kapitel 2

~ Drei Wochen später ~

Gerade las er den letzten Absatz des Reports über die Umsätze einer ihrer Baufirmen, als das Telefon auf seinem Schreibtisch klingelte. Unwirsch stieß er den Atem aus, bevor er den Arm ausstreckte, um den Hörer abzunehmen. „Ja?"

„Ryan", sagte Mrs. Shoemaker, die Sekretärin von seinem Bruder und ihm, „ich wollte dich an deinen Elf-Uhr-Termin erinnern."

Automatisch warf er einen Blick auf seine Armbanduhr, es war Viertel vor, ihm blieben also noch ein paar Minuten, bis er sich zum Konferenzraum aufmachen musste.

„Danke, Loreen", erwiderte er, bevor er den Hörer wieder auflegte. Mrs. Shoemaker hatte schon für seinen Vater gearbeitet, sie kannte seinen Bruder Dan und ihn noch als kleine Jungen. Sie war praktisch Teil der Familie, niemand kannte den Laden so gut wie sie – wenn sie in den Ruhestand ginge, würden sie die ältere Dame vermissen. Leider wäre es Ende des Jahres bereits so weit.

Nachdem er den Umsatz-Report geschlossen hatte, öffnete Ryan sein Mailprogramm, um eine kurze Nachricht an den Geschäftsführer der betroffenen Hotelkette zu schicken. In Boston kannte jeder den Namen Tanner. Nach dem Tod ihres Vaters hatte Ryans älterer Bruder Dan die Geschäfte übernommen und das Imperium nur noch vergrößert. Ryan war damals noch nicht volljährig gewesen, später, nachdem er nicht nur den Schulabschluss, sondern auch seinen Master in

BWL hatte, war er ins Familienunternehmen eingetreten, um es mit seinem Bruder weiter auszubauen.

Sie beide waren ehrgeizig, hatten im letzten Jahrzehnt verdammt viel erreicht. Heute waren sie nicht nur Besitzer verschiedener Hotel- und Motelketten, sondern sie handelten auch mit Immobilien, stampften Einkaufszentren aus dem Boden, investierten in Start-up-Firmen und vieles mehr. Am bekanntesten war aber natürlich ihre NBA-Mannschaft, die *Boston Berserks*.

Auch wenn das Team nur einen kleinen Teil ihrer Geschäfte ausmachte, so war es trotzdem seit jeher das Herz des Tanner-Imperiums. Alles hatte damit angefangen, als ihr Vater die Mannschaft vor gut fünfunddreißig Jahren aufkaufte und seine Söhne mit zu den Spielen nahm. Die Liebe für den Sport hatte für die Tanner-Brüder vor allem mit Erinnerungen … mit Familie zu tun, und so hatten sie ihr Hauptbüro in der Boston-Berserks-Arena, auch wenn das vermutlich etwas untypisch war.

Aber wen kümmerte das schon? Heutzutage ging doch so oder so alles über das Internet, ob nun per Mail oder Videoanrufe. Achselzuckend klickte Ryan auf *Senden*, war zufrieden mit dem Report, den der Geschäftsführer der Hotelkette ihm geschickt hatte, trotzdem hatte er ein paar Ideen in Worte gefasst, was man noch verbessern konnte.

Kaum hatte er die Nachricht abgeschickt, erhob er sich von seinem Schreibtischstuhl. Mit gewohnten Bewegungen zog er sich die Krawatte zurecht, die er zuvor gelockert hatte, und schloss die Knöpfe seines Jacketts. Bevor er sich zu seiner Tür wandte, ließ er den Blick über die Fensterfront wandern, von der aus er einen eindrucksvollen Blick über die Bostoner Skyline genoss. Im Gegensatz zu früher empfand er jedoch nichts bei dem Anblick. Kein Wunder eigentlich – in letzter Zeit überwogen Zorn und Enttäuschung in seinem Innern.

In den vergangenen drei Wochen hatte er sich in die Arbeit gestürzt, Susannas Anrufe so lange klingeln lassen, bis die Mailbox dranging, ihre und Lucas' Textnachrichten nur mit Ausflüchten beantwortet. Er hasste es, dass er bereits zwei der Footballspiele seines Patenkindes verpasst hatte, doch der alleinige Gedanke daran, Susanna auf den Tribünen nicht allein vorzufinden, bewirkte, dass sich alles in ihm verkrampfte.

Ein selbstironisches Grinsen zuckte an seinen Lippen, während er sich von der Fensterfront ab- und der Bürotür zuwandte, immerhin konnte er sich noch zu gut an die Zeit erinnern, in der er seinen älteren Bruder dafür gescholten hatte, nur zu arbeiten und dabei zu vergessen, das Leben zu genießen. *Wie hat sich der Spieß doch umgedreht!*

Kaum dass ihm der Gedanke durch den Kopf schoss und er die Zimmertür geöffnet hatte, fiel sein Blick bereits auf seinen Bruder. Dan stand vor Mrs. Shoemakers L-förmigen Schreibtisch, der sich im Vorraum zu ihren beiden Büros befand. Die beiden schienen sich zu unterhalten, zu lachen – etwas, was vor nicht allzu langer Zeit noch undenkbar gewesen wäre, weil Dan es als Zeitverschwendung betrachtet hatte. Er war seinem Ruf als Eisklotz mehr als gerecht geworden. Seit er seine mittlerweile Verlobte Jenn kennengelernt hatte, hatte sich jedoch viel verändert. Natürlich war Dan nicht plötzlich ein neuer Mann, aber er war etwas lockerer geworden, arbeitete sich nicht länger zu Tode, sondern verließ abends das Büro zu vertretbaren Zeiten, nahm sich sogar Wochenende und hatte nach Jahren zum ersten Mal Urlaub gemacht.

Es tat gut, seinen Bruder so zu sehen, und dennoch … beneidete Ryan ihn. Nicht, dass er es ihm nicht gönnte, nur hatte er sich immer genau das gewünscht, was Dan heute hatte. Angespannt schüttelte er den Kopf über sich selbst, schämte sich für das widerliche Gefühl der Eifersucht und schalt sich dafür. Er war erbärmlich. Welcher liebestrunkene Volltrottel wartete schon zehn Jahre lang darauf, dass seine Auserwählte ihn endlich bemerkte?

Mittlerweile hatte er sich beinahe an den ständig anwesenden Schmerz in seiner Brust gewöhnt. Genauso wie an den Zorn – auf Gott und die Welt, aber vor allem auf sich selbst.

Mit einem leisen Klicken schloss er die Bürotür hinter sich, daraufhin bemerkten ihn Mrs. Shoemaker und Dan. Sobald sie sich ihm zuwandten, schwanden die entspannten Gesichtsausdrücke. Diese Reaktion rief sein Auftauchen in letzter Zeit immer häufiger hervor.

„Alles in Ordnung, Schätzchen?“, fragte Loreen mit besorgter Stimme.

Knapp nickte er, brachte sein übliches, breites Lächeln einfach nicht mehr zustande. Stattdessen warf er erneut einen Blick auf seine Armbanduhr und nickte Dan vielsagend zu. An ihre Sekretärin gerichtet sagte er: „Entschuldige bitte, aber wir müssen los, sonst kommen wir zu spät.“

„Geht schon, geht schon!“, rief Loreen nickend, wobei sie die beiden Milliardäre wegscheuchte wie ein paar Hühner – außer ihr würde sich niemand sonst solch eine Geste gegenüber den Tanner-Brüdern erlauben. Allerdings genoss die Sekretärin mit ihrer mütterlichen Art längst so etwas wie Narrenfreiheit. Als sie verschmitzt zu grinsen begann, brachte sie Ryan sogar fast zum Lächeln.

„Wenn ihr zurückkommt, warten ein paar Cupcakes auf euch – die hat mir Marc von seiner Ella vorbeigebracht. Den Kaffee braue ich dann frisch, sobald ihr wieder da seid."

Marc war einer der Boston-Berserks-Spieler. Es wunderte Ryan nicht einmal, dass Loreen auch für die Basketballstars ein offenes Ohr hatte – das Team war nun einmal wie eine riesengroße, kunterbunte Familie.

„Danke, Loreen", erwiderte er, dabei konnte er den forschenden Blick aus den eisblauen Augen seines Bruders geradezu spüren. Auch Dan dankte ihrer Sekretärin, kurz darauf befanden sie sich bereits auf dem Weg zu den Aufzügen.

„Du hast viel gearbeitet in den letzten Wochen", murmelte Dan, sein Ton war neutral, doch er konnte Ryan nicht täuschen.

„Ausgerechnet du willst mir etwas von zu viel arbeiten erzählen?", erwiderte Ryan spöttisch, drückte den Knopf für zwei Etagen tiefer, bevor er die Hände in die Taschen seiner Anzughose gleiten ließ.

Ein Haifischgrinsen huschte über das Gesicht seines Bruders, eines, das erwachsene Männer am Verhandlungstisch zusammenzucken ließ, wenn Dan Tanner die Verhandlungen an sich riss. Doch Ryan ließ sich davon nicht beeindrucken, wusste, wer sein Bruder hinter der Schale aus Eis wirklich war.

„Ich habe jetzt eine persönliche Assistentin", hielt Dan dagegen, wobei er vielsagend eine dunkle Braue hob. An den Schläfen war sein dunkles Haar ergraut, abgesehen davon sah man ihm nicht an, dass er bereits Mitte vierzig war. Ryan war fünf Jahre jünger, im Familiengeschäft hatten sie die Verantwortung jedoch gleichmäßig zwischen einander aufgeteilt.

„Und wo ist deine PA heute?" Diesmal lag es an Ryan, eine Braue hochzuziehen.

„Ich hab sie heute Jenn zugeteilt."

Kaum hatte Dan diese Worte in staubtrockenem Ton ausgesprochen, brach ein Lachen über Ryans Kehle. Als er zur Seite sah und seinem Bruder einen Blick zuwarf, bemerkte er dessen Schmunzeln.

„Jenn kümmert sich um unsere Hochzeitsvorbereitungen, es ist also nur fair, wenn Bailey ihr hilft."

Ryan gab ein Husten vor, wobei er „Kontrollfreak" ausstieß. Es war kein Geheimnis, dass Dan vier persönliche Assistenten vergrault hatte, weil er Perfektionist war und sie die Dinge nicht genau so erledigt hatten, wie er das wollte. Schließlich hatte er es aufgegeben und gar nicht mehr versucht, einen Assistenten zu finden. Erst als Jenn in seinem Leben aufgetaucht war, hatte er den Versuch noch einmal gewagt.

Bailey musste die Geduld einer Heiligen haben, immerhin hatte sie es länger als Dans PA ausgehalten als jeder andere zuvor.

„Eine Pause wird uns beiden guttun", antwortete Dan, das Schmunzeln kräuselte noch immer seine Lippen. Immerhin war ihm sehr wohl bewusst, dass er ein anstrengender Chef war.

„Bestimmt." Grinsend schüttelte er über seinen älteren Bruder den Kopf – für einen kurzen Moment hatte Ryan doch tatsächlich das schwarze Loch in seinem Innern vergessen. Immerhin für einen Moment.

Keine Sekunde später wurde seine Miene wieder ernst, angespannt drückte er die Schultern zurück. Kaum dass sein Smartphone vibrierte, zog er es aus der Hosentasche, um einen Blick darauf zu werfen. Sein eigener persönlicher Assistent, Noah, teilte ihm mit, dass der Konferenzraum vorbereitet war und er gerade ihre Verhandlungspartner hineingeführt hatte.

„Sie sind da", ließ Ryan seinen Bruder wissen, kaum hatte er das Handy wieder weggesteckt.

Im selben Moment, wie sich die Aufzugtüren öffneten, nickte Dan verstehend. Kurz darauf verließen sie Seite an Seite den Fahrstuhl, gingen den Gang hinab, um schließlich vor den gläsernen Türen ihres Ziels anzukommen. Noah war gerade dabei, den Videospielentwicklern Getränke einzuschenken, für Dan und Ryan standen bereits zwei Kaffeetassen bereit – Noah war gut in seinem Job.

Wenig später betraten sie den Raum, um das Team der Videospielfirma zu begrüßen. Dankend nickte er seinem PA zu, bevor dieser den Raum verließ und die gläserne Tür geräuschlos hinter sich schloss.

„Wir freuen uns, dass das mit dem Treffen geklappt hat!", sagte ein junger Mann, sein teurer Anzug saß genauso perfekt wie das Lächeln auf seinem Gesicht. *Das muss Alan Blanche sein*, dachte Ryan, *der CEO von GettinPlayed*. Damit war der andere Kerl Ben Newman, er war legerer gekleidet, trug lediglich Jeans und Jackett, und die Frau mit den knallrot gefärbten Haaren war Ava Sorenson. Zwar war Alan das Gesicht der Firma, repräsentierte *GettinPlayed* bei Pressekonferenzen und Conventions, doch Ben und Ava waren der Kopf hinter der Fassade. Sie waren es, die die Spiele entwickelten.

Eigentlich wäre nun Ryan an der Reihe, die freundlichen Worte des CEOs zu erwidern. Seit jeher war Dan es, der kalt und faktisch mit ihren Geschäftspartnern oder Angestellten sprach, hingegen lag es an Ryan, die Wogen zu glätten. Zwar hatten sie das so nie miteinander besprochen, doch über die Jahre war es wie zu einem ungeschriebenen Gesetz geworden.

Allerdings hatte Ryan an diesem Tag schlichtweg keine Lust darauf. Er war zu müde und zu schlecht drauf, um weiterhin den Vermittler zu spielen.

„Freut uns, dass Sie hier sind“, erwiderte Dan, weil die Gesprächspause bereits zu lange angehalten hatte.

Kurz darauf nahmen sie alle an dem großen Tisch Platz, Ben und Ava wirkten aufgeregt, hingegen schien Alan seiner selbst sicher zu sein. Ein professionelles Lächeln schwebte auf seinen Lippen, während er sich auf dem Stuhl zurücklehnte, als gehörte ihm die ganze Welt.

Normalerweise war Ryan nicht leicht aus der Ruhe zu bringen, doch seit drei Wochen war seine Laune im Keller und der Kerl ging ihm … auf den Sack, um es deutlich zu sagen.

„Wir sind große Fans der Boston Berserks“, sagte Alan, als glaubte er, sie einlullen zu können.

Während des freundlichen Geplänkels, das typisch für solcherlei Verhandlungen war, knirschte Ryan mit den Zähnen. Unter dem Sichtschutz des Tisches ballten sich seine Hände zu Fäusten; zur Ablenkung ergriff er die Kaffeetasse, die vor ihm stand, um ein paar Schlucke zu nehmen.

„Ben und Ava können es nicht erwarten, Ihr Team in unser Spiel mit aufzunehmen.“

Die beiden Softwareentwickler, die Ryan deutlich sympathischer waren als der CEO von *GettinPlayed*, nickten; ihre Augen strahlten, als wäre es bereits Weihnachten. Offenbar waren die beiden wirklich Boston-Berserks-Fans – demnach hatten sie einen guten Geschmack, warum zum Teufel hatten sie dann nur diesen Schleimbolzen zu ihrem CEO gemacht?

„Kommen wir zur Sache“, brummte Ryan, der genug von dem Smalltalk hatte. Mit einem leisen klirrenden Geräusch stellte er die Tasse zurück auf den Tisch, scharf erwiderte er Alans Blick. Dessen falsches Lächeln verschwand für einen Sekundenbruchteil, bevor er sich wieder im Griff hatte und auflachte, als habe Ryan gescherzt.

Weil sich an seiner stoischen Miene nichts änderte, nickte Alan schließlich, fummelte an seinem Aktenordner herum, bis er ein paar Papiere vor sich auf dem Tisch ausgebreitet hatte. „Wir alle haben viel zu tun“, stimmte er nickend zu.

Zwar sagte Dan bei alledem nichts, aber das brauchte er auch gar nicht, Ryan konnte die Belustigung seines Bruders geradezu spüren.

„Noah hat Ihnen geholfen, Ihren Laptop an den Beamer anzuschließen?“, erkundigte sich der ältere der Tanner-Brüder, als bekäme er Mitleid mit den Leuten der Videospielfirma.

Wie aufs Stichwort sprang Ben ruckartig auf, sodass die Beine seines Stuhls über den Boden kratzten. „Ja, hat er“, sagte er schnell, drückte ein paar Tasten, sodass auf der Leinwand am einen Ende des Konferenzraums ein Bild aufleuchtete.

In den nächsten dreißig Minuten erklärten die drei, wie sie möglichst realitätsnahe Versionen der Boston-Berserks-Spieler erschaffen würden und wie die Kunden eine NBA-Saison nachspielen konnten. Dabei mussten sie sich am Anfang auf eine Figur festlegen, dessen Spielzüge bestimmten sie selbst; die des restlichen Teams wählte ein Algorithmus. Letzterer war auf Basis von echten Spieleranalysen erstellt worden. Wäre Ryan nicht so mies drauf, hätte die ganze Sache ihn zweifelsohne fasziniert.

Anhand des Beispiels eines anderen Teams, das bereits einen Vertrag mit ihnen hatte, zeigten Alan, Ben und Ava, wie real es in ihrem Videospiel aussah. Ryan wusste schon jetzt, dass gerade der Spaßvogel Raemon Fernandez es lieben würde, ein paar Sätze aufzunehmen, die seine Figur im Spiel von sich geben würde. Der Kerl hatte schließlich immer einen dummen Spruch parat, aber genau deswegen war er in ihrem Team auch so beliebt – keiner wusste so recht wieso, aber den Clown konnte man einfach nur liebhaben.

„Das hier ist wie gesagt die dritte Ausgabe unseres NBA-Spiels. Die ersten beiden Versionen waren absolute Bestseller, wir bringen also eine große Kundengruppe und damit Publicity mit – hier die Zahlen."

Mittlerweile hatte Alan die Präsentation übernommen, aktuell warf der Beamer ein paar Statistiken auf die Leinwand. Kurz darauf schenkte er den Tanner-Brüdern wieder sein schmieriges Lächeln, sodass Ryan erneut die Hände zu Fäusten ballte.

„Natürlich verfügen die Boston Berserks über enorm viele Fans, gut die Hälfte fallen in unsere Zielgruppe." Damit nahm er einen Kugelschreiber zur Hand, schrieb wie in einem verdammten Film eine Summe auf einen Zettel, den er ihnen über den Tisch zuschob.

Ryan hatte genug von dem Theater.

Zwar war es nicht zu leugnen, dass das Spiel extrem erfolgreich war, nichtsdestotrotz würde er sich nicht Honig ums Maul schmieren lassen und *GettinPlayed* ein Merchandisingrecht unter Wert verkaufen. Kaum hatte Ryan die Zahl auf dem Zettel gelesen, musste er sich ein spöttisches Schnauben verkneifen.

Natürlich gehörte es bei Verhandlungen dazu, dass die eine Partei zu wenig bot, die andere zu viel verlangte und man sich am Ende in der Mitte traf, aber das, was Alan da vorschlug, war eine Unverschämtheit, und das wusste er sicherlich auch.

„Fakt ist, dass Sie etwas von uns wollen. Wir brauchen Ihr Spiel nicht, erreichen Ihre Zielgruppe auch über Social-Media-Kampagnen und alle möglichen Programme, die wir für Kinder und Jugendliche anbieten.“ Ryan schüttelte den Kopf, bevor er weitersprach, seine dunkle Stimme klang beinahe genauso kühl wie die seines Bruders.

„Ich habe keine Geduld für den gewöhnlichen Verhandlungstanz, das hier ist unser Angebot – es ist mehr als fair, das können Sie nicht leugnen.“

Damit kritzelte er ebenfalls eine Zahl auf den Zettel, schob ihn aber mit der Schrift nach oben zurück, hatte wirklich keinen Nerv für dieses Theater. Mit hochgezogenen Brauen fixierte er sein Gegenüber. Als er Alans Zögern erkannte, fügte er hinzu:

„Die andere Möglichkeit wäre eine deutlich kleinere Summe in Kombination mit einer stillen Teilhaberschaft oder einer Gewinnbeteiligung“, er zuckte mit den Achseln, „wir investieren häufig in vielversprechende, kleinere Firmen.“

Egal wie großkotzig Alan sich gab, er war genauso jung wie Ben und Ava. Demnach, was Ryan in Vorbereitung auf dieses Meeting über *GettinPlayed* gelesen hatte, waren die drei seit der Highschool befreundet und hatten ihre Firma direkt nach ihrem Abschluss gegründet. Sie waren erst Mitte zwanzig, noch grün hinter den Ohren, während Ryan und Dan bereits Veteranen waren, was Geschäftsdeals und Verhandlungen anbelangte. In diesem Moment war das den dreien auch mehr als deutlich anzusehen, ihre Mienen waren verunsichert, während sie einander und dann Ryan Blicke zuwarfen.

Sie schienen sich gut genug zu kennen, um mit Blicken zu kommunizieren, denn schließlich wandte sich Alan wieder den Tanner-Brüdern zu. Sichtlich angespannt stieß er den Atem aus.

„Mann, Mann, Mann“, murmelte er vor sich hin. „Und alle sagen immer, Sie seien der gutmütige von den Tanner-Brüdern, aber Sie sind ein genauso harter Verhandlungspartner wie Dan, was?“

Zum ersten Mal seit Beginn dieses Meetings wirkte Alans Lächeln ehrlich, vielleicht hatte er geglaubt, den selbstsicheren Bastard vorspielen zu müssen, damit er während der Verhandlung ernst genommen wurde. *Er wird es noch lernen*, dachte Ryan versöhnlich, auch wenn Alans Worte wie ein Hieb in die Magengrube wirkten.

Der gutmütige von den Tanner-Brüdern. Ja, das war er jahrelang gewesen, aber hatte ihn nicht eben die geduldige, gutmütige Art alles gekostet, was er sich jahrelang gewünscht hatte?

Grimmig erwiderte er Alans Blick und fragte: „Haben wir einen Deal?“

Der junge Mann erhob sich. „Haben wir.“

Froh, dass das Meeting hiermit mehr oder weniger vorbei war, nickte Ryan seinem Gegenüber zu. Bald darauf gingen Dan und er um den Tisch herum, um den dreien von *GettinPlayed* die Hände zu schütteln und den Deal somit zu besiegeln. Den Papierkram würden sie in den nächsten Wochen erledigen, zudem gäbe es einzelne Verträge mit den Spielern.

Sobald ihre Verhandlungspartner den Konferenzraum verlassen hatten, kehrte Ryan zurück zu seinem Platz, ließ sich auf seinem Stuhl nieder und ergriff erneut den Henkel der Kaffeetasse, um den Rest des dunklen Gebräus zu genießen.

Im Augenwinkel bemerkte er eine Bewegung, sodass er aufsah. Dan lehnte gegen die Tischkante, mit verschränkten Armen sah er zu ihm hinab.

„Du warst wirklich ein harter Verhandlungspartner, hast genau den Deal bekommen, den wir erreichen wollten."

„Mmh." Ryan nickte, bevor er einen weiteren Schluck des Kaffees nahm.

„So erfolgreich das Meeting auch war, das passt gar nicht zu dir."

Ryan konnte den bohrenden Blick seines Bruders geradezu spüren, doch er ignorierte ihn geflissentlich.

„Muss ich mir Sorgen machen?"

Angespannt stellte er die Tasse zurück auf den Tisch, drehte sich zu Dan und sah ihn ruhig an. „Du heiratest bald, du musst dir um nichts anderes Sorgen machen als um die Hochzeitsplanung."

Sein Bruder runzelte die Stirn, es war ihm anzusehen, dass er mit Ryans Verhalten nichts anfangen konnte, schließlich kannte er ihn so gar nicht.

„Gehst du am Freitagabend zu Lucas' Spiel?"

Diesmal war es an Ryan, die Stirn krauszuziehen. Er konnte seine erste Reaktion nicht verbergen, riss sich aber zusammen und glättete seine Züge wieder. Nachdem er sein vom Sitzen zerknittertes Jackett glatt gestrichen hatte, erwiderte er:

„Nein, diesen Freitag schaffe ich es nicht."

Damit ließ er Dan stehen – die Kaffeetasse auf dem Tisch war leer, genauso wie sein Innerstes.

Kapitel 3

„Nein, Mom, ich hab unseren *traditionellen, jährlichen* Weihnachtsurlaub nicht vergessen", stieß Kat in ironischem Ton aus und rollte mit den Augen. Sosehr sie ihre Mutter liebte, manchmal konnte diese einfach unmöglich sein.

„Du arbeitest zu viel", erwiderte diese direkt. „Hätte mich nicht gewundert, wenn du es vergessen hättest."

Angespannt stieß sie ein Seufzen aus, biss sich auf die Zunge, bevor sie sagte: „Ich hab nachher ein Meeting und muss noch die letzten Vorbereitungen treffen. Tut mir leid, aber wir müssen Schluss machen für heute." Für einen Moment schloss sie die Augen, rang um Ruhe, weil sie wusste, was nun kam – so endete so ziemlich jedes Telefonat mit ihrer Mom.

„Siehst du!", rief diese sogleich. „Wie sollst du je einen Mann kennenlernen, wenn du Tag und Nacht arbeitest!"

„Ich arbeite nicht Tag und Nacht", hielt Kat in geduldigem Ton dagegen.

„Aber fast!"

Sie war sicher, dass ihre Mutter gerade die Lippen zusammenpresste und das Gesicht zu diesem einen enttäuschten Ausdruck verzog, der Kat mehr wehtat, als sie je zugeben würde.

Man sollte meinen, ihre Mom seie stolz auf sie, immerhin war sie die erste in ihrer Familie mit einem Collegeabschluss, hatte direkt danach einen Job in Boston gefunden und sich dann hochgearbeitet. Nun, mit Anfang dreißig, war sie die verfluchte Managerin des hiesigen *TALI*-Gebäudes. *Tanner Living* stand für Luxusapartments, über ganz Nordamerika verteilt gab es Wohnungskomplexe dieser Art, die ersten sogar schon in Europa, und Kat war für eines davon verantwortlich!

Am Anfang war ihre Familie auch noch stolz auf sie gewesen, aber je härter sie für ihre Karriere arbeitete, desto mehr ließ der Enthusiasmus ihrer Mutter nach. Mittlerweile war er gänzlich verschwunden, stattdessen musste sich Kat ständig anhören, was sie in ihrem Leben alles falsch machte – keinen Ehemann, keine Kinder, ja noch nicht einmal ein Mann in Aussicht! Bei dem Gedanken musste sie ein spöttisches Schnauben zurückhalten.

„Ich muss jetzt wirklich Schluss machen. Grüß Dad von mir." Bevor ihre Mom widersprechen konnte, legte sie einfach auf. Sonst hätte sie sich noch ewig einen Vortrag anhören dürfen. Ihre Mutter war nur dabei gewesen, sich warm zu laufen. Wenn sie einmal anfing, packte sie richtig aus. *Wieso bist du noch Single? Du solltest auf Dates gehen!* Aber sie konnte nicht in ihren *grässlichen* Hosenanzügen dort auftauchen, sondern sollte sich ein Kleid kaufen – am besten apricotfarben, weil das ihre rehbraunen Augen besser herausbrachte und …!

Kopfschüttelnd versuchte Kat, die Gedanken zu vertreiben, hatte sich all das schon viel zu oft von ihrer Mutter anhören müssen. Nachdem sie ihr Smartphone weggesteckt hatte – in die Tasche ihres schicken Hosenanzugs, jawohl! –, hob sie eine Hand, um ihre Stirn zu massieren. Dank ihrer Mom hatte sie Kopfschmerzen bekommen.

Ein paarmal atmete sie gezwungen ruhig ein und aus, um sich zu beruhigen und das Telefonat mit ihrer Mutter wenigstens für den Moment zu vergessen. Bis zum traditionellen Weihnachtsurlaub hatte sie noch ein paar Wochen Zeit, wenigstens bis dahin wollte sie sich nicht mit den Nörgeleien ihrer Mutter und den Sticheleien durch den Rest ihrer Familie beschäftigen.

Wenig später richtete sie sich auf ihrem Bürostuhl auf, nickte sich selbst zu und stellte sich dem langen Tag, den sie zweifelsohne vor sich hatte. Kat hatte vorhin am Telefon nicht gelogen: Sie musste sich wirklich auf ein Meeting vorbereiten. Zwar fand das erst am Nachmittag statt, aber es gab noch viel zu tun und sie war schon jetzt furchtbar aufgeregt.

Sie war stolz auf ihre Position, doch die Kehrseite davon, Managerin zu sein, war, dass sie direkten Kontakt mit dem Ober-Oberboss hatte. Wie der Name schon sagte, gehörten die *Tanner Living*-Gebäude der stadtbekannten Milliardärsfamilie. Und heute Nachmittag hatte sie ein Meeting mit Dan Tanner persönlich.

Verdammt.

Allein wenn sie daran dachte, bekam sie Herzrasen. Bisher hatte sie immer nur mit dem CEO zu tun gehabt, der alle TALI-Gebäude koordinierte und die einzelnen Managerpositionen besetzte. Kat gab ihm regelmäßig Updates, er hatte immer sehr zufrieden gewirkt, daher hatte sie auch keine Ahnung, was das Meeting an diesem Nachmittag zu bedeuten hatte.

Was sie aber wusste: Wenn Dan Tanner später hier auftauchte, musste alles perfekt sein! Der Kerl hatte den Ruf, ein verdammter Eisklotz zu sein, ein kühler Geschäftsmann, und Kat wollte ihm keinen einzigen Grund geben, sie zu feuern.

Umso entschlossener machte sie sich ans Werk. Zuallererst durchquerte sie ihr großzügiges Büro, wo sie immer ein offenes Ohr für das Personal des TALI-Gebäudes hatte, im Anschluss betrat sie durch die Hintertür den angrenzenden Flur. Die nächste Tür führte in ihre Wohnung, wo sie Kartons über Kartons gefüllt mit Weihnachtsdekoration gelagert hatte.

Es war Anfang November, die Halloween-Dekoration hatten sie gerade abgenommen, nun waren Schneeflocken, Lametta und Co an der Reihe. Persönlich fand sie es noch etwas früh dafür, doch schon im letzten Jahr hatte sie gemerkt, dass es die Stimmung der Anwohner deutlich hob.

Als sie sich bückte, um eine der Kisten aufzuheben, löste sich eine Locke aus ihrem strengen Dutt, fiel ihr ins Gesicht und kitzelte ihre Nase. Ihr dunkelblondes Haar war schon immer kaum zu bändigen gewesen, bei ihrer Arbeit empfand sie die wilde Lockenmähne als lästig. Zudem hatte man als Frau in einer männerdominierten Berufsbranche extra hart zu kämpfen, um ernst genommen zu werden. Dies hatte ihr Übriges getan, um Kat ihr Haar jeden Morgen zurückbinden zu lassen und peinlich genau darauf zu achten, keine Strähne zu übersehen.

Genervt stieß sie den Atem aus. Der Friseur hatte bei ihrem letzten Termin nur die Spitzen schneiden sollen, aber deutlich mehr abgeschnitten. Welche Frau kannte das nicht? Und nun hatte Kat den Salat! Ihr Haar war zu kurz, um in dem Dutt zu halten.

Unwirsch strich sie sich die Locke aus dem Gesicht, hob endlich den Karton auf und machte sich auf den Weg zu den Aufzügen. Sie geriet ins Schwanken, während sie versuchte, die schwere Kiste einhändig zu halten, hilfsweise auf dem Oberschenkel zu balancieren und mit der anderen Hand den Knopf für den Aufzug zu drücken.

Leise vor sich hin fluchend packte sie die Box wieder mit beiden Händen und benutzte stattdessen den Ellenbogen. Kaum dass sich die Türen öffneten, betrat sie den Lift und wiederholte das gleiche Spiel, um den Knopf für die Lobby zu drücken. Natürlich war sie mit dem Ellenbogen nicht so treffsicher, weswegen sie noch ein paar unnötige Zwischenstopps auf anderen Etagen machte.

Angespannt stieß sie den Atem aus, zählte innerlich bis fünf und weigerte sich, sich die Laune verderben zu lassen. *Ich bin nur nervös, weil der Eisklotz nachher hier auftauchen wird!*, sagte sie sich im Stillen. *Krieg dich in den Griff!* Bestärkend nickte sie vor sich hin. *Du bist professionell, super in deinem Job, du hast nichts zu befürchten. Du bekommst das hin!*

Mit einem leisen *Ping!*-Geräusch öffneten sich die Aufzugtüren zur Lobby, Kat war derart in ihren inneren Monolog vertieft gewesen, dass sie nicht darauf gefasst gewesen war und erschrocken zusammenzuckte. Beinahe wäre ihr die Kiste mit der Deko hinuntergefallen, doch im letzten Moment verstärkte sie ihren Griff.

Was ist heute nur los mit mir? Kopfschüttelnd verließ sie den Aufzug, um die Lobby zu betreten. Beim Bau und Design des TALI-Gebäudes waren keine Kosten gespart worden, und auch wenn Kat hier schon drei Jahre arbeitete, raubten ihr die hohen Decken gepaart mit dem riesengroßen Kronleuchter jedes Mal den Atem.

Sie war nur ein paar Schritte gegangen, als sowohl der Concierge Ed als auch die beiden Security-Männer Will und Mason auf sie zueilten, um ihr den großen Karton abzunehmen.

„Kat!", rief Ed in alarmiertem Ton. Er war der väterliche Typ, sorgte sich um alles und jeden – genau deswegen war er so gut in seinem Job. Wenn die Anwohner des TALI-Gebäudes irgendwelche besonderen Anliegen hatten, wandten sie sich oft an ihn. Ed war dazu fähig, kleine Wunder zu vollbringen

„Schon gut, schon gut, Jungs", murmelte Kat mit einem Lächeln und stellte den Karton an einer Wand ab, damit niemand in der Lobby darüber stolpern konnte.

Mason schüttelte grinsend den Kopf über sie. „Die Kiste ist halb so groß wie du", brummte er.

„Da oben muss die Luft dünn sein", erwiderte Kat in amüsiertem Ton. Natürlich übertrieb Mason maßlos, doch sie genoss die Neckereien mit ihrem TALI-Team.

„Da sind noch mehr Kisten, wo die herkam, oder?" In Wills Augenwinkeln bildeten sich Fältchen der Belustigung. Auch er war ein Berg von Mann; als er die muskulösen Arme vor der Brust verschränkte, waren sie so dick wie verdammte Baumstämme.

„Jap, da kommen noch ein paar Kisten", bestätigte Kat.

„Und du bist nicht auf die Idee gekommen, uns um Hilfe zu bitten?" Mason schmunzelte.

„Ich schaff das schon allein." Neckend grinste sie die beiden an. „Ihr wollt euch doch nur groß und stark fühlen, indem ihr mir zu Hilfe eilt."

„Ist gut fürs männliche Ego." Will zwinkerte ihr zu und genau deswegen liebte sie ihr TALI-Team so sehr. Es hatte seine Zeit gebraucht, bis sie die richtigen Angestellten gefunden hatte, doch nun, viele Vorstellungsgespräche und Probezeiten später, hatte sie jede Stelle in dem Luxusapartmentgebäude perfekt besetzt. Unter dem Personal herrschte ein freundschaftlicher Ton, sie alle arbeiteten gern zusammen, was Kats Meinung nach für den Erfolg des TALI-Gebäudes hier in Boston verantwortlich war. Alle Wohnungen waren vermietet, ihre Warteliste war mehrere Seiten lang.

Zwar standen ein paar Apartments derzeit leer, allerdings nur, weil die Tanners sie reservierten, um dort Geschäftspartner auf Reise oder neue Spieler ihrer NBA-Mannschaft unterzubringen. Aktuell wohnten zwei Boston-Berserks-Spieler im TALI-Gebäude.

Vlad Novak hatte kaum Englisch gesprochen, als er von Tschechien in die Staaten gezogen war. Die Tatsache, dass er sich nicht selbst um eine Unterkunft hatte kümmern müssen, war ihm eine Riesenhilfe gewesen.

Der andere Spieler, Samuel Rivet, war ein anderer Fall … In seinen vorherigen Teams hatte es immer Ärger gegeben, er war nie länger als eine Saison bei einer Mannschaft geblieben, auch wenn sein Können auf dem Basketballfeld unbestreitbar war. Seine Eskapaden waren durch die Presse gegangen, und Kat vermutete, die Tanners hatten mit dem TALI-Apartment die Weichen für einen bestmöglichen Start in Boston stellen wollen.

Bisher war der Plan noch nicht aufgegangen …

Kat schüttelte den Kopf, um ihre Gedanken zu vertreiben. „Zurück an die Arbeit“, murmelte sie. „Ich gehe die restlichen Kisten holen. Bis später, Jungs!“

Will und Mason salutierten ihr, bevor sie sich abwandten, um ihre Positionen am Eingang wieder einzunehmen. Ed drückte ihre Schulter, danach ging auch er zurück hinter seine Theke.

„Nicht vergessen! Um zehn kommt die Weihnachtsdekorateurin mit ihrem Team!“, rief Kat den beiden Wachmännern noch nach, obwohl sie alle per Mail längst darüber informiert hatte – das war auch nötig, schließlich war die Security dafür da, keine Fremden ins Gebäude zu lassen.

„Kann immer noch nicht glauben, dass das ein Beruf ist“, erwiderte Mason kopfschüttelnd.

„Weihnachtsdekorateurin!“, stieß Will ungläubig aus, nickte Kat aber zu, damit sie wusste, dass die beiden den bevorstehenden Besuch auf dem Schirm hatten.

Ein Grinsen zuckte an Kats Lippen, als sie sich von den Männern abwandte und zurück zu den Aufzügen ging. Um die restlichen Kisten zu holen, musste sie noch viermal hoch und runter fahren, danach hatte sie endlich alle Kartons beisammen.

Gerade hatte sie die letzte Box am Rande der Lobby abgestellt und richtete sich wieder auf, als plötzlich Ed neben ihr auftauchte. Um seine freundlichen Augen hatten sich über die Jahre Lachfältchen eingegraben, diese wurden noch verstärkt, als er sie anlächelte.

Blinzelnd sah Kat nach unten, sodass sie den Coffee-to-go-Becher wahrnahm, den er ihr entgegenstreckte.

„Du bist ein Schatz!“, rief sie aus und nahm den Kaffee entgegen.

„Ich kenne meine Pappenheimer.“ Er grinste schief.

Bevor sie antwortete, atmete sie den Duft des dunklen Gebräus ein und schloss genießerisch die Lider. „Das tust du wirklich“, sagte sie leise, ein selbstironisches Lächeln zog an ihrem Mund. Kurz darauf nahm sie ihren ersten Schluck. Vor Aufregung angesichts ihres bevorstehenden Termins mit Mr. Tanner hatte Kat in der Nacht kaum ein Auge zubekommen – Koffein war da genau das Richtige.

„Was machen die Enkel?“, fragte sie, sobald sie von dem Becher wieder auf und in Eds Gesicht sah.

„Oh, ich bin der Lieblingsopa, habe die Buben neulich zu einem Berserks-Spiel mitgenommen.“ Belustigung lag in seinem Ton.

„Bestechung also, guter Trick.“

„Man tut, was man kann.“ Er zuckte mit den Achseln, die Unschuldsmiene perfekt, bevor er gemeinsam mit Kat in Gelächter ausbrach.

„Warst du mittlerweile endlich auf einem der Spiele?“, hakte Ed nach. Alle Angestellten der Tanners bekamen mehr als großzügige Rabatte auf die Karten für die Boston-Berserks-Spiele. Diejenigen, die direkt für das Team arbeiteten, kamen kostenlos rein, so viel Kat wusste.

„Ich gehe lieber wandern.“ Sie zuckte mit den Achseln.

„Das sagst du besser nicht laut, wenn Mr. Tanner heute Nachmittag hier ist.“

Auch wenn Ed scherzte, brachte er ihr Herz mit diesem Satz dazu, wie wild zu rasen. Um die in ihr aufkeimende Panik zu unterdrücken, lenkte sie sich mit ihrem Kaffee ab und nahm einen weiteren Schluck. Nervös kicherte sie. „Nein, das sage ich ihm besser nicht.“

Bevor sie noch irgendetwas hinzufügen konnte, wurden die beiden unterbrochen: „Kat!“

Automatisch sah sie sich in die Richtung um, aus der die tiefe Stimme gekommen war.

Mason erwiderte ihren Blick, per Kinnnicken deutete er auf die Neuankömmlinge, die gerade durch die Eingangstüren des Gebäudes kamen und die Lobby betraten. „Miss Christmas ist hier.“ Sarkasmus lag in seiner Stimme.

Das konnte auch der Weihnachtsdekorateurin Reyna Scott nicht entgehen, die ein genervtes Seufzen ausstieß und die Augen verdrehte. Vermutlich war sie solche oder ähnliche Kommentare bereits gewohnt.

„Sehr originell“, sagte sie an Mason gewandt, ihr trockener

Ton machte deutlich, dass sie die Bezeichnung *Miss Christmas* schon häufiger zu hören bekommen hatte. Reyna warf dem Security-Mann einen vernichtenden Blick zu, der daraufhin in einer gespielt übertriebenen Geste eine Hand auf sein Herz legte, als habe sie ihn mit ihren Worten verletzt. Doch das breite Grinsen auf Masons Gesicht machte klar, dass er nichts bereute. Vielleicht war das sogar seine Art zu flirten.

Amüsiert schüttelte Kat den Kopf, während sie der Interaktion der beiden zusah. Kurz darauf eilte sie Reyna entgegen, um sie willkommen zu heißen.

„Hey, danke, dass der Termin so kurzfristig geklappt hat." Damit streckte Kat ihrem Gegenüber die Hand entgegen.

Mit einem Lächeln ergriff Reyna diese, um sie zu schütteln. „Soll das ein Witz sein?" Ihr entglitt ein Auflachen. „Als ob ich mir so einen großen Auftrag je entgehen lassen würde! In meinen Referenzen das TALI-Gebäude aufführen zu können …" Ihre Augen leuchteten geradezu, bestimmt würde Reynas Business unter den Reichen und Schönen von Boston plötzlich in aller Munde sein.

Kat schätzte die Ehrlichkeit der anderen Frau, ihre Mundwinkel entspannten sich, sicherlich würden sie beide gut zusammenarbeiten.

„Wie ich sehe, sind die Dekorationen, die ich bestellt hatte, gut angekommen!" Reynas Blick lag auf den Kartons, die vor einer der Wände aufgereiht waren. Sie schien voller Energie zu sein, sprang von einem Thema zum nächsten.

„Alles angekommen", bestätigte Kat. „Ich bin schon sehr gespannt, wie du das Gebäude verwandelst."

„Lass dich überraschen!" Reyna streckte eine Hand aus, um Kats Unterarm zu drücken.

„Also gut“, murmelte letztere. Auch wenn sie es hasste, die Kontrolle abzugeben, so hatte sie mit der Dekorateurin vorab schließlich einen Stil ausgemacht, den sie sich für das TALI-Gebäude wünschte. Einzeln betrachtet entsprachen die Dekosachen in den Kisten auch genau dem, was sie sich vorgestellt hatte. *Es wird schon alles gut gehen*, sagte sie sich.

„Du hast meine Nummer, ich bin jederzeit erreichbar“, sagte Kat, doch die andere Frau schien gedanklich bereits ganz woanders zu sein, war über die Kartons gebeugt. Sichtlich abgelenkt nickte sie Kat zu, danach klatschte sie in die Hände und winkte ihre Helferelfen herbei. „Wir brauchen die Hebebühne!“

Alles in Kat sträubte sich dagegen, die Lobby zu verlassen und die Dekorationsarbeiten nicht selbst zu beaufsichtigen. *Hebebühne? Was hat Reyna vor?* Unwohl warf Kat noch einen Blick in die Lobby, bevor sich die Aufzugtüren schlossen und ihr die Sicht versperrten. Einmal atmete sie tief ein und aus, konnte nur hoffen, dass sie die richtige Frau für den Job angeheuert hatte und das Ergebnis Mr. Tanner aus den Socken hauen würde.

Sollte Dan Tanner wirklich ein Eisklotz sein, konnte er ein bisschen Weihnachtszauber in seinem Leben doch gut gebrauchen, oder nicht?

•OOO•

Den Rest des Tages verbrachte Kat vor dem Computer in ihrem Büro, ging Schichtpläne des Personals durch, überprüfte und bestätigte Bestellungen, welche die verschiedenen Teams im Gebäude aufgeben wollten. Das hauseigene Café brauchte Nachschub an Kaffeebohnen der italienischen Firma *Lavazza* – nur das Beste für ihre stinkreichen Anwohner. Das Doggy-Daycare-Center, das sich im Erdgeschoss befand, benötigte mehr Hundespielzeug. Offenbar gab es einen neuen Vierbeiner in der Gruppe, der besonderen Spaß daran hatte, alles zu zerstören, was er zwischen die Zähne bekam. Das Gebäude verfügte über einen riesengroßen Innenhof, der wie ein Park angelegt war, und das Gärtnerteam brauchte Rechen. Und so weiter und so fort.

Als Will ihr eine Nachricht schickte, kam die kurze Verschnaufpause wie gerufen. Ungläubig starrte Kat auf das Foto, das er ihr gemeinsam mit einem Lachsmiley gesendet hatte. Es zeigte keinen anderen als Mason, der auf der Hebebühne stand und einen Weihnachtskranz an den Kronleuchter der Lobby hängte, während Reyna vom Boden aus wild gestikulierte. Vermutlich gab sie ihm Anweisungen.

Kopfschüttelnd lachte sie auf bei dem Anblick, es wunderte sie nicht einmal, dass *Miss Christmas* den Security-Mann dazu überreden konnte, ihr zur Hand zu gehen. Und es wunderte sie erst recht nicht, dass Masons Kollege Will sich köstlich amüsierte, sogar Beweisfotos schoss.

Kat: 😂😂😂

Will: Er wollte sie nicht auf die Hebebühne lassen. *kopfschüttel

Beide Security-Männer hatten eine stark ausgeprägte beschützerische Ader, vermutlich hatte das bei ihrer Berufswahl auch eine Rolle gespielt.

Kat: Ich wette, sie lässt sich gern von irgendeinem Machoman sagen, was sie tun und lassen kann.

Will: Sie hat gegrinst.

Ohne ihn zu sehen, kannte Kat ihren Chatpartner gut genug, um zu wissen, dass er gerade erschauerte.

Will: Und dann hat sie ihn irgendwie dazu gekriegt, selbst da hochzuklettern.

Kat: Weihnachtsmagie.

Will: Du meinst wohl eher Weihnachtshexe.

Kat: Stell dich nie zwischen eine Frau und das, was sie erreichen will.

Will: Weise Worte. 😊

Lächelnd legte sie ihr Handy wieder beiseite, um das schnurlose Festnetztelefon zu ergreifen. Sie hatte früh gelernt, wie wichtig es war, einfach mal bei den Angestellten nachzufragen, ob alles okay war, sie bei irgendetwas Unterstützung brauchten, und ein offenes Ohr für Ideen zu haben. Das war nicht nur für die Moral im Team gut, weil jeder einzelne sich so gehört fühlte, sondern es sorgte auch dafür, dass all die verschiedenen Bereiche im *TALI*-Gebäude wie eine gut geölte Maschine liefen.

Manchmal hakte Kat per Anruf nach, manchmal nahm sie sich die Zeit und ging durch das Gebäude von Team zu Team, um sich mit ihnen zu unterhalten. Schon oft hatte sie kreative Lösungen für ein Problem gefunden, in dem sie den einen Arbeitsbereich mit dem anderen vernetzt hatte, und gleich lief alles viel glatter. Am heutigen Tag schien jedoch alles in Ordnung zu sein.

Nachdem sie mit den Frauen von der Wäscherei telefoniert hatte, war sie mit ihrer Liste durch. Sobald ihr Blick die Zeitanzeige auf ihrem Computerbildschirm streifte, setzte ihr Herz beinahe einen Schlag aus, nur um im nächsten Augenblick loszugaloppieren. Es war schon Nachmittag, sie hatte vergessen, zu essen, und vor allem: Dan Tanner würde gleich hier auftauchen!

Hastig erhob sie sich von ihrem Schreibtischstuhl, strich den Blazer ihres Hosenanzugs glatt und schnappte sich die Mappe mit all den Unterlagen, die sie für den Termin vorbereitet hatte. Hastig eilte sie in den angrenzenden Konferenzraum, um die Mappe dort abzulegen, Tassen, eine Zuckerdose, Gläser sowie zwei Flaschen Wasser standen bereits parat. Schnell ging sie zum Sideboard, auf dem der Kaffeevollautomat stand, um diesen per Knopfdruck anzuschmeißen. Damit war alles so weit.

Zufrieden nickte sie sich zu und hastete zurück Richtung Aufzug. Als ihr wieder einfiel, dass Miss Christmas … *äh, Reyna* am Morgen dabei gewesen war, die Lobby zu schmücken, und Kat das Endergebnis noch nicht überprüft hatte, bekam sie beinahe Schnappatmung. Bestimmt war die Weihnachtsdekorateurin noch nicht fertig, sonst hätte sie Kat ein Update geschickt. Inständig hoffte Kat, dass zumindest die Lobby bereits in weihnachtlichem Glanz erstrahlte und Reyna mit den anderen Bereichen des TALI-Gebäudes beschäftigt war. Es wäre eine kleine Katastrophe, wenn Dan Tanner in seinem Luxusapartmentkomplex auftauchte und als Allererstes über Kartons stolperte oder gegen die Hebebühne knallte …

Angespannt schloss sie die Augen; erst als das *Ping!* des Lifts erklang, hob sie die Lider wieder – konnte sich vor der Realität schließlich nicht verstecken. Allerdings schenkte ihr das Schicksal noch einen Moment Aufschub, denn es öffneten sich die Türen nicht zur Lobby, sondern im dritten Stock. Terrence Hart, ein Star-Anwalt aus Boston, trat neben sie. Zur Begrüßung nickte er ihr freundlich zu.

„Miss Harris.“

„Mr. Hart“, erwiderte sie mit einem kleinen Lächeln. Mehr sagte sie nicht, denn sie kannte nicht nur ihr TALI-Team sehr gut, sondern auch jeden der Bewohner. Und Mr. Hart hasste Smalltalk. In einvernehmlichem Schweigen blickten sie in Richtung der Türen, erst als diese sich wenig später zur Lobby hin öffneten, durchbrach der Anwalt noch einmal die Stille:

„Ich kann Ihnen nicht sagen, wie sehr ich Ihre Gesellschaft genieße.“ Damit marschierte er davon … und Kat brach beinahe in schallendes Gelächter aus, konnte sich aber gerade noch rechtzeitig auf die Zunge beißen. Terrence Hart war, gelinde gesagt, ein seltsamer Mann.

Dank des stadtbekannten Anwalts war sie derart abgelenkt, dass sie zwei Sekunden brauchte, um die Lobby bewusst wahrzunehmen. Kaum hatte sie jedoch den ersten Schritt aus dem Aufzug getan, staunte sie nicht schlecht. Mit großen Augen sah sie sich um, nahm all die Lichterketten und das künstliche Tannengrün wahr, das mit silberfarbenen Weihnachtskugeln versehen war. Das Silber wirkte geschmackvoll, passte zum edlen, luxuriösen Stil des TALI-Gebäudes. Auch Mason hatte einen super Job gemacht, denn der Kranz, der den Kronleuchter zierte, war atemberaubend schön.

„Sie haben hervorragende Arbeit geleistet, und das nicht zum ersten Mal, wie ich höre.“

Bei der kühlen Stimme erstarrte Kat wie zu Eis. Abrupt riss sie den Blick herum, sodass sie nicht länger die Weihnachtsdekoration über der Theke des Concierge bewunderte, sondern geradeaus sah. Kein anderer als Dan Tanner stand direkt vor ihr; der schwarze Designeranzug saß perfekt, sein dunkles Haar war zurückgekämmt, an den Schläfen ergraute es, was ihn jedoch nur attraktiver machte.

Eisblaue Augen hatten sie ins Visier genommen, Kat erschauderte.

Er hatte sie nicht nur unvorbereitet getroffen, sondern sie war auf den intensiven Blick des kühlen Milliardärs nicht gefasst gewesen. Er verzog keine Miene, der Ruf als Eisklotz, der ihm vorauseilte, hätte treffender nicht sein können.

Aber hatte er sie soeben nicht gelobt?

Kat schluckte schwer, musste sich räuspern, bevor sie antworten konnte. „Danke, aber genau genommen hat Reyna Scott hervorragende Arbeit geleistet – sie ist für die Weihnachtsdekoration verantwortlich."

Mr. Tanner nickte, doch sie hätte beim besten Willen nicht sagen können, was er empfand. Sah er Bescheidenheit als Schwäche an? Oder fand er es löblich, dass sie sich nicht mit fremden Lorbeeren schmückte?

Nervös faltete sie die Hände hinter dem Rücken, krallte die Fingernägel in ihre Haut. Sie musste sich davon abhalten, auch noch nervös auf den Fersen vor und zurück zu wippen. Der Kerl starrte sie einfach an, machte sie nur noch nervöser. Bestimmt wusste er, welche Wirkung er damit auf andere hatte – während Verhandlungen war das bestimmt ein super Powermove.

„Ich dachte, wir fangen mit einem Rundgang an?", schlug Kat vor, als sie endlich ihre Stimme wiederfand. „Wenn ich es richtig weiß, waren Sie seit der Fertigstellung des Baus nicht mehr persönlich hier."

Zwar nickte Mr. Tanner zustimmend, seine nächsten Worte brachten Kat jedoch noch mehr aus dem Konzept. „Danke, das ist nicht nötig."

„O-okay, dann …" Sie geriet ins Stocken. *Verflucht, wann ist mir das zuletzt passiert?*, schoss es ihr durch den Kopf. Eigentlich war sie selbstbewusst, schlagfertig und immer dazu fähig, die richtigen Worte zu finden – daher war sie so gut in ihrem Job. Aber angesichts Dan Tanner … *dem* Dan Tanner, verlor sie die Fassung.

„Am besten, wir gehen direkt in Ihr Büro", schlug er vor.

Er wird mich feuern!, war das Erste, was ihr in den Sinn kam. Mit einem Mal begannen ihre Hände zu zittern, die erste Reaktion des Schocks und der Furcht verflüchtigte sich jedoch schnell, machte einer plötzlichen Klarheit Platz.

Steif nickte sie ihm zu, ihr Ton war beinahe so roboterhaft wie der seine, als sie sagte: „Also gut, folgen Sie mir bitte."

Als sie diesmal neben einem weiteren Anzugträger im Fahrstuhl stand, war die Stille zwischen ihnen alles andere als angenehm. In ihren Ohren dröhnte ihr eigener Herzschlag, so laut, dass Kat sich fragte, ob der Milliardär neben ihr es hören konnte. Die Anspannung in ihrem Innern wuchs mit jedem Stockwerk, das der Lift erklomm, weiter an.

Endlich öffneten sich die Türen auf der Etage ihres Büros. Sofort eilte sie in den Gang, kam sich vor, als könne sie erst jetzt wieder richtig atmen. Beim Anblick des Schildes *Gebäudemanagerin Katelyn Harris* bombardierte ihr Verstand sie sofort mit Fragen:

Werde ich fristlos gekündigt?

Wie soll ich so schnell eine neue Wohnung finden?

Was habe ich überhaupt falsch gemacht?

Mit mechanisch anmutenden Bewegungen hob sie ihre Keycard an das Lesegerät neben der Tür, gab alles, um die Gedanken fortzuschieben – wenigstens für den Moment. Nachdem sie die Tür geöffnet hatte, winkte sie Mr. Tanner herein und bedeutete ihm, in den angrenzenden Konferenzraum zu gehen. Ihr fiel auf, dass er beim Gehen kaum ein Geräusch verursachte, wie ein schwarzer Panther auf der Pirsch. Das passte zu dem eiskalten Geschäftsmann, immerhin bereitete er sich gerade auch auf den tödlichen Angriff – darauf, sie zu feuern – vor, oder nicht?

Die Haut in ihrem Nacken kribbelte, all die feinen Härchen auf ihren Armen stellten sich auf, während sie ihm in das andere Zimmer folgte.

„Wasser? Kaffee?“, bot sie an, war stolz darauf, dass ihre Stimme nicht länger zitterte. Sie hob das Kinn, erinnerte sich im Stillen daran, dass sie es schon mit viel Angst einflößenderen Typen zu tun gehabt hatte – im TALI-Gebäude wohnte unter anderem ein Mixed-Martial-Arts-Kämpfer. Auch wenn er seine beiden Siamkatzen verhätschelte, als wären sie süße, kleine Babys, so war Max Malone eine mehr als beeindruckende Erscheinung.

Fest erwiderte sie Mr. Tanners Blick, als er antwortete:

„Kaffee.“ Er nickte knapp, fügte etwas verspätet noch „Danke“ hinzu, als habe irgendetwas – oder irgendjemand? – ihn daran erinnert.

Kat war froh, sich ablenken zu können, allerdings dauerte es nicht lang, bis der teure Kaffeevollautomat seine Arbeit getan hatte und sie eine Tasse vor dem Milliardär auf dem Tisch abstellte. Weil ihr Puls schon von allein raste, schenkte sie sich selbst lieber ein Glas Wasser ein. Abwartend ließ sie sich auf dem Stuhl ihm gegenüber nieder, die breite Tischplatte zwischen ihnen. Kat war froh über den Abstand, der ihre blank liegenden Nerven wenigstens ein bisschen beruhigte.

Während Mr. Tanner in aller Ruhe einen Schluck Kaffee trank, musste Kat sich davon abhalten, vor lauter Ungeduld auf ihrem Stuhl hin und her zu rutschen. Wenn er sie feuern wollte, konnte er es dann nicht wenigstens kurz und schmerzlos halten?

„Ich habe ein paar Berichte für Sie vorbereitet …", fing sie an, auch wenn sie ahnte, wie ihr Vorschlag an ihm abprallen würde.

In einer erhabenen Geste hob er eine Hand, womit er sie mitten im Satz abbrechen ließ. „Ich habe genug Berichte gesehen."

Sie konnte nicht einmal behaupten, dass seine Stimme unfreundlich klang, aber seine Miene war blank. Seine Worte konnte man so oder so deuten. Langsam stieg Verzweiflung in ihr auf, weil sie sich wie ins kalte Wasser geworfen fühlte. Nur stinkreiche Leute konnten es sich leisten, in einem der Luxusapartments zu wohnen, demnach hatte sie in ihrem Job ständig mit gut betuchten, arroganten Mistkerlen zu tun – und ließ sich nicht davon beeindrucken! Aber der Eisklotz machte es ihr wirklich verdammt schwer.

Resigniert stieß sie den Atem aus und drückte die Schultern zurück. Wenn das hier irgendein Machtspielchen war, dann hatte sie keine Lust mehr darauf. Folglich sagte sie: „Sie sind hier, um mich zu feuern, stimmt's?"

Etwas, was sie nur als Haifischgrinsen bezeichnen konnte, zeigte sich auf seinen Zügen. Nachdem er seine Tasse auf dem Tisch abgestellt hatte, erwiderte er: „Ich bin hier, um Ihnen eine Gehaltserhöhung zu geben."

Derart durch sein raubtierhaftes Lächeln abgelenkt, brauchte sie zwei Sekunden, bis der Sinn seiner Worte so richtig zu ihr durchdrang. Blinzelnd sackte sie auf ihrem Stuhl zusammen, alle Anspannung fiel ruckartig von ihr ab, während pure

Erleichterung durch sie strömte. Alles, was sie hervorbrachte, war ein „Oh“.

„Meine Verlobte sagt, ich muss an meiner Kommunikation arbeiten – wie ich sehe, hat sie recht.“ Er schmunzelte, allerdings sah sie zum ersten Mal Emotionen über seine Züge huschen. Zum einen Belustigung, zum anderen sah er für einen Sekundenbruchteil wie jeder andere verliebte Trottel aus, was auf seltsame Art und Weise charmant war.

Am Ende des Tages war der Eisklotz eben doch ein Mensch.

„Ihre Verlobte klingt nach einer schlauen Frau“, erwiderte Kat, hoffte inständig, dass sie mit dem Necken keine Grenze überschritt.

Zum Glück wirkte er nicht sauer, stattdessen zuckten seine Mundwinkel. „Das ist sie.“

Nachdem er einen weiteren Schluck Kaffee genommen hatte, fuhr er fort: „Wie Sie wissen, übersieht ein CEO all unsere TALI-Gebäude. Natürlich ist das Ziel, dass *jeder* Standort möglichst erfolgreich läuft, aber er kann die Zahlen der verschiedenen Standorte auch miteinander vergleichen. Und keines der TALI-Gebäude hat so eine lange Warteliste wie das in Boston; keines erreicht bei den Bewohner- und Personalumfragen so hohe Werte.“ Vielsagend hob er die Brauen und warf ihr einen bedächtigen Blick zu.

„Sie sind engagiert, finden kreative Lösungen und schaffen es, dass Menschen aus den verschiedensten Bereichen des Lebens miteinander auskommen … Neulich bin ich Terrence Hart über den Weg gelaufen und er nannte es eine familiäre Atmosphäre.“

Terrence Hart hat das gesagt? Der strenge Star-Anwalt, mit dem sie zumeist nur stumm nebeneinander im Aufzug stand? Beinahe hätte sie ein Lachen ausgestoßen.

Offenbar verbarg sie ihre Belustigung nicht so gut wie erhofft, denn Mr. Tanner zwinkerte ihr über den Konferenztisch hinweg zu. „Ich muss Ihnen wohl nicht erklären wie viel Gewichtung solche Worte von Terrence haben.“

Offenbar waren die beiden sogar auf Vornamen-Basis; ob sie befreundet waren? Wieso würde das Kat nicht überraschen?

„Um es kurzzufassen …“ Der Milliardär lehnte sich über den Tisch in ihre Richtung, stützte die Ellenbogen auf der Platte ab und faltete die Hände. Die Pose verstärkte seine Ausstrahlung von Macht und Geld nur noch. Hätte sie vorhin nicht den einen liebestrunkenen Ausdruck auf seinen Zügen gesehen, als er von seiner Verlobten gesprochen hatte, wäre Kats Puls nun wieder in die Höhe geschossen. Aber die kurze Episode vorhin hatte Dan menschlich gemacht und ihr die Angst genommen.

„… Sie sind die beste Gebäudemanagerin, die wir haben, und gute, loyale Arbeit belohnen wir.“ Als er ihr im Anschluss ihr neues Gehalt nannte und hinzufügte, dass es auch noch einen – verdammt hohen – Weihnachtsbonus gab, fielen ihr beinahe die Augen aus dem Kopf.

„Danke, Sir, vielen Dank“, stammelte Kat sofort.

Er nickte knapp, doch diesmal empfand sie die Geste nicht als kühl – wie sollte sie auch, wenn er gerade noch eine kleine Lobeshymne auf sie gesungen hatte?

Plötzlich runzelte er die Stirn. „Eine Frage habe ich noch: Die Fragebogen waren anonymisiert, einer der Bewohner schrieb …“ Er zog ein Smartphone aus seiner Tasche und tippte darauf herum. Kaum war er fündig geworden, las er vor: „Meine Mädchen hassen alle, aber Kat kommt sogar mit meinen *cats, Katzen* klar. Bestimmt liegt’s am Namen.“

Sobald er zu Ende gesprochen hatte, hob er den Blick vom Handydisplay, um sie fragend zu betrachten. Diesmal konnte sie ihr Kichern nicht unterdrücken. „Was hat der Bewohner damit gemeint?"

„Das war zweifelsohne Max Malone …", begann sie.

„Der MMA-Fighter?", hakte Dan in verwundertem Ton nach. „Hatte er nach seinem Kampf neulich nicht eine Gehirnerschütterung?"

Offenbar zweifelte Mr. Tanner daran, in welcher geistigen Verfassung Max gewesen war, als er an der Umfrage teilgenommen hatte. Kats Kichern wurde noch verstärkt.

„Nein, nein …" Sie schnappte nach Luft, unterdrückte ihr Auflachen mit aller Kraft, damit sie wieder normal sprechen konnte. „Er hat zwei Siamkatzen, die er heiß und innig liebt – *seine Mädchen*. Offenbar mögen die beiden es nicht, wenn er … Frauenbesuch hat, zerkratzen Handtaschen und pinkeln sogar auf die Schuhe der Damen."

Begreifen zeigte sich in den eisblauen Augen ihres Gegenübers. Interessiert lehnte er sich noch etwas weiter vor, in geradezu verschwörerischem Ton wollte er wissen: „Und wie haben Sie es hinbekommen, dass die Katzen Sie leiden können?"

„Besondere Leckerli", gab sie in vergnügtem Ton zu. „Die beiden würden für Lachs alles tun."

„Guter Zug." Er bedachte sie mit einem anerkennenden Blick.

„Apropos! Jeder weiß, dass Katzen- und Hundebilder auf Social Media super funktionieren – daher posten wir freitags jetzt immer *tierische Geschichten*. Die Leute lieben es, und es zeigt wunderbar, dass das TALI-Gebäude offen für Haustierbesitzer ist. Natürlich ist unsere Warteliste aktuell voll, aber …"

„Besser Vor- als Nachsorge“, schlussfolgerte Dan Tanner.

„Korrekt.“ Sie lächelte ihn an. „Auf jeden Fall hat Max zugestimmt, dass wir seine Katzen dort präsentieren dürfen. Er hat uns sogar schon ein paar Fotos geschickt – Siamkatzen mit klitzekleinen MMA-Championship-Gürteln habe ich auch noch nie gesehen …“ Bei der Erinnerung an die Fotos musste sie schon wieder auflachen.

Zu ihrer Überraschung sagte Dan: „Jenn würde das lieben.“ Vermutlich war das seine Verlobte. „Ich gebe Ihnen die Nummer, dann können Sie ihr die Fotos weiterleiten.“

„Uhm … okay“, stieß sie bei der etwas ungewöhnlichen Bitte aus. Allerdings würde sie dem Ober-Oberboss bestimmt nichts abschlagen.

Wenig später schnappte er sich die Mappe, die sie am Morgen auf dem Tisch platziert hatte, zog sie zu sich heran und zückte einen Stift aus der Brusttasche seines Jacketts. Während er die Nummer seiner Verlobten darauf kritzelte, schwebte nicht das verliebte kleine Lächeln, sondern das Haifischgrinsen auf seinen Lippen. Für einen wahnwitzigen Augenblick fragte sich Kat, was der Milliardär im Schilde führte, schalt sich dann aber für ihre Paranoia. Sie war nur durcheinander, weil sie schlecht geschlafen hatte und bis vorhin so furchtbar aufgeregt gewesen war.

Keine zwei Sekunden später war das Grinsen auch schon wieder verschwunden. Sie musste es sich nur eingebildet haben.

Kapitel 4

Ein Klopfen ließ Ryan ruckartig den Kopf heben. Verwundert, weil er keinen Termin auf dem Schirm hatte, sah er von der Akte vor sich auf und in Richtung seiner Bürotür.

„Herein!“

Kaum hatte er das eine Wort ausgesprochen, öffnete sich die Tür. Dans hochgewachsene Gestalt wurde sichtbar. Angesichts dessen, dass sein älterer Bruder ein Kontrollfreak und nicht gerade der Typ für spontane Besuche war, zog Ryan die Stirn kraus.

„Ist etwas passiert?“, fragte er, konnte sich keine andere Gelegenheit vorstellen, bei der Dan einfach hereinschneien würde.

Zu seiner Überraschung schüttelte sein Bruder den Kopf, betrat in aller Seelenruhe den Raum und schloss die Tür hinter sich. Er durchquerte das Büro, um sich wenig später auf dem Stuhl vor Ryans Schreibtisch niederzulassen.

„Ich habe ein paar Dinge zu besprechen“, erklärte Dan.

„Und du hast keinen Termin ausgemacht?“ Ryan runzelte die Stirn, während er sich auf dem Drehstuhl zurücklehnte. Mit hochgezogenen Brauen betrachtete er sein Gegenüber.

„Sagst du mir nicht seit Jahren, ich sollte spontaner sein?“ Dans Ton war trocken; hätte Ryan ihn nicht so gut gekannt, wäre ihm der schwarze Humor wohl verborgen geblieben.

„Stimmt wohl, hätte nur nicht erwartet, dass meine Worte jemals fruchten würden.“

„Nun denn. Wunder geschehen“, antwortete sein Bruder, der dabei geradezu gelangweilt klang.

Zwar hatte sich an Ryans generell mieser Stimmung noch nichts geändert, doch in diesem Moment brach ein bellendes Lachen über seine Kehle. Lange hatte er geglaubt, den lustigen, unbekümmerten Jungen, der sein Bruder einst gewesen war, für immer verloren zu haben. Ihre Familie hatte so einige Verluste einstecken müssen; manchmal war es Ryan so vorgekommen, dass zumindest ein Teil von Dan auch gestorben war. Doch seit sein Bruder Jenn kennengelernt hatte, wurden Momente wie dieser hier immer häufiger. Humor blitzte hinter der Mauer des Eisklotzes hervor, man musste nur genauer hingucken, aber der Junge von damals steckte noch tief in Dans Innerem.

„Was wolltest du besprechen?", hakte Ryan schließlich nach, nebenbei schob er die Akte beiseite, die er vorhin noch gelesen hatte, um sich voll und ganz auf sein Gegenüber zu konzentrieren.

„Ich will, dass wir einen General Manager einstellen."

„Und der Himmel ist pink", schoss es wie von selbst aus Ryan hervor. Er traute seinen Ohren kaum. Sein Bruder wollte einen GM für die Berserks einstellen? Ryan versuchte ihn schon seit Ewigkeiten dazu zu überreden, genau dies zu tun. Aktuell übernahm Dan selbst die Rolle des General Managers – es war ja nicht so, dass er schon mehr als genug Arbeit hatte …

„Wirf einen Blick aus dem Fenster, der Himmel ist blau wie eh und je. Dennoch will ich, dass wir einen GM einstellen." Die eisblauen Augen seines Bruders wirkten ernst.

Also macht er keine Scherze?

„Du weißt, dass ich das schon lange will." Ryan zuckte mit den Achseln. „Ich hab also keinerlei Einsprüche."

„Sehr gut, dann weise ich Bailey an, uns ein Dossier mit potenziellen Kandidaten zusammenzustellen." Ein zufriedener Zug lag um Dans Mundwinkel.

„Und du bist dir auch nicht zu schade, einen GM von einer anderen Mannschaft abzuwerben, falls nötig."

„Wenn sie ihre Angestellten so schlecht bezahlen oder mies behandeln, dass sie sich abwerben *lassen*, haben sie das selbst zu verschulden", erklärte Dan schlicht, sodass Ryan schmunzeln musste.

„Wohl wahr", gab er zu, wurde danach jedoch etwas ernster: „Woher der Sinneswandel?"

Sein Bruder grinste, von einem Ohr bis zum anderen, wirkte dabei beinahe so unbekümmert wie vor all den Jahren.

„Jenn und ich gehen die Familienplanung an."

„Ihr versucht, ein Baby zu bekommen?", fragte Ryan mit einem ehrlichen Lächeln.

Dan nickte, seine Mundwinkel zeigten noch immer nach oben, seine Haltung wirkte entspannt … *glücklich*. Es tat unendlich gut, seinen älteren Bruder so zu sehen.

„Erst die Verlobung und vielleicht schon bald ein Baby – ich freu mich für euch!" Nun begriff er auch, warum Dan nach all den Jahren bereit war, einen GM einzustellen. „Du willst mehr Zeit für deine Familie haben, wenn es so weit ist."

„Korrekt." Mit einem bedächtigen Ausdruck nickte Dan. „Vielleicht hatten wir nicht die besten Eltern, aber so weiß ich wenigstens, was ich *nicht* für meine Kinder will."

„Untertreibung des Jahrhunderts", erwiderte er kopfschüttelnd. Ihre Mutter hatte die Familie verlassen, als sie beide noch Kinder gewesen waren. Ihr Vater hatte sie aufgefangen, aber nach einem weiteren Verlust war er dem Alkoholismus erlegen und … *abwesend* gewesen.

„Du wirst ein guter Dad, da bin ich sicher." Er lächelte seinen Bruder an. Jenn war fast fünfzehn Jahre jünger als Dan, doch die beiden waren wie füreinander geschaffen. Nach anfänglichen Zweifeln hatte das auch Ryan begriffen und war unglaublich froh sowie dankbar, dass Dan sie in seinem Leben hatte. Irgendwie machte sie seine Welt … heller.

Nachdenklich musterte er sein Gegenüber, die Veränderungen waren schleichend gekommen, dadurch hatte Ryan sie zu Beginn nicht bemerkt. Die Tatsache, dass Dan endlich bereit war, Kontrolle abzugeben und weniger zu arbeiten, war nur eine davon.

Glücklich zu sein, stand ihm gut.

„Du sagtest, du wolltest *Dinge* besprechen. Was steht noch auf deiner Agenda?" Ryan kannte seinen älteren Bruder zu gut, um nicht zu ahnen, dass dieses Gespräch noch nicht vorbei war.

Amüsement blitzte in Dans hellen Augen auf, bevor er antwortete: „Ich habe überlegt, welche Bereiche ich noch abgeben könnte, und dachte an *Tanner Living*."

„Aber das ist dein Baby!" Vor Überraschung weiteten sich Ryans Augen, immerhin hatte sein Bruder das Projekt eigenhändig aus dem Boden gestampft, hatte das Grundstück für den ersten Standort vor dem Kauf selbst begutachtet, den Architekten bei der Planung vermutlich mit seinem Perfektionismus in den Wahnsinn getrieben, ein, zwei Sonderbauanträge sogar vor Gericht durchboxen lassen und, und, und …

„Wenn alles klappt, bekomme ich bald ein richtiges Baby", hielt Dan dagegen, wobei er eine Braue in die Höhe zog. Bei seiner Ernsthaftigkeit hätte Ryan beinahe aufgelacht. „Außerdem: Du weißt, dass ich die Herausforderung neuer Projekte liebe.“

Das stimmte wohl. Genau aus diesem Grund hatte Dan es damals auch geschafft, das Familienunternehmen, das ihr alkoholkranker Vater beinahe in den Sand gesetzt hätte, zu retten und immer weiter auszubauen. Nachdem Ryan sein Studium beendet hatte und seinem Bruder zur Hand hatte gehen können, hatten sie aus dem einst *millionen*schweren Familiengeschäft ein *milliarden*schweres gemacht. Dies war zu großen Teilen dem geschuldet, dass Dan immer eine neue Herausforderung suchte und regelmäßig neue Branchen eroberte.

Tanner Living hatte für Dan den Reiz verloren, er brauchte es nicht in Worte zu fassen, Ryan verstand auch so. Dennoch wusste er, dass Dan *sein Baby* nicht irgendjemandem überlassen würde.

„Jemand muss dafür sorgen, dass die TALI-Marke ihren hohen Standard behält. Der CEO und die Gebäudemanager sind fähige Leute, aber du weißt, wie es ist …“ Dan verzog den Mund. „Wenn nicht hin und wieder der Boss auftaucht, lassen sie die Dinge schleifen.“

„Das kommt nicht in die Tüte“, stimmte Ryan zu. Natürlich gab es Angestellte, die ihren Job liebten und immer ihr Bestes gaben – mehr verlangten sie auch nicht –, aber es gab auch diejenigen, die bequem wurden, wenn ihnen niemand auf die Finger schaute. Gerade die CEOs wurden gerne mal größenwahnsinnig, scheffelten in die eigene Tasche, wenn sie glaubten, es würde niemand bemerken. Vor ein paar Jahren hatten sie einen ihrer CEO dabei erwischt – selbstredend hatte Dan ihn vor Gericht vernichten lassen, ihn zum Mahnmal gemacht.

Schon früh hatten sie beschlossen, ihre Angestellten großzügig zu bezahlen, für eine Krankenversicherung zu sorgen und ihnen deutlich mehr Urlaubstage zu gewähren, als es in den USA Standard war. Was sie im Gegenzug dafür verlangten, war Loyalität.

„Schick mir alles, was ich brauche, damit ich dir *Tanner Living* abnehmen kann“, sagte Ryan. „Und gib Bescheid, falls ich noch einen anderen Zweig übernehmen soll.“

„Werde ich.“ Damit erhob sich sein älterer Bruder, um zur Bürotür zurückzukehren. Bevor er diese öffnete, sah er noch einmal über die Schulter zurück. „Danke, Ryan.“

„Gern geschehen.“ Mit einem Lächeln beobachtete er, wie sein Bruder schließlich die Klinke herunterdrückte und im nächsten Moment verschwand.

Einige Sekunden lang starrte er auf die nun wieder geschlossene Tür, in seinem Innern schien ein Sturm von widersprüchlichen Gefühlen aufzubrausen. Er freute sich für seinen Bruder aus vollem Herzen, und doch war da wieder diese widerliche Eifersucht. Sosehr er Dan das Glück gönnte, so wünschte er sich auch, in einer ähnlichen Situation zu sein – *glücklich* verliebt, verlobt oder verheiratet und die Familienplanung in vollem Gange.

„Verflucht.“

Angespannt stieß er den Atem aus, rieb sich mit einer Hand über das Gesicht, hasste sich für das Gefühl des Neids. Was war er bloß für ein Bruder? Doch er konnte die Emotion einfach nicht aus seinem Innern verdrängen; Gedanken an Susanna und Lucas wirbelten in ihm auf.

Wären sie heute eine Familie, hätte er ihr vor Jahren gestanden, was er für sie empfand? Oder hätte sie ihn abgewiesen?

Das schwarze Loch in seiner Brust schien noch weiter aufzureißen, es fühlte sich an, als versuche jemand, ihn entzweizureißen. Seine Züge verfinsterten sich, Wut über sich selbst brodelte gemeinsam mit dem unerträglichen Herzschmerz in ihm auf. Alles in ihm brüllte auf, vor lauter Anspannung kam er sich vor wie ein wildes Tier in der Falle.

Er ballte die Hände zu Fäusten, danach rieb er sich über die Brust, als könne er den Schmerz so verschwinden lassen. Aber das konnte vermutlich nur die Zeit.

Gerade als er sich wieder in die Arbeit stürzen wollte, um die ihn erdrückenden Emotionen aus seinem Bewusstsein zu verdrängen, vibrierte sein Smartphone. Automatisch ergriff er es, um die Benachrichtigung zu überprüfen.

Verwirrt stellte er fest, dass von einer unbekannten Nummer eine Nachricht eingegangen war. An Dans oder seine Nummer heranzukommen war vermutlich genauso schwierig, wie die des Papstes herauszubekommen. Wer zum Teufel konnte das also sein?

Nachdenklich öffnete er die Nachricht, sofort sprang ihm ein Bild entgegen. Der Anblick des Fotos war derart skurril, dass ihm trotz allem ein unkontrolliertes Auflachen entglitt.

Ist das etwa eine Siamkatze mit einem Championship-Gürtel? Einer wie vom Boxen oder von MMA-Kämpfen?

Ungläubig starrte er das Bild an, musste jedoch zugeben, dass die Fellnase einen ganz schön entschlossenen Blick draufhatte und er ihr beinahe abnahm, gerade einen Boxkampf gewonnen zu haben. Kopfschüttelnd betrachtete er das Tierchen noch eine Weile, bevor er schließlich die dazugehörige Nachricht las.

Unbekannt: Guten Morgen! Habe es gestern Abend vergessen, aber dein Verlobter meinte, du seist eine

Frau, die lustige Katzenbilder zu schätzen weiß (wie ich, willkommen im Club!). Liebe Grüße! =)

Es war ganz offensichtlich, dass die Fremde die falsche Nummer hatte. Wenigstens hatte sich so das Rätsel, wie jemand an Ryans Kontakt gekommen war, gelöst. Vermutlich war ein kleiner Zahlendreher oder Ähnliches daran schuld, reiner Zufall. Gut so, sonst hätte er sich eine neue Nummer zulegen müssen, was einen riesengroßen Umstellungsaufwand nach sich gezogen hätte, auf den er getrost verzichten konnte.

Ryan: Tut mir leid, aber du hast die falsche Nummer. Ich bin erstens Single und zweitens ein Mann.

Nachdem er die Nachricht getippt sowie abgeschickt hatte, wollte er sein Handy eigentlich wieder beiseitelegen, um weiterzuarbeiten, doch da hüpften drei Pünktchen über seinen Bildschirm. Offenbar tippte die Fremde gerade eine Antwort. Abwartend blickte er auf das Display.

Unbekannt: Oje, entschuldige. Habe die Nummer gerade noch mal angeguckt, er muss sie mir falsch aufgeschrieben haben. Ist mir total peinlich.

Ein kleines Lächeln zog an seinen Mundwinkeln. Ehe er sichs versah, schrieb er zurück.

Ryan: Muss dir nicht peinlich sein.

Kurz schwebten seine Daumen wie erstarrt über dem Bildschirm, bevor er sich schließlich entschloss, ehrlich zu sein. Wieso auch nicht? Die Unbekannte hatte keine Ahnung, wer er war, von daher war es völlig egal, was er ihr beichtete.

Ryan: Außerdem hatte ich heute einen miesen Tag. Lustige Katzenbilder waren genau das, was ich brauchte – auch wenn ich das bis eben nicht wusste.

Sobald er auf Senden geklickt hatte, zuckte er zusammen,

konnte kaum glauben, dass er die Worte gerade wirklich abgeschickt hatte. Zu seinem Glück verurteilte sie ihn nicht, stattdessen brachte sie ihn mit ihrer nächsten Antwort schon wieder zum Lachen. Letzteres hätte er vor ein paar Minuten noch für unmöglich gehalten.

Unbekannt: Jeder braucht lustige Katzenbilder! Ärzte sollten sie verschreiben dürfen.

Ryan: Wäre das der Fall, wäre die Welt sicherlich ein glücklicherer Ort.

Unbekannt: O ja!!

Entweder sie hatte eine Schraube locker oder sie versuchte, einen völlig Fremden aufzumuntern. Vermutlich war Letzteres der Fall und das machte sie in Ryans Augen zu einem selten gutherzigen Menschen. Von diesen gab es viel zu wenig – erst recht in der Geschäftswelt –, umso mehr wusste er die kleine Geste zu schätzen.

Er hatte keine Ahnung, warum er die Unterhaltung noch fortführte, eigentlich war alles geklärt, sie kannten sich nicht und an dieser Stelle sollte ihr Gespräch beendet sein, und dennoch …

Ryan: Hast du noch mehr Katzenbilder?

Mit angehaltenem Atem wartete er darauf, dass sie antwortete.

Unbekannt: Natürlich! [Foto]

Diesmal waren es sogar zwei Siamkatzen, die eine trug einen Gürtel, die andere einen dünnen Mantel, wie Boxer das taten, wenn sie auf den Ring zu marschierten. Letztere sah ziemlich angepisst aus und erinnerte ihn an *Grumpy Cat*.

Schmunzelnd schüttelte er den Kopf. Wer auch immer die Unbekannte war, sie hatte recht: Ärzte sollten wirklich lustige

Tierbilder verschreiben, schließlich war Lachen die beste Medizin, oder nicht? Ihm ging es auf jeden Fall besser.

Unbekannt: Wie mies war dein Tag denn?

Das Angebot, darüber zu reden, kam unerwartet. Sein erster Impuls war, das Handy beiseitezulegen und ihre Frage zu ignorieren, doch der zweite … Wieso sollte er ihr nicht erzählen, was mit ihm los war? Er hatte es nicht geschafft, seinem Bruder die Wahrheit zu sagen, weil er sich wie ein Versager fühlte und das nicht zugeben wollte. Aber diese Frau, die hinter der unbekannten Nummer steckte, würde ihm nie im echten Leben über den Weg laufen; mit ihr konnte er absolut ehrlich sein. Selbst wenn sie ihn verurteilte, er kannte sie nicht, es würde ihn nicht berühren.

Nach kurzem Zögern tippte er seine Antwort.

Ryan: Schon mal unglücklich verliebt gewesen?

Unbekannt: Wer war das nicht? Tut mir sehr leid.

Ryan: Vielleicht hätte ich sagen sollen: Schon mal über zehn Jahre unglücklich verliebt gewesen?

Unbekannt: Autsch.

Das traf es wohl auf den Punkt. Ein langes Seufzen verließ seine Lippen, während seine Schultern nach unten sackten. Wenig später fügte die Fremde noch etwas hinzu:

Unbekannt: Was ist passiert, dass dir nach zehn Jahren bewusst geworden ist, dass aus euch nichts wird?

Ryan: Die Sache ist kompliziert.

Unbekannt: Ist es das nicht immer?

Er stellte sich vor, wie sie ein hilflos klingendes Kichern ausstieß. Zumindest vermittelte der Smiley, den sie mitgeschickt hatte, ihm diesen Eindruck.

Ryan: Die Kurzfassung ist: Susanna war mit meinem

besten Freund verheiratet, er starb vor zehn Jahren, seitdem bin ich für sie und ihren Sohn Lucas da ...

Unbekannt: Und irgendwann haben sich deine Gefühle verändert, aber du wolltest warten, bis sie bereit für etwas Neues ist?

Sie schien ein sehr intuitiver Mensch zu sein, wenn sie seine Motive so schnell durchschaute.

Ryan: Ja. Aber offensichtlich hab ich zu lange gewartet, denn als ich sie neulich besuchte, fuhr ihr Freund gerade weg.

Unbekannt: Noch mal autsch.

Zustimmend nickte er vor sich hin, stellte fest, dass es guttat, sich das Ganze von der Seele zu reden … zu schreiben. Ehe er ihr genau das sagen konnte, ploppte eine neue Nachricht auf seinem Display auf.

Unbekannt: Das willst du momentan bestimmt nicht hören, aber vielleicht ist es besser so. Wer weiß, ob die Vergangenheit nicht immer zwischen euch gestanden hätte?

Automatisch glitt sein Blick zu dem schwarz-weißen Foto, das zwischen den farbenfrohen auf seinem Schreibtisch stand. Sein bester Freund Alexander lächelte ihm aus dem Bilderrahmen entgegen, es war das Foto, das sie auch während der Beerdigung verwendet hatten – es war aufgenommen worden, bevor die Herzerkrankung ihm alle Kraft geraubt hatte und ihn nach und nach hatte weniger werden lassen. Auf dem Bild wirkte er gesund und vor allem glücklich.

Alexander hätte gewollt, dass Susanna einen neuen Partner fand. Aber seinen besten Freund? *Vielleicht* hatte die Fremde recht, *vielleicht* hätte die Erinnerung an Alexander immer zwischen Susanna und Ryan gestanden, *vielleicht* hatte er die letzten zehn Jahre seines Lebens verschwendet.

Unbekannt: Tut mir leid, wenn ich eine Grenze überschritten habe.

Offenbar machte sie sich Sorgen, ihn verärgert oder verletzt zu haben, weil er nicht sofort geantwortet hatte.

Ryan: Ganz im Gegenteil, ich schätze Ehrlichkeit – bringt einen zum Nachdenken.

Unbekannt: Und für den Fall der Fälle gibt es immer noch lustige Katzenbilder. 😀

Wie zum Teufel schaffte sie es, dass er schon wieder auflachte? Zu selben Teilen amüsiert wie ungläubig schüttelte Ryan den Kopf.

Ryan: Stimmt. 😆

Kapitel 5

Nachdem Kat herausgefunden hatte, dass Mr. Tanner ihr versehentlich die falsche Nummer aufgeschrieben hatte, schickte sie ihm die Fotos am nächsten Morgen einfach per E-Mail. Mit dieser Variante fühlte sie sich ohnehin wohler. Seiner Verlobten zu schreiben, hatte sich seltsam angefühlt, schließlich kannte sie diese Jenn überhaupt nicht.

Es dauerte nicht lang, bis Mr. Tanners Antwort in ihrem E-Mail-Postfach eintrudelte.

Guten Morgen Kat,

es tut mir leid, ich muss mich verschrieben haben. Danke für die Fotos, Jenn wird sich sehr freuen! Genau mit solchen kreativen Ideen wie der für den TALI-Social-Media-Auftritt haben Sie sich die Gehaltserhöhung mehr als verdient. Alle Unterlagen werden Ihnen baldmöglichst zugeschickt.

Grüße,
Dan Tanner

Während sie seine steifen, abgehackten Sätze las, musste sie grinsen. Wenn er sprach, klang er beinahe genau so, wie sich seine E-Mail las. Hinter der Eisschicht, die ihn umgab, musste er jedoch ein wirklich guter Kerl sein, sonst würde er seiner Verlobten wohl kaum Katzenbilder schicken und Kat persönlich zur verdienten Gehaltserhöhung gratulieren. Schließlich hatte er nur dazu den Termin mit ihr ausgemacht, dabei hätte er dafür auch seinen CEO schicken oder das ganze per E-Mail erledigen können.

Nachdenklich legte sie den Kopf schief, zwar war ihr Blick auf den Bildschirm ihres PCs gerichtet, allerdings nahm sie ihn kaum wahr, starrte ins Leere.

Sie hatte immer geglaubt, dass die guten Arbeitsverträge des TALI-Teams und von ihr selbst dem CEO zu verdanken waren. In diesem Moment beschlich sie jedoch der Verdacht, dass Dan Tanner dafür verantwortlich war. Hinzu kamen die vielen, bezahlten Urlaubstage, die alles andere als Standard in den USA waren – nur deswegen konnte Kat beim traditionellen Weihnachtsurlaub ihrer Familie teilhaben. Bei kaum einem anderen Arbeitgeber bekäme sie zehn Tage Urlaub.

Ihre Familie besaß ein Winter-Resort, ihre Eltern und ihre Brüder kümmerten sich alle zusammen um den Betrieb. Daher mussten sie auch keine Urlaubstage nehmen, um in den zwei Wochen vor und um Weihnachten herum besonders viel Zeit miteinander zu verbringen. Sie wohnten ohnehin alle auf einem Haufen, Weihnachtsurlaub bedeutete für sie nur, dass sie eine Unternehmung nach der anderen gemeinsam planten.

Bevor Kat angefangen hatte, bei *Tanner Living* zu arbeiten, hatte sie oftmals nur den *Christmas Day*, den fünfundzwanzigsten Dezember, mit ihren Lieben verbringen können. Was sie ihr jedes Mal vorgehalten hatten. Kat konnte nicht zählen, wie oft sie ihr gesagt hatten, sie solle ihren Job kündigen und stattdessen in den Familienbetrieb einsteigen.

Früher hatte sie sich immer schlecht gefühlt, weil sie den Traum, den ihre Eltern sich verwirklicht hatten und an ihre Kinder weitergeben wollten, nicht teilte, doch heute war sie davon überzeugt, dass jeder ein Recht auf eigene Träume hatte. Schon als Mädchen hatte sie sich gewünscht, in einer Großstadt zu wohnen, hingegen liebten ihre Brüder das ruhige Leben mitten im Nirgendwo aus vollem Herzen. Das Studium hatte sie gelehrt, auf eigenen Füßen zu stehen, seitdem arbeitete sie hart für ihren eigenen Traum und – wie sie zugeben musste – um ihrer Familie etwas zu beweisen.

So langsam fürchtete sie jedoch, dass sie ihrer Mutter nie gut genug sein würde. Sie war zu stur, zu unabhängig und mit Anfang dreißig hatte sie immer noch keine Kinder, ja war nicht einmal verheiratet.

Mit einem Seufzen schüttelte sie den Kopf, um die Gedanken zu vertreiben. Im Anschluss tippte sie eine Antwort an Dan Tanner, in der sie sich noch mal bei ihm bedankte, und schickte sie ab. Nachdem sie noch ein paar weitere Mails beantwortet hatte, warf sie einen Blick auf die Uhr. Um neun war sie mit der Leiterin des Doggy-Daycare-Centers zum Frühstück verabredet, bis dahin waren es nur noch fünf Minuten. Ihr Magen knurrte bereits, nun da sie an Essen dachte.

Mit ein paar Klicks schickte sie ihren Computer in den Ruhezustand, danach verließ sie ihr Büro und fuhr mit dem Aufzug bis zum Stockwerk, auf dem sich das hauseigene Café befand. Sie selbst genoss und nutzte die Vorteile, die es mit sich brachte, im TALI-Gebäude zu wohnen. Selbst mit ihrer Gehaltserhöhung könnte sie es sich niemals leisten, hier zu wohnen, doch das Apartment gehörte zu ihrer Jobposition, war vollkommen kostenlos für sie.

Kaum hatte sie das Café erreicht, ließ sie den Blick über die Tische wandern, bis sie Saoirses kupferrotes Haar entdeckte; zu den Füßen der anderen Frau schlummerte die Hündin namens Lioness. Mit einem Lächeln machte sich Kat auf den Weg zu den beiden.

„Guten Morgen!“, grüßte sie, kaum hatte sie den richtigen Tisch erreicht.

„Morgen!“ Saorise warf grinsend einen Blick auf ihre Armbanduhr. Es war fünf nach neun. „Hast du dich wieder in deinen Mails verloren?“

„Möglich“, gab Kat zu, wobei sie sich durch ihr Schmunzeln verriet.

Bevor sie sich setzte, beugte sie sich zu Lioness hinab, um ihr den Kopf zu kraulen. Mit einem Schwanzwedeln, das den Rotoren eines Helikopters Konkurrenz machen konnte, wurde sie belohnt. Wärme breitete sich in ihrem Innern aus, während sie die Hündin streichelte. Dem armen Ding hatte irgendein Bastard die Ohren verstümmelt, trotzdem liebte sie Menschen. Ihre Fähigkeit zu verzeihen war bewundernswert.

Schließlich ließ sich Kat auf den Stuhl gegenüber von Saoirse nieder. Kaum hatte sie dies getan, schob ihr die andere Frau bereits eine Tasse Cappuccino über den Tisch hinweg zu. In den letzten Monaten hatten sie nicht nur zusammengearbeitet, sondern sich auch angefreundet. Dank ihres wöchentlichen Kaffee-Dates wusste Saoirse auch genau, was Kat gerne bestellte.

„Danke dir!“, rief sie, kaum dass sie den Cappuccino vor sich hatte. Der Barista im TALI-Gebäude war einfach der beste – natürlich könnte sie etwas voreingenommen sein, schließlich hatte sie ihn damals eingestellt. *Aber verdammt, riecht der Kaffee lecker!* Es war genau die richtige Menge Milchschaum oben auf, darüber war Kakaopulver gestreut und passend zur Jahreszeit hing eine kleine Zuckerstange am Rande ihrer Tasse. Das war Reynas Idee gewesen, auch im Café hatte sie dekoriert.

„Wie ich sehe, ist gestern alles gut gelaufen“, sagte Saoirse, die mit einer weit ausholenden Geste auf die Umgebung zeigte. „Sieht wirklich gut aus – nicht zu kitschig.“

„Ja, oder?“ Bestätigend nickte Kat ihrem Gegenüber zu. Sie war mehr als zufrieden mit der Weihnachtsdekorateurin und hatte Reyna für das nächste Jahr bereits wieder engagiert.

„Und dein Termin mit dem Eisklotz?“ Fragend hob Saoirse die Brauen. Während sie einen Schluck aus ihrer eigenen Tasse nahm, fixierte sie Kat über den Rand hinweg.

„Du hattest recht.“ Ein kleines Lächeln umspielte ihre Lippen.

„Hab doch gesagt, dass sie keinen Grund haben, dich zu feuern!“ Bei dem Ausruf ihres Frauchens hob die Hündin, die bis eben weiterhin unter dem Tisch geschlummert hatte, ruckartig den Kopf. Suchend sah sie sich um, schien aber bald zu begreifen, dass alles in Ordnung war, und ließ die Schnauze zurück auf die Vorderpfoten sinken. Ihre Lider schlossen sich bereits wieder. Offenbar war Lioness kein Morgenmensch … *äh, Morgenhund.*

„Ja, ja.“ Kat hob beide Hände wie zum Waffenstillstand in die Höhe. „Ich hab mir völlig umsonst Sorgen gemacht. Ich glaube, hinter seiner kühlen Art versteckt sich eigentlich ein netter Kerl.“

„Netter Kerl?“ Zweifelnd runzelte Saoirse die Stirn. „Na zumindest bist du noch hier, also hat er dich nicht gefeuert.“

„Nein, er …“ Kat senkte die Stimme, im Flüsterton fuhr sie fort. „… hat mir eine Gehaltserhöhung gegeben.“

„Herzlichen Glückwunsch! Hast du mehr als verdient.“ Damit streckte Saoirse ihr ihre Tasse entgegen, wie um anzustoßen.

Grinsend und kopfschüttelnd zugleich tat Kat es ihr gleich, um ihre Tasse sanft gegen die ihrer Freundin zu stoßen. Ein leises, klirrendes Geräusch entstand, was durch ein plötzliches Schnarchen jedoch übertönt wurde. Die beiden Frauen erstarrten, die Tassen schwebten wie vergessen weiterhin in der Höhe, kurz darauf kicherten sie los und stellten ihre Getränke zurück auf den Tisch.

„Was hast du denn mit Lioness angestellt, sie scheint ja todmüde zu sein." Zweifelnd warf Kat einen Blick unter den Tisch, wo die Hündin mittlerweile laut schnarchend auf der Seite lag.

„Vlad und ein paar der anderen Berserks waren gestern joggen, er hat Lioness mitgenommen." Als Saoirse das sagte, schüttelte sie den Kopf. Sie und Vlad Novak waren seit geraumer Zeit ein Paar. Nachdem Saoirse bei ihm eingezogen war, hatte Kat ihr den Job im Doggy-Daycare-Center angeboten, immerhin hatten sie dringend einen ausgebildeten Hundetrainer gesucht und wer, wenn nicht die Freundin eines NBA-Stars, verstand, wie wichtig Diskretion für die Anwohner des TALI-Gebäudes war?

„Wenn ich das richtig mitbekommen habe, sind sie zu irgendeinem Wanderpfad gefahren und statt zu wandern …", erklärte die andere Frau weiter.

„Ich würde sterben", stieß Kat aus. Zwar kannte sie die Wanderwege in der Nähe gut, lief sie in ihrer Freizeit gerne ab, aber joggender Weise? Ungläubig riss sie die Augen auf. Kein Wunder, dass die Hündin fix und alle war. Solche Strecken war sie schließlich nicht gewohnt, während es für die NBA-Stars zum Training gehörte.

„Aber sie hatte Spaß. Schau mal hier!" Saoirse kramte ihr

Handy aus der Gesäßtasche ihrer Jeans, tippte darauf herum, danach hielt sie es Kat hin. „Er hat mir ein Video geschickt.“

Neugierig senkte sie den Blick auf den Handybildschirm, worauf eine Gruppe joggender Männer zu sehen war, besser gesagt deren Beine. Denn die Kamera war vor allem auf Lioness gerichtet, die mit dem berühmten Pitbullgrinsen neben den Berserks-Spielern her trabte. Immer wieder blickte sie zum Kameraführer – Vlad – auf und warf ihm einen Blick zu, als wolle sie sagen: *Das hier ist soooo toll!*

„Aaaw, sie sieht wirklich glücklich aus.“ Mit einem Lächeln sah Kat von dem Video auf, als es zu Ende war.

„Die Kerle sind irgendwas zwischen zehn und fünfzehn Meilen gerannt. Sie sind wahnsinnig.“

„Schaffen wir mit links“, gab Kat sarkastisch zurück.

Gemeinsam lachten sie auf. Als sich ihre Atmung wieder beruhigt hatte, genoss Kat zuerst einen weiteren Schluck ihres Cappuccinos, danach fragte sie: „Und wie läuft’s im Doggy-Daycare-Center?“

„Wir haben Zuwachs bekommen, ein Deutsche-Dogge-Welpe … ein Riesenbaby, tollpatschig ohne Ende, er muss sich erst noch in der Gruppe eingliedern.“

„Ist er derjenige, weswegen ihr neue Spielzeuge braucht?“ Die Bestellung hatte Kat am Vortag erst bestätigt.

„Genau.“ Saoirse nickte. „Der Kleine zahnt gerade, zerkaut alles. Und ich meine *alles*.“

Als ihre Freundin das eine Wort betonte, lachte Kat auf. „Und so klein kann er nicht sein als Deutsche Dogge, oder?“

„Hat schon fast neunzig Pfund. Rieeesenbaby eben.“

„O Gott.“ Teils belustigt, teils entsetzt presste sie sich eine Hand vor die Lippen.

„Mr. Hart muss vor allem lernen, Satan nicht alles durchgehen zu lassen – mit seinen acht Monaten beginnt er langsam, seine Grenzen auszutesten."

Acht Monate und fast neunzig Pfund? Schockiert starrte Kat ihr Gegenüber an. Einen Wimpernschlag später wurde ihr noch eine zweite Sache bewusst, die ihre Freundin gerade gesagt hatte. „Mr. Hart hat einen Hund? Und er hat ihn Satan genannt?"

„Ich glaube, seine Schwester hat ihm den Hund mehr oder weniger vor die Tür gesetzt …" Saoirse zog eine Grimasse, ihr war deutlich anzusehen, was sie vom Verschenken von Haustieren hielt. Meist nahm das kein gutes Ende. Es war ein bekanntes und verdammt trauriges Phänomen, dass die zu Weihnachten verschenkten Welpen oft auf der Straße landeten, sobald sie größer wurden und ohne Erziehung Ärger machten.

„Wie gesagt, er zerkaut wirklich alles …" Saoirse zog den Kopf ein.

„Daher der Name." Kats Mundwinkel zuckten, auch wenn Mr. Hart das alles bestimmt nicht so lustig fand.

„Wir trainieren mit Satan natürlich, während er bei uns ist, aber vielleicht kann ich Mr. Hart von ein paar Stunden Einzeltraining überzeugen."

„Er wird gar keine andere Wahl haben, wenn er nicht will, dass der Hund ihm die teuren italienischen Schuhe zerkaut." Sie zuckte mit den Schultern.

Saoirse grinste. „Wohl wahr."

Das plötzliche Klingeln ihres Handys unterbrach die Stille. Weil sie nicht darauf gefasst gewesen war, zuckte sie zusammen. Hastig zog sie es aus der Tasche ihres Blazers, rechnete bereits mit irgendeinem TALI-Notfall, als sie die Caller-ID erblickte. Ihre Lippen pressten sich zusammen; anstatt den Anruf entgegenzunehmen, schickte sie ihn direkt an den Anrufbeantworter und steckte das elektronische Gerät zurück in ihre Tasche.

„Musst du da nicht drangehen?“ Fragend hob Saoirse die Brauen.

„Nein. War nur meine Mom.“ Vehement schüttelte sie den Kopf, hatte wirklich keine Lust, sich zwei Tage in Folge belehren zu lassen, was sie in ihrem Leben alles falsch anging.

„*Nur* deine Mom?“ Verwirrung lag in der Stimme ihrer Freundin.

Kat stieß ein Seufzen aus, entschloss, Saoirse die Wahrheit zu sagen: „Meine Mutter hat sich ein anderes Leben für mich vorgestellt, und sie lässt keine Gelegenheit aus, mir das zu sagen.“

„Ein anderes Leben? Du bist eine Powerfrau, die Karriereleiter in Rekordgeschwindigkeit hochgeklettert und …“

Zwar erfüllte die Art, wie Saoirse sozusagen ihre Ehre verteidige, Kat mit Wärme, dennoch unterbrach sie ihr Gegenüber. „Genau das ist ja das Problem. Meiner Mom zufolge konzentriere ich mich zu sehr auf den Job statt darauf, einen Mann zu finden, zu heiraten, Kinder zu bekommen …“

„In welchem Jahrhundert leben wir denn?“ Ihr Gegenüber starrte sie an, als sei ihr ein zweiter Kopf gewachsen.

Lachend legte Kat den Kopf in den Nacken. „Nein, so ist es nicht … Zwar hätten sich meine Eltern gewünscht, ich wäre in den Familienbetrieb eingestiegen, aber als ich aufs College ging, waren sie stolz auf mich. Auch dann, als ich den ersten Job antrat, die erste Beförderung bekam …“ Sie ließ den Satz abreißen, zuckte mit den Schultern. „Ich weiß nicht genau, wann sich das Blatt gewendet hat, aber irgendwann fingen die Fragen an. *Wann hast du Zeit für dich, wenn du so viel arbeitest? Wie lernst du neue Leute kennen?*"

„Lass mich raten. Später wurde es dann zu: *Wann hast du Zeit, einen Mann kennenzulernen?*"

Mit einem selbstironischen Lächeln nickte sie ihrer Freundin zu. „Ganz genau." Nachdenklich nippte sie an ihrem Cappuccino, bevor sie weitersprach. „Die Ehe meiner Eltern ist wie aus dem Märchen. Ich weiß zwar nicht, warum meine Mom nur auf mir herumhackt, vielleicht weil ich ihre einzige Tochter bin, aber sie meint es nicht böse. Ich glaube, sie wünscht sich einfach nur, dass ich genauso glücklich bin wie sie."

„In ihren Augen bedeutet Glücklichsein, eine Familie zu haben." Verstehend nickte Saoirse, runzelte aber die Stirn. „Und was macht *dich* glücklich?"

Ein hilfloses Auflachen verließ ihre Kehle. „Ich weiß es nicht. Ich meine, ich liebe meinen Job, aber ein Partner wäre schön. Kinder? Keine Ahnung, ob ich welche will. Hängt das nicht vom richtigen Partner ab? Und überhaupt: Muss ich das wirklich jetzt schon entscheiden?"

Über den Tisch hinweg streckte Saoirse eine Hand aus, um Kats zu ergreifen. Fest drückte sie ihre Finger und sagte: „Nein, musst du nicht. Auch wenn deine Mom es gut meint, sie sollte dir keinen Druck machen."

„Danke." Sie schenkte ihrer Freundin ein trauriges Lächeln. „Mir graut es vor dem Weihnachtsurlaub. Ganz bestimmt wird sie mir Löcher in den Bauch fragen, ob ich schon jemanden kennengelernt habe."

„Du solltest einen Fake-Freund mitbringen, dann hätten sie nichts zu meckern und du hättest deine Ruhe!“ Mit einem gewinnenden Grinsen zwinkerte Saorise ihr zu, woraufhin Kat lachend den Kopf in den Nacken legte.

„Ja, klar, so weit kommt’s noch!“

•OOO•

Am Abend sank Kat erschöpft auf ihr Sofa, schob die hohen Schuhe, die perfekt zu ihrem professionellen Hosenanzug passten, von den Füßen und ließ sich gegen die Rückenlehne fallen. *Uff, das war ein Tag!*, dachte sie. Eigentlich sollte sie etwas essen, doch der Weg zum Kühlschrank kam ihr zu weit vor, sie war viel zu müde, um sich zu bewegen.

Vielleicht könnte sie sich von irgendeiner hirnlosen Reality-TV-Show berieseln lassen, damit sie abschalten konnte. Gerade als sie die Hand ausstreckte und die auf dem Sofatisch liegende Fernbedienung ergreifen wollte, vibrierte ihr Handy.

Nicht schon wieder, schoss es ihr durch den Kopf, denn an diesem Tag war nach ihrem Kaffeekränzchen mit Saoirse alles schiefgegangen und sie war von einem Notfall zum nächsten gerannt. Was würde es jetzt sein? Eine überlaufene Toilette würde zu ihrem Glück ja passen.

Für einen kurzen Moment überlegte sie, die eingegangene Nachricht bis zum nächsten Morgen zu ignorieren, einfach Feierabend zu machen, doch das konnte sie mit ihrem Gewissen nicht vereinen. Seufzend fischte sie das Handy aus der Tasche ihres Blazers.

Verwunderung und Erleichterung zugleich durchströmten sie, kaum erkannte sie, von wem die Nachricht stammte.

Unbekannt: Ich hoffe, dein Tag war besser als meiner.

Für einen Moment starrte sie bewegungslos auf ihr Display, wusste nicht so recht, was sie fühlen oder denken sollte. Nach ihrem Austausch am Vortag hatte sie geglaubt, nie wieder von dem Fremden zu hören, seltsamerweise freute sie sich nun aber über seine Nachricht. Vielleicht weil sie schon lange kein so ehrliches Gespräch mehr mit jemandem gehabt hatte wie mit ihm.

Ihre Mundwinkel zuckten zu einem ironischen Lächeln nach oben.

Kat: Willkommen im Kacktag-Club.

Unbekannt: Kein Club, in dem ich sein wollte. Aber danke.

Kat: 😅😅😅

Schmunzelnd veränderte sie ihre Position auf dem Sofa, um es sich bequemer zu machen.

Unbekannt: Was ist passiert?

Die Tatsache, dass er sich nach ihrem Befinden erkundigte, ließ sie noch etwas breiter lächeln. Wärme breitete sich in ihrem Innern aus, vielleicht war das bitter, doch sie war schon auf zu vielen Dates gewesen, bei denen der Mann nur über sich gesprochen hatte.

Kat: Nur stressig beim Job, solche Tage gibt's immer mal. Und bei dir?

Unbekannt: Dasselbe.

Zunächst glaubte sie, dass ihr Gespräch damit schon vorbei sei, doch dann tanzten drei Pünktchen über ihren Handybildschirm, die anzeigten, dass er gerade eine neue Nachricht schrieb.

Unbekannt: Wie würde dein perfekter Tag aussehen?

Nachdenklich biss sie sich auf die Unterlippe, lehnte sich noch etwas weiter zurück gegen das bequeme Polster ihres

Sofas und legte die Hände auf ihrem Bauch ab, während sie mit beiden Daumen tippte.

Kat: Durch den Job hab ich viel mit Menschen zu tun, manchmal brauche ich eine Auszeit. Mag langweilig klingen, aber an meinem perfekten Tag will ich einfach eine Pause.

Unbekannt: Sofa und lesen?

Kat: Nein, ich lese genug am Tag. Lieber wandern, Kanufahren oder so etwas.

Unbekannt: Verstehe ich gut, Bürohengst hier. Fitnessstudio ist mein Ausgleich.

Als sie das las, schüttelte sie den Kopf. Ihre Daumen rasten geradezu über das Display ihres Smartphones:

Kat: Die kahlen Wände eines Fitnessstudios können unmöglich mit der Natur mithalten!

Unbekannt: Aber das Fitnessstudio habe ich zu Hause – zeiteffizienter.

Sie gab einen verstehenden Laut von sich, machte Sinn, was er sagte.

Kat: Der Zeitfaktor ist ein großes Problem, ja. Zugegebenermaßen fehlt mir fürs Fitnessstudio die Motivation, also Hut ab.

Unbekannt: Schweinehund zu groß?

Kat: Könnte man so sagen, ja.

Unbekannt: Welchen Wanderweg kannst du empfehlen?

Kurzerhand wechselte sie zur Maps-App, suchte den Hiking Trail heraus und schickte ihm kurz darauf einen Screenshot davon.

Unbekannt: Du kommst aus der Nähe von Boston?

Ihre Heimatstadt hatte fast siebenhunderttausend Einwohner, außerdem kannte er nicht einmal ihren Namen, daher sah sie kein Problem damit, die Frage ehrlich zu beantworten.

Kat: Jup.

Unbekannt: Ich auch.

Kat: Verrückt.

Unbekannt: Wer weiß, vielleicht laufen wir uns demnächst mal beim Wandern über den Weg, ohne es überhaupt zu wissen.

Für einen kurzen Moment fürchtete sie, dass er nach einem Foto oder ihrem Namen fragen würde, dabei gefiel es ihr immer besser, einfach so mit ihm zu chatten. Anonym … ganz ohne Druck, wie Saoirse es am Morgen bezeichnet hatte.

Zu ihrer Erleichterung hakte er nicht weiter nach.

Kat: Bevor du gehst, hier – „Better Days" von Dermot Kennedy: www.youtube.com/watch?v=3gqbE9jDl1g Laut mitsingen nicht vergessen!

Unbekannt: Du singst?

Kat: Vermutlich nicht sonderlich gut, aber beim Autofahren oder beim Kochen, ja.

Unbekannt: Danke für den Song.

Kat: Dermot Kennedy macht alles besser.

Unbekannt: Sollten Ärzte ihn auch verschreiben wie Katzenbilder?

Noch mehr Wärme breitete sich in ihrem Innern aus, und sie stellte fest, auch wenn sie ihn kaum kannte, sie mochte ihn jetzt schon.

Kat: Wenn ich auf diese Weise ein Privatkonzert bekomme, unbedingt!

Kaum hatte sie die Nachricht abgeschickt, biss sie sich auf

die Zunge. Vielleicht hätte sie ihm nicht von einem anderen Mann etwas vorschwärmen sollen, so manches männliche Ego vertrug das nicht …

Unbekannt: Habe erst neulich einen Artikel über ihn gelesen, er hat unter anderem in Boston Straßenmusik gemacht, bevor sein Durchbruch kam.

Kat: Was? Da habe ich mein Privatkonzert ja verpasst!

Unbekannt: Das Leben ist kein Ponyhof.

Als sie das las, wurde ihr Körper von einem Kichern nach dem anderen geschüttelt.

Kat: Ich mag deinen trockenen Humor. 😁 Gute Nacht, Fremder.

Unbekannt: Gute Nacht.

Kapitel 6

Vor knapp einer Woche hatte Ryan von einer Fremden ausgerechnet Katzenfotos zugeschickt bekommen, doch schon nach so kurzer Zeit fühlte sie sich gar nicht mehr so an – fremd.

In den letzten Tagen hatten sie einander immer wieder geschrieben, es gehörte schon beinahe zur Normalität. Jemanden zu haben, mit dem er ehrlich sein, sich zwanglos unterhalten und herumwitzeln konnte, fühlte sich verdammt gut an. Manche Dinge ließen sich leichter aussprechen, wenn man dabei niemandem ins Gesicht sehen musste.

Vielleicht hatte sich deswegen schon nach kürzester Zeit eine derartige Nähe zwischen ihnen aufgebaut. Der Grund dafür war auch egal, was Ryan aber sicher wusste: Mit ihren morgendlichen Nachrichten fing sein Tag tausendmal besser an. Manchmal schickte sie ihm neue Songs, manchmal irgendwelche zum Nachdenken anregenden Zitate, die sie gelesen hatte, und manchmal wünschte sie ihm einfach nur einen guten Morgen.

Er genoss ihre Eigenarten, wie voller Energie sie zu sein schien … Manchmal, wenn ihre Lach-Emojis auf seinem Display auftauchten, wünschte er sogar, er könne ihr Lächeln sehen. Ryan wettete, dass es verdammt schön war.

Als hätten seine Gedanken sie heraufbeschworen, ging ihre erste Nachricht für diesen Tag ein. Sofort ließ er das Croissant, das er zum Frühstück aß, zurück auf den Teller sinken, um sein Smartphone in die Hand nehmen zu können.

In seinem Innern klopfte sein Herz in einem erwartungsvollen Rhythmus, während er die Tastensperre löste. Schließlich las er ihre Nachricht.

Unbekannt: Treibt dich deine Familie manchmal auch in den Wahnsinn? Oh, und guten Morgen!

Ein Schmunzeln zog an seinen Lippen.

Ryan: Guten Morgen! Ist Familie nicht dazu da, einen in den Wahnsinn zu treiben?

Unbekannt: 😂😂😂

Ryan: Lass dich nicht ärgern! Was gibt's zum Frühstück?

Mittlerweile hatte er gelernt, dass sie oft vergaß zu essen, weil sie immer so viel zu tun hatte. Seitdem hatte er es sich zur Gewohnheit gemacht, sie daran zu erinnern.

Unbekannt: Eiskaffee. Aber einen echten italienischen – nicht Kaffee mit Eiswürfeln, sondern Espresso mit Vanilleeis. Also mit Kalorien, mach dir keine Sorgen.

Ryan: Gesunde Ernährung steht für dich an erster Stelle, wie ich sehe.

Unbekannt: Klappe.

Ein tiefes, raues Lachen verließ seine Kehle. War es normal, dass er ihre kleinen Schlagabtausche nach gerademal einer Woche schon so sehr genoss?

Ryan: Schönen Tag dir, Liebling.

Für einen Sekundenbruchteil war er unsicher, ob sie den Sarkasmus aus seinen Worten herauslesen könnte. Nicht dass sie noch dachte, er meine die Worte ernst und wäre irgendein Widerling.

Unbekannt: Dir auch, Hase.

Offensichtlich verstand sie seinen Humor nicht nur, sondern teilte ihn sogar. Zu selben Teilen erleichtert wie amüsiert steckte er sein Handy wieder weg, im Anschluss genoss er sein Croissant zu Ende.

Danach war es Zeit, ins Büro zu gehen. Etwa eine Dreiviertelstunde später saß er bereits vor seinem Schreibtisch in der Boston-Berserks-Arena – das Gebäude beinhaltete nicht nur alle für das Team nötigen Sportanlagen, sondern dazu gehörte auch ein riesengroßer Bürokomplex. Darin befanden sich unter anderem die PR- sowie die Rechtsabteilung, genauso wie sein Büro.

Ryan verbrachte den Vormittag damit, sich auf den neusten Stand zu bringen, was ihre Firma *Tanner Living* anbelangte. Nach ihrem Gespräch neulich hatte Dan ihm alle Unterlagen zugeschickt. Weil sie eine ganze Kette von Luxusapartmentgebäuden besaßen und es zu jedem einzelnen Statusberichte inklusive aller möglicher Statistiken gab, hatte Ryan noch sehr viel Lesestoff vor sich. Doch in einem waren sich die Brüder ähnlich: Wenn sie ein Projekt angingen, dann machten sie keine halben Sachen.

Ihrem Familienbetrieb, der *Tanner Corporation,* waren so einige Firmen untergeordnet, auf dem Papier gehörten sie beiden Brüdern zu gleichgroßen Anteilen, untereinander teilten sie die Aufsicht über die einzelnen Unternehmen jedoch auf. Sie vertrauten einander, wussten, wenn der eine sich um den Bereich X kümmerte, dass er gut beim jeweils anderen aufgehoben war.

So hatte Ryan sich bisher nie wirklich mit *Tanner Living* beschäftigt, hatte lediglich in den vierteljährlichen Umsatzberichten der *Tanner Corporation* gelesen, wie viel Ertrag die TALI-Gebäude brachten.

Doch er hatte seinem Bruder zugesagt, dass er fortan diesen Geschäftszweig übernehmen würde, folglich hatte er sich vorgenommen, sich bis ins kleinste Detail einzulesen. Mittlerweile hatte er bestimmt sechs Tassen Kaffee intus, sein Kopf rauchte geradezu, aber er kam gut voran.

Ein zufriedener Zug bildete sich um seinen rechten Mundwinkel, während er die Statistiken zum Bostoner TALI-Gebäude las. Womöglich sollten sie dem Besitzer des angrenzenden Hochhauses ein Angebot machen. Wäre er zum Verkauf bereit, könnten sie es abreißen und neu hochziehen. Am Ende könnten sie die beiden Gebäude verbinden – aus zwei mach eins.

Die Warteliste für das Bostoner TALI-Gebäude war ellenlang, zweifellos würden sie ihnen die Bude einrennen, gäbe es plötzlich doppelt so viele TALI-Luxusapartments. Nachdenklich machte er sich eine Notiz, bevor er zum Bericht ihres Standorts in Washington umblätterte.

Kaum hatte er die ersten paar Zeilen gelesen, läutete sein Festnetzanschluss. Anhand des Klingeltons wusste er, dass seine Sekretärin anrief.

„Was gibt's, Loreen?“, fragte er, sein Ton war warm.

„Ich … äh … hast du ein paar Minuten? Dann komme ich kurz zu dir ins Büro.“

Bei ihrem Stocken runzelte er die Stirn. Das passte nicht zu Mrs. Shoemaker, der sie schon als Jungen nie etwas hatten vormachen können. Sie war tough, schlagfertig, aber auch warmherzig und alles in allem ein Goldstück. Die Tatsache, dass sie ihr Anliegen nicht telefonisch besprechen wollte, verwirrte ihn nur noch mehr.

„Natürlich, für dich immer. Komm rein“, sagte er sofort.

Nachdem sie ein „Danke“ gemurmelt hatte, legte Loreen auf. Auch Ryan ließ den Hörer zurück auf seinen Platz sinken, erwartungsvoll richtete er den Blick auf seine Bürotür. Kurz darauf wurde diese bereits geöffnet. Loreens graues Haar war zu einem Dutt zurückgebunden, sie trug die gleiche Frisur, seit er sie mit fünf Jahren zum ersten Mal gesehen hatte. Ihr bordeauxrotes Kostüm zusammen mit ihrer Haltung verlieh ihr Eleganz, doch etwas stimmte nicht, das konnte er ihr sofort ansehen.

Die ältere Dame betrachtete ihn mit tiefen Sorgenfalten auf der Stirn, während sie auf seinen Schreibtisch zukam, um sich auf den Stuhl davor sinken zu lassen.

„Was ist passiert?", wollte er sofort wissen. Gab es einen Notfall innerhalb ihrer Familie? Konnte er helfen?

„Nun, ähm …" Noch immer brachte sie keine ganzen Sätze hervor, etwas, was ganz und gar nicht ihrer Art entsprach. Loreen räusperte sich, rang sichtlich unruhig mit den Händen auf ihrem Schoß.

Erst da nahm er das Tablet bewusst wahr, das sie mitgebracht hatte und das nun unter ihren Händen auf ihrem Schoß ruhte. Trotz ihres voranschreitenden Alters hatte sie sich immer fortgebildet, schien technisch einfach begabt zu sein. Aber vielleicht hatte sie versehentlich einen Virus heruntergeladen, und nun war es ihr unangenehm, dass sie Hilfe brauchte? Ryan konnte sich nicht vorstellen, was sie sonst so aus der Fassung bringen könnte. Waren ihre Augen etwa feucht? Und das wegen eines Virus?

Er musste sich irren, wurde nun selbst immer angespannter. Was zum Teufel konnte so schlimm sein, dass Loreen Shoemaker, die ihm immer wie ein Fels in der Brandung vorgekommen war, so durcheinander war?

„Loreen?", fragte er leise, seine tiefe Stimme klang sanft, vorsichtig.

Soeben hatte sie noch auf ihre Hände gestarrt, hob nun aber ruckartig den Kopf. Als sie ihm in die Augen sah, lagen definitiv Tränen in den ihren, was Ryan einen Stich in die Brust versetzte. Das letzte Mal, als er sie hatte weinen sehen, da …

„Es geht um deinen Bruder. Es … es geht um *Jake*." Als sie den Namen aussprach, brach ihre Stimme.

Ryan blieb fast das Herz stehen. Plötzlich war seine Kehle staubtrocken, seine Brust fühlte sich eng an, als habe jemand ein Drahtseil darum geschnürt.

„Um Jake?", stieß er aus.

Zum Todestag besuchten Dan und er immer Jakes Grab, tranken dessen Lieblingswhiskey, erzählten ihm, was er im vergangenen Jahr alles verpasst hatte, und stießen mit ihm an. Es war ihre Art, ihren Bruder weiter an ihrem Leben teilhaben zu lassen, wenn sie ihn ansonsten doch verloren hatten. Was meinte Loreen dann nun, es ginge um Jake?

Atemlos, mit wild schlagendem Herzen starrte Ryan sein Gegenüber an. Loreens schmalen Finger zitterten, als sie das Tablet zur Hand nahm.

„Wie du weißt, ist die Sekretariats-E-Mail-Adresse öffentlich auf der Website von *Tanner Corporation* sichtbar", krächzte sie, als müsse sie gegen einen Kloß im Hals ansprechen.

Er nickte knapp, als sie ihm einen abwartenden Blick zuwarf.

„Viele Mails filtere ich direkt raus und schiebe sie in den Mülleimer, aber ab und an erreicht mich ein Anliegen, das ich an eure PAs oder euch persönlich weiterleite."

Erneut nickte er, die Anspannung in seinem Innern wurde immer stärker. Worauf wollte sie hinaus?

„Hin und wieder behauptet jemand, von einem von euch schwanger zu sein. Oder irgendein Teenie gibt sich als euer Kind aus.“

„Sie wollen an Geld kommen.“ Ryan verzog das Gesicht, war froh, dass Loreen solche geschmacklosen Anfragen von seinem Bruder und ihm fernhielt. Er hatte noch nie in seinem Leben einen One-Night-Stand gehabt. Zwar waren seine Beziehungen immer gescheitert – vermutlich weil er Susanna schon seit Jahren liebte –, aber der Punkt war: Er hatte *Beziehungen* gehabt, natürlich hatten die Frauen seine Handynummer gehabt. Sollten sie ungeplant schwanger geworden sein, hätten sie nicht darauf zurückgreifen müssen, ihn über die öffentliche Sekretariats-E-Mail-Adresse zu erreichen.

Loreen nickte stumm vor sich hin, ihr Blick schien in die Ferne gerichtet zu sein. „Vorhin kam diese Nachricht“, sie hob das Tablet, „aber die junge Frau behauptet nicht, Dans oder deine Tochter zu sein, sondern …“ Schniefend unterbrach sie sich.

Ryan schlug das Herz beinahe bis zum Hals. „Jakes“, stieß er aus, der Atem entwich ihm stoßweise. „Sie behauptet, Jakes Tochter zu sein?“

Als Loreen diesmal zu ihm aufsah, löste sich eine Träne aus ihrem rechten Augenwinkel und glitt über ihre Wange, bis sie sich in ihren tief eingegrabenen Lachfalten verfing.

„Aber … niemand weiß von Jake.“ Wie erstarrt blickte er auf das Tablet, als könne es ihm all seine Fragen beantworten.

Jake hatte im Militär gedient und als er wieder nach Hause kam, war er … verändert gewesen. Heute wusste Ryan, dass sein Bruder an einer posttraumatischen Belastungsstörung sowie schweren Depressionen erkrankt war, und er wünschte sich sehnlichst, sie hätten es damals rechtzeitig erkannt. Doch das hatten sie nicht. Als Jake die Waffe an seine Schläfe gedrückt hatte, war jede Hilfe zu spät gewesen.

Schmerz und Trauer überrollten ihn beinahe. Dan war dabei gewesen, hatte versucht, mit Jake zu reden … nur um am Ende zusehen zu müssen, wie sich der eigene Bruder das Leben nahm. *Das* war der wahre Grund, wieso Dan so war, wie er eben war. Er wäre daran, was er gesehen hatte, kaputtgegangen, hätte er es nicht geschafft, seine Gefühle hinter der Eismauer einzuschließen und sich nur noch auf die Arbeit zu konzentrieren.

Dan hatte dafür gesorgt, dass nichts über Jakes Tod an die Öffentlichkeit geriet, nicht weil er sich dafür schämte, sondern weil er es nicht ertrug, auch nur darüber nachzudenken. Er hatte Hacker beauftragt, die alle Spuren ihres Bruders aus dem Netz hatten verschwinden lassen. Ein besonders hartnäckiger Reporter könnte allerdings in den Stadtarchiven die Geburts- und Todesurkunden finden oder alte Fotos ausgraben, auf denen alle der Tanner-Brüder zu sehen waren.

Die Frage war nur: Kam die E-Mail von solch einer Reporterin, die auf eine Skandalstory aus war, oder … sprach die junge Frau die Wahrheit?

Ryans Herz schmerzte, er wagte es kaum, auch nur die Möglichkeit in Betracht zu ziehen, dass ein Teil seines Bruders weiterlebte, denn er wünschte sie sich viel zu sehr. Menschen wie Dan und er waren verwundbar, weil sie im Zentrum der Öffentlichkeit standen. Deswegen gaben sie alles, ihr Privatleben aus der Presse herauszuhalten.

„Ich wollte dir die E-Mail zuerst zeigen, weil Dan … Er ist so mit den Hochzeitsvorbereitungen beschäftigt und …“

Und er war damals dabei.

Loreen brauchte es nicht in Worte zu fassen, Ryan wusste auch so, was sie meinte. Die Vergangenheit hatte auf Dan viel, viel tiefere Wunden hinterlassen als auf Ryan, und Loreen wollte verhindern, dass sie völlig umsonst wieder aufgerissen wurden.

Ein dankbares, wenn auch trauriges Lächeln schwebte auf seinen Lippen, als er sagte: „Danke. Er ist endlich glücklich, keiner von uns will, dass sich daran etwas ändert." Sein älterer Bruder hatte genug durchgemacht, hatte Ryan immer beschützt; nun war er an der Reihe, auf Dan achtzugeben.

„Hier." Damit übergab Loreen ihm schließlich das Tablet.

Sie hatte das Mailprogramm bereits geöffnet, sodass ihm der Text direkt entgegensprang.

Sehr geehrte Mrs. Shoemaker,

mein Name ist J.J. Hall, ich glaube, Sie kannten meine Mutter – Abby Hall. Ich habe diese E-Mail bestimmt schon Hunderte Male geschrieben und wieder verworfen, trotzdem weiß ich nicht so recht, wie ich es sagen soll:
Ich bin Jake Tanners Tochter.
Bestimmt bekommen Sie häufiger solche Anfragen, daher will ich Ihnen direkt versichern, dass ich kein Geld oder sonst etwas will. Aber ich würde … meine Onkel einfach gerne kennenlernen.
Vielleicht landet diese Nachricht direkt im Papierkorb, aber vielleicht lesen Sie sie ja, vielleicht erinnern Sie sich noch an meine Mom und ganz vielleicht glauben Sie mir. Ich wäre Ihnen unglaublich

dankbar, wenn Sie diese Mail an Ryan oder Dan weiterleiten würden.

Haben Sie vielen herzlichen Dank!
Ich wünsche Ihnen noch einen schönen Tag, liebe Grüße,
J.J. Hall

In seinen Ohren rauschte das Blut, für einen Moment hörte er nichts anderes als seinen donnernden Herzschlag. Die E-Mail-Verfasserin wusste nicht nur von Jake, sondern sie kannte auch den Namen seiner damaligen Freundin. Abby hatte nach Jakes Tod die Stadt verlassen, ähnlich wie Dan hatte sie es nicht ertragen, jeden Tag an den Mann erinnert zu werden, den sie so sehr geliebt und doch verloren hatte. Die Tatsache, dass sie den Kontakt zu ihnen abgebrochen hatte, hatten Dan und Ryan verstanden – jeder ging mit Trauer unterschiedlich um. Abby hatte Abstand gewollt.

War sie schwanger gewesen, als sie Boston verließ?

Seine Gedanken rasten, er wollte sie anrufen, sie zur Rede stellen, aber ihre frühere Handynummer war längst veraltet.

„Ich …“ Er brach ab, fuhr sich mit einer Hand angespannt über das Gesicht. „Sie kennt nicht nur Jakes, sondern auch Abbys Namen“, sagte er schließlich, kam sich vor, als stünde er unter Schock, die Welt schien stehen geblieben zu sein, als gäbe es nur noch sein Büro, Mrs. Shoemaker und ihn selbst.

Loreen brachte ein weinerliches Lächeln zustande. „Entweder sie ist eine verdammt gute Reporterin oder …“

„Oder Jake hatte eine Tochter“, beendete Ryan den Satz für sie. Er bekam kaum Luft, sein Atem ging hektisch.

Als hätte er sich an dem Tablet verbrannt, ließ er es auf seinen Schreibtisch fallen. Zum Glück lag genug Papierkram darauf, um den Fall abzufedern. Um sich zu beruhigen, ballte er die Hände zu Fäusten, zwang sich, langsam ein- und auszuatmen.

„Es war richtig, Dan nichts davon zu sagen." Fest sah er seiner Sekretärin in die Augen. „Danke, Loreen."

„Nicht doch." Sie streckte eine Hand aus, legte sie auf eine seiner Fäuste und drückte sanft, ein mitfühlender Ausdruck in ihren alten Augen. Ihre Stimme zitterte, als sie hinzufügte: „Wenn sie die Wahrheit spricht … das wäre ein schönes Weihnachtsgeschenk auf meine alten Tage."

Ihre Augen wurden trüb. Ob sie sich gerade an die Zeit erinnerte, in der alle drei Tanner-Jungs ihren Vater mit ins Büro begleitet hatten und ihr um die Beine gesprungen waren? Wenn jemand so etwas wie eine Mutterfigur in ihrem Leben gewesen war, dann Loreen.

„Leite mir bitte die E-Mail weiter. Bevor ich sie nicht selbst getroffen habe und sicher bin, dass sie ist, wer sie behauptet zu sein, werden wir Dan nichts davon sagen."

„Besser ein DNA-Test", sagte die ältere Dame in sanftem Ton, war offenbar noch immer darauf bedacht, *ihre Jungs* zu beschützen, wo sie nur konnte.

Er schenkte ihr ein müdes Lächeln. „Du hast recht."

Kurz darauf erhob sie sich von ihrem Stuhl, wischte sich die Tränen von den Wangen und ergriff ihr Tablet. Bevor sie ging, tätschelte sie noch einmal Ryans Unterarm. Drei Sekunden später fiel die Tür mit einem leisen Klicken hinter ihr zu und er war wieder allein in seinem Büro.

Bebend entließ er den Atem aus seinen Lungen, fühlte sich wie vom Zug überrollt, die widersprüchlichsten Gefühle kämpften in seinem Innern gegeneinander an. Misstrauen und Hoffnung. Trauer und Freude.

Er hatte keine Ahnung, wie lange er da auf seinem Bürostuhl saß und ins Leere starrte. Doch das Erste, was er tat, als er wieder einen halbwegs klaren Gedanken fassen konnte, war, sein Handy zu zücken und den Chat mit *ihr* aufzurufen.

Ryan: Mein Bruder hat vielleicht eine Tochter, wir hatten keine Ahnung.

Nachdem er die Worte abgeschickt hatte, starrte er sie einige Sekunden lang an, konnte kaum glauben, was er da getippt hat. Möglicherweise hatte er eine Nichte. Eine *erwachsene* Nichte, von der er bis jetzt nichts gewusst hatte; von der er alle großen Meilensteine verpasst hatte – wie sie laufen lernte, in den Kindergarten kam, die Einschulung, ihr Highschoolabschluss … Die Chance, sie aufwachsen zu sehen und vor allem: sie kennenzulernen.

Verpasste Chancen. War das zurzeit nicht sein Lebensmotto?

Still vor sich hin fluchend, hob er die freie Hand, um ungeduldig am Knoten seiner Krawatte zu ziehen. Es kam ihm so vor, als schnüre sie ihm die Kehle zu; jeder Atemzug fiel ihm schwer.

Das Smartphone vibrierte, kündigte eine neue Nachricht an.

Unbekannt: Das muss ein Schock für euch gewesen sein. Freut sich dein Bruder?

Angespannt presste Ryan die Lippen zusammen, seine Kehle fühlte sich nur noch enger an. Ja, Jake hätte sich über das Baby mit Abby gefreut, da war er sicher. Bevor sein Bruder erkrankt war, vor seinem Einsatz im Irak, hatte er immer ein Lächeln für sein Gegenüber parat gehabt – er wäre ein wunderbarer Vater gewesen.

Mit zitternden Fingern tippte Ryan seine Antwort.

Ryan: Mein Bruder ist tot. Bebend stieß er den Atem aus. Es fiel ihm überraschend leicht, ihr die schreckliche Wahrheit zu sagen, und er war nicht länger sicher, ob es nur daran lag, dass sie einander nicht gegenübersaßen oder es schlichtweg dank der Verbundenheit zwischen ihnen war. Letztere hatte er beinahe von Anfang an verspürt, als befänden sie sich auf der gleichen Wellenlänge. **Er hatte PTBS, hat sich vor über zwanzig Jahren das Leben genommen.**

Offenbar hatte er sie damit geschockt, denn einige Sekunden lang tanzten immer wieder die drei Pünktchen über seinen Bildschirm, verschwanden, bis sie von Neuem auftauchten.

Unbekannt: Das tut mir wahnsinnig leid, antwortete sie schließlich, fügte kurz darauf noch hinzu: **Das heißt, wir sprechen nicht von einem möglichen Baby, sondern einer erwachsenen Nichte?**

Ryan: Richtig.

Unbekannt: O Mann.

Zwar hatte er keine Ahnung, wie seine Gesprächspartnerin aussah, doch mittlerweile glaubte er, sie gut genug zu kennen, um zu wissen, dass sie gerade mit einem „Puh, verdammt" den Atem ausstieß.

Unbekannt: Natürlich ist es schade, dass du die letzten zwanzig Jahre mit ihr verpasst hast, aber du kannst sie immer noch kennenlernen, eine Beziehung zu ihr aufbauen. Freunde, die man erst im Erwachsenenalter kennenlernt, liebt man auch nicht weniger als die, die man seit dem Sandkastenalter kennt.

Er war dankbar für die Tatsache, dass sie gleich verstand, was in ihm vorging, und versuchte, ihn aufzumuntern. Der

Unbekannten gegenüber musste er sich nie erklären, was sich verdammt gut anfühlte.

Ryan: Du hast recht.

Bedächtig nickte er vor sich hin.

Unbekannt: Was meintest du vorhin mit „vielleicht"?

Wie sollte er ihr erklären, dass es häufig passierte, dass irgendwelche Goldgräber sich als sein Kind ausgaben? Oder dass die E-Mail von J.J. Hall genauso gut ein ausgeklügelter Plan einer Journalistin sein könnte?

Ryan: Ich will nicht wie ein Arschloch klingen ...

Würde sie glauben, er wolle angeben, sie anlügen? Würde er die Unbekannte vergraulen? Er schrieb erst seit einer Woche mit ihr und dennoch erfüllte ihn die Aussicht darauf, plötzlich keine frechen, ehrlichen Nachrichten mehr von ihr zu bekommen, mit einem beißenden Gefühl des Verlusts. Plötzlich klaffte das schwarze Loch in seinem Innern wieder auf, als wolle es ihn bei lebendigem Leib verschlingen. *Verflucht.*

Ryan: Bei einem Mann in meiner Position passiert es immer mal wieder, dass eine Frau behauptet, von mir schwanger zu sein, oder dass Wildfremde vorgeben, mein Kind zu sein. Dass sie über meinen toten Bruder versuchen würden, an Geld zu kommen, wäre neu, aber nicht auszuschließen.

Nachdem er die Erklärung losgeschickt hatte, konnte er das immer schneller schlagende Pochen seines Herzen spüren. Wie würde sie reagieren?

Unbekannt: Das heißt, ich habe irgendeinem stinkreichen Schnösel lustige Katzenfotos geschickt?

Er war zu nervös, um ihre Nachricht zu deuten. War sie belustigt oder ungläubig?

Ryan: Ja?

Unbekannt: 😂😂😂

Sofort verzogen sich seine Lippen zu einem Schmunzeln. Vor Erleichterung sackte er zurück gegen die gepolsterte Lehne seines Bürostuhls.

Das war der Moment, in dem er feststellte, dass er sie *brauchte*.

Wie sollte er mit dieser Situation klarkommen, wenn er niemanden hatte, mit dem er darüber reden konnte? Dan nichts zu sagen, bis feststand, ob J.J. Hall Lügenmärchen erzählte oder nicht, war die richtige Entscheidung. Allerdings bedeutete dies gleichzeitig, dass er nicht mit seinem Bruder sprechen konnte; Loreen war zu nah an der Sache dran, würde vermutlich in Tränen ausbrechen und Susanna … Sie würde Ryan zuhören, wäre für ihn da, ganz bestimmt, aber er konnte einfach nicht.

Nein, seine schlagfertige, einfühlsame, humorvolle Fremde war genau die Frau, die er brauchte, um mit dem Chaos, das sein Leben war, klarzukommen.

Wie aufs Stichwort kam ihre nächste Nachricht.

Unbekannt: Tut mir leid. Unglaublich, dass Menschen so etwas behaupten, um an Geld zu kommen. Die Unsicherheit muss furchtbar sein.

Sie brachte es auf den Punkt: Nicht zu wissen, ob er da draußen wirklich eine Nichte hatte, zerriss ihn beinahe.

Ryan: Ich wünsche mir so sehr, dass es wahr ist, gestand er. **Und ich habe so eine verfluchte Angst, dass es nicht stimmt.**

Unbekannt: Du willst, dass ein Teil von deinem Bruder weiterlebt.

Ryan: Ja.

Unbekannt: Ist absolut verständlich.

So langsam beruhigte sich sein Herzschlag wieder, plötzlich fühlte er sich vollkommen erschöpft – emotional ausgelaugt.

Unbekannt: Was hast du vor?

Ryan: Ein Treffen mit ihr vereinbaren. Ein DNA-Test.

Unbekannt: Hat sie gesagt, was sie will?

Ryan: Ihre Familie kennenlernen.

Und das wollte er auch. So, so sehr. Ob sie Abby ähnelte oder Jake? Vielleicht hatte sie seine Augen oder …? Hart schüttelte er den Kopf, durfte sich keine Hoffnungen machen, bevor er nicht wusste, ob sie überhaupt die Wahrheit sprach. Seine Hände verkrampften sich.

Unbekannt: Klingt erst mal nicht nach einer Goldgräberin. Sei vorsichtig. Ich bin da, wenn du reden willst.

Ryan: Danke.

Er konnte nur hoffen, dass sie wusste, wie viel ihm die Gespräche mit ihr bedeuteten.

Kapitel 7

Unbekannt: Heute ist es so weit. Wie fühlst du dich?

Mit einem Lächeln las Ryan die gerade eingegangene Textnachricht. Vor einer Woche hatte er mit J.J. Hall einen Termin ausgemacht, hatte sich in seiner Mail an sie möglichst knapp gehalten, durfte sich keine Gefühle erlauben, um am Ende nicht bitter enttäuscht zu werden. Trotz allem hatte er die letzten Nächte kaum geschlafen.

Ryan: So aufgeregt wie vor meiner Abschlussprüfung damals an der Uni.

Unbekannt: Ich drück dir die Daumen. Schreib mir danach, ja?

Ryan: Mach ich.

In einer Dreiviertelstunde war er mit J.J. Hall zum Frühstück verabredet. Er hätte die Sache lieber schon vor einer Woche hinter sich gebracht, doch sie hatte auf seine Mail geantwortet, dass sie ohnehin bald in Boston sei und sie sich dann doch treffen könnten. Natürlich hatte er zugestimmt, sein logischer Verstand sagte ihm, dass das die schlaueste Lösung sei, auch wenn der irrationale Teil in ihm brüllte, dass er sie sofort treffen wollte. Er hätte sich in einen der Privatjets der *Tanner Corporation* setzen und sie überall auf der Welt besuchen können, dann hätte er diese schreckliche Unsicherheit nicht länger ertragen müssen.

Zum Glück war es nun endlich so weit.

Ryan: Was gibt's zum Frühstück? Wieder Eiskaffee?

Unbekannt: Pf, ich bin zu aufgeregt, um etwas zu essen. Gib mir nachher Bescheid, vielleicht kann ich dann etwas essen.

Wärme breitete sich in ihm aus angesichts dessen, wie stark sie mit ihm mitfieberte. Am liebsten würde er sie fragen, wo sie arbeitete, damit er ihr später eine Gourmetmahlzeit liefern lassen könnte, aber das würde die Grenze überschreiten, die sie beide zwischen einander gezogen hatten. Wie lange würden sie noch so weitermachen? Wäre der nächste logische Schritt nicht, sich zu treffen?

Ryan: Kennst du den Foodtruck Ed's Cousine? Mittlerweile haben sie einen Lieferservice. Bestell dir nachher dort etwas, ist unglaublich lecker.

Ausgerechnet sein Bruder, der früher nur in verklemmten Schickimicki-Restaurants gespeist hatte, hatte ihm den Tipp gegeben. Anscheinend holten Jenn und Dan sich dort regelmäßig etwas zum Essen.

Unbekannt: Kleiner Geheimtipp?

Ryan: Und wie.

Unbekannt: Danke! 😊

Ein Blick auf die Uhr sagte ihm, dass es an der Zeit war, loszufahren. Während sein Bruder in einer abgelegenen Villa wohnte, hatte Ryan sich ein großes Einfamilienhaus in den Vororten gekauft, nur zehn Autominuten von Susanna und Lucas entfernt. Noch immer wimmelte er sie am Telefon ab, gab vor, besonders viel zu tun zu haben, nun da Dan mit den Hochzeitsvorbereitungen beschäftigt war – es war nicht einmal ganz gelogen.

Er verhielt sich unfair, das war ihm selbst klar, allerdings brauchte er den Abstand, um seine Wunden zu lecken und seinen verletzten Stolz vom Boden abzukratzen. Wenn er seine Gefühle wieder im Griff hatte, würde er versuchen, sein derzeitiges Verhalten wiedergutzumachen.

Seit J.J.s E-Mail konnte er sich gedanklich ohnehin mit nichts anderem mehr beschäftigen als mit dem bevorstehenden Termin.

Sobald er in seinen Mantel geschlüpft war, verließ er sein Haus. In der Auffahrt wartete sein schwarzer Audi, ein paar Sekunden später startete er den Motor, das stetige Summen war wie eine Ode an die deutsche Ingenieurskunst.

Sein Ziel war das *Envoy Hotel*, das nur etwa zehn Gehminuten vom Bahnhof *South Station* entfernt war. J.J. hatte ihm mitgeteilt, dass sie dort mit dem Zug ankommen würde, folglich hatte er die Café-Bar auf dem Dach des Hotels für ihr Treffen ausgesucht.

Während der Autofahrt wuchs die Anspannung in seinem Innern immer weiter an, seine Finger trommelten auf dem Lenkrad herum. Nachdem er geparkt hatte und das Hotel betrat, ballten sie sich zu Fäusten. Als er die Lobby durchquerte, um direkt auf die Aufzüge zuzumarschieren, nickten ihm ein paar der Hotelangestellten zu. Man kannte ihn hier, zum einen, weil er nun einmal Ryan Tanner war, zum anderen, weil er auch in seiner Freizeit gerne in der Bar auf dem Hoteldach speiste. Von dort aus hatte man einen unvergleichlichen Blick auf den Hafen.

Im Aufzug angekommen, starrte er wie gebannt auf die Stockwerkanzeige; sein Puls raste, Misstrauen und Hoffnung leisteten sich in seinem Innern ein Duell. Zwar machte der Lift immer mal wieder halt, Menschen kamen und gingen, doch er bemerkte sie kaum. Plötzlich fühlte sich der enge Raum stickig an, sodass er seinen Mantel öffnete. Kaum dass der Stoff aufklaffte, kam sein marineblauer Anzug zum Vorschein – vielleicht hätte er sich legerer kleiden sollen, allerdings musste er später wieder ins Büro und hatte keine Zeit, dazwischen noch einmal nach Hause zu fahren und sich umzuziehen.

Machte er sich wirklich darüber Gedanken, was J.J. von ihm denken könnte? Innerlich schalt er sich einen Idioten. Er wusste doch noch nicht einmal, ob sie wirklich seine Nichte war!

Im nächsten Moment erreichte der Lift endlich den obersten Stock. In seinem Innern hämmerte sein Herz, als er den Aufzug mit steifen, langen Schritten verließ. Er hatte einen Tisch reserviert, angesichts der kalten Jahreszeit jedoch im Innern der *Lookout Rooftop and Bar*, nicht auf der großen Dachterrasse. Dank der Fensterfront hatte man dennoch einen tollen Ausblick.

Kaum hatte er ein paar Schritte getan, wurde er bereits vom Oberkellner empfangen. Der junge Mann trug ein professionelles Lächeln zur Schau.

„Mr. Tanner, willkommen zurück!"

„Guten Morgen, Levi", begrüßte er sein Gegenüber mit einem abgelenkten Nicken. „Ich habe eine Reservierung." Während er das sagte, ließ er den Blick suchend über die Tische wandern, sah jedoch zunächst nur Grüppchen oder Paare. Vielleicht war J.J. noch gar nicht hier?

„Kommen Sie", bat der Oberkellner in freundlichem Ton, damit Ryan ihm folgte.

„Danke", erwiderte er, war froh, dass der andere nicht versuchte, Smalltalk aufzubauen – momentan wäre er dazu gar nicht in der Lage. Er folgte ihm den Gang zwischen ein paar Tischen entlang, sie bogen um die Ecke … und Ryan erstarrte.

Ganz hinten in der *Lookout Bar* saß eine junge Frau an einem der Tische, sie studierte das Menü, bemerkte sein Herankommen gar nicht, sodass er sie in Ruhe mustern konnte. Der Moment dauerte nur ein paar Sekunden, doch er fühlte sich an, als vergingen ganze Ewigkeiten.

Ihr Haar hatte genau dieselbe schmutzig blonde Farbe *wie Jakes.*

Ihr Mund war breit, die Lippen voll *wie Jakes.*

Auch die Mandelform ihrer Augen, ja selbst der kleine Hubbel auf dem Rücken ihrer ansonsten schmalen, geraden Nase war genau *wie Jakes.*

Ihr für eine Frau etwas zu breiter Kiefer ließ sie stur wirken, genau *wie Jakes.*

Beinahe hätte Ryan aufgelacht oder gejauchzt vor Freude, Unglauben und Glück zugleich. Im selben Moment wurden seine Knie ganz weich, sodass er eine Hand ausstrecken und sich an der Lehne eines Stuhls festklammern musste, um nicht das Gleichgewicht zu verlieren.

Er hatte keinen einzigen Zweifel mehr daran, ob J.J. Hall die Wahrheit sprach oder nicht. Sie *war* Jakes Tochter, war praktisch sein Ebenbild, nur eben die weibliche Version von ihm.

Einen Augenblick lang sah er seinen Bruder dort sitzen, so wie er ihn in Erinnerung hatte. Jake war siebenundzwanzig gewesen, als er diese Welt für immer verlassen hatte. Ein paar Sonnenstrahlen kämpften sich durch die Wolkenfront, ließen all die verschiedenen Blondtöne der einzelnen Haarsträhnen aufleuchten, kurze Zeit später drehte *Jake* den Kopf und schenkte ihm ein vorsichtiges Lächeln. Dieses eine Grübchen, das Ryan noch ganz genau in Erinnerung hatte, bildete sich auf der rechten Wange seines *Bruders.*

Ein tiefer, tiefer Schmerz brach in seiner Brust aus. Sehnsucht und das bodenlose Gefühl des Verlusts. Gott, er vermisste Jake.

„Da sind wir." Die freundliche Stimme des Oberkellners riss Ryan zurück ins Hier und Jetzt.

Blinzelnd brauchte er ein paar Sekunden, um seine Fassung zurückzuerlangen, sah nicht länger Jake, sondern J.J. dort hinten an dem Tisch sitzen.

Ihr Lächeln schwand. Ryan hatte keine Ahnung, was sie auf seinen Zügen erblickte, doch was auch immer es war, es schien sie nervös zu machen.

Innerlich versetzte er sich einen Ruck, drückte die Knie durch und die Schultern zurück, wirkte vermutlich genauso roboterhaft, wie es sonst nur Dan tat. In jeder anderen Situation hätte es ihn amüsiert, in diesem Moment fühlte er sich jedoch wie unter Wasser. Fassungslosigkeit strömte durch seine Adern.

Nachdem er sich bei Levi bedankt und ihm mitgeteilt hatte, dass sie ein paar Minuten brauchen würden, bevor sie ihre Bestellung aufgeben würden, lief er auf den Tisch am Ende der *Lookout Bar* zu. Es brauchte all seine Selbstbeherrschung, um die junge Frau nicht einfach in seine Arme zu ziehen und festzuhalten, als könne er damit seinen Bruder zurückbringen. Sie kannten einander nicht, seine Reaktion würde sie bestimmt erschrecken, folglich gab er alles, um sich zurückzuhalten.

„Hi", sagte sie, kaum hatte er den Tisch erreicht. Bebte ihre Stimme oder bildete er sich das nur ein? Vielleicht war sie genauso aufgeregt wie er.

„Guten Morgen", erwiderte er gezwungen ruhig, lenkte sich damit ab, seinen Mantel auszuziehen und ihn über die Stuhllehne zu hängen, bevor er sich J.J. gegenübersetzte.

Stille hing wie ein erstickendes Tuch über ihnen.

Er räusperte sich, brachte aber nichts hervor. Ryan fürchtete, dass er sich nicht zurückhalten würde können, wenn er auch nur den Mund aufmachte. Unendlich viele Fragen drängten seine Kehle hinauf, doch er wollte J.J. nicht damit überrollen.

Stumm musterte er sie. Aus der Nähe konnte er sehen, dass sie mit Make-up versuchte, ihre Aberhunderten Sommersprossen zu verbergen. Ihr beigefarbener Hautton war etwas dunkler als sein eigener. *Wie Jakes*, schoss es ihm wieder durch den Kopf. Nur die Augenfarbe passte nicht ganz, die musste sie von Abby geerbt haben.

„Ich weiß, wir sehen uns nicht ähnlich, aber meine Mutter …“, setzte sie an, unterbrach sich allerdings abrupt. Mit einem resignierten Ausdruck senkte sie den Blick auf ihre Hände; in einer nervösen Geste strich sie die Falten der Tischdecke glatt.

Ryan war derart von ihrem Anblick fasziniert – es war wirklich so, als sähe er seinen Bruder wieder –, dass ihm keine ihrer Regungen entging.

Seufzend schüttelte sie den Kopf. Über sich selbst? Kurz darauf setzte sie von Neuem an: „Wir können gerne einen DNA-Test machen.“

Als sie wieder zu ihm aufsah, wirkten ihre großen Augen hoffnungsvoll. Der Ausdruck verschwand abrupt, kaum antwortete er:

„Das ist nicht nötig.“

„Oh“, stieß sie aus, ihre Schultern sackten nach unten.

Glaubte sie, er hielt einen DNA-Test für überflüssig, weil er es nicht einmal in Betracht ziehen würde, dass sie beide miteinander verwandt sein könnten?

Ruckartig lehnte er sich vor, die Arme auf den Tisch gestützt. „Du bist sein Ebenbild“, sagte er leise, seine Stimme rau durch all die Gefühle, die er versuchte, in seinem Innern wegzusperren.

J.J. zuckte zusammen, ihre langen Wimpern flatterten nach oben. „B-bin ich?“, stammelte sie. „Aber ich … aber wir …“ Eine tiefe Falte der Verwirrung bildete sich zwischen ihren Brauen.

„Hat deine Mom denn keine Fotos?“ Ryan hatte Abby immer gemocht, doch in diesem Moment kam Wut in ihm auf. Wie viel konnte Jake ihr schon bedeutet haben, wenn sie nicht ein Foto behalten hatte?

„Nach seinem Tod hat sie alles zurückgelassen, was sie an ihn erinnert hat. Ich glaube, es tat zu sehr weh.“ Ein trauriger Zug tauchte um ihren Mund auf.

Durch ihre Erklärung verpuffte Ryans Zorn von einem Moment auf den anderen, stattdessen verspürte er Verständnis. Schließlich kannte er den Schmerz, den J.J. da beschrieb. Sofort zog er sein Smartphone aus der Tasche seines Jacketts, rief die Bildergalerie auf und suchte ein Foto von Jake heraus.

„Hier.“ Damit schob er das Handy über die Tischdecke in J.J.s Richtung. Ihm entging nicht, dass ihre Finger zitterten, als sie es ergriff und näher vors Gesicht hielt, wie um jedes Detail des Bildes in sich aufzusaugen.

„Dan und ich kommen nach unserem Vater, aber Jake kam nach unserer Mutter“, erklärte Ryan. Rein äußerlich hatten sie nicht viel gemein, doch als Jungen waren sie ein eingeschworenes Team gewesen. Erneut ließ er den Blick über sein Gegenüber … *seine Nichte* gleiten, konnte die Wahrheit noch gar nicht richtig fassen.

Nach einer Weile legte sie das Smartphone zurück auf den Tisch, Tränen standen in ihren Augen, aber ihre Mundwinkel zeigten nach oben. Offenbar fühlte sie sich genauso überwältigt von dieser Situation wie er.

„Sein Ebenbild“, wiederholte Ryan in sanftem Ton, erwiderte ihr Lächeln.

Eine Mischung aus Auflachen und Schluchzen kam über ihre Lippen, als sie nickte. Sofort presste sie sich eine Hand über den Mund und warf ihm einen entschuldigenden Blick zu. Dabei ging es Ryan doch ähnlich.

„Wieso jetzt?“, fragte er schließlich. Seiner Rechnung nach müsste sie einundzwanzig sein, wieso hatte sie erst nach so vielen Jahren Kontakt zu ihnen aufgenommen? Er brauchte sich nicht zu erklären, denn sie schien zu wissen, was er meinte.

„Ich wusste es nicht.“ In einer hilflos wirkenden Geste zuckte sie mit den Schultern. „Früher hat Mom immer behauptet, durch einen One-Night-Stand ungeplant schwanger geworden zu sein und dass sie den Namen des Mannes nicht einmal kennen würde.“ J.J. stieß hörbar den Atem aus, bevor sie fortfuhr. „Vor ein paar Wochen habe ich ihr dann beim Ausmisten ihres Kleiderschranks geholfen, eine Schachtel rutschte vom Regal … und ein paar Briefe fielen heraus.“

„Sie haben sich geschrieben, während Jake im Einsatz war?“, vermutete Ryan. Offenbar hatte Abby doch etwas behalten – all die Zeilen, in denen sie sich zweifellos ihre Liebe versprochen oder ihre gemeinsame Zukunft erträumt hatten. Eine Zukunft, die niemals wahr geworden war.

„Genau.“ Zustimmend nickte J.J., bevor sie weitersprach. „Ich hab sie zur Rede gestellt, wir haben uns gestritten … Am Ende hat sie mir die Wahrheit gesagt, aber sie hatte keine Nummer mehr von euch, daher die E-Mail.“

Beim Reden gestikulierte sie mit den Händen, ihre Stimme und Mimik waren lebendig …

Abby schien alles getan zu haben, um die schmerzhaften Erinnerungen an Jake zu vergessen, aber sie musste ihn jeden Tag in ihrer Tochter gesehen haben. Der Gedanke versetzte ihm einen Stich, es konnte damals nicht leicht für sie gewesen sein. Hätte sie sich doch an Dan und Ryan gewandt, sie wären für sie da gewesen.

„Ich bin froh, dass du die E-Mail abgeschickt hast“, sagte er nach einer Weile.

Ein schüchternes Lächeln huschte über ihr Gesicht. „Ich auch.“

Plötzlich trat ein Kellner an ihren Tisch heran, um ihre Bestellungen aufzunehmen.

„Such dir aus, was du möchtest“, sagte Ryan, um deutlich zu machen, dass er sie einlud. Mittlerweile hatte sich sein Puls beruhigt, es fühlte sich nicht länger so an, als kämen die Wände immer näher, stattdessen konnte er wieder frei atmen, sein Appetit war sogar zurück.

Nachdem sie Kaffee und eine große Frühstücksplatte bestellt hatten, verschwand der Kellner.

„Ich habe Dan noch nichts von dir erzählt, wollte zuerst sicher sein …“, erklärte Ryan, sobald sie wieder allein waren. J.J. sollte nicht denken, dass Dan kein Interesse an ihr hatte.

Zur Antwort nickte sie. „Er heiratet bald, stimmt’s?“

Als Ryan ihr einen überraschten Blick zuwarf, kicherte sie.

„Ich habe euch gegoogelt“, gab sie mit schuldbewusstem Blick zu, dabei war es doch ganz normal, dass sie neugierig gewesen war.

Reuelos grinste er sie an. „Unter J.J. Hall spuckte Google leider alles Mögliche aus, aber nichts, was mir mehr über dich verraten hätte.“ Hätte er ein Foto von ihr gefunden, hätte er sofort gewusst, dass sie wirklich seine Nichte war.

Kichernd legte sie den Kopf zurück, ihr breites Lächeln erinnerte ihn erneut so sehr an Jake, dass es sich so anfühlte, als habe jemand mit dem Messer auf ihn eingestochen. Aber es war ein guter Schmerz, auch wenn das vielleicht nicht viel Sinn ergab.

„Mein voller Name ist Jackie Juliana Hall, damit hättest du vielleicht das Foto meiner Abschlussklasse gefunden."

„Jackie, hm?", sagte er mit einem kleinen Lächeln. Es war die weibliche Version von Jake. Offenbar war Abby nicht sonderlich erfolgreich gewesen, seinen Bruder zu vergessen. Es wunderte ihn nicht, schließlich hatte er damals immer gedacht, dass so echte Liebe aussah.

Das, was sie beide miteinander gehabt hatten, wurde in Gedichten und Liedern beschrieben.

„Wie geht es deiner Mom?" Über die Jahre hinweg hatten Dan und er immer mal wieder an sie gedacht, sich gesorgt, aber ihren Wunsch nach Abstand akzeptiert.

Ein teils sanftes Lächeln trat auf J.J.s Lippen, doch in ihren Augen sah er einen unbändigen Beschützerinstinkt aufblitzen. „Als ich klein war, wirkte sie oft traurig, es hat lange gebraucht, aber sie hat ihren Frieden mit sich gefunden. Sie ist glücklich allein."

Warum wunderte es ihn nicht, dass sich Abby nie neu verliebt hatte? Er hätte es ihr gewünscht, aber es überraschte ihn kein bisschen, dass dem nicht so war. Zu hören, dass sie nach all den Jahren ihr Glück gefunden hatte, besänftigte eine alte Wunde in seinem Innern. Jake hätte gewollt, dass Dan und er auf Abby aufpassten; es hatte sich nie richtig angefühlt, sie gehen zu lassen, auch wenn sie sich genau das gewünscht hatte.

Stockend entließ er einen langen Atemzug, dieses Treffen hier tat genauso sehr weh, wie es ihn auch mit Wärme erfüllte.

„Nachdem ich die Briefe gefunden habe, hat sie mir auch erzählt, wie Jake gestorben ist. Dass sie sich schuldig gefühlt hat, weil sie es nicht gesehen hat." Erneut strichen ihre Finger über die Tischdecke, dabei hatte sie längst alle Falten weggestrichen. Die Geste verriet, wie nervös sie war. Sie beide befanden sich in unsicheren Gefilden, kannten einander nicht, wussten nicht, welche Themen tabu waren, aber:

„Du darfst mich alles fragen", versicherte er ihr in festem Ton, denn sie hatte es verdient, ihren Dad kennenzulernen, und wenn es nur über Erzählungen und Fotos war.

„Wir haben uns dieselben Vorwürfe gemacht", fügte Ryan hinzu.

Ihr Blick hob sich ruckartig, Wissbegierde lag in ihren Augen. In diesem Moment wirkte sie wie ein kleines Mädchen, das sich verzweifelt danach sehnte, einen Vater zu haben. Ob sie sich oft so gefühlt hatte, wenn andere Kinder von dem Kindergarten oder der Schule von ihren Dads abgeholt worden waren?

„Jake hat alles getan, um sich nichts anmerken zu lassen – bis es zu spät war." Mit einer Hand rieb er sich über den Mund, als er hinzufügte: „Dan war dabei, musst du wissen, für ihn wird das hier tausendmal schwerer sein." Er stieß ein selbstironisches Lachen aus. „Und für mich ist es schon sehr schwer."

J.J. erwiderte sein Lächeln. „Für mich auch."

Verbundenheit schien sich zwischen ihnen beiden auszubreiten, sodass er sich ihr gleich viel näher fühlte.

Die Fremde, mit der er bereits seit über zwei Wochen täglich Nachrichten austauschte, hatte recht gehabt: Es spielte keine Rolle, wie viele Jahre in J.J.s Leben er verpasst hatte, sie würden sich kennenlernen, zu einer Familie zusammenwachsen, das spürte er jetzt schon.

„Ich denke, Jake wollte uns beschützen, so war er eben."

„Hast du noch mehr Fotos?" Sie biss sich auf die Unterlippe, als sei sie unsicher, ob die Frage okay sei.

„Unbedingt!" Ryan zwinkerte ihr zu.

In den nächsten zwei Stunden zeigte er ihr ein Bild nach dem anderen, erzählte ihr, was die drei Tanner-Brüder als Jungen so alles angestellt hatten, wie Jake und Abby sich als Teenager kennengelernt hatten und wie hoffnungslos verliebt er von Anfang an gewesen war. Sie lachten gemeinsam, Ryan schwelgte in Erinnerungen, was besser tat, als er je hätte ahnen können, und J.J. lernte ihren Vater wenigstens ein bisschen kennen.

Als er erfuhr, dass Abby und sie in New Haven, in Connecticut wohnten, wurde ihm bewusst, dass seine Nichte die ganze Zeit so nah und doch so fern gewesen war. Aber was brachte es schon, der Vergangenheit nachzutrauern, wenn die Zukunft vor ihnen lag?

Als sie wieder aufbrechen musste, begleitete er sie zurück zum Bahnhof. Schon bald würden sie ein neues Treffen vereinbaren – diesmal mit Dan. Seine Nichte zum Abschied zu umarmen, fühlte sich surreal an, gleichzeitig fiel es ihm schwer, sie wieder loszulassen.

Kapitel 8

Zum gefühlt hundertsten Mal warf sie einen Blick auf ihr Handy, doch bisher war keine neue Nachricht von ihrem Fremden eingegangen. Angespannt biss sie sich auf die Unterlippe. Wie schwer es für ihn sein musste, nicht zu wissen, ob irgendeine geldgierige Frau auf derart niederträchtige Weise versuchte, an sein Geld zu kommen, oder ob er wirklich eine Nichte hatte. Ob er seinen Bruder doch nicht ganz verloren hatte.

Allein die Vorstellung dessen, einem ihrer Brüder würde etwas zustoßen, ließ Panik in ihr ausbrechen. Egal wie sehr Mick, Grayson und Carter sie manchmal nervten, sie konnte sich ein Leben ohne ihre jüngeren Brüder nicht vorstellen.

Warum schreibt er mir denn nicht?, dachte sie voller Sorge und starrte schon wieder auf ihr Handy. Kat wusste, dass er zum Frühstück verabredet gewesen war, mittlerweile war es beinahe Mittag. Bedeutete das, dass es sich um eine Hochstaplerin gehandelt hatte? War er so niedergeschlagen, dass ihm nicht nach Reden zumute war?

Mitgefühl schnürte ihr die Brust zu, gleichzeitig kam Ärger in ihr auf. Wer tat so etwas bloß? Spielte mit den Gefühlen anderer Menschen, um an Geld zu kommen? Sein Bruder war tot, verdammt noch mal! War das nicht schlimm genug? Musste wirklich irgendein hintertriebenes Weib versuchen, das zu ihrem eigenen Vorteil zu nutzen?

„Kat!“

Als ihr Name gerufen wurde, zuckte sie zusammen und fuhr herum. Bis eben war sie vor ihrem Schreibtisch auf und ab getigert, hielt nun aber inne und starrte Richtung Bürotür.

Saoirse stand dort, ein besorgter Ausdruck auf ihren Zügen. „Ich hab dich bestimmt drei-, viermal gerufen. Alles okay?"

„Ja, entschuldige, ich …" Verwirrt runzelte sie die Stirn. „Du hast mich mehrfach gerufen?"

„Jap." Ihre Freundin verschränkte die Arme vor der Brust und zog auffordernd die Brauen hoch. „Was ist los? Treibt deine Mom dich wieder in den Wahnsinn?"

„Ja, das auch", gab Kat abgelenkt zurück. In der Früh hatte sie tatsächlich mit ihrer Mutter telefoniert, die ihr von dieser neuen Dating-App erzählt hatte, die ihr Mabel aus dem Friseursalon empfohlen hatte.

„Auch? Das heißt, da ist noch etwas anderes? Ist es wegen dem Typen, mit dem du schon seit Wochen schreibst?"

Ohne es verhindern zu können, zuckte Kat wie ertappt zusammen. Bei einem ihrer Coffee-Dates hatte sie ihrer Freundin von ihm erzählt.

„Meinst du nicht, es ist Zeit, dass ihr euch mal trefft? Natürlich an einem öffentlichen, sicheren Ort – er könnte auch irgendein kranker Stalker sein."

„Ich habe *ihm* versehentlich geschrieben, erinnerst du dich? Kranke Stalker finden ihre Opfer anders, denke ich …"

„Sicher ist sicher." Saoirse zuckte mit den Schultern. „Ihr schreibt nur schon so lange miteinander, wieso nicht den nächsten Schritt machen?"

„Wir sind bloß Freunde." Kat schüttelte den Kopf, auch wenn sie sich vermutlich selbst etwas vorlog, schließlich konnte sie nicht leugnen, dass sie jeden Morgen als Allererstes an ihn dachte.

„Aha", gab Saoirse in einem Ton zurück, der deutlich machte, dass sie ihr kein Wort glaubte. Ihre Mundwinkel zuckten, und ehe Kat sichs versah, brachen die beiden in lautes Gelächter aus.

„Okay, okay, ich gebe zu, ich habe schon daran gedacht, wie es wäre, ihn zu treffen. Aber ich mag unsere Gespräche und will das nicht kaputtmachen", gab sie wenig später zu.

„Wer nicht wagt, der nicht gewinnt und so", entgegnete Saorise, wobei sie ihr zuzwinkerte. „Na ja, ich will dich auch nicht nerven, bin nur vorbeigekommen, um dir Bescheid zu geben, dass die neuen Hundespielzeuge angekommen sind."

„Ach, super, danke dir!" Vermutlich machte ihre Freundin gerade Mittagspause, Kats Büro lag sozusagen auf dem Weg, schließlich wohnten Saoirse und Vlad in einem Apartment auf demselben Stockwerk.

„Bist du sicher, dass alles okay ist?"

Gerührt, dass sich ihre Freundin Sorgen um sie machte, schenkte sie ihr ein warmes Lächeln. „Ja, alles okay, danke dir."

Etwas in ihrem Ausdruck schien Saoirse zu beruhigen, denn sie nickte. „Also gut, dann sehen wir uns morgen zum Kaffee."

„Bis dann!"

„Bis dann!", wiederholte Saoirse, bevor sie Kats Büro wieder verließ. Dabei ließ sie die Tür offen stehen, so wie sie diese auch vorgefunden hatte. Kat wollte, dass ihr TALI-Team zu ihr kam, wenn es einmal ein Problem gab. Die Offene-Tür-Politik half dabei. Nur wenn sie nicht gestört werden wollte, weil sie eine Besprechung hatte oder Ähnliches, schloss sie ihr Büro.

Abgelenkt warf sie erneut einen Blick auf ihr Handy. Als sie sah, dass immer noch keine Nachricht eingegangen war, entschloss sie, dass sie sich lange genug verrückt gemacht hatte. *Du hast einen Haufen Arbeit!*, erinnerte sie sich im Stillen.

Sie drückte die Schultern zurück, nickte sich selbst zu und ging zurück hinter ihren Schreibtisch. Ganz getreu dem Sprichwort *Aus den Augen, aus dem Sinn* zog sie die oberste Schreibtischschublade auf und legte ihr Smartphone hinein. Vehement schloss sie die Schublade wieder und richtete ihre Aufmerksamkeit auf den Computerbildschirm.

Gezwungen ruhig entließ sie den Atem aus ihren Lungen und rief den Social-Media-Auftritt des Bostoner TALI-Gebäudes auf. Nachdem sie den Content der letzten Tage und die dazugehörigen Statistiken überprüft hatte, machte sie sich daran, einen Posting-Plan für die kommende Woche aufzusetzen. Eine gute Mischung von Fotos schien zu funktionieren, abgelichtet waren unter anderem die Fellnasen ihrer Bewohner, die kunstvollen Weihnachtsdekorationen und in regelmäßigen Abständen natürlich auch Bilder davon, was das TALI-Gebäude seinen Anwohnern zu bieten hatte – ein eigenes Fitnessstudio, der Park im Innenhof, das Doggy-Daycare-Center, Kochkurse und, und, und.

Natürlich reichten professionelle Bilder allein nicht aus, die richtigen Texte und Hashtags waren auch wichtig, weswegen Kat sich direkt an eine neue Hashtag-Recherche machte. Endlich konnte sie sich genug konzentrieren, um wenigstens ein bisschen in ihrer Arbeit voranzukommen, doch als sie das Vibrieren ihres Handys aus der Schreibtischschublade dringen hörte, verpuffte ihre Konzentration binnen eines Wimpernschlags.

Hastig riss sie die Schublade auf, um die neue Nachricht zu lesen.

Unbekannt: Kein Zweifel, sie ist wirklich meine Nichte – sieht genau aus wie mein Bruder.

Als sie das las, begann ihr Herz zu rasen. Gleichzeitig wurde sie von einer Welle des Mitgefühls überrollt – das Treffen konnte nicht leicht gewesen sein.

Kat: Herzlichen Glückwunsch, jetzt bist du wohl offiziell ein Onkel!

Unbekannt: Danke!

Gedanklich sah sie ein mildes, aber glückliches Lächeln vor sich. Auch wenn sie sich noch nie getroffen hatten, baute sich in ihrem Kopf nach und nach ein Bild von ihm auf. Er hatte sich einmal als Bürohengst bezeichnet, weswegen sie ihn sich in irgendeinem teuren Designeranzug vorstellte; durch ihre Unterhaltungen wusste sie, dass er nicht viel älter als sie selbst sein konnte, vermutlich Ende dreißig. Ob er Lachfältchen um die Augen hatte?

Kat: Das Treffen scheint ja lang gegangen zu sein, lief also gut?

Unbekannt: War komisch zu Beginn, danach aber gut, ja. Wirklich gut.

Ein breites Lächeln breitete sich auf ihren Lippen aus. Sie konnte gar nicht in Worte fassen, wie sehr sie sich für ihn freute. Beinahe hätte sie ihm ein Umarmungs- sowie ein Herz-Emoji geschickt, aber sie wollte keinen falschen Eindruck erwecken.

Unbekannt: Wir haben schon über ein weiteres Treffen gesprochen.

Kat: Du klingst glücklich.

Unbekannt: Bin ich. Und tut mir leid, aber ich muss dir beichten, dass mich das noch mehr aufgemuntert hat als deine Katzenfotos.

Lachend ließ sie den Kopf in den Nacken fallen. Dieser verrückte Kerl!

Kat: 😂😂😂

Kapitel 9

Es war Samstagmorgen, als Ryan seinen Audi auf den Schotterplatz vor der Villa seines Bruders parkte. Abgelenkt ließ er den Blick über die geradlinigen geschnittenen Hecken und die akkurat angelegten Blumenbeete gleiten, die schon bald von den ersten Schneeflocken bedeckt sein würde. Vielleicht hätten sie Glück und es gäbe dieses Jahr wieder weiße Weihnachten …

Nachdenklich stieg er aus seinem Wagen aus, um sich auf den Weg zur Haustür zu machen. Weil er den Sicherheitscode zu dem Anwesen seines Bruders kannte sowie über eine Fernbedienung verfügte, die das große Tor zu dem Anwesen für ihn öffnete, ahnten Dan und Jenn vermutlich noch nichts von seinem Besuch, außer sie hatten ihn durch die Fenster kommen sehen.

Er hatte lange überlegt, wie er seinem Bruder von J.J. erzählen sollte, am Ende war er zu dem Schluss gekommen, dass es bei dieser Angelegenheit gar keinen richtigen Weg gab. Es würde ein großer Schock für Dan sein, egal, wie er es ihm beibrachte. Seit er mit Jenn zusammen war, nahm er sich jedoch die Wochenenden frei, daher hatte Ryan extra bis jetzt gewartet, um mit seinem Bruder zu sprechen – Jenn wäre für ihn da.

Angespannt schritt er über den Vorplatz bis zur Haustür, unter den Sohlen seiner Schuhe knirschte der Kies. Tief atmete er einmal ein und aus, bevor er den Arm ausstreckte, um zu klingeln. Es dauerte nicht lang, bis er auf das Läuten hin Stimmen aus dem Innern des Hauses hörte.

„Ich geh schon!“, rief Jenn, danach vernahm er lauter werdende Schritte, bis sie bei der Tür angekommen sein musste. Ein klickendes Geräusch ertönte, kurz bevor sie ihm öffnete.

„Hey, Ryan!“, rief sie aus, hatte sich vermutlich schon gedacht, dass er es war – schließlich hatte außer ihm nur noch Dans Fahrer den Sicherheitscode und dieser hatte am Wochenende frei. Ihr schwarzes, langes Haar wirkte zerzaust und ihre Wangen gerötet, weswegen Ryan sich denken konnte, was das verlobte Paar bis eben getrieben hatte.

Ein Schmunzeln zuckte an seinen Lippen, woraufhin Jenns Gesicht sogar noch etwas röter wurde. „Wir … uhm … haben nicht mit Besuch gerechnet.“ Sie zog den seidenen Morgenmantel zurecht, dessen Ärmel ihre Schulter heruntergerutscht war.

„Tut mir leid, dass ich unangekündigt hier auftauche. Ich muss Dan etwas erzählen, was nicht länger warten konnte.“

„Oh“, stieß sie aus, wobei ihr warmer Atem eine kleine Wolke bildete. Sie zuckte zusammen, als fiele ihr erst jetzt auf, wie kalt es draußen war. „Entschuldige, komm doch rein!“ Abrupt winkte sie ihn ins Inneres der Villa.

Beruhigend lächelte er ihr zu. „Danke.“

„Dan kommt sicher gleich, dann lass ich euch besser allein.“ Während sie sprach, schloss sie die Haustür hinter ihnen beiden. Ryan war bereits dabei, sich den Wintermantel von den Schultern zu streifen und ihn an der Garderobe aufzuhängen.

„Nein, du solltest dabei sein.“ Über die Schulter warf er ihr einen ernsten Blick zu.

Von einem Moment zum anderen weiteten sich ihre Augen, ein verunsicherter Ausdruck breitete sich auf ihrem hübschen Gesicht aus. Jenn hatte nicht nur Psychologie studiert, sondern vor einem halben Jahr auch noch ihre Doktorarbeit abgeschlossen – vermutlich war es nicht verwunderlich, dass sie ein besonders gutes Gespür für die Gefühle anderer hatte. Sie schien zu ahnen, dass etwas Großes auf sie zukam.

Ehe sie etwas sagen konnte, drehten sie sich beide zum Klang der polternden Schritte herum. Dan joggte leichtfüßig die Treppe herunter, währenddessen schloss er die letzten Knöpfe seines Hemdes. Es tat gut, seinen Bruder so entspannt zu sehen, umso mehr tat es Ryan leid, dass er das gleich zunichtemachen würde.

Kaum dass Dan den Blick hob, prallten seine eisblauen Augen auf sie. Binnen eines Sekundenbruchteils schien er die Situation einzuschätzen, ein Muskel an seinem Unterkiefer zuckte, seine Haltung versteifte sich.

„Ryan", sagte er in der Roboterstimmte, für die er berühmt war, und nickte seinem jüngeren Bruder zu. Mit langen Schritten erreichte er den Eingangsbereich, schlang einen Arm um Jenns Taille, um sie an seine Seite zu ziehen und einen Kuss gegen ihre Schläfe zu pressen.

„Zieh du dich an, ich mach uns schon mal Kaffee", raunte er gegen die Schläfe seiner Verlobten.

Ryan stand nah genug, um die Worte zu verstehen, wandte aber den Blick ab, weil ihm der Moment zwischen den beiden intim vorkam. Zu seiner Überraschung breitete sich bei dem Anblick nicht der beschämende Neid in seinem Innern aus, den er in den letzten Wochen immer wieder verspürt hatte. Stattdessen dachte er daran, dass er seiner Unbekannten das Omelette-Rezept von Jamie Oliver schicken musste, damit sie ja nicht wieder vergaß zu essen.

Automatisch zog er sein Smartphone aus der Hosentasche.

Ryan: Guten Morgen. Ich hoffe, heute hast du weniger zu tun als sonst. Frühstück gefällig? [Link]

Offenbar war sie auch schon wach, denn es dauerte nicht lang, bis sie antwortete.

Unbekannt: Wenn du vorbeikommst und kochst, klar.

Seine Lippen kräuselten sich zu einem Schmunzeln.

Ryan: Kein Morgenmensch?

Unbekannt: War gestern eine lange Nacht.

Sofort fragte er sich, ob sie aus gewesen war und wenn ja, mit Freundinnen … oder einem Mann? Die Eifersucht, die bei dem Gedanken in ihn hochkroch, erwischte ihn unvorbereitet, war aber nicht zu leugnen.

Ryan: Heißes Date gehabt?

Unbekannt: Fang du nicht auch noch an!

Verwirrt zog er die Stirn kraus. Als er einen Blick auf sich spürte, sah er auf, nur um festzustellen, dass Jenn längst nach oben gegangen war, um sich umzuziehen, hingegen starrte Dan ihn mit abwartendem Blick an.

„Kommst du?“, fragte sein Bruder, wobei er abgehackt in Richtung seiner Küche zeigte,

„Sorry, bin gleich da“, erwiderte Ryan.

Zwar betrachtete sein Bruder ihn forschend, wandte sich schließlich aber von ihm ab. „Ich lasse schon mal Kaffee raus“, sagte Dan, während er in Richtung Küche verschwand.

Sofort richtete Ryan den Blick wieder auf sein Handy.

Ryan: Was meinst du?

Unbekannt: Ach, ich war gestern nur so lange wach, weil meine Mom mich um zehn Uhr anrief … die letzten Tage habe ich ihre Anrufe weggedrückt, sie meinte „Jetzt kannst du unmöglich noch arbeiten!“.

Ryan: Das hast du dir wohl selbst eingebrockt 😅

Unbekannt: Und dann hat sie mir zwei Stunden lang in den Ohren gehangen, dass ich zu viel arbeite und stattdessen auf Dates gehen sollte. Außerdem hat Mabel vom Friseursalon ihr doch diese Dating-App empfohlen und … 🙄

Er konnte sich nicht zurückhalten, ein Lachen brach über seine Kehle. Wie schaffte sie es, über simple Textnachrichten derart lebendig zu erzählen? Ihr sarkastischer Ton schwang in den Worten mit, er wünschte nur, er könne ihre Stimme hören.

Ryan: 🙈😂

Unbekannt: Das ist nicht lustig. Sie hat sich in den Kopf gesetzt, mich noch vor den Feiertagen zu verkuppeln. In den zwei Wochen vor und um Weihnachten herum besuche ich meine Eltern – wenn ich nicht aufpasse, stellt sie mir dann alle Single-Männer der Stadt vor.

Er konnte nicht anders:

Ryan: 😂😂😂

Unbekannt: Ich glaube, ich mag dich nicht mehr.

Ryan: Lass dir den Tag nicht verderben, leg das Handy weg und schlaf noch ein paar Stunden. ❤️

Unbekannt: Okay, vielleicht mag ich dich jetzt wieder ein bisschen.

Ryan: Schlaf gut, Sunshine.

Sie kam ihm wirklich vor wie Sonnenstrahlen, die es schafften, sich selbst an grauen Wolken vorbeizukämpfen, und einen daran erinnerten, dass nach dem Gewitter Licht folgte. Während ihres Austauschs hatte sich Wärme in seinem Innern ausgebreitet, mit einem Lächeln schob er das Handy zurück in die Hosentasche seiner Jeans – ausnahmsweise trug er mal keinen Anzug.

Zwar wusste er noch immer nicht recht, wie er seinem Bruder alles erzählen sollte, aber dank der Unbekannten fühlte er sich nun etwas leichter. In ebendiesem Moment kam Jenn schon wieder die Treppe herunter, den Morgenmantel hatte sie durch Jogginghosen und T-Shirt ersetzt.

„Ich habe nicht vor, heute die Couch zu verlassen", verkündete sie mit einem Grinsen, streckte eine Hand aus und drückte im Vorbeigehen seinen Unterarm.

Ryan folgte ihr in die Küche, wo sie bereits von dem herben Geruch frisch gebrauten Kaffees empfangen wurden. Wortlos schob Dan ihnen beiden jeweils eine Tasse über die Küchenanrichte zu.

„Danke, Honigbär", flötete Jenn. Offenbar war der Spitzname durch einen Scherz zwischen den beiden entstanden, doch sie nutzte ihn weiterhin, um Dan zu necken.

Beide Brüder schmunzelten, Dan betrachtete seine Verlobte dabei mit untypisch weichem Blick. Ryan amüsierte sich köstlich über die beiden.

Wenn ihm jemand vor ein paar Jahren gesagt hätte, dass sein Bruder, der einen Besenstiel verschluckt zu haben schien, eines Tages entspannt mit der Hüfte gegen die Küchenanrichte gelehnt dastehen, sich *Honigbär* nennen lassen und ein verliebtes Lächeln im Gesicht haben würde, dann hätte Ryan sein Gegenüber wohl als verrückt erklärt. Nicht, dass er sich nicht darüber freute, nur hatte er schon nicht mehr daran geglaubt, dass Dan jemals Jakes Tod überwinden würde.

Seine eigenen Gedanken ließen ihn zusammenzucken, erinnerten ihn daran, wieso er hergekommen war. Wie Jenn ließ auch er sich auf einen der Barhocker an der Kücheninsel sinken, um an seiner Tasse zu nippen. Allerdings schmeckte er das dunkle Gebräu kaum, war viel zu sehr auf die Frage konzentriert, wie er das Gespräch ins Rollen bringen sollte.

„Was machst du hier?“ Die Direktheit seines älteren Bruders kam nicht überraschend.

„Dan!“, zischte Jenn dennoch, kurz darauf warf sie Ryan einen entschuldigenden Blick zu. Er schmunzelte lediglich.

„Wir haben uns doch gefragt, was aus Abby geworden ist …“, begann er, wobei er seinem Bruder einen Blick zuwarf.

Nicht verwunderlich wurde dessen Haltung mit einem Mal nur noch steifer. Knapp nickte er.

„Wie es sich herausstellt, war sie nie weit weg. Abby wohnt in New Haven, in Connecticut.“

„Abby? Das war Jakes Freundin, stimmt's?“ Fragend sah Jenn von einem der Männer zum anderen. Sie hatte Jake nie kennengelernt, doch offensichtlich hatte Dan ihr von ihm erzählt.

Überraschung gepaart mit Erleichterung strömten durch Ryan hindurch – es tat gut zu wissen, dass Dan nicht länger alles in sich hineinfraß, sondern mit seiner Verlobten darüber sprach.

„Genau, Jakes Freundin“, bestätigte Ryan, wobei er Jenn zunickte. Danach suchte er jedoch den Blick seines Bruders. „Und sie war schwanger, als sie Boston verließ.“

Von einer Sekunde zur anderen verlor Dans Gesicht alle Farbe.

Ein lautes Klirren ertönte, als ihm seine Kaffeetasse einfach entglitt, auf den Boden prallte und zersprang.

„Was?“ Es war nur ein Krächzen, seine Stimme war rau, er schien wie an Ort und Stelle festgefroren zu sein, bewegte keinen Muskel.

Ryan musste ähnlich ausgesehen haben, als er die *Lookout Bar* betreten und in J.J. seinen verstorbenen Bruder erkannt hatte. Tiefe Schatten schienen in Dans Augen zu tanzen, vielleicht sah er wieder Jake in dessen letzten Momenten vor sich.

Jenn zuckte zusammen, schien sich von ihrem Hocker erheben zu wollen, doch Ryan kam ihr zuvor. Langsam trat er um die Kücheninsel herum, um auf Dan zuzugehen. Fest packte er ihn an den Schultern.

„Abby bekam eine Tochter … ihr Name ist J.J., die Kurzform von Jackie Juliana." Er schenkte seinem Bruder ein Lächeln, nickte ihm zu, schließlich hatte er selbst es auch kaum glauben können. „Sie sieht genau aus wie er", fügte er hinzu, sein Atem entglitt ihm stoßartig. Er sah denselben Schmerz und dieselbe Hoffnung, die er verspürte, gespiegelt in Dans Augen.

Vielleicht würden sie J.J. eines Tages ansehen können, ohne dass es ihnen einen Stich versetzte, doch das würde mit Sicherheit noch eine Weile dauern.

„Jackie?" Noch immer war Dans Stimme kratzig, auch ihm schien nicht zu entgehen, dass Abby ihre Tochter nach Jake benannt hatte. Seine Hände legten sich auf Ryans Unterarme, packten fest zu, als bräuchte er Halt oder müsste sich davon überzeugen, dass das hier echt und nicht nur ein Traum war.

Bestätigend nickte Ryan. „Jackie."

Dans Griff wurde nur noch fester, seine Kieferpartie wirkte verspannt, als beiße er die Zähne zusammen. Vor Unglauben? Vor Glück?

„Er ist noch bei uns", raunte Dan schließlich, ein klitzekleines, herzzerreißendes Lächeln breitete sich auf seinen Zügen aus.

Ruckartig machte Ryan einen Schritt vor, zog seinen Bruder in eine feste Männerumarmung. „Er war nie ganz fort.“

Sie hielten einander fest … oder *zusammen*, damit sie nicht noch einmal zerbrachen wie damals, als sie Jake verloren hatten.

Kapitel 10

„Satan!“

Der geknurrte Ausruf war die einzige Warnung, die sie bekam, danach sah sie nur noch etwas Schwarz-Weißes auf sie zuschießen, schon wurde sie zu Boden geworfen. Mit einem dumpfen Geräusch knallte Kat auf den Boden, Schmerz schoss durch ihren Rücken sowie durch ihren Hinterkopf. Sie hatte keine Zeit gehabt, den Sturz abzufangen, war schließlich nicht darauf gefasst gewesen, mitten in den Gängen das TALI-Gebäudes angegriffen zu werden. Sie hatten ein super Security-Team und …

Etwas Nasses strich über ihr Gesicht, wieder und wieder.

Kat brauchte ein paar Sekunden länger, bis sie ihre Gedanken sortiert hatte. Das alles war so schnell gegangen, sie hatte einen Moment gebraucht, bis sie begriffen hatte, was passiert war. Blinzelnd erkannte sie das riesengroße Hundebaby, das sie vor lauter Liebe umgeworfen zu haben schien, um ihr danach voller Zuneigung das Gesicht abzulecken.

Pfui. Leicht angewidert drehte sie den Kopf zur Seite, um den Liebkosungen des Hundes zu entgehen, doch er schien fest entschlossen zu sein, ihr deutlich zu machen, wie toll er sie fand.

„Aus!“, sagte sie in möglichst strengem Ton und versuchte, das Tier mit den Armen wegzuschieben. Ihre Finger drückten gegen samtig weiches Fell, doch der Hund bewegte sich keinen Zentimeter.

„Satan!“, erklang es erneut.

Ach ja, Saoirse hatte doch von der Deutschen Dogge erzählt – das ungezogene Riesenbaby, erinnerte sich Kat. So langsam verstand sie auch, warum der Star-Anwalt seinen Hund ausgerechnet nach dem Teufel benannt hatte …

Im Augenwinkel sah sie, wie jemand um die Ecke des Gangs geeilt kam, im nächsten Moment wurde die deutsche Dogge weggezogen. Erleichtert stieß sie den Atem aus, blieb aber noch ein paar Sekunden auf dem Boden liegen, um sich erst einmal zu sortieren. Zwar glaubte sie nicht, dass sie sich ernsthaft verletzt hatte, aber es setzten bereits Kopfschmerzen ein, außerdem taten eine Stelle über ihrem rechten Schulterblatt sowie ihr Allerwertester höllisch weh.

Mit einem leisen Ächzen drehte sie den Kopf, sodass sie gen Decke starrte. Sofort fiel ihr auf, dass über den Lampen unbedingt Staub gewischt werden musste. Mental machte sie sich eine Notiz, das Reinigungsteam darum zu bitten.

„Sitz, Satan! Du warst ein böser Junge! Böser Junge!“

Egal wie sehr ihr Hinterkopf wehtat, bei diesen Worten musste sie leise kichern. Wenn sie jemandem zutraute, es mit dem Teufel höchstpersönlich aufzunehmen, dann wohl dem eiskalten Star-Anwalt Terrence Hart.

Im nächsten Moment erklang ein klägliches Fiepen, als versuche der Welpe zu erklären, dass er es doch gar nicht böse gemeint hatte.

„Ruhig“, befahl Mr. Hart sofort. „Sitz und bleib.“

Kurz darauf tauchte ein Gesicht in ihrem Gesichtsfeld auf, Mr. Hart stand neben ihr und sah mit besorgter Miene auf sie herab.

„Geht es Ihnen gut? Es tut mir leid, Satan ist mir entwischt, als ich meine Wohnung betreten wollte … Er scheint Sie zu mögen.“ Wie immer wirkte seine Sprechmelodie – wenn man es denn überhaupt so nennen konnte – roboterhaft, allerdings klang er gleichzeitig irgendwie hilflos.

Das Fiepen wurde lauter.

„Satan! Du bleibst da sitzen, sonst gibt es keinen Ich-bin-wieder-zu-Hause-Kauknochen!"

Kat konnte nicht anders, aus ihrem leisen Kichern wurde ein lautes Gackern, sie krümmte sich sogar vor Lachen.

„Sie haben sich den Kopf gestoßen. Bestimmt haben Sie eine Gehirnerschütterung", erklärte Mr. Hart, kaum dass er sich wieder in ihre Richtung gedreht hatte und nicht länger den Teufel ausschimpfte. So streng seine Stimme klang, so sprach er von einem Ich-bin-wieder-zu-Hause-Kauknochen – bestimmt wurde die deutsche Dogge nach Strich und Faden verwöhnt.

Japsend rang sie nach Luft, versuchte, sich zu beruhigen, um wieder zu Atem zu kommen. Zwischen den Brauen des Anwaltes hatte sich eine tiefe Sorgenfalte eingegraben, mit ihrem Gegacker wollte sie ihm wirklich keine Angst einjagen.

„Alles gut", brachte sie schließlich hervor. „Wirklich", fügte sie hinzu, weil Mr. Hart ihr einen zweifelnden Blick zuwarf.

Sobald sie Anstalten machte, aufzustehen, streckte er ihr eine Hand entgegen. Dankend legte sie ihre Finger in die seinen, damit er ihr hochhelfen konnte. Unter seinem Anzug musste sich ein athletischer Körper verbergen, denn er zog sie mit überraschend viel Kraft in den Stand, direkt danach ließ er sie los und trat einen Schritt zurück. Forschend sah er sie an, Kat war sogar ziemlich sicher, dass Mr. Hart versuchte, ihre Pupillen zu überprüfen – als wollte er sichergehen, dass sie keine Gehirnerschütterung hatte.

„Mir geht es gut", versicherte sie und schenkte ihm ein beruhigendes Lächeln. Als erneut ein Fiepen ertönte, glitt ihr Blick an ihm vorbei, um auf Satan höchstpersönlich zu landen. Die dunklen Knopfaugen des Hundes waren zum Dahinschmelzen, allerdings ging er ihr im Sitz bis zum Bauch und würde nur noch weiter wachsen. Das Riesenbaby musste dringend lernen, seine Kraft einzuschätzen.

Sobald der Hund bemerkte, dass sie ihn ansah, begann er zunächst zaghaft, dann immer schneller mit dem Schwanz zu wedeln.

„Schenken Sie ihm ja keine Aufmerksamkeit. Sonst nimmt er das als Einladung und springt Ihnen erneut in die Arme – er glaubt, er ist ein Schoßhund."

Ein Neunzig-Pfund-Schoßhund. Sie stieß einen amüsierten Laut aus, zuckte aber zusammen, weil das schmerzvolle Pochen, das von ihrem Hinterkopf ausging, nur noch stärker wurde.

„Sind Sie sicher, dass Satan Sie nicht verletzt hat?"

„Alles in Ordnung, wirklich." Dankend sah sie wieder zu Mr. Hall, dem die ganze Sache furchtbar unangenehm zu sein schien. Ihre Wange fühlte sich klebrig an, ihre größte Sorge war der Hundesabber, der an ihrem Gesicht haftete. Die Kopfschmerzen bekäme sie bestimmt mit einer Ibuprofen-Tablette in den Griff.

„Unser Einzeltraining beginnt gleich", erklärte Mr. Hall sichtlich zerknirscht. „Ich muss mich vorher noch umziehen – Satan sabbert mir sonst den Anzug voll."

Diesmal schaffte sie es, ihr Schmunzeln zu unterdrücken, auch wenn es ihr schwerfiel. Wirklich, wirklich schwer.

„Dann viel Erfolg! Und fragen Sie Saoirse, ob es möglich ist, Satan an Katzen zu gewöhnen."

Fragend zog ihr Gegenüber die Brauen hoch.

„Sie wohnen auf demselben Stockwerk wie Mr. Malone", begann sie zu erklären. „Ihr Nachbar hat zwei Katzen. Sollte es je passieren, dass Satan sich ausgerechnet dann losreißt, wenn Mr. Malone seine Wohnungstür öffnet …“

„Ah“, stieß Mr. Hart in verstehendem Ton aus, danach verzog er das Gesicht, als stelle er sich vor, wie Satan eine der Siamkatzen mit einem Kauspielzeug verwechselte. „Gute Idee, Saoirse danach zu fragen“, fügte er hinzu. Nickend wandte er sich von ihr ab und packte seinen Hund sanft, aber bestimmt am Halsband. „Ab nach Hause, du kannst noch ein Nickerchen machen, bevor du die Schulbank drücken musst.“

Aaaw, dachte sie im Stillen, während sie dem ungleichen Paar hinterhersah. Der Deutsche-Dogge-Welpe tapste mit riesengroßen Pfoten neben seinem Herrchen her, wobei er alles andere als elegant wirkte. Mit verliebtem Blick sah er zu Mr. Hart auf. Dieser wiederum ging steif wie ein Brett, während er Satan dafür lobte, wie gut er *Sitz!* und *Bleib!* gemacht hatte.

Zugegebenermaßen konnte sich Kat etwas Besseres vorstellen, als von einem Hund umgerissen und angesabbert zu werden, allerdings war ihr dieses Szenario lieber, als sich damit auseinandersetzen zu müssen, dass das Haustier eines TALI-Bewohners die Fellnasen eines anderen verspeist hatte. *Das* hätte wirklich nicht zu ihren liebsten Aufgaben als Gebäudemanagerin gehört. Mit Glück war Satan zwar ungestüm, aber zu lieb, um einem anderen Lebewesen auch nur ein Haar krümmen zu wollen. Und so wie sie die Diva-Katzen von Mr. Malone kannte, würden die beiden dem Riesenbaby im Ernstfall schon zeigen, wo's lang ging …

Seufzend stieß sie den Atem aus und klopfte sich ein paar Staubflusen von ihrem Hosenanzug. Danach führte sie ihren Weg von zuvor fort – zurück zu den Aufzügen. Vor ihrem

Zusammenstoß mit dem Teufel hatte sie mit der Leitung des TALI-Cafés eine Besprechung gehabt. Immer wieder wurden dort Kochkurse für die Bewohner angeboten. Kat hatte ihre Idee, passend zur Jahreszeit einen Weihnachtsplätzchen-Backkurs anzubieten, mit dem Leiter des Cafés durchgesprochen.

Im Aufzug angekommen, traf ihr Blick den Spiegel, der die Rückwand des Lifts ausmachte. Angewidert verzog sie das Gesicht, als sie Satans Sabberspuren auf ihrer linken Wange entdeckte. Zum Glück hatte sie ihren Kopf rechtzeitig zur Seite gewandt, um einen French-Kiss zu verhindern. Mit einem ironischen Lächeln drückte sie den Knopf für ihr Stockwerk, danach strich sie mit den Fingern über ihren Hinterkopf.

Verflucht, tut das weh!, dachte sie. Kurz darauf öffneten sich die Aufzugtüren und sie trat in den Gang. Die kleinen Erschütterungen, die bei jedem Schritt durch ihren Körper gingen, reichten aus, damit das Pochen in ihrem Kopf noch verstärkt wurde. *Aua.*

Angespannt schloss sie mithilfe der Keycard die Tür zu ihrem Büro auf, so schnell wie möglich ließ sie sich auf den Drehstuhl hinter ihrem Schreibtisch sinken. Dadurch war der Schmerz wenigstens ein bisschen besser. Tief atmete sie ein und aus, wollte gerade eine der Schubladen öffnen, um die Dose mit den Ibuprofen-Tabletten hervorzukramen, als ihr Handy klingelte.

Das Läuten kam ihr ohrenbetäubend laut vor, als sei sie verkatert. Im TALI-Gebäude gab es auch einen Spa-Bereich, vielleicht sollte sie sich ausnahmsweise selbst einen Termin buchen, womöglich könnten die Masseurinnen etwas für die geprellten Muskeln an der Schulter und im Gesäß tun.

Erneut zerriss das laute Klingeln die Stille ihres Büros. Kat zuckte zusammen, hektisch ergriff sie ihr Smartphone und nahm den Anruf entgegen, ohne auch nur auf die Caller-ID zu achten. Hauptsache, dieses schrecklich laute Geräusch stoppte endlich!

„Ja?“, fragte sie, musste ein gequältes Stöhnen unterdrücken. Mit der freien Hand begann sie, sich die Schläfen zu massieren, vielleicht würde es ja helfen.

„Und? Hast du die Dating-App schon ausprobiert? Mabel schwört ja darauf und …“

O Gott, meine Mom, schoss es ihr durch den Kopf. Hätte sie vorher doch besser überprüft, wer anrief, dann wäre sie gar nicht erst rangegangen. Sie hatte jetzt wirklich keinen Nerv dafür. Abgesehen davon hatte sie die App aus reiner Neugierde gegoogelt und festgestellt, dass es ein Dating-Service für Senioren war. Natürlich schwor Mabel darauf, sie war erst Anfang sechzig, womit sie in der App sicherlich zu den jüngsten gehörte und sich vor Anfragen kaum retten konnte.

„Auch hallo an dich, Mom“, sagte Kat in müdem Ton, den ihre Mutter entweder nicht hörte oder aber ignorierte.

„Und, hast du dich bei der App angemeldet?“ Wie aufgeregt sie klang!

„Nein, habe ich nicht. Du weißt doch, dass mir für so etwas die Zeit fehlt“, erklärte sie zum x-ten Mal. Mit einem Seufzen ließ sie die Hand von ihren Schläfen sinken, die Massage half nichts. Auf der Suche nach Schmerztabletten zog sie eine Schublade nach der anderen auf, sodass Rumpeln erklang.

„Katelyn, Schätzchen“, sagte ihre Mutter – sie klang teils ernst, teils mitleidig. Letzteres versetzte Kat einen Stich. Sie wusste schon lange, dass ihre Mutter nichts davon hielt, dass sie sich entschlossen hatte, ihre Karriere voranzustellen, aber dass sie Mitleid mit ihr hatte, als sei irgendetwas an ihr falsch … das wurde ihr erst in diesem Moment bewusst. Es tat weh. Sehr sogar.

Mit einem Mal erinnerte sie sich wieder an all ihre Unzulänglichkeiten, an ihre unbändigen Locken, daran, dass sie angeblich zu laut und zu selbstbewusst mit ihrer Meinung war, was Männer abschrecken würde. Und, und, und …

Wenn sich ein Mann davon einschüchtern ließ, nur weil eine Frau über eine eigene Meinung verfügte, dann konnte sie auf ihn ohnehin getrost verzichten! *Danke, nein!*

„Du bist jetzt dreiunddreißig Jahre alt, wenn du nicht bald einen Mann findest, mit dem du eine Familie gründen kannst, dann ist es zu spät“, erklärte ihre Mutter todernst. „Deine biologische Uhr tickt. Warum lehnst du all meine Vorschläge ab? Ich will dir doch nur helfen!“

Den letzten Satz stieß sie beinahe weinerlich aus. Innerlich betete Kat um Geduld. Ihre biologische Uhr tickte? War es jetzt wirklich schon so weit gekommen, dass sie auf ihre Gebärfähigkeit reduziert wurde?

Es reichte ihr endgültig. Sie hatte Kopfschmerzen bis zum Umfallen, fand das verdammte Ibuprofen nicht und musste sich auch noch von ihrer Mom die Ohren vollheulen lassen!

Als Saoirse ihr vor zwei Wochen vorgeschlagen hatte, einen Fake-Freund zum bevorstehenden Familienurlaub mitzunehmen, hatte Kat das nicht ernst genommen. Aber jetzt … Wenn sie dann wenigstens ihre Ruhe hätte, wieso nicht?

Gab es nicht so etwas wie Escort-Services? Geschäftsmänner beauftragten doch immer mal wieder jemanden, der sie auf Galen oder Benefizveranstaltungen begleitete. Bestimmt könnte Kat jemanden bezahlen, damit er zwei Wochen ihren perfekten Freund spielte, ihre Mutter aufhörte, an ihr herumzunörgeln, und nach dem Urlaub musste sie den Kerl nie wiedersehen.

„Mabel hat einen ganz tollen Mann über die App kennengelernt, wieso sollte das bei dir nicht auch klappen? Es sind noch ein paar Wochen bis Weihnachten, stell dir doch mal vor, wie schön das wäre, die Feiertage frisch verliebt zu verbringen!", schwärmte ihre Mutter, die es kein bisschen zu stören schien, dass Kat ihr nicht antwortete.

Wie stellte ihre Mom sich das eigentlich vor? In zwei Wochen würde sie bereits ihre Koffer packen und zu dem Winter-Resort ihrer Familie fahren. Bis dahin sollte sie jemanden kennenlernen, sich verlieben und ihn direkt ihren Eltern vorstellen?

Fake-Freund!, dachte sie wieder. Es schien die perfekte Lösung für ihr Problem zu sein. Wenn sie jemals einen Mann fände, der kein Problem damit hätte, dass sie viel arbeitete – weil sie ihren Job liebte! –, der nicht versuchte, sie kleinzuhalten, sondern sie unterstützte, wie sie das auch mit ihm tun würde, dann wäre sie für eine gemeinsame Zukunft offen. Aber bisher war ihr solch ein Mann eben noch nicht über den Weg gelaufen. Bis sich daran etwas änderte, wäre eine Fake-Beziehung vermutlich wirklich die beste Lösung.

Nur um sich die ständigen Fragen ihrer Mutter während des kommenden Urlaubs vom Leib zu halten. Gedanklich konnte Kat sie widerhallen hören: *Warum bist du noch Single? Willst du denn keine Familie?* Am schlimmsten war die eine Frage:

„Was stimmt bloß nicht mit dir, dass du immer noch niemanden gefunden hast?" Das Jammern ihrer Mom war wie ein Schlag ins Gesicht.

Was mit ihr nicht stimmte? Insgeheim stellte sie sich genau diese Frage doch selbst ab und an. Ihre Beziehungen waren immer zu Bruch gegangen, weil sie ihren Freund angeblich vernachlässigte – hallo? Waren das Männer oder kleine Kinder, um die sie sich *kümmern* musste? Ja, sie war ehrgeizig, aber war das denn wirklich etwas Schlechtes?

„Ich bringe jemanden mit", schoss es aus ihr heraus, ehe sie sich zurückhalten konnte. Doch sie wollte, nein, *musste* ihre Mutter endlich zum Verstummen bringen, sonst würde sie Kat noch in den Wahnsinn treiben.

Weil sie ihre Mutter mitten in einer neuen Nörgel-Tirade unterbrochen hatte, schien sie Kat nicht richtig verstanden zu haben. „Was?"

Die Worte waren schon raus, jetzt gab es kein Zurück mehr. Mission Fake-Freund war also am Start. Unwiderruflich.

Nervös biss sie sich auf die Unterlippe, holte tief Luft und sagte: „Ich bringe jemanden mit, wenn ich euch die zwei Wochen besuchen komme."

„Oooo Kat, das ist ja wunderbar! Deswegen hast du dich nicht bei der Dating-App angemeldet, weil du schon vergeben bist!"

Verdammte Mabel und ihre App!, dachte Kat zerknirscht.

„Das muss ich sofort deinem Vater erzählen! Elijah!", brüllte es auch sogleich. „Katiemäuschen hat einen Freund!"

„Mom!" Bei dem peinlichen Spitznamen stöhnte sie genervt auf.

Was? Im Hintergrund hörte sie die tiefe Stimme ihres Vaters.

„Katiemäuschen hat einen Freund!", wiederholte ihre Mutter.

Kat vergrub das Gesicht in den Händen. Vermutlich wussten jetzt alle Gäste des Winter-Resorts, dass *Katiemäuschen* einen Freund hatte! In Momenten wie diesen wurde ihr nur zu genau vor Augen geführt, warum sie damals unbedingt aufs College hatte gehen wollen – Hauptsache, weg von zu Hause.

„Ich muss jetzt weiterarbeiten", sagte sie, währenddessen öffnete sie die letzte Schublade und fand endlich die Ibuprofen-Tabletten. *Halleluja!* Einhändig öffnete sie die Dose, um eine Pille auf ihren Schreibtisch zu schütten.

„Aber du hast mir noch gar nichts von ihm erzählt!", widersprach ihre Mutter sofort.

„Du hast bald zwei Wochen, um ihn kennenzulernen", hielt Kat sofort dagegen. Derweil öffnete sie die Flasche Wasser, die neben ihrem PC-Bildschirm parat stand. Im Stillen betete sie, dass ihre Mutter sich abwimmeln ließe. Ihre Geduld war am Ende, die Kopfschmerzen kaum noch zu ertragen – sie würde dieses Telefonat keine Sekunde länger aushalten.

„Oh, wie ich mich freue, ihn kennenzulernen! Und nicht zu viel arbeiten – es ist Sonntag! Kümmere dich um deinen Mann!"

Beinahe verschluckte sie sich an der Schmerztablette, als sie die Worte ihrer Mutter vernahm, zum erneuten Mal die Augen verdrehte und plötzlichen Brechreiz bekam.

„Werde ich", versicherte sie trotzdem. „Bye!"

„Bis bald, Katiemäuschen!", antwortete ihre Mutter.

Argh!

Kapitel 11

Ryan: Konntest du gestern noch ein paar Stunden schlafen?

War es seltsam, dass das Erste, woran er morgens dachte, eine Fremde war? Der Drang, sie nach ihrem Namen zu fragen, wurde immer stärker, denn sie fühlte sich schon lange nicht mehr fremd für ihn an, ganz im Gegenteil wollte er sie jeden Tag nur noch besser kennenlernen. Aber das ungeschriebene Gesetz, einander nicht zu verraten, wer sie waren, hielt ihn davon ab. Immerhin musste Ryan zugeben, dass es ihnen den Chat anfangs sehr erleichtert hatte – wäre sie keine ihm völlig unbekannte Person gewesen, hätte er ihr nie solch private Dinge von sich erzählt. Der Schutz der Anonymität hatte die Worte fließen lassen, sie waren sich in kürzester Zeit nähergekommen, als er es während so mancher Beziehung mit einer Frau gewesen war.

Aber brauchten sie diese unsichtbare Schutzmauer wirklich noch zwischen einander? Ryan glaubte, sie seien an einem Punkt angelangt, an dem es keinen Unterschied mehr machen würde.

Seine Finger kribbelten danach, sie nach ihrem Namen zu fragen, aber er fürchtete ihre Reaktion. Was, wenn sie es anders sah? Wenn sie nicht wollte, dass sie einen Schritt weitergingen?

Unbekannt: Ja, konnte gestern ausschlafen, wurde dann aber von einem Riesenbaby umgerannt und hab einen viel zu nassen Kuss bekommen.

Wie erstarrt blickte er auf ihre Nachricht. Kuss? Wenigstens schien sie ihn nicht genossen zu haben, der andere Mann war eindeutig ein Amateur.

Ryan: Umgerannt? Alles okay? Wenn der Kerl so schlecht küsst, hast du ihn hoffentlich in den Wind geschossen.

Unbekannt: Der Kerl ist ein Hund, ein Deutsche-Dogge-Welpe mit fast neunzig Pfund, aka Riesenbaby. Und ja, alles okay, danke. 🙂

Aus verschiedensten Gründen erleichtert atmete er auf. Allerdings verflog das Gefühl augenblicklich, kaum dass ihre nächste Nachricht auf seinem Display aufploppte.

Unbekannt: Meine Mutter rief dann auch noch an und meinte, meine biologische Uhr tickt … Habe genug! In zwei Wochen fahre ich in den Weihnachtsurlaub – mit der Familie. Will mir das nicht die ganze Zeit anhören, werde einen Escort-Service bemühen und mir einen Fake-Freund anheuern.

Sie würde was? Mit einem Mal schoss sein Puls in die Höhe. Die humorvolle, selbstbewusste Frau, die er über die letzten Wochen kennengelernt hatte, durfte sich doch nicht derart in Gefahr begeben! Ihr könnte wer weiß etwas zustoßen, wenn sie irgendeinen Fremden mit in den Urlaub nähme und als ihren Freund ausgab! Sie wäre ganz allein mit dem Typen im Hotelzimmer – ihm ausgeliefert.

Ryan: Das kannst du nicht machen, tippte er sofort, seine Daumen flogen geradezu über die virtuelle Tastatur seines Handys.

Entsetzen und Sorge strömten durch sein Innerstes, ließen seine Brust eng werden. Schlagartig wurde ihm bewusst, dass er Angst um sie hatte – sie bedeutete ihm mehr, als er gedacht hatte.

Unbekannt: Sei kein heuchlerischer Macho. Bürohengste wie du heuern doch auch oft Escort-Services an.

Ryan: Darum geht es nicht. Willst du wirklich mit irgendeinem fremden Kerl dein Hotelzimmer teilen? In der Nacht mit ihm im selben Bett schlafen? Er könnte dir was antun!

Beim alleinigen Gedanken daran, ihr könne etwas zustoßen, verkrampften sich seine Hände, gleichzeitig begehrten Beschützerinstinkte in ihm auf.

Unbekannt: Natürlich kann ich mir meinen Urlaub schöner vorstellen, aber welche Alternative habe ich denn? Mir zwei Wochen lang anhören, was an mir alles falsch ist; dass ich als Frau gescheitert bin? Danke, nein!

Angespannt schüttelte er den Kopf. Ihre Entscheidung schien bereits festzustehen, wie zum Teufel könnte er sie von diesem verrückten – gefährlichen! – Plan abbringen?

Sie wollte eine Alternative?

Ehe er genauer darüber nachdenken konnte, schickte er seine Antwort bereits los.

Ryan: Ich fahre mit dir in den Urlaub.

Leise vor sich hin fluchend starrte er auf seine eigene Nachricht. Was, wenn er es damit zwischen ihnen versaut hatte? Jeder Muskel seines Körpers schien angespannt zu sein, während er auf ihre Reaktion wartete.

Unbekannt: Du willst meinen Fake-Freund spielen?

Er könnte wetten, hätte sie die Worte ausgesprochen statt geschrieben, würde sie zu selben Teilen ungläubig wie verwirrt klingen. Aber genau das war doch der Punkt: Er wusste, wer sie war, kannte ihre Sorgen, ihren Humor, ihre Ängste und all die kleinen Eigenheiten, die sie zu der interessanten Frau machten, mit der er sich seit Wochen unterhielt. Auf dessen Textnachrichten er sich jeden Morgen freute.

Ryan: Wieso nicht? Bevor du einen völlig Fremden mitnimmst und dich in Gefahr bringst, bin ich die deutlich bessere Alternative.

Weil er bereits ahnte, was sie antworten würde, fügte er direkt hinzu: **Und sag jetzt nicht, dass wir auch Fremde sind. Du weißt, dass das nicht stimmt.**

Einen Moment lang antwortete sie nicht mehr. Als endlich die drei Pünktchen über den Bildschirm tanzten, atmete er auf.

Unbekannt: Escorts sind es gewohnt, Zuneigung vorzuspielen. Was, wenn du das nicht überzeugend rüberbringst?

Er brauchte nicht einmal nachzudenken.

Ryan: Ich werde nichts vorspielen müssen, Sunshine.

Wieder folgte einige Sekunden lang nichts und er verlor langsam seinen Verstand. Wie konnte das sein, dass diese Frau ihm schon nach so kurzer Zeit unter die Haut ging? In seinem Innern hämmerte sein Herz wie wild.

Unbekannt: Wie würden wir das angehen?

Das war kein Nein! Er lächelte so breit, dass seine Wangen schmerzten. Mit ihr zwei Wochen wegzufahren hatte allein schon seinen Reiz, hinzu kam, dass ihm der Abstand zu Boston – zu Susanna – verdammt guttun würde.

Ryan: Wir sollten uns vorher treffen. Wenn wir uns im Urlaub das erste Mal sehen, nimmt deine Familie uns das nie ab.

Unbekannt: Du hast recht. Und wir müssen die Basics abklären – wie lang sind wir schon zusammen? Wie haben wir uns kennengelernt? Wie viele Geschwister haben wir? Wie heißen sie? Usw. usf.

Der Plan gefiel ihm, sehr sogar. Hatte er vorhin nicht noch gedacht, dass er wissen wollte, wie sie hieß? Dass er gerne einen Schritt weitergehen würde? Nun, jetzt würden sie wohl *ein paar* Schritte weitergehen, allerdings hatte er absolut nichts dagegen. Ganz im Gegenteil: Er freute sich darauf!

Ryan: Ist ein Date! Unter der Woche habe ich recht viele Termine, wie sieht es bei dir aus?

Unbekannt: Auch schwierig.

Ryan: Heute Nachmittag?

Es war spontan, ja, aber bis zu ihrem Urlaub hatten sie ohnehin nur noch zwei Wochen Zeit.

Unbekannt: Also gut. Wann, wo und wie erkennen wir uns?

Ryan: Vier Uhr nachmittag, Ella's Newbury Café und wir tragen peinliche Weihnachtspullover?

Unbekannt: Abgemacht 😁 Ich schick dir ein Foto meines Pullovers, bevor ich losgehe.

Ein seltsam leichtes Gefühl flatterte durch seine Brust, dem nicht einmal das schwarze Loch in seinem Innern etwas anhaben konnte. Schmunzelnd ging er in sein Schlafzimmer, zog den grässlichen Strickpullover, den Jenn ihm letztes Weihnachten zum Spaß geschenkt hatte, aus dem Schrank und legte ihn auf das Bett. Danach fotografierte er ihn.

Ryan: [Foto] Bis nachher!

•OOO•

„Ella, hi!", grüßte er die Besitzerin des Cafés, kaum war sie an den Tisch getreten, an dem er Platz genommen hatte. Weil er etwas zu früh war, hatte er schon einmal einen Platz für seine Unbekannte und sich ausgesucht.

„Habe Sie gesehen, als Sie hereinkamen …" Die junge Frau schenkte ihm ein Lächeln. „Da wollte ich kurz vorbeikommen, Hallo sagen."

Ella war mit einem der Boston-Berserks-Spieler verheiratet, da die NBA-Mannschaft nun einmal den Tanners gehörte, kannte Ryan die Sportler und deren Familien natürlich.

„Welche Cupcake-Kreation können Sie heute empfehlen?" Per Kinnnicken deutete er Richtung Theke, wo sich hinter einer Glasscheibe ein wunderschön verzierter Cupcake an den nächsten reihte.

In ihren Augenwinkeln bildeten sich kleine Lachfältchen, als sie antwortete: „Passend zur Jahreszeit haben wir Süßkartoffel-Muffins mit Apfel-Zimt-Topping."

„Klingt großartig!" Sein Magen knurrte, wie um seine Worte zu unterstreichen, woraufhin Ella auflachte.

„Ich bring Ihnen gleich einen Cupcake vorbei – Kaffee dazu?"

„Ein Espresso wäre super, mit dem Cupcake warte ich aber auf meine Begleitung, danke."

„Oh, dann komme ich nachher einfach noch mal vorbei." Über die Schulter warf sie einen Blick Richtung Theke. „Ein paar der Weihnachts-Cupcakes muss ich für die Jungs beiseitelegen – die bekommen sie dann nach dem Training."

Die hochgewachsenen Kerle aßen der kleinen Italienerin praktisch aus der Hand – was Ryan absolut verstehen konnte, denn ihre Kochkünste waren wirklich verdammt gut.

„Marc kann froh sein, dass er Sie gekriegt hat."

Bevor sie ging, schenkte sie ihm noch einmal ein kleines Lächeln und sagte: „Espresso kommt gleich."

„Danke, Ella."

Kurz darauf ließ sie ihn wieder allein, musste sich schließlich auch noch um andere Gäste kümmern. Automatisch warf er einen Blick auf seine Armbanduhr, seine Unbekannte müsste jeden Moment hier auftauchen. Neugierig ließ er den

Blick in Richtung Eingang wandern, anhand ihres Pullovers würde er sie direkt erkennen. Sein eigener Strickpullover war dunkelblau, allerdings waren große neonfarbene Schneeflocken darauf – in Pink, Grün und Gelb. Es war ihm schleierhaft, wer das für eine gute Idee gehalten haben konnte.

Als Ella zurückkam und ihm eine Tasse Espresso hinstellte, wurde er abgelenkt. Erneut bedankte er sich bei ihr, bevor sie davoneilen konnte, schon war sein Blick wieder auf den Eingang konzentriert. Er hielt Ausschau nach ihrem dunkelgrünen Pullover, auf dem ein Pinguin mit Schal und Mütze abgebildet war. Die Mütze hatte einen echten Bommel, der viel zu groß und damit auffällig war. Ungeduldig warf er einen Blick auf die Uhr, konnte kaum erwarten, dass die Unbekannte hier auftauchte und er endlich ein Bild zu ihr hatte.

Das Glöckchen über den Eingangstüren klingelte, kündigte an, dass ein neuer Kunde das Café betrat. Sofort schoss Ryans Blick in die Richtung und blieb an einer jungen Frau hängen. Der große Wollbommel, der auf Höhe ihres Solarplexus an ihrem Pullover befestigt war, war tatsächlich nicht zu übersehen.

Zuallererst wanderte sein Blick hoch zu ihrem Gesicht, schien jeden ihrer Züge in sich aufzusaugen wie ein Schwamm das Wasser. Ihr honigblondes Haar war zurückgebunden, ihr voller Mund durch roten Lippenstift betont; sie hatte eine süße Stupsnase, volle Wangenknochen und große Augen, dessen Farbe er aus der Ferne nicht so recht bestimmen konnte. Langsam sah er an ihr hinab, natürlich war der Weihnachtspullover nicht gerade hübsch, ansonsten schien sie jedoch durchgestylt zu sein – schicke Stoffhosen, die ihre Beine lang und sexy aussehen ließen, dazu ein paar schlichte, aber elegante High Heels, die sie bestimmt auch im Büro trug.

Er wusste nicht, was er auf Basis ihrer Gespräche erwartet hatte, aber auf jeden Fall keinen strengen Dutt und diesen sharpen Look. Nicht, dass sie nicht gut aussah, seiner Meinung nach war sie eine Augenweide, doch angesichts ihrer vorwitzigen, humorvollen Art hatte er einfach eine andere Vorstellung von ihr gehabt.

Genau deswegen hatte er sie doch kennenlernen wollen, er freute sich schon jetzt darauf, ihr gleich bei Kaffee und Cupcakes gegenüberzusitzen und ihr endlich während eines Gesprächs ins Gesicht sehen zu können. Wäre ihre Mimik genauso lebendig wie ihre Worte? Wie würde ihre Stimme klingen?

Gespannt beobachtete er, wie sie den Blick über die Innenräume des Cafés wandern ließ. War sie genauso aufgeregt, ihn das erste Mal zu sehen, wie er es war? Mit angehaltenem Atem wartete Ryan darauf, dass sie ihn entdeckte, erhob sich von seinem Stuhl, damit er sich von den restlichen Gästen abhob und sie ihn so besser sehen konnte.

Keine zwei Sekunden später war es dann auch so weit. Als sich ihr Kopf in seine Richtung drehte, blieben ihre Augen an ihm hängen. Ein Lächeln zuckte an seinen Lippen, weil sie mit einem Mal genauso erstarrt wirkte, wie er es vorhin noch gewesen war. Zunächst konnte er den Ausdruck, der sich auf ihren Zügen ausbreitete, nicht lesen, glaubte dann aber, dass es so etwas wie Wiedererkennen war. Verwirrt runzelte er die Stirn, weil er sicher war, seine Unbekannte noch nie zuvor gesehen zu haben.

Die Tanners waren in Boston bekannt wie bunte Hunde, vielleicht hatte sie sein Gesicht in irgendeinem Zeitschriftenartikel erblickt?

Kurz darauf riss sie jedoch die Augen auf, Wiedererkennen änderte sich zu Entsetzen, woraufhin Ryan die Stirn runzelte. Als sie mit einem Mal auf dem Absatz kehrt machte und einfach abhaute, fiel ihm beinahe die Kinnlade herunter.

Er war ein attraktiver Mann, das konnte er von sich selbst behaupten, ohne eingebildet zu sein, schließlich hatten ihm das schon genügend Ex-Freundinnen gesagt. Aber die Unbekannte hatte den Eindruck gemacht, als habe sie einen verdammten Ork gesehen.

Zu behaupten, dass sein männlicher Stolz keinen Schlag hatte einstecken müssen, wäre eine Lüge. Hastig warf er ein paar Dollarscheine auf den Tisch, bevor er seiner Unbekannten hinterhereilte – sie schuldete ihm eine Erklärung.

Mit langen Schritten durchquerte er das Café und stieß die Türen nach draußen auf. Sofort kam ihm ein Schwall kalter Luft entgegen, Anfang Dezember wurde es immer kühler in Boston. Feine, nebelartige Regentropfen flogen ihm ins Gesicht, doch er spürte sie kaum, war ganz auf die Suche nach *ihr* konzentriert.

Sobald er ihre Gestalt mit der beigefarbenen, schicken Stoffhose sowie den schwarzen High Heels erblickte, jagte er ihr hinterher. Zu seinem Glück kam sie in den hohen Schuhen nicht schnell voran, ein paar Sekunden später hatte er sie erreicht, wusste sich nicht anders zu helfen, als sie am Ellenbogen festzuhalten und sie zu sich herumzuwirbeln. Denn seine Unbekannte schien fest entschlossen zu sein, zu verschwinden, bevor sie auch nur ein Wort miteinander wechseln könnten.

War es ein Fehler gewesen, sich zu treffen? Hatten sie damit die Chance auf ihren ehrlichen, humorvollen Austausch verspielt?

„Hey“, sagte er, starrte hinab auf ihr Gesicht, eine tiefe Falte hatte sich zwischen seinen dunklen Brauen eingegraben. Er verstand ihre Reaktion nicht.

Als er sie in seine Richtung gezogen hatte, hatte sie einen überraschten Laut ausgestoßen, ihre Lippen waren leicht geöffnet, ihr Atem bildete helle Wölkchen in der Luft und ihre Augen waren noch immer geweitet. War ihm plötzlich ein zweiter Kopf gewachsen oder was zum Teufel war hier eigentlich los?

„Ich kann ehrlich sagen, dass noch nie eine Frau bei meinem Anblick davongerannt ist“, brummte er in zerknirschtem Ton, trotz allem lag ein Funken Humor in seiner dunklen Stimme.

Um sie herum liefen die anderen Passanten einfach weiter, als wäre es ein ganz normaler Tag und als könne dieser Moment nicht alles verändern. Ryans Atem ging stoßweise, in seinen Ohren rauschte das Blut, während er angespannt auf ihre Reaktion wartete. *Verdammt, ich kenne nicht einmal ihren Namen!*

„Sag etwas“, knurrte er, weil sie ihn noch immer anstarrte, als sei er der Sensenmann persönlich.

Bei seinem dunklen Befehl zuckte sie zusammen, zeigte endlich eine andere Reaktion als Entsetzen. Blinzelnd wandte sie das Gesicht von ihm ab, als könne sie ihn nicht einmal mehr ansehen, schüttelte immer wieder den Kopf.

„Rede mit mir“, verlangte er, diesmal in sanfterem Ton. „Meinst du nicht, nach allem schuldest du mir wenigstens eine Erklärung?“

Ihm entging nicht, wie sie die Lippen zusammenpresste und wie ihre Schultern nach unten sackten. Sie nickte, biss sich auf die Unterlippe, bevor sie seinen Blick endlich erwiderte. Ihre dunklen, langen Wimpern schlugen nach oben wie kleine Fächer, als sie zu ihm aufsah. Er war nicht sicher, ob sie rot anlief, weil ihr das Gespräch unangenehm war, oder ob die Kälte dafür verantwortlich war, dass sich ihre Wangen rosa färbten.

„Du bist Ryan Tanner …“, stieß sie aus, ein Lächeln breitete sich auf ihren Zügen aus, das verdammt schön ausgesehen hätte, hätte es nicht derart hilflos gewirkt und ihm einen Stich versetzt. „… und du bist mein *Boss.*“

Kaum hatte sie das eine Wort ausgesprochen, schüttelte sie schon wieder den Kopf, als könne sie nicht glauben, dass das hier gerade wirklich geschah.

Mit einem Mal machte ihre Reaktion Sinn, es musste ein Schock für sie gewesen sein, ausgerechnet … ihren Boss an dem Tischchen in *Ella's Newbury Café* sitzen zu sehen.

„Wir können nicht …“ Sie sprach nicht zu Ende, entriss ihm ihren Arm und eilte weiter. Wohin? Er hatte keine Ahnung, aber auf jeden Fall fort von ihm.

Für einen Sekundenbruchteil war er zu überrascht, um irgendwie zu reagieren, blickte ihr wortlos hinterher. Im nächsten Moment ging jedoch ein Ruck durch ihn und er jagte ihr zum zweiten Mal an diesem Nachmittag hinterher.

Tanner Corporation hatte viele verschiedene Tochterfirmen in Boston, weitere über ganz Nordamerika verteilt und sogar einige Zweige in Europa. Selbst wenn sie für eine dieser Firmen arbeitete, das spielte doch überhaupt keine Rolle! Genau für so etwas gab es schließlich die sogenannten *love contracts, Liebes-Verträge.* Natürlich war das lediglich die umgangssprachliche Bezeichnung, doch um das Juristische kümmerte sich schließlich jemand anderes als Ryan. Die Verträge sollten sexueller Belästigung in Firmen vorbeugen und sicherstellen, dass Beziehungen zwischen Angestellten, vor allem zwischen dem Vorgesetzten und einem Angestellten, auf gegenseitigem Einverständnis beruhten.

Sofort eilte er ihr wieder hinterher, nur um festzustellen, dass sie gerade dabei war, in ein Taxi einzusteigen. Fluchend beschleunigte er seine Schritte, sie konnte doch nicht einfach abhauen! Kaum dass sich die Tür hinter ihr schloss, drehte sie den Kopf in seine Richtung.

Mit einem zwingenden Ausdruck in den Augen hielt er ihren Blick, zog fordernd eine Braue in die Höhe, damit sie dem Taxifahrer sagte, dass er noch drei Sekunden warten solle. Ryan war es gewohnt, dass man ihm Folge leistete, das brachten Macht und Geld schließlich so mit sich; dafür hatten er und sein Bruder auch hart gearbeitet. Aber seine Unbekannte schüttelte lediglich ein letztes Mal den Kopf, bevor sie stur geradeaus sah und ihn ignorierte.

Kapitel 12

„Gehst du mir aus dem Weg?“

Als er die Verletztheit in Susannas Stimme hörte, zog sich alles in ihm schmerzhaft zusammen. Sie, Alexander und er hatten sich auf der Highschool angefreundet, kannten sich seit über zwanzig Jahren. Ryan hatte sie nie verletzen wollen, indem er auf Abstand ging.

Mit einem Seufzen stieß er den Atem aus, hob die freie Hand, um sich den Nasenrücken zu massieren. Er hatte das alles ganz schön verbockt, nicht wahr? Hätte nie zulassen dürfen, dass er nach Alexanders Tod Gefühle für Susanna entwickelte, die über eine platonische Freundschaft hinausgingen. *Aber wie sagt man doch gleich? Man kann sich nicht aussuchen, wen man liebt?*

„Nein, natürlich gehe ich dir nicht aus dem Weg“, widersprach er. Sein Stolz verhinderte, dass er ihr die Wahrheit sagte. „Es ist in letzter Zeit nur verdammt viel los …“

„Das sagst du jetzt seit Wochen“, hielt sie dagegen, sodass sich seine Hand um den Telefonhörer verkrampfte. Ihr vorwurfsvoller Ton war berechtigt.

„Wegen Dans Hochzeitsvorbereitungen übernehme ich viel Arbeit von ihm.“

„Mach dich nicht kaputt, ja?“, sagte sie mit versöhnlicher Stimme.

„Wenn alles glatt läuft, fahre ich die zwei Wochen vor Weihnachten bis zum Christmas Day in den Urlaub.“ Gedanklich fügte er hinzu: *Aber natürlich nur, wenn ich meine Unbekannte davon überzeugen kann, uns noch nicht so schnell aufzugeben.*

„Du fährst in den Urlaub?“ Susanna stieß ein ungläubiges Lachen aus. „Ich weiß nicht, wann ich diese Worte das letzte Mal von dir gehört habe.“

Seine Lippen kräuselten sich zu einem Schmunzeln, denn zum einen war ihr Kichern ansteckend, zum anderen hatte sie ja recht. Er war beinahe so schlimm wie Dan.

„Ich weiß noch nicht, ob es klappt.“

„Ich drücke dir die Daumen!“ Ihr Ton war ehrlich.

So wie er immer nur gewollt hatte, dass sie glücklich war, so hatte auch sie ihm das Beste gewünscht. Wenn seine Gedanken nicht durch verletzte Gefühle vernebelt waren, dann war ihm diese Tatsache auch bewusst.

„Hast du nach dem Urlaub dann auch wieder mehr Zeit?“, hakte sie nach.

„Ich hoffe es“, antwortete er. „Bis dahin sollte ich mich in Dans Bereiche eingearbeitet haben, sodass alles glatter läuft.“ Das war nicht einmal gelogen. Innerlich wappnete er sich, machte sich darauf gefasst, dass es sich gleich so anfühlen würde, als habe ihm jemand ein Messer ins Herz gerammt, und fragte: „Fahren du und Lucas über Weihnachten wieder zu deinen Eltern?“

„Nein, wir …“ Sie zögerte, sodass sich Ryans Vermutung bereits bestätigte. „Wir feiern dieses Jahr hier, Ben kommt vorbei – Lucas meinte, er hat dir von ihm erzählt.“

Ryan räusperte sich, bemühte sich um einen möglichst neutralen Ton. „Ja, hat er. Das klingt doch toll, dann wünsche ich euch schöne Feiertage!“

Das wünschte er ihr wirklich.

Jetzt musste er es nur noch schaffen, all die Träume, die er über die Jahre hinweg von Susanna und sich als Paar gehabt hatte, zu vergessen. Vor allem anderen waren sie befreundet gewesen, gefühlsmäßig wollte er dahin zurückkehren.

Und hätte er Alexander und Susanna damals nicht als Allerersten von J.J. erzählt?

„Ich muss dir noch etwas sagen", stieß er aus, bevor sie auflegen konnte.

„Ja?" Ihre Stimme klang vorsichtig, was ihm umso mehr bewusst machte, was sein Verhalten in den letzten zwei Wochen bewirkt hatte.

„Ich habe eine Nichte." Ryan war ziemlich sicher, dass das Lächeln in seiner Stimme zu hören war.

„Ich wusste gar nicht, dass Jenn schwanger war!", murmelte Susanna hörbar verwirrt.

„Nein, *Jake* hatte eine Tochter, von der wir bis jetzt nichts wussten …"

„O mein Gott!" Ihr Ausruf unterbrach ihn. „Das ist ja unglaublich, ihr freut euch bestimmt riesig!" Wärme lag in ihrer Stimme, welche durch die Telefonverbindung in ihn überzugehen schien.

„Es war ein Schock, aber ja, wir freuen uns. Am Wochenende findet unser erster Familienbrunch statt."

„Wie aufregend! Ich kann nicht glauben, dass du mir das erst jetzt erzählst!", rief sie aus.

Früher wäre er mit der E-Mail sofort zu Susanna gegangen, aber nun lagen die Dinge eben anders.

„Ich habe auch Dan nichts gesagt, wollte erst sichergehen, dass es wirklich stimmt und es nicht irgendeine Goldgräberin ist."

Ob sie ihm anhören konnte, dass es lediglich eine Ausflucht war?

„Verständlich“, erwiderte sie. „Ich hoffe, ihr habt eine schöne Zeit bei dem Brunch am Wochenende und du fahr *bitte* in den Urlaub!“ Das eine Wort betonte sie besonders. „Du sagst seit Jahren, dass Dan zu viel arbeitet, aber du bist nicht wirklich besser.“ Ein neckender Ton lag in ihrer Stimme, stünden sie sich gegenüber, würde sie ihm zweifellos zuzwinkern. „Also mach den Urlaub klar, ja?“

Sofort dachte Ryan an die Unbekannte.

Endlich hatte er ein Bild von ihr vor Augen, wenn er an sie dachte. Sah ihre vollen Lippen, die süße, kleine Nase und die großen Augen vor sich – er würde wetten, dass diese vor Schalk nur so funkelten, wenn sie nicht gerade vor Schock geweitet waren …

Und wie ich vorhabe, das klarzumachen!, schoss es ihm durch den Kopf.

Er stockte. Zu selben Teilen überrascht und von sich selbst amüsiert schüttelte er den Kopf.

„Werde ich, versprochen“, sagte er an Susanna gerichtet.

Im Anschluss verabschiedeten sie sich voneinander und legten schließlich auf. Nachdenklich lehnte er sich in seinem Schreibtischstuhl zurück und starrte gegen die Decke seines Büros in der Boston-Berserks-Arena.

Tanner Corporation hatte so viele Tochterfirmen, er hatte keine Ahnung, wie er herausfinden sollte, für welche davon seine Unbekannte arbeitete. Doch an seinem Wunsch, sie besser kennenzulernen, hatte sich nichts geändert.

Automatisch zückte er sein Handy, löste die Tastensperre und öffnete den Chat mit ihr. Schon am Vorabend nach ihrem katastrophalen ersten Treffen hatte er ihr geschrieben, hatte geglaubt, dass sie genug Zeit gehabt hatte, um sich zu beruhigen, doch sie hatte bis jetzt nicht geantwortet. Angespannt las er seine letzte Nachricht:

Ryan: In den letzten Wochen hat es keinerlei Rolle gespielt, wer wir sind. Warum soll das jetzt plötzlich anders sein?

Seufzend stieß er den Atem aus. An diesem Morgen beim Frühstück hatte er aus reiner Gewohnheit auf sein Handy geblickt, irgendeine vorlaute oder humorvolle Nachricht von ihr erwartet, nur um sich daran zu erinnern, wie das Treffen verlaufen und dass sie geradezu vor ihm geflüchtet war.

Ryan vermisste sie.

War das verrückt? Jemanden zu vermissen, der nie wirklich da gewesen war? Aber nur weil sie nicht neben ihm am Frühstückstisch gesessen hatte, bedeutete das doch nicht, dass sie in den vergangenen Wochen nicht *für ihn* da gewesen war.

Kopfschüttelnd biss er die Zähne zusammen, würde so schnell nicht aufgeben.

Ryan: Ich kann und will nicht so tun, als habe es die letzten Wochen nicht gegeben. Außerdem kann ich unmöglich zulassen, dass du dich in Gefahr bringst und irgendeinen Escort-Boy mit in den Urlaub nimmst. Ich will dich wiedersehen, und diesmal wäre es schön, wenn du nicht vor mir davonläufst.

Vielleicht hätte er seine Worte abmildern sollen, doch genau das hatte er schließlich bei Susanna jahrelang getan. Ryan hatte es satt, sich zurückzuhalten. Seine Unbekannte sollte sich lieber auf etwas gefasst machen, sie wusste ja gar nicht, was auf sie zukäme!

Er würde mit allen Mitteln und Tricks, die ihm zur Verfügung standen, versuchen, sie zu finden und dazu zu bringen, wieder mit ihm zu reden.

Einige Sekunden lang starrte er auf das Display seines Handys in der Hoffnung, sie würde diesmal auf seine Nachricht reagieren. Auch wenn er bereits geahnt hatte, dass dies nicht der Fall sein würde, strömte Enttäuschung durch sein Innerstes. Anhand der Häkchen unter der Nachricht wusste er, dass sie sie gelesen hatte, sich aber weiterhin weigerte, auf ihn einzugehen.

Er presste die Lippen zusammen, legte das Smartphone beiseite und nickte sich entschlossen zu. Er würde sie finden, war nicht bereit, sie aufzugeben.

In den nächsten Stunden verlor er sich in der Arbeit, wie er es auch getan hatte, als er von Susannas Freund erfahren hatte. Mittlerweile verstand er seinen älteren Bruder nur zu gut – Dan hatte sich über Jahre hinweg in die Geschäfte gestürzt und praktisch kein Privatleben mehr gehabt.

Es war … *einfach*, man hatte nur einen Job zu erledigen, musste nichts fühlen, konnte den Schmerz vergessen.

Die Kehrseite dessen war jedoch, dass man auch keine Freude verspürte, das Leben nur so an einem vorbeizog, ohne dass man wirklich daran teilhatte.

Ryan war unglaublich froh, dass Jenn seinen Bruder aus diesem Trott befreit hatte. Gleichzeitig weigerte er sich, in denselben Trott zu verfallen, würde nicht länger zurücksehen, sich daran aufhängen, was hätte sein können, sondern wollte sich auf die Zukunft konzentrieren. Diese konnte genauso hell leuchten wie Lichterketten in einer Winternacht.

Der besondere Klingelton seines Festnetzanschlusses sagte ihm, dass Mrs. Shoemaker diejenige war, die ihn anrief.

„Loreen?“, fragte er, kaum dass er den Hörer abgenommen hatte.

„Nur eine kleine Erinnerung, in dreißig Minuten hast du mit Dan einen Termin im TALI-Gebäude."

Weil er den tatsächlich ganz vergessen hatte, ging ein Ruck durch ihn. Plötzlich saß er kerzengerade auf seinem Schreibtischstuhl. „Danke, gut, dass du es sagst!"

Die alte Dame kicherte leise, was ihn mit Wehmut erfüllte. Er würde sie vermissen, wenn sie in Rente war, sie gehörte schließlich zur Familie. Bei dem Gedanken fügte er hinzu: „Was hast du am Sonntag vor?"

„Noch nichts", erwiderte sie.

„Du bist zum Brunch eingeladen, Abby und J.J. werden auch da sein."

Diesmal klang ihr Auflachen teils gerührt, teils weinerlich, was er als Zusage wertete.

„Ich freue mich", stieß sie nach einigen Sekunden der Stille aus.

„Du hast doch bestimmt ein paar Fotoalben, die du mitbringen kannst", schlug er in sanftem Ton vor.

„Das ist eine gute Idee!", rief Loreen sogleich. Plötzlicher Tatendrang klang in ihrer Stimme mit, vermutlich ging sie im Geiste bereits durch, wie viele Alben in ihre Handtasche passen würden.

Seine Mundwinkel zuckten.

„Hast du Ellas weihnachtliche Cupcake-Kreation bereits probiert?"

„Natürlich!", rief Mrs. Shoemaker. „Wie immer köstlich!"

Wenn er seine Unbekannte dazu überreden könnte, sich erneut mit ihm zu treffen, würde er sie wieder in *Ella's Newbury Café* einladen, damit er das weihnachtliche Gebäck doch noch probieren konnte. Immerhin hatte es unglaublich lecker geklungen!

„Brauchst du noch was? Sonst gehe ich jetzt in die Mittagspause."

„Guten Appetit!", sagte Ryan. „Ich weiß nicht, wie lange der Termin im TALI-Gebäude dauern wird, aber wir sehen uns bestimmt am Nachmittag."

Wenig später legten sie auf und Ryan machte sich an die letzten Vorbereitungen für seinen bevorstehenden Termin. Mittlerweile hatte er die Akten, die sein Bruder ihm zur Verfügung gestellt hatte, alle durchgelesen. Er hatte sich ein Dokument mit Fragen und Ideen zusammengeschrieben, das er nun ausdruckte und in seinen Aktenkoffer schob, um es mitzunehmen.

Gerade als er sein Büro verließ, öffnete sich auch die Tür seines Bruders, sodass sie sich in der Mitte des Vorraums vor Mrs. Shoemakers L-förmigem Schreibtisch trafen.

„Bist du so weit?"

Auf Ryans Frage hin nickte Dan. „Wir können los!"

Kurz darauf gingen sie in Richtung der Aufzüge und fuhren ins Erdgeschoss, durchquerten die Lobby das Bürokomplexes, nickten den Security-Männern zu und gingen schließlich nach draußen zu den Angestelltenparkplätzen. Sie fuhren mit Ryans Audi; während der Fahrt unterhielten sie sich nur wenig – Dan schien an seinem Smartphone E-Mails zu beantworten, doch das war Ryan von seinem älteren Bruder bereits gewohnt. Es störte ihn nicht. Solange Dan das Handy nach der Arbeit weglegen und abschalten konnte, war er zufrieden.

Etwa zehn Minuten später erreichten sie bereits das TALI-Gebäude, welches über eine eigene Tiefgarage verfügte, in der Ryan seinen Audi auch abstellte. Natürlich hatte er sich vorher ausweisen müssen – alle TALI-Anwohner und -Angestellten verfügten über eine ID-Karte. Schließlich warben sie mit absoluter Privatsphäre und hohen Sicherheitsstandards, was die Luxusapartments anging.

Schon bei der Anfahrt hatte er von außen die weihnachtlich geschmückte Fassade bewundert. Trotzdem war Ryan nicht auf den Anblick der Lobby vorbereitet, nachdem sie mit dem Aufzug von der Tiefgarage nach oben gefahren waren. Er staunte nicht schlecht, während er den Blick über das falsche Tannengrün, die silberfarbenen Weihnachtskugeln und all die Lichterketten wandern ließ. Der Anblick des geschmückten Kronleuchters an der hohen Decke war ein echtes Highlight.

Kein Wunder, dass Dan ihm bereits von der hiesigen Gebäudemanagerin vorgeschwärmt hatte, sie schien den Laden wirklich im Griff zu haben. Nicht nur, dass die Warteliste für die Luxusapartments in Boston am längsten war oder dass die Angestellten- und Anwohnerzufriedenheit laut Statistik an diesem Standort durch die Decke ging, sondern sie schien generell ein Auge fürs Detail zu haben und keine halben Sachen zu machen.

Anerkennend nickte er seinem Bruder zu.

„Habe doch gesagt, dass du dir die Lobby ansehen musst“, brummte Dan.

Im Anschluss gingen sie zurück in den Aufzug, um ein paar Stockwerke weiter hochzufahren. Katelyn Harris, die Gebäudemanagerin, wartete schließlich schon auf sie.

„Hier entlang“, erklärte Dan, kaum dass sie den Lift wieder verlassen hatten.

Von Weitem konnte Ryan eine offen stehende Tür erkennen, bei der es sich um die Bürotür der Gebäudemanagerin handeln musste. Irgendwo in dem ellenlangen Dossier, das sein Bruder für ihn zusammengestellt hatte, hatte Ryan auch von ihrer Offene-Tür-Politik gelesen.

Weil Dan den Raum vor ihm betrat, versperrte dieser ihm zunächst den Blick. Kaum trat sein älterer Bruder jedoch zur Seite, konnte Ryan die junge Frau sehen, die gerade von ihrem Platz hinter dem Schreibtisch aufstand, um sie beide zu begrüßen.

Er erstarrte mitten in der Bewegung, denn Katelyn Harris war niemand anderes als *seine Unbekannte*! Hungrig glitt sein Blick über sie, angefangen bei den zarten Zügen ihres Gesichts, über die strenge, professionelle Frisur und zu ihrem eleganten Hosenanzug.

Ein gewinnendes Lächeln zuckte an seinen Mundwinkeln: Ryan hatte sie schneller gefunden, als er je hätte ahnen können.

Kapitel 13

Das erste, was Kat nach dem Blind Date getan hatte, war, ihre Freundin Saoirse anzurufen. Zwar hatte die Rothaarige versucht, sie zu beruhigen, aber ihre erste Reaktion waren die Worte *O. Mein. Gott.* gewesen. Und diese spiegelten Kats Gefühlslage doch perfekt wider. Daran hatte sich auch einen Tag später nichts geändert.

Zwar hatte Kat gewusst, dass sie Ryan bei dem Meeting wieder begegnen würde, trotzdem war sein Anblick ein Schock. Sie gab alles, um sich nichts anmerken zu lassen, wollte gegenüber Dan Tanner keinesfalls den falschen Eindruck erwecken.

Dabei habe ich ihm *diesen Schlamassel doch zu verdanken!*

Er musste ihr versehentlich die Nummer seines Bruders aufgeschrieben haben, statt die seiner Verlobten. Ursprünglich hatte Kat geglaubt, dass ihm lediglich ein Zahlendreher passiert war, er zwei Ziffern in ihrer Abfolge vertauscht hatte und sie so einem völlig Fremden die Katzenbilder geschickt hatte. Seit sie herausgefunden hatte, dass ihr Unbekannter kein anderer als Ryan Tanner war, glaubte sie jedoch, dass Dan die Nummern in seinem Kopf durcheinandergebracht und ihr versehentlich eine komplett falsche aufgeschrieben hatte.

Hätte sie geahnt, mit wem sie die ganze Zeit über geschrieben hatte, hätte sie nie so intime Details über sich erzählt … *Ach papperlapapp!* Es wäre gar nicht erst zu ihrem wochenlangen Austausch gekommen. Sie hätte nie ihren Frust bei Ryan auslassen können, hätte nicht so viele Male mit ihm gelacht, sich keine Sorgen um ihn gemacht und nicht mitgefiebert, als er seine

Nichte zum ersten Mal getroffen hatte. Kat hatte nicht einmal gewusst, dass es früher einmal *drei* Tanner-Brüder gegeben hatte.

Sie biss sich auf die Zunge, sollte jetzt besser nicht darüber nachdenken.

Mit zielstrebigen Schritten ging sie von ihrem Schreibtisch auf die beiden Anzugträger zu.

Vorhin hatte Ryan ihr eine neue Nachricht geschrieben, worin er deutlich gemacht hatte, dass er keines ihrer Gespräche bereute, dabei hatte auch er ihr sehr private Dinge erzählt. Selbst vom Selbstmord seines Bruders.

Nicht darüber nachdenken!, wiederholte sie gedanklich, zwang sich, sich aufs Hier und Jetzt zu konzentrieren.

„Willkommen zurück!“, sagte sie an Dan gerichtet, wobei sie sich ein professionelles Lächeln aufs Gesicht kleisterte und verzweifelt daran festhielt.

„Schön, Sie wiederzusehen, Kat“, erwiderte der Milliardär in seinem typisch steifen Ton.

Nachdem sie ihm die Hand geschüttelt hatte, konnte sie es nicht länger hinauszögern, auch Ryan zu begrüßen. Kaum dass sie sich in seine Richtung wandte, geriet ihr Herz jedoch ins Stolpern.

Am Vortag in dem lächerlichen, weihnachtlichen Strickpullover hatte er schon verdammt gut ausgesehen, doch in dem Designeranzug war er geradezu verboten attraktiv. Ihr stockte der Atem, als der Mistkerl mit dem breiten Kiefer, den hohen Wangenknochen, dem sinnlichen Mund und den dunklen Augen, in denen sich eine Frau nur allzu leicht verlieren konnte, ihr ein selbstzufriedenes Grinsen schenkte.

Kat biss die Zähne zusammen, um dem Drang zu widerstehen, ihm einmal heftig an der Krawatte zu ziehen, wie Kindergartenkinder, die einander am Pferdeschwanz zerrten. Sie war stolz darauf, dass sie es schaffte, das professionelle Lächeln aufrechtzuerhalten, während sie ihm die Hand entgegenstreckte.

„Schön, Sie kennenzulernen“, flötete sie, als hätten sie nicht manche Nacht damit zugebracht, so lang miteinander zu schreiben, bis sie von der Müdigkeit übermannt wurden.

Kaum dass sich seine starken Finger um ihre viel schmaleren legten und mit festem Druck ihre Hand schüttelten, ging ein Kribbeln durch sie. Gänsehaut breitete sich schlagartig auf ihrem Körper aus.

Als hätte sie sich verbrannt, zog sie ihren Arm so schnell wie nur irgend möglich zurück. Die Anziehungskraft zwischen ihnen beiden war nicht zu leugnen, kam Kat jedoch alles andere als gelegen. Alles wäre so viel einfacher, wäre ihr Boss ein hässlicher Troll. *Aber nein*, dachte sie sarkastisch, *mein Boss muss ja so aussehen, als wäre er dem Cover einer GQ-Zeitschrift entsprungen!*

Sie widerstand dem Drang, genervt mit den Augen zu rollen. Die Tatsache, dass sie Ryans intensiven Blick geradezu auf sich niederbrennen spüren konnte, ignorierte sie geflissentlich. Das ständige Kribbeln in ihrem Nacken würde sie noch in den Wahnsinn treiben! Vor lauter Nervosität strich sie über den Blazer ihres Hosenanzugs, um ein paar imaginäre Falten glattzustreichen.

„Am besten, wir gehen in den Konferenzraum“, brachte sie schließlich hervor, kurz darauf machte sie eine einladende Geste in ebendiese Richtung.

Angespannt blieb sie stehen, während die beiden Milliardäre sie passierten, um ihr Büro zu durchqueren und den Konferenzraum zu betreten. Im Vorbeigehen zwinkerte Ryan ihr zu, Amüsement blitzte in seinen Augen auf. Sie wollte ihn erwürgen!

Wenig später befanden sie sich um den langen Tisch verteilt, der Eisklotz, Dan Tanner, wirkte genauso kühl und distanziert wie bei ihrem letzten gemeinsamen Termin. Allerdings ließ sich Kat nicht davon verunsichern, schließlich hatte sie vor drei Wochen das Schlimmste befürchtet und am Ende hatte er sie gelobt und ihr eine Gehaltserhöhung gegeben.

Wenigstens eine Sache, um die sie sich nicht zu sorgen brauchte!

Das war auch gut so, denn sie war vollauf damit beschäftigt, sich davon abzuhalten, Ryan zu lange anzusehen, rot anzulaufen, wie ein verknalltes Schulmädchen zu stottern oder etwas ähnlich Peinliches zu tun. Der Kerl brachte sie völlig aus dem Konzept! Noch immer konnte sie kaum glauben, dass sie ausgerechnet ihrem neuen Boss lustige Katzenbilder geschickt hatte.

Konzentrier dich!, sagte sie sich im Stillen. Die beiden Milliardäre waren hier, weil der Eisklotz *Tanner Living* an seinen Bruder übergeben wollte. In einer knappen E-Mail hatte er ihr mitgeteilt, dass er aufgrund seiner bevorstehenden Hochzeit geschäftlich zurücktreten müsse und daher die Verantwortung mancher Geschäftszweige an seinen Bruder übertragen würde. Daraufhin hatten sie den heutigen Termin ausgemacht.

„Dann fangen wir mal an“, murmelte Dan. „In zwei Wochen fährt Miss Harris in den Urlaub, falls du irgendwelche Fragen hast, solltest du das also vorher tun“, erklärte er an seinen jüngeren Bruder gerichtet.

Als wüsste Ryan das nicht!, schossen Kat die zynischen Worte durch den Kopf. Fest presste sie die Lippen zusammen, um den Gedanken ja nicht laut auszusprechen.

„Wenn ich das richtig weiß, nehmen Sie das ganze Jahr über

keinen Urlaub, aber die zwei Wochen vor Weihnachten sind so etwas wie Tradition?" Fragend zog Dan die Brauen hoch.

Wann war der Kerl denn plötzlich zu solch einer Plaudertasche geworden? Gut, vielleicht war Kat auch etwas ungeduldig, weil sie diesen Termin so schnell wie möglich beenden wollte. Um sich zu beruhigen, atmete sie einmal tief ein und aus, rückte ihr professionelles Lächeln zurecht und antwortete:

„Ja, meine Familie besitzt ein Winter-Resort, in der Zeit um Weihnachten ist dort besonders viel los. Während des Urlaubs werde ich auch ein bisschen aushelfen, das hat sich in den letzten Jahren so eingespielt."

Kaum hatte sie zu Ende gesprochen, zog sie ihren Laptop heran, um sich für das bevorstehende Gespräch bereit zu machen. Allerdings schien es Dan nicht sonderlich eilig zu haben, denn er behielt den Plauderton bei.

„Ein Tapetenwechsel würde dir auch guttun, hm?", sagte er an Ryan gerichtet.

Eins musste sie dem Milliardär lassen, seine Unschuldsmiene saß perfekt, als er die Frage aussprach, nichtsdestotrotz blieb Kat beinahe der Mund offen stehen.

Kann es etwa sein, dass Dan Tanner mir absichtlich *die falsche Nummer gegeben hat?*

Kapitel 14

Ungläubig starrte er seinen Bruder an. Auch wenn Dan seinem Blick ohne auch nur mit der Wimper zu zucken standhielt, war Ryan davon überzeugt, dass die ganze Sache mit der falschen Nummer am Ende gar kein Zufall gewesen war. Hatte Dan ihn neulich nicht noch gefragt, ob er sich Sorgen um ihn zu machen brauchte? Zwar hatte Ryan verneint, doch offenbar hatte sein älterer Bruder ihm nicht geglaubt.

Zwar bezeichneten ihn alle immerzu als Eisklotz, aber die Wahrheit war, dass sich Dan viel mehr um seine Angestellten sorgte, als es vermutlich jeder andere Milliardär tat. Angefangen mit besonders vielen Urlaubstagen, über faire Löhne, bis hin zu sehr guten Krankenversicherungen. In ihrer NBA-Mannschaft gab es einen Spieler, der sich damit rühmte, seine Kumpel unter die Haube zu bringen. Raemon Hernandez nannte sich *Dr. Love* und die Klatschpresse liebte den frechen Kerl mit seinem unwiderstehlichen Grinsen. Wenn sie nur wüssten, dass der kühle, distanzierte Kopf von *Tanner Corporation* mit dem frechen Profisportler in einer Liga spielte …

Bei dem Gedanken musste Ryan beinahe laut auflachen, konnte es sich aber gerade so noch verkneifen. Sonst hätte Kat ihm vermutlich den Kopf abgerissen. Über den großen Konferenztisch hinweg warf er ihr einen Blick zu. Aktuell sah sie so aus, als wolle sie zuerst Dan und danach Ryan eigenhändig ermorden.

Gegen seinen Willen verzogen sich seine Lippen zu einem Schmunzeln. Er liebte das hitzige Temperament, das sie hinter ihrer professionellen Schale verbarg. Wollte es aus ihr herauskitzeln, ihre perfekte Frisur durcheinanderbringen, den glatt gebügelten Hosenanzug von ihrem Körper schälen und die weichen Kurven darunter zum Vorschein bringen …

Innerlich gab er sich einen Ruck, dürfte seine Gedanken nicht derart abschweifen lassen. Erst recht nicht in diese Richtung und schon gar nicht inmitten des Konferenzraums.

Den Rest des Meetings brachten sie irgendwie hinter sich. Es gefiel ihm ganz und gar nicht, wie angespannt Kats Schultern die ganze Zeit über wirkten, er musste das hier wieder in Ordnung bringen.

Entschlossen biss er die Zähne zusammen, vergaß all die Fragen, die er sich vor dem heutigen Termin notiert hatte, saß die Zeit regelrecht ab. Er wollte das Meeting schnellstmöglich hinter sich bringen, damit er Kat danach allein erwischen und endlich mit ihr reden konnte. Diesmal würde sie ihm nicht entwischen können, indem sie in ein Taxi stieg und davonbrauste.

Sobald das Meeting zu Ende war, erhob sich Dan in einer abrupten Bewegung von seinem Stuhl. Er schenkte ihnen beiden sein berühmtes Haifischgrinsen und erklärte: „Ich muss mich beeilen, habe mit Jenn einen Termin, um verschiedene Torten für die Hochzeit zu kosten."

Damit machte er auf dem Absatz kehrt und verschwand in Sekundenschnelle aus dem Konferenzraum, sodass Ryan und Kat allein zurückblieben. Letzteres kam ihm gerade recht, doch er konnte Kat ansehen, wie unangenehm ihr die Situation war. Ihm entging nicht, wie ihre zarten Finger zitterten, während sie die Akten zusammenschob und ihren Laptop zuklappte.

Langsam stand er auf, um auf sie zuzugehen. Offenbar entschlossen, ihn zu ignorieren, hielt sie den Blick fest auf die Akten konzentriert. Erst als er dicht neben ihr zum Stehen kam, stieß sie hörbar den Atem aus. Ruckartig richtete sie den Oberkörper auf und wandte sich ihm zu. Ihre dunkelblauen Augen waren schmal, während sie ihn betrachtete.

„Was kann ich für Sie tun, Mr. Tanner?“, fragte sie mit zuckersüßer Stimme, ihr Lächeln wirkte dabei derart verbissen, dass ihm allein vom Anblick die Wangen schmerzten.

„Kat“, sagte er dunkel. Abwartend sah er hinab auf ihr Gesicht, erwiderte fest ihren Blick, wollte, dass ihre abweisende Schale Risse bekam. „Rede mit mir“, verlangte er leise, streckte eine Hand aus, um ihren Unterarm mit seinen Fingern zu umschließen.

Ryan war nicht sicher, ob er damit verhindern wollte, dass sie wieder verschwinden könnte, oder sie mit leichtem Druck dazu ermuntern wollte, sich ihm zu öffnen. Er vermisste ihre scharfe Zunge, die ehrlichen Gespräche … konnte das falsche Lächeln schon jetzt nicht mehr sehen.

Kurz schloss sie die Augen, als müsse sie sich sammeln. Bildete er sich das nur ein oder zitterte ihr Körper unter seine Berührung? Sein Puls beschleunigte sich, ihre Nähe fühlte sich verdammt gut an. Automatisch trat er noch einen Schritt näher, wie von einem unsichtbaren Band angezogen.

Kaum dass sie die Lider wieder hob, erkannte er jedoch das Feuer, das in ihren Augen loderte.

„War das irgendein Spiel für euch? Seid ihr so verdammt reich, dass das normale Leben euch langweilt? Hat dein Bruder mir deswegen *versehentlich*“, sie betonte das Wort ironisch, „deine Nummer gegeben?“

Ihre Stimme war anklagend, sie schüttelte den Kopf, als müsse sie sich davon abhalten, ihm auch noch den Zeigefinger in die Brust zu stechen.

Sein Blick verhärtete sich. „Du glaubst doch nicht ernsthaft, dass ich dir für irgendein Spiel all diese Dinge über mich erzählt hätte?“ Er packte ihren Unterarm fester, versetzte ihr einen leichten Ruck, als könne er sie so wieder zur Vernunft bringen.

Nach all den Gesprächen, die sie geteilt hatten, konnte sie doch unmöglich glauben, dass er solch ein Mistkerl war, oder?

„Ich habe keine Ahnung!“, zischte sie. „Vielleicht hast du mir auch nur Märchen erzählt! Wenn das hier irgendein krankes Spiel, irgendeine Wette für euch war …“ Sie entriss ihm ihren Unterarm und warf in einer hilflos wirkenden Geste die Hände in die Luft. Abrupt setzte sie sich in Bewegung, um neben dem Konferenztisch auf und ab zu tigern.

Auch wenn sie wütend war, gefiel ihm diese Version von Kat deutlich besser als die zurückhaltende, zuvorkommende Angestellte, die zu allem lediglich Ja und Amen sagte.

Er genoss ihr feuriges Naturell.

„Warum grinst du jetzt?“, fauchte sie, kaum dass ihr Blick auf ihn fiel. Allerdings hielt sie nicht inne, sondern lief weiter unruhig auf und ab.

„Weil du verflucht sexy bist, wenn du dich aufregst.“ Er zuckte mit den Schultern, im Plauderton fügte er hinzu: „Auch wenn du völligen Blödsinn erzählst.“

„Völligen Blödsinn?“ Ihre Augen weiteten sich, bevor sie sich verengten. Wenn Blicke töten könnten, hätte Ryan jetzt eindeutig ein Problem. „Willst du etwa leugnen, dass dein Bruder mir absichtlich deine Nummer gegeben hat? Ich kenne ihn ja nicht gut, aber die Unschuldsmiene vorhin war eindeutig *zu* glatt.“

Ryan verschränkte die muskulösen Arme vor der Brust, betrachtete sie ruhig … genoss die Show, um genau zu sein.

„Nein, ich hege dieselbe Vermutung wie du. Das heißt aber nicht, dass ich etwas davon wusste."

„Du willst behaupten …" Eben war sie noch von ihm weggetigert, doch nun wirbelte sie mit einem wütenden Ausruf auf den Lippen zu ihm herum.

Irgendetwas in seinem Blick ließ sie innehalten. Vielleicht erkannte sie die Ehrlichkeit in seinen Augen, denn irgendetwas schien ihr plötzlich allen Wind aus den Segeln zu nehmen.

Ein paar Schritte von ihm entfernt hielt sie inne, legte den Kopf schief und betrachtete ihn eingehend. „Du hast also wirklich nichts davon gewusst?"

Das wütende Feuer in ihren Augen war erloschen, stattdessen erkannte er einen verletzlichen Ausdruck in ihnen, der ihm einen Stich in die Brust versetzte.

„Nein, ich wusste nichts davon", versicherte er ihr in ernstem Ton.

Angespannt wartete er ihre Reaktion ab, beobachtete genau, wie sie schließlich ein Seufzen ausstieß und die Anspannung aus ihren Gliedern wich.

„Lass uns spazieren gehen." Nun, da sie etwas ruhiger war, würde sie ihm vielleicht eher zuhören.

„Wir können nicht …", begann sie sofort.

„Wieso nicht?", hielt er dagegen, wobei er herausfordernd eine Braue in die Höhe zog. „Weil wir keine geschäftliche Besprechung führen können, während wir im Park nebeneinanderher laufen?"

Natürlich wusste er, wovor sie Angst hatte. Sie fürchtete, was das restliche Personal des TALI-Gebäudes denken könnte, wenn sie Ryan und Kat miteinander sahen. Aber er hatte ja nicht vor, über sie herzufallen.

Zumindest noch nicht.

Seine Lippen kräuselten sich, bevor er seine Reaktion unterdrücken und seine Miene glätten konnte. Zwar warf Kat ihm einen misstrauischen Blick zu, nickte jedoch schließlich.

„Also gut“, murmelte sie.

Kurz darauf verließen die beiden den Konferenzraum, durchquerten ihr Büro und gingen schließlich den Gang hinab auf die Aufzüge zu. Kaum hatten sie einen davon betreten, fuhren sie bereits ins Erdgeschoss.

Während Ryan neben ihr stand, konnte ihm nicht entgehen, dass ihm ihr Kopf bis zum Kinn reichte – wie perfekt, um sie in die Arme zu schließen und sein Kinn auf ihrem Haupt ruhen zu lassen.

Woran zum Teufel denke ich da bloß?

Ungläubig schüttelte er den Kopf über sich selbst. All die Zeilen, die sie einander in den letzten Wochen geschickt hatten, hatten irgendetwas mit ihm angestellt. Warum sonst fühlte er sich ihr so nah, als kannten sie sich schon seit Jahren? Dabei hatte er sie an diesem Tag erst zum zweiten Mal gesehen.

Stumm folgte er ihr, sobald sich die Aufzugtüren in der Lobby öffneten. Ihm fiel auf, wie die Security-Männer und der Concierge ihr freundliche Lächeln schenkten. Die Angestellten schienen Kat nicht nur zu respektieren, sondern auch zu mögen. Das hatte sich auch in den Angestelltenumfragen widergespiegelt.

Kurz darauf betraten sie den Park, der im Innenhof des TALI-Gebäudes angesiedelt war. Die Gärtner hatten ihn wunderschön angelegt, zudem war auch hier weihnachtlich dekoriert worden, die kleinen Zierbäume mit Lichterketten geschmückt und Girlanden über den Parkbänken aufgehängt.

Kühle Luft schlug ihnen entgegen, kaum traten sie nach draußen. Ryan schloss die obersten Knöpfe seines Mantels, gleichzeitig warf er Kat einen Blick zu, um sicherzustellen, dass sie warm genug angezogen war. Zufrieden stellte er fest, dass sie nicht nur eine dicke Winterjacke übergezogen hatte, sondern in diesem Moment auch noch Handschuhe aus den Taschen zog.

„Dafür dass deine Eltern ein Winter-Resort haben, bist du eine ganz schöne Frostbeule“, kommentierte er in der Hoffnung, sie damit aus der Reserve locken zu können. Schließlich war sie während der Aufzugfahrt nach unten still geworden.

Mit einem empörten Schnauben stieß sie ihm den Ellenbogen in die Seite, bevor ihr wieder einzufallen schien, dass er ihr Boss war. Plötzlich zog sie scharf den Atem ein, warf ihm einen teils entsetzten, teils entschuldigenden Blick zu.

Ryan lächelte lediglich amüsiert und sagte: „So gefällst du mir schon besser.“

Ein Muskel an ihrem Kiefer zuckte, vermutlich biss sie die Zähne zusammen. „Worüber wolltest du sprechen?“, sagte sie steif.

„Darüber, dass ich mit dir in den Urlaub fahren will“, antwortete er sofort, schlenderte über den akkurat angelegten Weg neben ihr her.

„Hast du den Verstand verloren? Du bist mein Boss!“ Unglauben lag in ihrer Stimme.

„Das ist mir sehr wohl bewusst“, entgegnete er in trockenem Ton, seine Mundwinkel zuckten. „Aber das ändert nichts zwischen uns.“

„Natürlich ändert das etwas! Das ändert alles!“ Kat unterbrach ihn, gestikulierte dabei wild mit den Händen. „Die Leute werden glauben, dass ich mit dem Boss schlafe, um eine Beförderung zu ergattern."

„Aber du bist schon die Gebäudemanagerin", erwiderte er seelenruhig. Über ihr gab es keine höhere Position, zumindest nicht in Boston. Natürlich hatte *Tanner Living* einen CEO, doch dieser war praktisch ständig auf Achse, weil er von einem TALI-Gebäude zum nächsten reiste, Kontrollbesuche machte, neue Standpunkte eröffnete und, und, und.

„Außerdem scheint dein Team dich zu mögen, dich gut genug zu kennen, um zu wissen, dass du niemand bist, der sich nach oben schläft. Glaubst du nicht?" Als er ihr einen herausfordernden Blick zuwarf, presste sie die Lippen zusammen. Offensichtlich wollte sie nicht zugeben, dass er recht hatte. Allerdings konnte er ihr die Gedanken vom Gesicht ablesen.

Weil sie ihm nach einer Weile immer noch nicht geantwortet hatte, hielt er inne, ergriff ihren Ellenbogen und drehte sie in seine Richtung. Herausfordernd betrachtete er sie.

Sichtlich widerwillig nickte sie. „Vermutlich hast du recht", gab sie zu.

„Was ist dann das Problem?", wollte er wissen. Als sie sich wieder in Bewegung setzte, glich er sein Tempo dem ihren an.

Bevor sie antworten konnte, wurden sie plötzlich von zwei hünenhaften Gestalten überholt. Kurz darauf erkannte er die beiden Jogger als Vlad Novak und Samuel Rivet, sie waren die neuesten Spieler bei den Boston Berserks. Während der Tscheche sich bereits gut im Team eingelebt hatte, schien Sam noch Schwierigkeiten zu haben. Ihre PR-Abteilung war kein Fan von ihm …

Während die beiden an ihnen vorbeijoggten, riefen sie ihnen Worte der Begrüßung zu. Vermutlich würden die Kerle sie immer wieder überrunden, schließlich war der Park nicht riesig und ihr Tempo deutlich schneller als das von Ryan und Kat.

„Ich liebe meinen Job“, sagte Kat. Ein flüchtiges Lächeln schwebte auf ihren Lippen, der Blick auf die beiden davonlaufenden Profisportler gerichtet. Einen Wimpernschlag später drehte sie sich Ryan zu, eine Sorgenfalte hatte sich zwischen ihren Brauen gebildet.

Mit einem Mal wurde ihm klar, was sie eigentlich sagte: Wenn sie sich auf ihn einließe, wenn aus ihren Chat-Gesprächen *mehr* würde, sie gemeinsam in den Urlaub führen … und am Ende die Flamme, die dabei war, zwischen ihnen aufzulodern, lichterloh brannte, nur um schon bald zu erlöschen … Was dann?

Sie fürchtete, ihren Job zu verlieren.

Wusste sie denn nicht, dass er nicht der Typ Mann war, der seine Macht auf solche Art und Weise ausnutzen würde? Angewidert bei der alleinigen Vorstellung verzog er den Mund. Mit finsterer Stimme versprach er:

„Selbst wenn wir uns nach dem Urlaub nicht mehr ausstehen, nicht einmal mehr im selben Raum miteinander sein können, du kannst dich darauf verlassen, dass du deswegen niemals deinen Job verlieren würdest.“ Er stieß ein raues Lachen aus. „Ich kann nicht zählen, wie oft mir Dan von der Gebäudemanagerin des Bostoner TALI-Gebäudes vorgeschwärmt hat. Vermutlich würde er mich eher der Familie verweisen, als zuzulassen, dass ich dir kündige.“

Als ein abgehacktes Kichern über ihre Kehle drang, breitete sich Wärme in seinem breiten Brustkorb aus. Hoffnung strömte durch seine Glieder. vielleicht konnte er sie doch noch von seiner Sache überzeugen.

Warum kämpfte er so für diesen gemeinsamen Urlaub? War es wirklich nur, weil er nicht zulassen wollte, dass sie sich in Gefahr brachte und irgendeinen Fremden mitnahm? Sie hatte schließlich recht, professionelle Escort-Services kontrollierten ihre Angestellten, hatten strenge Regeln, Sicherheitsvorkehrungen für die Angestellten und Kunden. Abgesehen davon war Kat eine starke Frau – das mochte er ja so an ihr – und konnte sehr gut auf sich selbst aufpassen.

Womöglich kämpfte er nur deswegen so dafür, dass sie ihrer Familie ausgerechnet ihn als ihren Freund vorstellte, weil er sich schon lange nicht mehr so gut gefühlt hatte wie während all ihrer Chat-Gespräche. Das zwischen ihnen … das *passte* einfach.

Ihm würde es kein zweites Mal passieren, eine Chance verstreichen zu lassen. Vielleicht war er noch nicht über Susanna hinweg, aber er hatte das Gefühl, wenn einer daran etwas ändern konnte, dann die schlagfertige Frau, die ihn in den letzten Wochen trotz allem dazu gebracht hatte, zu lachen.

„Lass uns einen Vertrag aufsetzen, wenn du dich damit besser fühlst“, schlug er vor, ehe er sich zurückhalten konnte.

Kaum hatte er die Worte ausgesprochen, blieb Kat abrupt neben ihm stehen, drehte sich in seine Richtung und blinzelte zu ihm auf. Der Duft nach Vanille und Zimt – nach Weihnachten – stieg ihm in die Nase, nun da sie so nah beieinanderstanden. War das ein Parfum oder hatte sie vor dem Meeting irgendein leckeres Gebäck verspeist?

„Einen Vertrag worüber?“, hakte sie nach.

„Darüber, dass ich deinen Fake-Freund für die Dauer des Urlaubs spiele und wir danach in unser altes Leben zurückkehren, sich an deinem Job und so weiter nichts ändert.“

Vermutlich unbewusst schürzte sie die Lippen und bewegte sie mit einem nachdenklichen Ausdruck von rechts nach links. Es sah verdammt niedlich aus.

„Warum willst du überhaupt mit?“ Forschend betrachtete sie ihn, woraufhin er ihr ein selbstironisches Lächeln schenkte.

„Du weißt, wieso.“ Hilflos zuckte er mit den Schultern, brauchte vor ihr nicht zu verbergen, dass er nicht die besten Wochen hinter sich hatte. „Ich habe den Abstand nötig, muss den Kopf frei bekommen“, fügte er hinzu.

„Und warum fliegst du nicht in die Schweizer Alpen in irgendein Chalet oder was ihr reichen Kerle sonst so tut?“ Erneut bildete sich eine tiefe Falte zwischen ihren Brauen, diesmal schien sie jedoch weniger verwirrt, sondern zweifelnd zu sein.

„Weil ich es ernst gemeint habe.“ Er trat einen Schritt näher, ignorierte, dass Kat sich sofort von rechts nach links umsah, als würde das restliche TALI-Personal hinter den nächsten Büschen lauern, um sie bei Unanständigkeiten mit dem Boss zu erwischen.

Seine Mundwinkel zuckten amüsiert, allerdings blieb seine Miene ernst, während er noch etwas näher auf sie zutrat. Er konnte ihren warmen Atem auf seinen Wangen spüren, was ihm Schauder über den Rücken jagte. Fest sah er ihr in die Augen, wollte keinen Zweifel an seinen nächsten Worten lassen.

„Ich kann nicht zulassen, dass du mit irgendeinem fremden Kerl alleine in einem Hotelzimmer schläfst, würde in meinem eigenen Urlaub kein Auge zubekommen.“

Weil er immerzu an sie denken würde.

Das tat er schließlich schon seit Wochen.

Ein Schmunzeln verzog seine Lippen, während er beobachten konnte, wie sich ihre Pupillen weiteten. Sie hatte den Kopf noch etwas weiter in den Nacken gelegt, um ihm weiterhin ins Gesicht sehen zu können. Die Tatsache, dass auch er sie nicht kaltließ, bewirkte ein angenehmes Kribbeln auf seiner Haut.

„Und wieso sollen wir die Lösung unserer beiden Probleme nicht einfach miteinander verbinden? Ich muss hier raus, du brauchst einen Fake-Freund." Er zwinkerte ihr zu, schenkte ihr das Haifischgrinsen, mit dem er normalerweise geschäftliche Verhandlungen abschloss.

Einen Moment lang betrachtete sie ihn lediglich stumm, legte den Kopf leicht schief und biss sich auf die Unterlippe. Er hätte alles gegeben, um herauszufinden, was sie dachte. Sein Atem stockte, während sein Herz in einem unruhigen, erwartungsvollen Rhythmus pochte.

„Ja, wieso nicht?", sagte sie nach einigen Sekunden der Stille.

Sein Lächeln wurde breiter, ehrlicher. „Dann ist das ein Deal", verkündete er. „Ich setze den Vertrag auf und lasse ihn dir zukommen."

„Deal", bestätigte sie nickend, kurz darauf streckte sie ihm die Hand entgegen.

Sofort umgriff er ihre schmalen, zarten Finger, um die Vereinbarung mit einem Händeschütteln zu besiegeln. Bevor er sie losließ, strich er über ihre Haut, wollte sehen, ob sie auf seine Berührung auch so reagierte, wie er das auf die ihre tat.

Er musste ein zufriedenes Brummen unterdrücken, kaum spürte er, wie ihre Finger unter seiner winzigen Liebkosung erzitterten. Offensichtlich beruhte die Anziehungskraft auf Gegenseitigkeit. War das nicht die beste Voraussetzung, um eine Fake-Beziehung vorzuspielen?

Kapitel 15

Warum zum Teufel hatte sie sich auf den Deal mit ihm eingelassen? Hatte sie denn den Verstand verloren? Es war eine Sache, ihrer Familie gegenüber eine Beziehung mit einem Fremden vorzuspielen, damit Kat während des Urlaubs in Ruhe gelassen wurde, aber es war etwas ganz anderes, ihren verdammten Boss als ihren Freund auszugeben!

Dank der Unterhaltungen, die sie in den letzten Wochen per Textnachrichten geführt hatten, fühlte sie sich Ryan Tanner ohnehin schon viel zu nah. Wie sollte sie zu ihrem Büroalltag zurückkehren, nachdem sie zwei Wochen im selben Hotelzimmer verbracht hatte wie er?

Nun, wenn sie ehrlich war, hatte sie sich doch genau deswegen auf diesen verrückten Deal eingelassen. Weil sie sich ihm nahe fühlte und weil er recht hatte: Bei dem Gedanken, den Urlaub mit einem Fremden zu verbringen, fühlte sie sich unwohl. Nicht, weil sie glaubte, dass ihr etwas zustoßen würde, sondern weil niemand sonderlich gern seine Weihnachtsferien mit einem Unbekannten verbrachte.

Außer natürlich, es handelte sich dabei um *ihren* Unbekannten.

Am Morgen hatte er ihr einen Vertragsvorschlag zugeschickt, damit war ihr Job abgesichert, egal ob ihre Fake-Beziehung zum Streit führen würde oder nicht, und das war das Wichtigste für sie. Nur wie sie ihr Herz vor ihm schützen sollte, das wusste sie noch nicht. Immerhin stand in dem Vertrag ausdrücklich drin, dass nach Weihnachten alles vorbei war.

Angespannt presste sie die Lippen zusammen, trommelte mit dem einen Ende ihres Kugelschreibers einen unruhigen

Rhythmus auf den Schreibtisch. Innerlich sah sie Ryans breites, attraktives Lächeln vor sich, erinnerte sich an die Grübchen auf seinen Wangen sowie die Lachfältchen um seine schokoladenbraunen Augen. Das dunkle, fast schwarze Haar, trug er an den Seiten sehr kurz geschnitten, oben länger und zurückgekämmt. All das in Kombination mit den teuren Designeranzügen und dem sexy Befehlston, strahlte er Autorität aus allen Poren aus.

Innerlich war sie zerrissen. Zum einen konnte sie sich nichts Besseres vorstellen, als während des Urlaubs den Mann zur Seite zu haben, dem sie in den letzten Wochen bereits von den Problemen mit ihrer Mutter erzählt hatte und der für sie da gewesen war. Zum anderen erfüllte der alleinige Gedanke, ihren verdammten Boss als ihren Fake-Freund auszugeben, sie mit Panik.

Dumm nur, dass diese beiden Männer ein und derselbe waren.

Das Herumtrommeln mit dem Kugelschreiber wurde nur noch schneller, war ein Ventil für ihre Nervosität. Vermutlich zum hundertsten Mal an diesem Tag warf sie einen Blick in Richtung des Konferenzraums, in dem sich Ryan provisorisch eingerichtet hatte. Angespannt biss sie sich auf die Unterlippe, starrte in Richtung der offen stehenden Tür. Sehr viel länger würde sie es nicht mehr hinauszögern können, zu ihm zu gehen, um ihm den angeforderten Bericht zu überreichen.

Mit einem letzten leisen, klackernden Geräusch ließ sie den Kugelschreiber fallen, im nächsten Moment rollte er über ihren Schreibtisch, bis er an der Tastatur ihres Computers hängen blieb. Entschlossen drückte sie die Schultern zurück, um sich darauf gefasst zu machen, dem viel zu attraktiven, sie nervös machenden Mann gegenüberstehen zu müssen.

Nachdem sie die letzten zwei Blätter aus dem Drucker genommen und in die Akte geschoben hatte, machte sie sich auf den Weg in das angrenzende Zimmer. Dabei sorgten die Absätze ihrer High Heels für ein klickendes Geräusch, was sie ankündigte, bevor sie überhaupt durch den Türrahmen trat.

Kein Wunder, dass Ryan bereits den Kopf hob, um ihr entgegenzublicken. Als die Kraft seines intensiven Blickes auf ihr landete, geriet sie beinahe ins Stolpern. Sie schaffte es nur geradeso, ihre Fassung zu bewahren, während sie die letzten Schritte zu ihm ging.

„Hier ist der vorläufige Quartalsbericht." Damit legte sie die Akte vor ihm auf dem Tisch ab. Weil sie sich dabei an ihm vorbei beugen musste, atmete sie seinen herben Geruch nach Kiefernnadeln ein, der ihr angenehme Schauer über den Rücken jagte.

„Danke", brummte er und verlagerte das Gewicht, um die Akte aufzuschlagen. Dadurch streifte seine Schulter die ihre. Ein Kribbeln nach dem anderen jagte über ihre Haut, der Kerl trieb sie in den Wahnsinn! Wie sollte sie so arbeiten?

Ihre Knie fühlten sich weich wie Wackelpudding an, während sie ein paar Schritte zurücktrat. Sobald sie wieder halbwegs klar denken konnte und ihr einfiel, wieso sie hierhergekommen war, fügte sie hinzu:

„Die Rechnung von der Weihnachtsdekorateurin fehlt in dem Bericht noch – laut Kostenvoranschlag wird sie im höheren vierstelligen Bereich sein, was das Quartalsergebnis noch verändern wird." Hinter ihrem Rücken verschränkte sie die Finger miteinander, ihre Nägel krallten sich in ihre Haut. „Normalerweise übersteige ich das Werbebudget nie, in diesem Quartal sind wir drüber, aber wenn wir es über das ganze Jahr verteilen, bleiben wir weiterhin ein Sechstel drunter."

„Mmh.“ Ryan gab einen zustimmenden Laut von sich, allerdings konnte sie nicht deuten, was er von ihren Worten hielt. „Danke für den Bericht“, fügte er hinzu, schien im nächsten Moment bereits in den Zeilen zu versinken.

Nickend machte sie auf dem Absatz kehrt, um den Konferenzraum wieder zu verlassen und zu ihrem Büro zurückzukehren. Gerade als sie die Tür erreichte, hielt seine Stimme sie auf.

„Ich gehe mir nachher einen Kaffee holen, soll ich dir etwas mitbringen?“ Seine tiefe Stimme klang wie eine Melodie, schien über ihre Haut zu streicheln. Das Knistern zwischen ihnen verstärkte sich mit jedem Tag nur noch mehr.

„Und ich dachte schon, ich müsste meiner Chat-Bekanntschaft nachher erzählen, dass mein neuer Boss mich zum Kaffeeholen missbraucht …“, schoss es aus ihr hervor, ehe sie sich zurückhalten konnte.

Hatte sie ihm etwa zugezwinkert? Erschrocken biss sie sich auf die Zunge. *O Gott! Habe ich gerade etwa mit meinem Boss geflirtet?* Zum Glück waren aktuell keine anderen TALI-Angestellten anwesend, denn dann hätte Kat ihnen genau den Eindruck vermittelt, den sie unbedingt vermeiden wollte. Sie hatte ihre hohe Jobposition mit viel harter Arbeit erreicht und nicht, weil sie sich an ihre Vorgesetzten herangeschmissen hatte. Kat war stolz auf das, was sie geschafft hatte, würde sich das nicht nehmen lassen.

Auf ihre Worte hin breitete sich ein Grinsen auf Ryans Zügen aus. Als er sich auf seinem Stuhl zurücklehnte, seinen Blick über sie gleiten ließ, fühlte es sich wie ein warmer Scheinwerfer auf ihrer Haut an. Sein Anzug spannte an den Schultern, durch seine neue Sitzposition – sie würde wetten, dass sich unter dem Stoff muskulöse Arme verbargen.

Hat er nicht gesagt, dass er zum Ausgleich ins Fitnessstudio geht? Ihr Puls beschleunigte sich, Hitze stieg ihr in die Wangen.

Konzentriere dich auf deinen Job!, erinnerte sie sich.

„Kaffee wäre toll, danke“, sagte sie, sobald sie sich wieder im Griff hatte. „Aber du weißt schon, dass wir hier eine teure Schweizer Maschine stehen haben?“ Per Kinnnicken deutete sie in Richtung des Sideboards, wo besagter Kaffeevollautomat stand.

Ryan nickte, erwiderte jedoch: „Aber wir haben hier keine heiße Schokolade mit doppeltem Espresso, einem Schuss Sahne, Agavendicksaft, Milchschaum und der Zuckerstange, die am Tassenrand hängt.“

Als er ihr zuzwinkerte, blieb ihr beinahe das Herz stehen. Nicht, weil sich wieder diese sexy Grübchen auf seinen Wangen gebildet hatten, sondern weil er da gerade ihre Lieblingsbestellung beschrieb! Es war bestimmt schon Tage her, doch irgendwann hatte sie ihm davon erzählt, dass das Café an ihrem Arbeitsplatz den perfekten, schokoladigen Energieschub auf der Karte hatte und dass es während der Weihnachtszeit bei jeder Bestellung eine Zuckerstange dazu gab. Seit sie den sogenannten *Chociatto* für sich entdeckt hatte, trank sie kaum noch Cappuccino.

Ihr Boss zuckte mit den Schultern, als sei nichts dabei. „Ich kann mir zwar nicht vorstellen, dass diese Kalorienbombe gut schmeckt, aber mir hat jemand gesagt, das müsse ich unbedingt probieren.“

Es kam ihr so vor, als würden in ihrem Bauch Hunderte von Schmetterlingen aufflattern. Wie von selbst presste sich eine ihrer Hände auf ihre Mitte, als wolle sie die kleinen Tierchen dazu bringen, Ruhe zu geben. Natürlich schaffte sie es nicht, die Reaktion auf diesen Kerl zu unterdrücken.

„Wer auch immer dir das erzählt hat, war sehr weise. Das solltest du wirklich unbedingt bestellen“, erklärte sie in ernstem Ton, doch ihre Mundwinkel zuckten nach oben.

„Also gut.“ Er nickte, sein Blick schien auf ihren Mund konzentriert zu sein.

Bevor die Schmetterlinge in ihrem Bauch noch beschlossen, eine Party zu feiern, wandte sie sich möglichst schnell wieder von ihm ab und ging zu ihrem Schreibtisch.

„Dann bis später“, rief sie über ihre Schulter zurück, wagte es aber nicht, den sexy Milliardär noch einmal anzusehen. Bestimmt würde sie sich dann noch mehr blamieren, indem sie über ihre eigenen Füße stolperte oder etwas ähnlich Graziöses tat.

Kaum dass sie auf ihrem Drehstuhl Platz genommen hatte, spürte sie die Vibration ihres Smartphones in der Tasche ihres Blazers. Automatisch fischte sie es heraus, deaktivierte die Tastensperre und warf einen Blick auf den Bildschirm.

Ryan: Du hast Locken?

Verwirrt runzelte sie die Stirn, während sie die Nachricht las. Automatisch warf sie einen Blick in Richtung des Konferenzraums. Aufgrund des Winkels konnte sie ihn jedoch trotz offen stehender Tür nicht sehen. Ein Ruck ging durch ihren Körper, hastig zog sie eine der Schreibtischschubladen auf, um den Handspiegel, den sie darin aufbewahrte, herauszuziehen.

Schnell klappte Kat ihn auf und überprüfte darin ihr Spiegelbild. Tatsächlich, mal wieder hatte sich eine besonders widerspenstige Locke aus ihrem professionellen Dutt gelöst. Im Stillen verfluchte sie den Friseur, der unter *Spitzen schneiden* anscheinend etwas gänzlich anderes verstand, als sie das tat. Hätte er ihr Haar nicht derart kurz geschnitten, würden sich die Strähnen nicht ständig verselbstständigen.

Kat: Ja, habe Locken, aber nur dann, wenn ich es nicht verhindern kann, antwortete sie schließlich. Seit ihrem ersten Job kämpfte sie dafür, in einer männerdominierten Branche ernst genommen zu werden. Ein Vorgesetzter hatte sie einmal gefragt, wann sie sich um ihre Haare kümmern würde. Bis heute erinnerte sie sich daran, wie eng ihre Kehle geworden war und sich die Demütigung durch ihren Körper gefressen hatte. Seitdem band sie ihre Locken zurück, präsentierte immerzu eine elegante, professionelle Front.

Ryan: Ich wette, du siehst verflucht sexy aus, wenn du die Haare offen trägst.

Ungläubig blinzelnd starrte sie hinab auf die neu eingegangene Nachricht, konnte nicht so recht glauben, was sie da las. Hitze strömte durch ihren Körper, gleichzeitig breitete sich Verwirrung in ihr aus. Meinte er das ernst oder wollte er sie ärgern? Vielleicht war es auch sarkastisch gemeint, damit sie ihre Frisur möglichst schnell wieder in Ordnung brächte. So wie ihr Mistkerl von Vorgesetzter damals.

Sofort hob sie die Hand, um die Locke, die sich aus ihrem Dutt gelöst hatte, wieder zu bändigen. Als sie fertig war, klappte sie den Handspiegel zu, legte ihn zurück in die Schublade und schob diese mit etwas zu viel Schwung wieder zu.

Schnaubend schüttelte sie den Kopf, es sollte ihr egal sein, was ihr Boss von ihrer Frisur hielt. Doch seit dem Vorfall damals … Es war während eines Praktikums geschehen, sie war erst zweiundzwanzig gewesen und hatte sich durch die Worte des Vorgesetzten mit einem Mal unzulänglich … wie ein hässliches Entlein gefühlt. Die Erinnerung war wie eingebrannt in ihrem Kopf.

Gerade als sie es endlich schaffte, sich wieder auf die Arbeit zu konzentrieren, betrat Ryan ihr Büro. Ihre Blicke trafen sich sofort. Bildete sie sich das nur ein oder wirkte er für einen Sekundenbruchteil enttäuscht, als sein Blick über ihre Frisur strich? Hatte er die Worte etwa ernst gemeint?

Sie musste dem Drang widerstehen, die Hand zu heben und sich über die zurückgebundenen Locken zu streichen. Ihr Dutt war derart fest, dass die Strähnen glatt gezogen wurden.

„Ich hole jetzt den Kaffee“, erklärte er knapp, wobei seine Stimme selbst bei diesen simplen Worten Autorität ausstrahlte.

Die Tanner-Brüder waren sich in mehr Dingen ähnlich, als Kat zu Beginn geglaubt hatte.

Kapitel 16

Ryan hatte sich nie sonderlich um ihre Tochterfirma *Tanner Living* geschert – das war Dans Projekt gewesen –, seine Interessen lagen in anderen Bereichen. Er war derjenige, der vielversprechende Start-up-Unternehmen entdeckte, sich mit den meist kleinen, jungen, engagierten Teams traf, herausfand, wie man sie unterstützen konnte, um ihrem Vorhaben den bestmöglichen Start zu geben, und in sie investierte. Ryan wusste die Energie, die Aufregung, die in Start-up-Unternehmen herrschte, sehr zu schätzen.

Hingegen verband er mit Luxusapartments lediglich versnobte, anstrengende Mieter, nervige Auflagen der Stadt und ähnliche Unannehmlichkeiten. Doch mit Kat im selben Gebäude zu arbeiten brachte so einige Vorteile mit sich.

Er liebte es, zuzusehen, wie sich die konzentrierte Falte auf ihrer Stirn bildete, wie sie sich auf die Zunge biss, deren Spitze zwischen ihren vollen Lippen hervorlugte, oder wie sie ständig versuchte, ihre Locken im Zaum zu halten. Er konnte den Tag nicht erwarten, an dem er seine Hände durch ihre Mähne gleiten lassen könnte. Seine Finger kribbelten geradezu danach, sie in ihrem Haar zu vergraben, diesen beengenden Dutt zu lösen …

Abgesehen davon, dass er ihren Anblick schlichtweg genoss, ihren weihnachtlichen Geruch gerne einatmete und keine Gelegenheit ausließ, sie wie zufällig zu berühren, so bewunderte er sie auch für ihre oftmals kreativen Lösungen. Sie musste sich mit den verrücktesten Problemen herumschlagen, fand aber immer einen Weg zum Ziel.

In den wenigen Tagen, die er im TALI-Gebäude verbrachte, lernte er viel über deren Abläufe und Anwohner, traf sogar den Hund namens *Satan*, von dem sie ihm in einem ihrer vielen Chats erzählt hatte.

Kat war gewitzt, großzügig, wusste aber auch durchzugreifen, wenn nötig; behandelte das Personal mit Respekt, hatte immer ein offenes Ohr … Sie war wirklich und wahrhaftig perfekt für den Job als Gebäudemanagerin. Ihr bei der Arbeit zuzusehen, war verflucht sexy, weil sie wie eine Naturgewalt war, wenn sie in Aktion trat.

Einmal hatte er beobachten können, wie ein Lieferant Kaffeebohnen ins TALI-Café brachte und dabei nichts anderes zu tun hatte, als der Bedienung an den Hintern zu grapschen. Ryan war bereits auf halbem Weg gewesen, um den Kerl zurechtzuweisen, da kam ihm Kat bereits zuvor und machte den Lieferanten nieder. Die Hitze, die dabei in ihren Augen aufgelodert war, hatte Ryan einen erregten Schauer über die Haut gejagt – in diesem Moment war Kat einfach atemberaubend gewesen.

Doch nun war es Zeit, dass er zurück in sein Büro in der Boston-Berserks-Arena kehrte. Er hatte alle Infos, die er brauchte, um ein Auge auf *Tanner Living* zu haben und dem CEO gegebenenfalls auf die Finger zu klopfen. Ihm fiel keine Ausrede mehr ein, warum er noch länger im TALI-Gebäude bleiben sollte. Zum Glück dauerte es nicht mehr lang, bis Kat und er in den Urlaub fahren würden. Schon bald hätte er sie wieder an seiner Seite.

Es war Donnerstagmorgen, als er die Boston-Berserks-Arena betrat. Beim Frühstück hatte er zum ersten Mal wieder eine Textnachricht von Kat bekommen, bei der Erinnerung breitete sich Wärme in seinem Innern aus. So ließen sich die nächsten Tage ohne sie deutlich leichter überstehen.

Nachdem er die Lobby durchquert und einen der Aufzüge betreten hatte, entschloss er während der Fahrt nach oben, nicht direkt ins Büro zu fahren. Stattdessen machte er einen Zwischenstopp. Sein Weg durch die Gänge führte ihn bis zu den Trainingsräumen der NBA-Mannschaft. Durch die Glaswände konnte er einige der Spieler mitten in einem Work-out entdecken. Zur Begrüßung schenkte er ihnen ein Lächeln oder hob die Hand, setzte seinen Weg aber unbeirrt fort.

Bald erreichte er die Arena, an dessen Decke der riesengroße Anzeigewürfel hing. Während eines Spiels wurde dort nicht nur der aktuelle Punktestand angezeigt, sondern konnten die Zuschauer Wiederholungen verschiedener Spielzüge als Video betrachten. Ryan ging die Stufen nach oben, bis er die oberste Sitzreihe erreicht hatte. Dort angekommen schob er die Hände in die Taschen seiner Anzughose, atmete einmal tief ein und ließ den Blick über die Arena schweifen. An diesem Ort hatte man die beste Aussicht über das Stadion.

Hin und wieder kam er hierher, um den Kopf freizubekommen. Schon als Junge war ihm die Halle in ihrer schieren Größe beinahe unendlich vorgekommen. Daran hatte sich nichts geändert, umso kleiner wirkten die eigenen Probleme, wenn er hier stand.

„Habe gehört, Sie wollen einen General Manager einstellen.“

Überrascht sah Ryan sich zu der Stimme um, hatte nicht bemerkt, dass er nicht allein hier oben war. Kurz darauf erkannte er James Gibbson, den aktuellen Captain der Boston Berserks. Er saß in der zweitobersten Reihe, hatte die Arme über die Stuhllehnen der Plätze rechts und links von sich gelegt, den Kopf zur Seite gerichtet, um Ryan fragend anzusehen.

„Das haben Sie richtig gehört", antwortete er, ging wieder ein paar Stufen hinab, um sich wenige Plätze von James entfernt niederzulassen. Der andere Mann war ungefähr im selben Alter wie er, ging langsam auf die vierzig zu, womit er in der Geschäftswelt vielleicht noch zum *jungen*, auf dem Basketballfeld aber eher zum *alten* Eisen gehörte.

Der Spieler hatte ein wahnsinniges Comeback hingelegt, nachdem er seinen Blutkrebs besiegt, das Training wiederaufgenommen hatte und seine Mitspieler schließlich wieder auf dem Platz anführte. In diesem Moment wurde Ryan bewusst, dass der *Tanner Corporation* große Veränderungen bevorstanden – oder zumindest dem Herzen ihrer Firma, der Basketballmannschaft, die für seinen Bruder und ihn schon immer *Familie* bedeutete.

Sie würden nicht nur einen General Manager anstellen, ein paar der älteren Spieler hatten bereits angekündigt, dass dies die letzte Saison war, in der sie noch auf dem Platz stehen würden. James Gibbson war einer von ihnen, und er würde ein Loch im Team hinterlassen, das nur schwer zu füllen sein würde.

Von der Seite warf Ryan ihm ein leicht wehmütiges Lächeln zu.

„Es werden sich wohl einige Dinge ändern", murmelte er, zuckte mit den Schultern. Sein Privatleben war davon nicht ausgenommen. Sofort flackerte in seinem Kopf ein Bild von Kat auf, was ihm vor Augen führte, dass Veränderung nicht immer etwas Schlechtes war.

„Veränderungen können gut sein“, erwiderte der Teamcaptain, als könne er Gedanken lesen.

Ein schiefes Lächeln zog an Ryans Mundwinkeln. „Da haben Sie wohl recht“, erwiderte er. „Schon Pläne für die Zeit nach Ihrer aktiven Spielzeit?“ Nachdenklich betrachtete er den anderen Mann, der den Blick fest auf das Spielfeld gerichtet hatte. Von dort oben wirkte es geradezu winzig.

„*Sports Today* hat mir ein Angebot gemacht, sie hätten mich gern als Kommentator.“ Ein nachdenklicher Ausdruck huschte über James’ Züge. „Aber ich weiß noch nicht, ob ich es annehmen werde. Nur eines ist sicher: Mit meinem Engel wird es mir nicht langweilig.“ Damit meinte er seine Ehefrau Diana. Sie war Krankenschwester und vor allem ein bisschen durchgeknallt. Die beiden hatten sich während James’ Krebsbehandlung kennengelernt.

Weil Ryan besagten Engel mit den immer wechselnden Haarfarben gut leiden konnte, grinste er und sagte: „Nein, mit Diana wird es bestimmt nicht langweilig.“

Gemeinsam lachten die Männer auf.

„Ich kann Sie mir gut als Kommentator vorstellen“, sinnierte Ryan laut, denn James, der auch *der Feine* genannt wurde, war sehr sprachgewandt. Außerdem verlor er nicht schnell die Fassung, ihm würde es nicht passieren, während einer Live-Sendung unüberlegt zu schimpfen. Der hiesige Fernsehsender hatte sich offensichtlich etwas dabei gedacht, auf den NBA-Spieler zuzugehen.

„Und Nigel?“, hakte Ryan nach.

Nigel Bauer war der zweite Spieler, der seine Karriere am Ende der Saison beenden würde. Zudem war er der beste Freund des Teamcaptains – wenn einer wüsste, was der blonde Hüne nach seinem Karriereende tun würde, dann James.

„Amber ist schwanger“, sagte dieser mit einem kleinen Lächeln. „Vermutlich wird Nigel ihr nicht von der Seite weichen, um auf sie aufzupassen, sie ist so ein Tollpatsch …“ Ein amüsiertes Glucksen kam über die Kehle des anderen. „Wenn er sie dann in den Wahnsinn getrieben hat, wird sie ihn vermutlich dazu verdonnern, das Kinderzimmer zu streichen, die Krippe aufzubauen …“

Nigel war in Pflegefamilien aufgewachsen, jeder im Team wusste, dass er einen kleinen Knacks davongetragen hatte. Er war der einzige Spieler, den die Tanners nicht dazu verpflichteten, bei Pressekonferenzen Interviews zu geben. Der Kerl hatte genug durchgemacht, und wenn einer das perfekte Familienglück verdient hatte, dann er.

„Freut mich für ihn“, erwiderte Ryan.

„Außerdem will er eine Stiftung gründen – Sportprogramme für benachteiligte Kinder.“ James war anzuhören, wie stolz er auf seinen Kumpel war. Die beiden kannten sich bereits seit dem College und waren auch schon genauso lang befreundet.

Interessiert zog Ryan die Brauen hoch. „Sagen Sie ihm, er soll mit seiner Idee ruhig auf Dan oder mich zukommen, für solche Projekte sind wir immer zu haben.“

„Mache ich.“ James nickte, schenkte ihm ein dankendes Lächeln.

„Und warum verstecken Sie sich hier oben?“ Normalerweise war *der Feine* immer höflich zurückhaltend, vielleicht färbte seine leidenschaftlich gerne fluchende Ehefrau auf ihn ab. So oder so war Ryan nicht auf die Direktheit der Frage gefasst gewesen.

Er blinzelte ein paarmal, bis er seine Überraschung überwunden hatte und Worte fand, um zu antworten. „Auch mir stehen ein paar große, private Änderungen bevor."

„Ist ein guter Ort, um nachzudenken." James nickte verstehend. „Sehen Sie sich heute Abend das Spiel an?", fügte er hinzu.

„Klingt nach einem guten Plan." Ryan grinste. Wieso sollte er so lange warten, bis er Kat wiedersah, wenn er sie damit bestechen konnte, ein NBA-Spiel live anzusehen? Und zwar von der Besitzer-Box aus!

„Ich sag ja: guter Ort, um nachzudenken." James zwinkerte ihm zu, bevor er sich erhob. „Ich werde die Berserks vermissen", sagte er, wobei er seinen Blick ein letztes Mal über die Tribünen sowie das Basketballfeld wandern ließ. Danach ging er den Gang zwischen den Sitzreihen entlang, um ihn auf dem anderen Ende zu verlassen. Schon bald nahm er leichtfüßig die Treppen nach unten.

Stumm blickte Ryan ihm hinterher, die Worte des Captains schienen schwer in der Luft zu hängen. Auch die Berserks würden James vermissen, und Ryan war nicht sicher, ob sie bereit waren, ihn gehen zu lassen. Er war nicht nur aufgrund seines sportlichen Talents, sondern wegen … seiner *Menschlichkeit*, der Art, wie er immer für seine Mitspieler da war, verdammt wertvoll für ihre Mannschaft.

Eine Idee schoss ihm durch den Kopf, die er unbedingt mit Dan besprechen musste.

Zuallererst schnappte er sich jedoch sein Smartphone, fotografierte den Ausblick und schickte das Bild an Kat.

Ryan: [Foto] Lust, mit mir heute Abend aufs Spiel zu gehen?

Zu seinem Glück antwortete sie sofort.

Kat: Du weißt schon, dass unsere Fake-Beziehung laut Vertrag erst am Montag startet?

Anstatt sich von ihrer Aussage verunsichern zu lassen, schmunzelte er lediglich.

Ryan: Wir sollten üben. Wenn wir am Montag zum ersten Mal als Paar auftreten, wird es sich komisch anfühlen und deine Familie wird es uns niemals abnehmen.

Kat: Üben?

Ein Grinsen breitete sich auf seinem Gesicht aus. Vielleicht sollte er sich dafür schämen, sie zu manipulieren, doch hatte er sich nicht geschworen, nie wieder eine Chance verstreichen zu lassen? Er *wollte* ihr nah sein, Zeit mit ihr verbringen, würde sich nicht zurückhalten.

Ryan: Üben, als Paar aufzutreten. Wir werden von der Besitzer-Box aus zugucken, dort haben wir unsere Ruhe – du brauchst dir also keine Gedanken darüber zu machen, was andere über uns denken könnten.

Angespannt starrte er auf die drei Pünktchen, die über das Display seines Handys tanzten, konnte ihre Antwort kaum erwarten.

Kat: Besitzer-Box, hm? Die soll sogar einen noch besseren Blick haben als die VIP-Lounge … Du fährst die großen Geschütze auf, was?

Reuelos grinsend schrieb er: **Jap. Funktioniert es?**

Kat: Du hast auf jeden Fall recht, was das Üben angeht. Wenn wir bei der ersten Berührung zusammenzucken, wird meine Mutter uns nie abkaufen, dass wir eine Beziehung miteinander führen.

Ryan: Dann ist das also ein Ja?

Er hielt den Atem an. Inständig hoffte er, dass sie zustimmen und ihn heute Abend treffen würde.

Kat: Das ist ein Ja.

Ryan: Dann bis heute Abend, ich schicke dir später alle Details.

Mit einem triumphierenden Lächeln schob er sein Smartphone zurück in die Tasche seines Jacketts.

•OOO•

„Die Sicht ist der Wahnsinn“, murmelte Kat, kaum dass sie vor der großen Fensterfront in Richtung des Spielfeldes zum Stehen kam. Ihre Augen schienen zu leuchten, was sie in Ryans Augen nur noch schöner machte.

Am Nachmittag hatte er der Security alle Infos geschickt, damit sie Kat auf dem Angestelltenparkplatz in der Nähe des Eingangs zur Besitzer-Box parken ließen. Nur zu gern hätte Ryan sie vom TALI-Gebäude abgeholt, doch zum einen hatte er noch ein spätes Meeting gehabt, zum anderen wusste er, wie wichtig ihr Unabhängigkeit war. Das hier war sozusagen ihr erstes Date, bestimmt hätte sie sein Angebot, sie zu fahren, ohnehin abgelehnt.

„Was möchtest du trinken?“, fragte er, wobei er mit dem Kinn in Richtung Bar deutete, wo man Getränke jeder Art und Essen nach Karte bestellen konnte. Weil die Tanner-Brüder hin und wieder die Bosse anderer Firmen, mit denen sie Geschäfte machten, in der Besitzer-Box unterhielten, waren vor der Bar mehrere Tische angesiedelt, ein paar Stufen tiefer befanden sich bequeme Ledersessel und -sofas. Durch die große Fensterfront hatte man einen unvergleichlichen Blick auf das Basketballfeld.

An diesem Abend waren Kat und Ryan allein in der Besitzer-Box, sodass sie ungestört sein würden.

„Irgendeinen Cocktail, bitte", antwortete sie, schien noch nicht in der Lage zu sein, ihre Augen von der Aussicht loszureißen.

Schmunzelnd trat Ryan einen Schritt näher zu ihr und beugte den Kopf, sodass seine Lippen beinahe ihr Ohr streiften.

„*Sex on the Beach*?", brummte er in übertrieben zweideutigem Ton.

Lachend warf sie den Kopf zurück, während sie ihm wie aus einem Impuls heraus den Ellbogen in die Brust rammte. Ihre Reaktion ließ keinen Zweifel daran, dass sie mit Brüdern aufgewachsen war.

„Mistkerl!", rief sie, allerdings lag keinerlei Schärfe in ihrer Stimme, lediglich Belustigung.

Wann hatte er sich zuletzt so frei gefühlt? Derart unbekümmert geflirtet? Er hatte keine Ahnung, aber der Moment hier mit Kat fühlte sich verdammt gut an.

„Aber *Sex on the Beach* klingt gut." Grinsend drehte sie den Kopf in seine Richtung, sodass sich ihre Blicke trafen. Ganz genau konnte Ryan erkennen, wie der Schalk in ihren Tiefen aufblitzte.

„Kommt sofort", sagte er, wobei er ihr zuzwinkerte. Bevor er ging, legte er seine linke Hand testweise auf ihren unteren Rücken, ließ die Finger nach oben gleiten. Er genoss die Art und Weise, wie ihr Körper unter seiner Berührung erzitterte. Hitze schoss durch sein Innerstes, als er sich mit einem letzten Blick auf Kat in Richtung Bar aufmachte.

Es dauerte nicht lange, bis er die Bestellung aufgegeben hatte – einen *Sex on the Beach*-Cocktail für Kat, einen Whisky für sich selbst – und mit ihren beiden Gläsern zu ihr zurückkehrte. Mittlerweile hatte sie sich auf einem der Zweisitzer niedergelassen, die Beine überschlagen, sodass ihr Bleistiftrock hochgerutscht war. Wie er trug auch sie noch ihre Bürokleidung, diesmal keinen Hosenanzug, sondern den eleganten Rock, dazu eine schicke, einfarbige Bluse und ihre Powerfrau-High-Heels.

Beim Anblick ihrer nun freigelegten, wohlgeformten Beine wurde sein Mund trocken. Die Anziehungskraft zwischen ihnen war wie ein lebendiges Ding, schien mit jedem Tag anzuwachsen.

„Hier", sagte er rau, sobald er Kat erreichte und ihr das Cocktailglas entgegenstreckte.

Offenbar hatte sie ihn nicht kommen hören, denn sie zuckte zusammen. Wenig später schenkte sie ihm ein breites Lächeln. „Danke."

Vor dem Zweisitzer stand ein kleiner Sofatisch, auf dem Ryan seinen Whisky abstellte, bevor er sich neben Kat niederließ. Ihr Oberschenkel drückte gegen den seinen, was die Hitze in seinem Innern nur noch verstärkte.

Und waren sie nicht unter dem Vorwand hierhergekommen, ihre Fake-Beziehung zu *üben*?

Folglich hielt er sich nicht zurück, gab der Versuchung nach und legte seine linke Hand auf ihren rechten, vom Rock bedeckten Oberschenkel. Zwar trug sie Nylonstrumpfhosen, doch er konnte erkennen, dass sie auf seine Berührung hin Gänsehaut bekam.

Mit der anderen Hand ergriff er das Whiskyglas vom Tisch, nahm einen Schluck und lehnte sich auf dem Sofa zurück. Er fing an, beruhigende Kreise auf ihr Bein zu malen, spürte, wie angespannt sie neben ihm saß.

„Genau deswegen war das hier eine gute Idee", brummte er in ihre Richtung.

Weil er ihren Blick auf sich spürte, wandte er ihr das Gesicht zu. Ihre Augen waren geweitet, die Lippen leicht geöffnet, als sie zu ihm aufsah. Der plötzliche Drang, sie zu küssen, überkam ihn beinahe übermächtig stark. Doch damit ginge er einen Schritt zu weit, ob sie nun zum *Üben* hier waren oder nicht.

„W-was war eine gute Idee?", stammelte Kat.

Sein Herzschlag beschleunigte sich, die Hitze in seinem Innern breitete sich noch weiter aus, fühlte sich schwer an, seine Haut kribbelte. Mit eiserner Selbstkontrolle unterdrückte er die Reaktion seines Körpers, der dünne Stoff seiner Anzughose wäre nicht dazu in der Lage, diese zu verbergen.

Entschlossen konzentrierte er sich auf die Bewegung seiner Finger, als er sie über Kats Oberschenkel wandern ließ, von ihrem Knie ausgehend nach oben und wieder zurück.

„Das hier", erwiderte er. Vielsagend drückte er ihr Knie, bevor er das Streicheln fortsetzte.

Sichtlich angespannt stieß sie den Atem aus, ein in seinen Augen süßes, nervöses Kichern verließ ihre Lippen. „Ach so, üben", antwortete sie, ihre Stimme kaum mehr als ein Hauchen. Sie räusperte sich, schien sich am Riemen zu reißen, denn im nächsten Moment rollte sie mit den Augen und schüttelte den Kopf über ihn. „Du bist unmöglich, weißt du das?"

So dicht, wie sie nebeneinander auf dem Sofa saßen, die Gesichter einander zugewandt, entging ihm keine Regung auf ihren Zügen. Er zwinkerte ihr zu und sagte:

„Deswegen magst du mich doch so." Damit hob er das Whiskyglas, um mit ihr anzustoßen.

Noch immer kopfschüttelnd ließ sie ihr Cocktailglas leicht gegen seinen Whisky klirren.

„Ich bin froh, dass du hergekommen bist“, sagte er.

Einen Wimpernschlag lang herrschte Stille zwischen ihnen, bevor sie erwiderte: „Ich auch.“

Es kam ihm vor, als sei er in ihrem Blick gefangen, versunken in den Tiefen ihrer dunkelblauen Augen. Erst als die Menge in der Arena in ohrenbetäubendem Lärm aufjubelte, wurde Ryan ins Hier und Jetzt zurückgerissen. Blinzelnd sah er sofort zur Fensterfront, um das Geschehen auf dem Spielfeld zu betrachten.

„Haben sie einen Korb gemacht?“, wollte Kat wissen, die genauso aufgeregt klang, wie er sich fühlte.

Sein Blick schoss hoch zum Anzeigewürfel, um die Wiederholung des Spielzugs anschauen zu können. „Sieht ganz so aus“, sagte er, während er die Videosequenz seines Teams betrachtete. James führte den Spielzug an, koordinierte seine Kameraden so, wie er es mit dem Headcoach Hopkins besprochen haben musste. Dieser brüllte vom Spielfeldrand Anweisungen, nickte dem Captain zu und warf die Faust in die Luft, kaum dass der Spielzug aufgegangen war und in einem Korb geendet hatte. James hatte ein natürliches Verständnis für Spielstrategien, das hatte der Headcoach schon einige Male in Gesprächen fallen lassen.

Die Idee in Ryan wuchs immer weiter heran. Je länger er dem Treiben auf dem Basketballfeld zusah, desto stärker wurde das Bedürfnis, sie laut auszusprechen.

Immer wieder nahm er einen Schluck seines Whiskys, bemerkte, wie viel gelöster er sich fühlte und zurück in die weichen Kissen des Sofas sank. Kat schien es ähnlich zu gehen, denn ihre Beinmuskulatur unter seiner Berührung hatte sich längst entspannt, tatsächlich lehnte sie mittlerweile mit ihrer Schulter gegen seine.

Er konnte nicht widerstehen, drehte den Hals in ihre Richtung und atmete den weihnachtlichen Duft ihres Parfums ein. Durch die Tage, die sie nebeneinander im TALI-Gebäude gearbeitet hatten, wusste er, dass es wirklich der Duft ihres Parfums oder Shampoos war. Außer natürlich, sie naschte andauernd Plätzchen, schließlich roch sie jeden Tag zum Anbeißen gut. Genießerisch sog er den Duft in seine Lungen, bevor er dicht an ihrem Ohr raunte:

„Siehst du die Nummer neun?“

Ihr Atem stockte hörbar, bevor sie ihm zunickte.

„Das ist James Gibbson, der Teamcaptain.“

„Er macht ein grandioses Spiel“, sagte sie anerkennend.

„Kann dir nur zustimmen. Aber leider ist das hier seine letzte Saison bei den Boston Berserks.“

„Wechselt er in eine andere Mannschaft? Könnt ihr ihm nicht bessere Vertragsbedingungen oder so etwas geben?“, hakte sie nach. Ihr scharfer Verstand fing sofort an, nach Lösungen für sein Problem zu suchen. So war sie eben, deswegen hatte sie es bis zur Gebäudemanagerin im TALI-Gebäude geschafft.

Er gluckste leise, presste dankend einen flüchtigen Kuss gegen ihren Hals, bevor er den Kopf schüttelte und erklärte: „James wechselt nicht das Team, nach dieser Saison ist seine aktive Spielzeit vorbei. Er ist Ende dreißig, viel länger wird er mit den jüngeren Spielern schlichtweg nicht mehr mithalten können.“

„O Gott, jetzt fühle ich mich alt!“ Kichernd legte sie den Kopf in den Nacken, was seinen Blick sofort auf ihren schlanken Hals zog und das Bedürfnis in ihm hervorrief, erneut einen Kuss dorthin zu setzen. Diesmal wollte er sich Zeit dabei lassen, an ihrer Haut knabbern, daran saugen, mit den Lippen darüberstreichen und sie mit der Zunge kosten …

Seine Hand um das Whiskyglas verkrampfte sich, schnell hob er es an, um sich mit einem Schluck der bernsteinfarbenen Flüssigkeit abzulenken.

„James hat unglaublich viel für unsere Mannschaft getan, hat es geschafft, die Jungs auch in schwierigen Zeiten zusammenzuhalten.“ Ryan stieß ein Seufzen aus. „Heute Morgen habe ich mich mit ihm unterhalten, und er wirkte genauso widerwillig, zu gehen, wie wir das sind, ihn gehen zu lassen.“

„Muss schwierig sein, wenn man jahrelang für den Sport gelebt hat, plötzlich eine andere Leidenschaft finden zu müssen.“ Ihr einfühlsamer Ton zeigte ihm, dass sie neben ihrer Schlagfertigkeit einen weichen, süßen Kern besaß.

Wie von selbst strich er ein letztes Mal über ihr rechtes Bein, danach schlang er den Arm um ihre Schultern, presste sie noch etwas enger gegen seine Schulter. Voller Zufriedenheit atmete er aus.

„Ich muss es noch mit meinem Bruder und unserem Headcoach besprechen, aber ich überlege, James eine *Assistant Coach*-Stelle anzubieten.“ Nachdenklich betrachtete er den Teamcaptain unten auf dem Basketballfeld. „Ich würde wetten, dass er einen guten Job machen würde. Die anderen Spieler akzeptieren ihn, er hat sich schon oft den jüngeren angenommen – Coachen liegt ihm sozusagen. Und wer weiß, vielleicht kann er irgendwann sogar zum Headcoach aufsteigen?“

„Glaubst du, das würde ihm Spaß machen?“ Es schien eine gedankenverlorene Geste zu sein, doch diesmal war Kat es, die ihre Hand auf seinem Bein ablegte. Vielleicht war es nur, weil er sie dichter an seine Seite gezogen hatte, vielleicht aber auch, weil sie dasselbe Bedürfnis verspürte, einander nah zu sein. *Ein Mann darf hoffen*, dachte er schmunzelnd.

„Das kann uns wohl nur James beantworten, aber ich denke, jeder Teamcaptain bringt zumindest zu einem gewissen Teil das Potenzial zum Coach mit."

Ein kleines Rascheln entstand, als sie das Gewicht verlagerte. Automatisch wandte er den Blick wieder vom Spielfeld ab und in ihre Richtung. Sein Herz machte einen Satz, kaum erkannte er, dass sie zu ihm auf lächelte.

„Es klingt zumindest nach einer wunderbaren Idee, und wenn er die Mannschaft wirklich so ungern verlässt, wie du glaubst, wäre es für beide Seiten die perfekte Lösung."

Verspielt zwinkerte Ryan ihr zu. „In den letzten paar Tagen konnte ich der Meisterin kreativer Ideen bei der Arbeit zusehen."

„Da hast du dir wohl etwas abgeguckt", erwiderte sie in selbstzufriedenem Ton, ein humorvolles Glitzern in ihren Augen. „Muss eine tolle Frau sein", fügte sie hinzu.

Zwar klang sie sarkastisch, doch Ryan erwiderte ihren Blick voller Ernsthaftigkeit, als er sagte: „Eine wirklich tolle Frau." Zuzusehen, wie sich ihre vollen Wangen rosa färbten, war die reine Wonne. Er musste dem Impuls widerstehen, sich vorzulehnen und ihr einen Kuss aufzudrücken – was ihm verdammt schwerfiel.

Diesmal fluchten die Zuschauer lauthals, wodurch sie Ryans und Kats Moment der Zweisamkeit unterbrachen. Augenblicklich wandten die beiden sich zurück zum Spielfeld, stimmten in das allgemeine Schimpfen mit ein, als sie auf dem Anzeigewürfel sahen, wie Samuel Rivet sein eigenes Ding durchzog, anstatt den Ball abzugeben.

„Er steht doch frei!“, rief Kat in ungläubigem Ton. Damit meinte sie wohl Nigel Bauer, der es tatsächlich geschafft hatte, den gegnerischen Spieler, der ihn gedeckt hatte, abzuhängen, sich frei zu laufen und sich für einen Pass anzubieten. Hätte Sam den Ball abgegeben, hätte Nigel mit Leichtigkeit einen Korb erzielen können. Sein Spitzname war *Stats*, weil er so ziemlich jede Statistik in der Liga, die für seine Spielposition als Center von Bedeutung war, anführte. Ein Dreipunktewurf war für ihn nicht einmal annähernd ein Problem.

Statt abzugeben, hatte sich Sam dafür entschieden, auf eigene Faust einen Angriff zu starten. Dies führte dazu, dass die gegnerische Mannschaft ihm den Ball abluchste, in einem schnellen Passspiel auf die andere Seite des Felds raste … James, Nigel, Mikhail und Raemon versuchten zu intervenieren, aber ohne Erfolg. Ihr Gegner hatte gepunktet.

„Holla die Waldfee“, murmelte Kat, als Coach Hopkins am Spielfeldrand wie ein Wilder herumzubrüllen begann. Es war kein Geheimnis, dass er Choleriker war und sein Anzug am Ende des Spiels durchgeschwitzt war, als hätte er mitgespielt und nicht nur Anweisungen gegeben. Er gestikulierte herum, von hier oben konnten sie zwar nicht verstehen, was er sagte, doch seine Handbewegung war deutlich, als er Sam bedeutete, seinen Allerwertesten auf die Bank zu setzen.

„Er nimmt ihn für einen einzigen Fehler vom Platz? Ist seine Reaktion nicht etwas hart?“, fragte Kat sichtlich verwundert.

Enttäuschung breitete sich in Ryan aus, als er dabei zusah, wie der neueste Zuwachs ihres Teams mit finsterer Miene vom

Platz lief und am Spielfeldrand auf einem der Stühle Platz nahm. Sofort kramte er Kopfhörer aus der Sporttasche, die unter seinem Stuhl gelegen hatte, setzte sie sich auf und legte sich ein Handtuch um den verschwitzten Hals. Stur stierte er geradeaus, machte deutlich, dass er nichts mit dem Rest der Mannschaft zu tun haben wollte.

Die Videosequenz auf dem Anzeigewürfel endete, nach dem Spielerauswechsel ging es weiter. Kat runzelte die Stirn. Bevor Ryan ihr auf die vorherige Frage antworten konnte, fügte sie hinzu:

„Lass mich raten, das ist nicht das erste Mal, dass er einen Alleingang hinlegt?“ Ihre Brauen waren kritisch in die Höhe gezogen.

„Richtig geraten“, grummelte Ryan, der den Rest seines Whiskys in einem Zug leerte und das Glas zurück auf den Sofatisch stellte.

Seine Miene verdunkelte sich, während er Samuel Rivet ins Auge fasste. Sein Bruder und er hatten die Angewohnheit, ihre Mannschaft nicht nur auf Basis von Talent zusammenzustellen, sondern sie sammelten sozusagen schwarze Schafe. Bisher waren sie damit gut gefahren, jeder bunte Vogel fand in der Boston-Berserks-Familie einen Platz, doch Sam schien ein hartnäckiger Fall zu sein.

„Vielleicht lernt er noch“, murmelte Kat in aufmunterndem Ton.

„Das können wir nur hoffen.“ Weil Ryan sich nicht die Laune verderben lassen wollte, wandte er den Blick schließlich von ihrem neuesten Spielerzuwachs ab und fragte: „Du lebst ja nun eine ganze Weile in Boston, hast du schon häufiger ein Basketballspiel angesehen?“ Zumindest hatte er ihr die Regeln nicht erklären müssen, außerdem wirkte sie interessiert an dem Geschieden.

„Live noch nie“, erwiderte sie. „Aber meine Familie besteht aus Sportfans, im Fernsehen habe ich häufiger ein NBA-Spiel gesehen.“

Interessiert warf er ihr einen Blick zu. „Irgendeine Präferenz?“ Eigentlich hatte er damit gemeint, ob sie eine Lieblingsmannschaft hatte, mit ihrer Antwort überraschte sie ihn.

„Na ja, wenn ein Basketballspiel gerade läuft, guckt sich das meine Familie natürlich an, aber wir sind Eishockeyfans.“

„Eishockey?“, wiederholte Ryan, ein Schmunzeln kräuselte seine Lippen. „Macht Sinn mit eurem Winter-Resort.“

Zustimmend nickte Kat. „Ja, zu Hause ist ganz in der Nähe ein See, wenn der zugefroren ist, kann man auf ihm wunderbar Schlittschuhfahren, eine Eislaufbahn gibt es auch.“ Während sie erzählte, begann sie geradezu zu strahlen, vielleicht schwelgte sie in Kindheitserinnerungen, denn sie fügte hinzu: „Meine Brüder haben früher selbst Eishockey gespielt, allerdings nicht profimäßig.“

Belustigung breitete sich in ihm aus angesichts dessen, dass er sich mit Alexander und dessen Sohn Lucas immer darüber gestritten hatte, ob Football oder Basketball die bessere Sportart sei. Nun würde er vermutlich schon bald mit Kats Familie über Eishockey und Basketball diskutieren.

Blinzelnd stellte er fest, dass ihm der Gedanke an Lucas … an Susanna gar keinen Stich versetzt hatte.

Nachdenklich zog er den Arm, den er um Kats Schultern gelegt hatte, etwas fester. Während des restlichen Basketballspiel feuerten sie die Berserks an, fluchten oder jubelten, gleichzeitig unterhielten sie sich, und als er das nächste Mal eine Hand auf ihr Knie legte, zuckte sie nicht einmal mehr zusammen.

Später am Abend, nachdem sie längst wieder zu Hause angekommen waren, drehte sich Ryan auf seinem Bett zur Seite, um das Smartphone vom Nachttisch zu holen.

Ryan: War schön mit dir heute Abend.

Kat: Finde ich auch.

Lächelnd starrte er noch einen Moment auf das Display, bevor er das Handy wieder weglegte und schließlich die Augen schloss.

Kapitel 17

„Sie sind sicher bald da“, sagte Ryan, als sein Bruder schon zum fünften Mal an das große Wohnzimmerfenster seiner Villa herantrat, um einen Blick nach draußen auf die lange Auffahrt zu werfen. Die nervöse Energie, die von Dan ausging, war in der Luft spürbar. Ryan konnte es ja verstehen, ihm war es bei seinem ersten Treffen mit J.J. nicht anders gegangen.

Es war Sonntag, heute würden sie mit ihrer Nichte, Abby und Mrs. Shoemaker brunchen. Die ältere Dame war vermutlich genauso aufgeregt wie Dan, allerdings tigerte sie nicht auf und ab, sondern hatte sich auf der Couch niedergelassen und die mitgebrachten Fotoalben auf dem Sofatisch ausgebreitet. Offenbar in ihren Erinnerungen verloren, blätterte sie durch die Seiten. Vielleicht suchte sie auch ein paar bestimmte Bilder, um sie später J.J. zu zeigen.

Jenn befand sich in der Küche, war mit den letzten Vorbereitungen für den Brunch beschäftigt. Ryan hatte zwar seine Hilfe angeboten, doch sie hatte ihn hinausgescheucht, ihm einen vielsagenden Blick zugeworfen und per Kinnnicken in Dans Richtung gezeigt. *Kümmere dich um ihn!* Sie hatte die Worte nicht auszusprechen brauchen, Ryan hatte sie auch so verstanden.

Allerdings fruchteten seine Versuche, Dan zu beruhigen, kein bisschen.

„Sie sind da!“ Die tiefe Stimme seines Bruders schnitt durch die Stille.

Ein dumpfer Knall ertönte, sodass sich Ryan automatisch umsah, nur um zu begreifen, dass Mrs. Shoemaker vor lauter

Schreck eines der Fotoalben fallen gelassen hatte. Durch den Raum hinweg schenkte sie ihm ein zittriges Lächeln.

Automatisch ging er auf sie zu, um sie in eine Bärenumarmung zu hüllen. „Du wirst sie mögen“, sagte er in sanftem Ton, nachdem er sie wieder losgelassen hatte. Loreen nickte, tätschelte mit zitternden Fingern seinen Unterarm.

„Geh zu deinem Bruder“, drängte sie, wobei sie etwas hinter ihm zu fixieren schien.

Nachdem er ihr zugenickt hatte, drehte er sich wieder zu Dan um. Er hatte erwartet, sein Bruder würde zur Haustür eilen, stattdessen stand er noch immer vor dem Fenster. Vielleicht konnte er sich nicht bewegen, in den Klauen der Vergangenheit gefangen und wie am Boden festgefroren.

Vorsichtig gesellte sich Ryan zu ihm, sodass sie gemeinsam aus dem Wohnzimmerfenster nach draußen blickten. Dans Fahrer John, der Abby und J.J. vom Bahnhof abgeholt und hierhergefahren hatte, war gerade dabei, den beiden Frauen die Autotür zu öffnen. Im nächsten Moment schwang J.J. bereits die Beine nach draußen, wenig später wurde ihre ganze Gestalt sichtbar.

Ein zischendes Geräusch erklang, als Dan scharf den Atem einsog. Ryan konnte die Reaktion gut nachempfinden – auch sein Herz geriet ins Stolpern, sobald er J.J.s Züge erkannte und unweigerlich an Jake erinnert wurde. Brüderlich klopfte er Dan auf die Schulter.

„Genau wie er“, sprach er seine Gedanken vom ersten Treffen mit seiner Nichte laut aus.

Stumm nickte sein älterer Bruder. Vielleicht hatte es ihm die Sprache verschlagen, oder seine Kehle fühlte sich genauso eng an, wie es Ryans vor einer Woche getan hatte. Beim zweiten

Mal war J.J.s Anblick überwältigend, beim ersten Mal war es noch viel schlimmer gewesen.

Angesichts dessen, dass Jake vor seinem Selbstmord eine Nachricht auf Dans Anrufbeantworter hinterlassen hatte, dieser zu ihm gerast war, kaum dass er sie abgehört hatte, noch auf Jake eingeredet hatte, es nicht zu tun, nur um dann zusehen zu müssen, wie ihr großer, starker Bruder dieser widerlichen Krankheit namens Depression erlag und den Abzug drückte … Ryan konnte sich nicht einmal annähernd vorstellen, wie es Dan gerade ging.

Um ihm zu zeigen, dass er für ihn da war, ließ er seine Hand auf Dans Schulter liegen und übte leichten Druck aus.

„Es wird besser", versprach er leise. „Mit jedem Treffen ein bisschen. Und vielleicht können wir sie irgendwann ansehen und uns an die guten Tage mit Jake erinnern."

Die Stimme seines älteren Bruders war so rau, dass er sie kaum wiedererkannte. „Ich hoffe es. Ich hoffe es wirklich sehr."

Schwer schluckend wusste er nicht, was er darauf erwidern sollte, also drückte er Dans Schulter ein zweites Mal. Vielleicht brauchte es auch gar keine Worte mehr, denn er war sicher, dass er nicht der Einzige war, der die Verbundenheit zwischen ihnen beiden spürte. Sie waren füreinander da. Immer.

„Ich wünschte, Jake wäre hier", murmelte Dan. „Ich wünschte, er könnte sie sehen."

Ryans Kehle fühlte sich an, als habe er eine verdammte Chilischote geschluckt, brannte und schmerzte, sodass er nichts mehr hervorbrachte.

Durch das Fenster konnten sie beobachten, wie Abby und J.J. auf dem Schotterplatz vor der Villa haltmachten, um an der

Front des Hauses hinaufzusehen. Die ersten Schneeflocken in diesem Winter rieselten vom Himmel und landeten sanft auf ihren Gesichtern. Dank der Vorhänge blieben Ryan und Dan ihnen verborgen, die beiden Frauen schienen einmal tief durchzuatmen. Kurz darauf hakte sich J.J. bei ihrer Mutter unter, gemeinsam gingen sie hinter John her, der sie bis zur Haustür führte.

„Komm, lass sie uns begrüßen“, sagte Ryan, sobald er seine Stimme wiederfand. Noch ein letztes Mal klopfte er seinem Bruder auf den Rücken, danach machte er sich auf den Weg in Richtung Haustür.

Ehe er diese erreichen konnte, hörte er das typisch klickende Geräusch, wie ein Schlüssel umgedreht wurde. Vermutlich hatte Dans Fahrer Zugang zum Haus und ließ die Gäste herein.

Tatsächlich traten schon im nächsten Moment drei Gestalten aus dem Gang ins Wohnzimmer. Abrupt hielt Ryan inne, als sein Blick auf J.J. und Abby fiel.

Hinter ihnen stand John, der ihm zunickte, sich an die imaginäre Hutkrempe fasste und sich damit wieder verabschiedete. Ryan brachte es zustande, dem anderen Mann dankend zuzulächeln, doch keine Sekunde später lag seine volle Aufmerksamkeit wieder auf den beiden Frauen.

Seit damals hatte sich Abby kaum verändert. Natürlich hatte sie mit fast fünfzig ein paar Falten in den Augen- und Mundwinkeln, ihr Haar war nicht länger braun, sondern grau, aber sie trug es noch immer lang, zu einem seitlichen Zopf geflochten und auf ihren Zügen lag derselbe weiche Ausdruck wie früher.

Ihr alleiniger Anblick versetzte ihn einen Wimpernschlag lang in die Zeit zurück. Vor seinem inneren Auge sah er Jake und Abby Hand in Hand, wie sie das Haus ihres Vaters betraten. Jake hatte seine erste Freundin mit nach Hause gebracht, sie seiner Familie vorgestellt …

Ryan blinzelte, fand zurück ins Hier und Jetzt. Auch wenn Dan und Ryan damals noch Kinder gewesen waren, hatte ihnen nicht entgehen können, wie aufgeregt Jake und Abby ausgesehen hatten. Zwischen den drei Brüdern lag ein Abstand von je fünf Jahren, Jake war siebzehn, Dan zwölf und Ryan süße sieben Jahre alt gewesen. Es war so lange her und doch erinnerte er sich noch ganz genau daran, wie sein ältester Bruder Abby zum Abendessen mit nach Hause gebracht hatte. Damals hatte sie sich an Jake festgeklammert, nun schien sie sich an ihrer Tochter festzuhalten.

Als er einen Luftzug auf seinen Wangen spürte, bemerkte er erst, dass Dan neben ihn getreten war. Dem Ausdruck auf seinen Zügen zufolge war es ihm ähnlich ergangen. J.J.s und Abbys Anblick riefen die Geister der Vergangenheit.

Als Dan sich ruckartig in Bewegung setzte, völlig untypisch für den immerzu kontrollierten, distanzierten Mann, überraschte er sie alle. Kurz darauf kam er vor Abby zum Stehen, legte eine Hand an ihre Wange und schenkte ihr ein Lächeln.

Für einen kurzen Augenblick sah Ryan die Version des Mannes, die Dan geworden wäre, hätten sie Jake nie verloren.

Nicht roboterhaft, sondern warmherzig.

Nicht distanziert, sondern offen für die, die er liebte.

„Willkommen zurück“, sagte Dan.

Die einfachen Worte oder irgendetwas in seinem Blick brachte Abby dazu, ein teils weinerliches, teils erleichtertes, teils glücklich klingendes Lachen auszustoßen. Im nächsten Moment schlang sie die Arme um seinen Hals, um ihn einmal fest zu umarmen.

„Er hat die ganze Nacht kein Auge zubekommen." Als die geflüsterten Worte erklangen, sah Ryan zur Seite, nur um festzustellen, dass Jenn die Küche verlassen hatte und neben ihm zum Stehen gekommen war. Mit der Schulter stieß sie freundschaftlich gegen die seine und fügte hinzu:

„Es wird ein guter Tag."

Ryan erwiderte ihr Lächeln. „Wird es", bestätigte er.

Danach wurden die beiden Zeuge dessen, wie Dan seine Nichte vorgestellt bekam. Es war ein kostbarer Moment, und auch wenn draußen Winterwolken am Himmel standen, kam es Ryan so vor, als erstrahlte die Szene in ihrem ganz eigenen Glanz.

J.J. sah mit einem zaghaften Lächeln zu ihrem Onkel auf, der sie eingehend betrachtete. Er schien ihren Anblick geradezu in sich aufzusaugen, und auch wenn Dan wieder Dan war, seine Bewegungen steif, seine Miene glatt, so konnten die Menschen, die ihn kannten und liebten, dennoch sehen, wie nah ihm all das hier ging. Die Muskeln in seinem Kiefer spannten sich an, er brachte nicht mehr als ein Nicken zustande, und Ryan war froh, dass er J.J. bereits vorgewarnt hatte, wie schwierig das hier für Dan sein würde. Sonst hätte es sie bestimmt verletzt, dass ihr Onkel auf dem Absatz kehrtmachte und sich mit langen Schritten von ihr entfernte.

Allerdings konnte es niemandem entgehen, dass Dans Hand zitterte, als er Jenns ergriff. Seine Knöchel wurden weiß, vermutlich zerdrückte er beinahe ihre Finger, so stark klammerte er sich an ihr fest.

„Schön, dass ihr da seid, ich bin Jenn, Dans Verlobte und die Köchin für heute." Damit zwinkerte sie Abby und J.J. zu, was die beiden Frauen zum Lachen brachte.

Nachdem Ryan beide zur Begrüßung umarmt hatte, gingen sie alle weiter in den Raum hinein.

„Loreen, bist du das etwa?“, fragte Abby, kaum dass sie die ältere Frau erblickte, die sich gerade vom Sofa erhob. Sie hatte Tränen in den Augen, ein gerührtes Lächeln auf den Lippen, während sie auf die Neuankömmlinge zuging.

„Ich bin nicht mehr ganz so knackig wie früher“, sagte sie an Abby gewandt, tätschelte dieser die Wange und umarmte sie fest. Danach wandte sie sich an J.J., ihre Augen weiteten sich. „Starke Gene“, murmelte sie, womit sie sich zweifelsohne auf die Ähnlichkeit zwischen Jake und seine Tochter bezog.

Abby stieß ein abgehacktes Lachen aus. „Kann man wohl sagen.“

„Setzen wir uns“, sagte Jenn, wobei sie in Richtung des bereits gedeckten Esszimmertisches zeigte.

Wenig später saßen sie um den Tisch herum verteilt. Zunächst herrschte Stille zwischen ihnen, sie starrten einander an, als müssten sie nur einmal blinzeln und der Anblick vor ihren Augen würde verschwinden … Als wäre das hier nur ein Traum.

Ryan wünschte, Kat hätte ihn zum Brunch begleitet, bestimmt hätte sie gewusst, wie sie die Stimmung auflockern könnte. Gerade als er den Mund aufmachen wollte, um irgendetwas zu sagen, kam ihm Abby zuvor.

„Es tut mir leid, dass ich euch so lange nichts von J.J. gesagt habe.“ Fest sah sie von einem Bruder zum anderen. „Als ich Boston damals verließ, wusste ich nicht, dass ich schwanger war …“ Ihr Blick trübte sich, es musste unglaublich schwer für sie gewesen sein, nicht nur Jakes Verlust zu verarbeiten, sondern dann auch noch herauszufinden, dass sie schwanger und plötzlich alleinerziehende Mutter war. Natürlich hätte sie nur etwas sagen müssen und sie hätte die volle Unterstützung von Dan und Ryan bekommen, doch Ryan war damals noch nicht einmal volljährig gewesen; Dan und Abby wiederum hatten einander kaum ansehen können – zu viel Schmerz hatte zwischen ihnen gestanden.

„Ich hätte …“, begann Abby, wurde aber unterbrochen.

„Du brauchst nicht zu erklären“, sagte Dan mit einem milden Lächeln, das deutlich machte, dass er sie verstehen konnte.

„Je mehr Zeit verging, desto schwerer wurde es …“, fügte sie hinzu, doch ausgerechnet Dan, der in Geschäftskreisen den Ruf hatte, seine Feinde zu vernichten, schüttelte den Kopf und sagte:

„Es ist in Ordnung. Lass uns einfach das Hier und Jetzt genießen.“

„Ich kann nicht garantieren, wie genießbar das Essen sein wird!“, rief Jenn dazwischen, sodass alle am Tisch in Gelächter ausbrachen.

Damit hatte sie es erfolgreich geschafft, das Eis zu brechen. Es war, als atmeten alle im Raum auf; aus gerührten, traurigen Mienen wurden lächelnde Gesichter.

„Bedient euch, guten Appetit!“ Jenn machte eine wedelnde Handbewegung.

Schon bald erfüllte das Geräusch von Besteck, das auf Porzellan traf, den Raum und eine zwanglose Unterhaltung entstand. Dans und Jenns miteinander verschlungene Hände lagen auf dem Tisch, doch der Griff seines Bruders wirkte deutlich entspannter als noch zuvor.

„Ich habe Fotoalben mitgebracht, die können wir uns später zusammen ansehen“, sagte Loreen, die sich gerade eine Scheibe Toast mit Butter beschmierte.

Abby lachte. „O Gott, ich wette, da sind einige peinliche Aufnahmen drin.“

Die alte Dame bestätigte diese Vermutung mit einem frechen Grinsen.

An ihre Tochter gewandt fügte Abby hinzu: „Loreen war damals die Sekretärin von Jakes Vater, aber sie war so viel mehr als das, hat die drei Tanner-Jungs großgezogen und alle Hände voll damit zu tun gehabt.“

„Kleine Rabauken“, stimmte Loreen zu, woraufhin J.J. zu lachen begann. „Sie haben mich über die Jahre viele Nerven gekostet“, kurz hielt sie inne, um die Tanner-Brüder mit einem liebevollen Blick zu bedenken, „aber ich möchte keinen einzigen Tag davon missen.“

„Wir auch nicht“, erwiderte Ryan. „Wie wäre es mit einem monatlichen Brunch hier bei uns oder bei euch in New Haven? Loreen, du fährst dann natürlich mit uns.“

Die Idee stieß auf große Zustimmung, schon bald zückten sie ihre Handys, um die nächsten Termine in ihre Kalender einzutragen.

„Weihnachten feiern wir mit meinen Eltern“, sagte Abby, „aber vielleicht könnten wir Silvester miteinander verbringen?“

„Wir haben eine große Neujahrsfeier mit unserer NBA-Mannschaft, wäre schön, wenn ihr kommen könntet.“ Dan nickte.

„Klingt gut!“ J.J. klang begeistert, doch kurze Zeit später wurde ihr Gesichtsausdruck unsicher. „Vielleicht kann ich danach ein paar Tage länger bleiben, mir die Stadt ansehen …?“ Sie richtete den Blick auf ihren Teller.

Ryan war zuversichtlich, dass sich die Unsicherheiten zwischen ihnen allen eines Tages legen würden und sie frei miteinander sprechen könnten, wenn sie sich erst einmal besser kennengelernt hätten.

„Natürlich, Dan und ich haben genug Gästezimmer", sagte Jenn, wobei sie der anderen Frau ein Lächeln schenkte.

„J.J. wird im März ihren Bachelor-Abschluss haben, sie weiß noch nicht, wo sie sich danach bewerben will." Abby nickte ihrer Tochter aufmunternd zu.

Erst da wurde Ryan klar, dass seine Nichte sich die Stadt nicht einfach nur so ansehen wollte, sondern darüber nachdachte, hierherzuziehen.

„Und was ist mit dir? Ihr überlegt, zurück nach Boston zu kehren?", fragte Ryan leise.

Ein trauriges Lächeln breitete sich auf Abbys Zügen aus. „Nein, New Haven ist mein neues Zuhause."

Zwar sagte sie es nicht laut, doch er konnte in ihren Augen lesen, dass Boston für sie jeglichen Glanz verloren hatte, als Jake sie alle verlassen hatte.

„Ich habe nette Nachbarn, eine ruhige Nachbarschaft und vor allem meinen kleinen Garten."

„Gartenarbeit ist wie Therapie", sagte J.J. mit einem Grinsen, als hätte sie diese Worte von ihrer Mutter schon unzählige Male gehört. Vielleicht wurde ihr in diesem Moment erst bewusst, *warum* ihre Mom eine Therapie gebraucht hatte, denn ihr Lächeln fiel ruckartig von ihren Zügen.

Wenn Ryan das richtig in Erinnerung hatte, hatte Abby ihrer Tochter früher nie gesagt, dass ihr Vater tot war, ihr stattdessen das Märchen mit dem One-Night-Stand erzählt.

Bis J.J. vor ein paar Wochen die Schachtel mit den Briefen gefunden hatte und Abby mit der Wahrheit herausgerückt war.

„So wie es klingt, hast du euch da ein schönes Leben aufgebaut", sagte Ryan, dabei schenkte er Abby ein verstehendes Lächeln. Es war offensichtlich, dass sie nie über Jakes Tod hinweggekommen war, vielleicht wollte sie das auch gar nicht, wichtig war nur, dass sie ihren Frieden gefunden hatte. Und das schien der Fall zu sein.

„Ein sehr schönes Leben", bekräftigte J.J., die sich in die Richtung ihrer Mutter lehnte, die neben ihr saß, um einen Arm um deren Schultern zu legen. Sie drückte sie einmal fest.

Es war offensichtlich, dass die beiden eine starke Bindung zueinander hatten. Keiner der Anwesenden zweifelte daran, dass Abby ihrer Tochter ein gutes Leben geboten hatte, trotzdem tat es gut, es direkt von J.J. zu hören.

Ein Husten unterbrach die Stille, Loreen schien sich verschluckt zu haben. Dan, der ihr am nächsten saß, klopfte ihr sanft auf den schmalen Rücken, doch sie hob abwehrend die Hand. Stattdessen schnappte sie sich ihr Glas Wasser und trank es in Windeseile leer.

„Ich habe das Rührei versalzen, oder?", wollte Jenn in bekümmertem Ton wissen. Als Ryan sich in ihre Richtung wandte, sah er, wie ihre Wangen rot anliefen.

„Passiert doch jedem mal", sagte Loreen, warf Jenn aber einen forschenden Blick zu. Ryan hatte keine Ahnung, worauf sie spekulierte, bis ihm auffiel, dass Jenns freie Hand auf ihrem Bauch lag.

„Du bist schwanger", stellte Abby fest, „deswegen ist dein Geschmackssinn durcheinander."

Jenn wurde nur noch röter, hingegen warfen sich Abby und Loreen wissende Grinsen zu.

Fragend starrte Ryan seinen älteren Bruder an, hob zweifelnd eine Braue in die Höhe. Er hatte zwar gewusst, dass Dan und Jenn die Familienplanung angehen wollten, aber dass es so schnell geklappt hatte …! Ihm stockte der Atem. Hatte er neulich nicht noch gedacht, dass sich derzeit nicht nur bei den Boston Berserks, sondern auch in seinem Privatleben alles in rasender Geschwindigkeit veränderte? Wenn Jenn jetzt auch noch …

„Heute sollte es um Abby und J.J. gehen, deswegen wollten wir noch nichts sagen“, erklärte Dan, konnte das Lächeln, das an seinen Lippen zog, jedoch nicht länger verbergen. „Jenn ist schwanger“, bestätigte er Loreens und Abbys Vermutung.

Ryans Herz machte einen freudigen Satz. „Ich werde zum zweiten Mal Onkel?“ Damit erhob er sich von seinem Stuhl, ging um den Tisch herum, damit er Jenn und Dan gleichzeitig umarmen konnte. „Herzlichen Glückwunsch! Das sind ja grandiose Neuigkeiten!“

Auch der Rest des Tisches gratulierte den werdenden Eltern. Als Ryan seinen Blick durch den Raum wandern ließ, breitete sich Wärme in seiner Brust aus.

Nur Kat fehlt hier, schoss es ihm durch den Kopf.

Verwirrt runzelte er die Stirn, hatte aber keine Zeit, länger darüber nachzudenken, weil er im nächsten Moment wieder in die Gespräche am Tisch hineingerissen wurde.

Jenn hatte recht gehabt: Es war ein guter Tag. Ein sehr guter sogar.

Kapitel 18

Nervös wippte Kat in ihren Winterstiefeln von den Fersen auf die Ballen und wieder zurück. Ihr Atem sorgte für weiße Wölkchen in der kalten Luft, während sie am Straßenrand vor dem TALI-Gebäude darauf wartete, dass Ryan sie abholen kam.

Unglaublich, wie schnell die Zeit vergangen war. In der letzten Woche hatte sie bis zum Umfallen gearbeitet, damit alles vor ihrem Urlaub erledigt war und das restliche TALI-Personal während ihrer Abwesenheit nicht mit irgendwelchen Problemen zu kämpfen hatte. Kat war müde, trotzdem von Vorfreude, aber auch von aufkeimender Panik erfüllt.

Hätte sie ihrer Mutter doch nicht gesagt, dass sie einen Freund mitbrachte! Der Abend, den sie mit Ryan in der Besitzer-Box der Boston-Berserks-Arena verbracht hatte, hatte ihr nämlich vor Augen geführt, wie schwer es ihr fallen würde, ihr Herz aus der ganzen Sache herauszuhalten. Zum Glück hatte er sie an dem Abend daran erinnert, dass er sie nur dorthin eingeladen hatte, damit sie ihr Schauspiel vor den Weihnachtsferien perfektionieren konnten. Ansonsten hätte sie es noch für ein echtes Date gehalten, denn genau so hatten sich die Gespräche und Berührungen angefühlt.

Echt, roh und wunderbar.

Erneut wippte sie auf den Fußsohlen vor und zurück, hätte die ganze Sache am liebsten abgeblasen, weil es eine verdammt dumme Idee gewesen war, ausgerechnet ihren Boss als ihren Freund auszugeben.

Ihr habt einen Vertrag!, erinnerte sie sich. *Dein Job ist sicher!*

Aber darum ging es nicht, zumindest nicht nur. Kat hatte Angst, dass es ihr in den nächsten zwei Wochen nicht gelingen würde, ihr gemeinsames Schauspiel von der Realität zu unterscheiden.

Neben ihr auf dem Bürgersteig stand ihre große Reisetasche, so hatte sie die Arme frei und schlang sie um den eigenen Körper, um sich zu wärmen und ihren vor Nervosität nur so kribbelnden Körper zusammenzuhalten. *Dumme Idee, dumme Idee, dumme Idee!*, dachte sie wieder und wieder. Was war nur in sie gefahren? Warum hatte sie Ryans Vorschlag zugestimmt?

Weil du dich insgeheim darauf freust, die zwei Wochen mit ihm zu verbringen, schoss ihr durch den Kopf.

Angespannt biss sie die Zähne zusammen. Vielleicht konnte man sich über Textnachrichten nicht verlieben, doch er bedeutete ihr etwas, mehr als sie zugeben wollte. Die Tatsache, dass Ryan Manns genug war, über seine Probleme zu sprechen, sein verdrehter Humor, das reuelose Flirten und die Autorität, mit der er als Boss agierte … All das machte ihn in ihren Augen bereits zu einem verdammt attraktiven Mann.

Hinzu kamen sein muskulöser, in schicken Designeranzügen steckender Körper, sein entwaffnendes Lächeln und die dunklen, intensiven Augen, die ihr mit einem Blick den Atem rauben konnten. Alles in allem war er geradezu unwiderstehlich.

Sie müsste blind und innerlich tot sein, um sich *nicht* zu ihm hingezogen zu fühlen. Wie sollte sie die kommenden zwei Wochen überstehen?

Kat schüttelte den Kopf über sich selbst. Besser sie sagte den Urlaub ab oder fuhr doch allein – egal, was sie sich von ihrer Mom würde anhören müssen. Gerade als sie sich bückte, um ihre Reisetasche zu ergreifen und zurück ins TALI-Gebäude zu flüchten, tauchte neben ihr ein Motorengeräusch auf. Wenig später schlug eine Autotür zu.

Automatisch sah sie auf, sodass sie den neben ihr parkenden Wagen entdeckte. Ryan war bereits ausgestiegen, lief gerade um den Wagen herum und direkt auf sie zu.

Scharf atmete sie aus, sein alleiniger Anblick sorgte dafür, dass sich ihr gesamter Körper wie unter Strom anfühlte, ein Kribbeln ging durch sie hindurch. Als sein Blick auf den ihren prallte, erstarrte sie mitten in der Bewegung. Genau beobachtete sie, wie sich eine tiefe Falte zwischen seine dunklen Brauen grub. Verwirrung?

„Hast du drin noch etwas vergessen?“, wollte er wissen. Offensichtlich war ihm nicht entgangen, dass sie wieder zurück in den Apartmentkomplex hatte gehen wollen.

„Nein … ich …“ Verunsichert biss sie sich auf die Unterlippe. *Entweder du bläst jetzt die ganze Sache ab oder du gehst das an!*, sagte sie sich in strengem Ton. Kat war noch nie vor einer Herausforderung weggerannt, hatte das Studium und jeden Job, den sie danach angenommen hatte, verbissen gemeistert. Sie könnte auch eine verdammte Fake-Beziehung meistern! Wieso sollte sie auf ihren einzigen Urlaub im Jahr verzichten?

„Ich wollte nur zurück in die Lobby, weil mir langsam kalt wurde“, erklärte sie schließlich und hoffte, dass Ryan ihr die Lüge abnehmen würde.

„Entschuldige“, sagte er, kaum dass er vor ihr ankam. Als er weitersprach, ergriff er ihre Reisetasche. „Ich habe den Verkehr unterschätzt, bin ein paar Minuten zu spät.“

Mit einer beeindruckenden Leichtigkeit, schließlich hatte Kat gefühlt ihren ganzen Schrank eingepackt, hob er die Reisetasche hoch.

„Nein, du bist nicht zu spät, ich friere nur schnell.“ Sie winkte ab, wollte nicht, dass er ein schlechtes Gewissen hatte – er tat diese ganze Sache hier schließlich ihretwegen.

Am Sonntag hatte es praktisch den ganzen Tag geschneit, aktuell war der Himmel jedoch klar. Eine Mischung aus Kies und Streusalz knirschte unter ihren Füßen, während sie Ryan zum Kofferraum folgte, damit sie die Klappe für ihn öffnen konnte. Als seien sie schon mehrfach gemeinsam verreist, agierten sie wie ein eingespieltes Team. Kaum hatte er ihre Reisetasche neben seinem eigenen Koffer abgestellt, schloss sie die Klappe auch schon wieder.

„Ich habe dir noch gar nicht Hallo gesagt“, murmelte er.

Nachdem sie sich zu ihm gedreht hatte, berührten sich beinahe die Spitzen ihrer Schuhe. Erst da wurde ihr bewusst, wie dicht beieinander sie standen. Ihr Herzschlag beschleunigte sich, als Ryan einen Arm hob, um mal wieder eine widerspenstige Locke aus ihrem Gesicht zu streichen. Währenddessen zuckte ein kleines Lächeln um seinen rechten Mundwinkel, welches das Kribbeln auf ihrer Haut nur noch verstärkte.

„Guten Morgen“, brummte er, seine Finger streiften ihre Wange, als er die Hand wieder zurückzog.

„Guten Morgen“, stieß sie aus, wusste nicht recht, was sie tun sollte. Sich einander die Hände zu schütteln, kam ihr zu banal vor, auch wenn sie nicht wirklich zusammen waren, sondern nur so tun würden. Aber sie hatten sich über die letzten Wochen zumindest angefreundet, oder nicht?

Damit ihre Hände etwas zu tun hatten, zog sie ihren nigelnagelneuen, pinkfarbenen Wintermantel fester um sich und schob die Hände in die Taschen. Darin konnte sie die farblich passende Wollmütze fühlen, automatisch vergrub sie die Finger ihrer rechten Hand darin, klammerte sich daran fest, als sei es eine Lebensleine.

„Komm, schnell ins Auto mit dir“, sagte Ryan. Vermutlich hatte ihr Tun ihn wieder daran erinnert, dass sie zuvor behauptet hatte, ihr sei kalt. Seine große Hand legte sich gegen ihren unteren Rücken, sanft schob er sie in Richtung der Beifahrertür. Kaum dass sie die Seite seines Audis erreichten, hielt er ihr die Tür auf und wartete, bis sie sich hineingesetzt hatte.

Bald darauf nahm er hinter dem Steuer Platz, der Motor lief noch. Sobald eine Lücke im Verkehr frei wurde, fädelte er sich ein und ihre Reise begann.

„Laut Navi brauchen wir ungefähr eine Stunde“, sagt Ryan, der den Blick kurz von der Windschutzscheibe abwandte, um sich am Temperaturregler zu schaffen zu machen. Wenig später strömte warme Luft vom Armaturenbrett ins Innere des Wagens.

„Geht's?“, wollte er wissen.

Ihr schlechtes Gewissen meldete sich, gleichzeitig wurde ihr innerlich ganz warm angesichts seiner Fürsorglichkeit. Ihr Lächeln war ehrlich, als sie sich zu ihm wandte. „Danke, ist perfekt so.“

Neugierig lehnte sie sich vor, um den Bildschirm des eingebauten Navis genauer betrachten zu können. „Darf ich?“, hakte sie nach, ihr Zeigefinger schwebte bereits über dem Touchscreen-Display, doch noch berührte sie ihn nicht.

„Nur zu.“ Ryan nickte, während er sie sicher durch den Stadtverkehr lenkte.

„Wenn wir über die Landstraße fahren, brauchen wir zwar zehn Minuten länger, aber ich verspreche, die Strecke ist so viel schöner“, erklärte sie, während sie sich daranmachte, die im Navi eingestellte Route zu ändern.

„Bin voll dafür.“ Er stieß ein selbstironisch klingendes Lachen aus. „Ich weiß nicht, wann ich das letzte Mal *freiwillig* die längere Route ausgewählt habe! Ich muss wieder lernen, runterzukommen.“

„Deswegen kommst du doch mit in den Urlaub“, erinnerte sie in amüsiertem Ton.

„Wo du recht hast …“ Er ließ den Satz abreißen, diesmal klang sein Lachen entspannter, als gäbe er sich alle Mühe, innerlich loszulassen. „Wird eine ganz schöne Umstellung, nicht jeden Morgen beim Frühstück die E-Mails zu checken.“

„Ich weiß, was du meinst.“ Kat kicherte, offensichtlich waren sie beide anonyme Workaholics.

„Was erzählen wir deiner Familie?“, wollte Ryan wissen. „Wie lange sind wir schon zusammen? Wie haben wir uns kennengelernt?“

Nach und nach lichtete sich der Verkehr, sie verließen das Stadtzentrum.

Ratlos stieß Kat den Atem aus. Weil er zuvor die Heizung aufgedreht hatte, wurde ihr langsam wohlig warm, folglich öffnete sie die Knopfleiste ihres Mantels.

„Wir müssen lang genug zusammen sein, dass wir beschlossen haben, nicht nur Weihnachten gemeinsam zu verbringen, sondern mit meiner gesamten Familie.“

„Du sagst das, als käme deine Familie mit Warnhinweisen.“ Er gluckste amüsiert, Lachfältchen bildeten sich in seinen Augenwinkeln, die ihn so attraktiv machten, dass es die Schmetterlinge in ihrem Bauch aufflattern ließ.

„Meine Familie sollte auch mit Warnhinweisen versehen

sein“, erwiderte sie mit einem Lachen. „Aber ich habe dich gewarnt, also keinen Rückzieher machen!“

Es traf sie vollkommen unvorbereitet, als sich plötzlich eine große, warme Hand auf ihren linken Oberschenkel legte. In einer aufmunternden Geste drückte er ihr Knie. „Ich habe nicht vor, einen Rückzieher zu machen.“ Er zog die Hand nicht zurück, sondern ließ sie auch dann noch dort liegen, als er zu Ende gesprochen hatte.

Kat verschränkte ihre Finger miteinander, rang mit den Händen, um sich davon abzuhalten, das zu tun, was sie eigentlich wollte. Nämlich, ihre Finger unter die seinen zu schieben.

„Mach dich darauf gefasst, dass sie dich ausfragen werden“, warnte sie, doch Ryan schien durch nichts aus der Ruhe zu kommen.

„Umso wichtiger, dass wir vorher unsere Geschichte miteinander absprechen“, erwiderte er mit ruhiger Stimme.

„Also gut, wie wäre es, dass wir behaupten, wir sind seit fünf Monaten zusammen?“, schlug Kat vor.

„Und du hast deinen Eltern so lange nicht von mir erzählt?“ Übertrieben vorwurfsvoll warf er ihr einen Blick zu, womit er sie dazu brachte, aufzulachen.

„Du hast recht, meine Mom wird mir das sicherlich vorhalten. Aber zwei, drei Monate kommt mir etwas kurz vor, um mit der kompletten Familie Weihnachten verbringen zu wollen.“ Nachdenklich verzog sie die Lippen.

„Und wenn wir einfach behaupten, dass es sich von Anfang an für uns beide richtig angefühlt hat?“

Ihre Wangen brannten, kaum dass sie seine raue Stimme vernahm und spürte, dass er ihr wieder einen dieser intensiven Blicke zuwarf. Es war nur eine Einbildung, doch manchmal kam es ihr so vor, als könne sie seine Blicke wie warmes Scheinwerferlicht auf ihrer Haut spüren.

Kat wagte es kaum, ihn anzusehen, gab sich schließlich aber einen Ruck und tat es doch noch. Sein ernster Ausdruck beschleunigte ihren Puls. Natürlich dachten sie sich hier gerade eine Geschichte aus, aber lag auch nur ein Kern Wahrheit in seinen Worten? Fühlte es sich für ihn *richtig* zwischen ihnen beiden an?

„Okay, dann …“, stammelte Kat. „Dann behaupten wir, wir seien seit zwei Monaten zusammen?“

Erst als er den Blick zurück zur Frontscheibe richtete, konnte sie wieder frei atmen. Ryan gab einen zustimmenden Laut von sich und trat aufs Gas, sobald die Strecke frei wurde.

Die Landschaft zog an ihnen vorbei, schon bald entdeckte sie ein paar weiße Tannenspitzen. Durch den dichten Verkehr war es in Boston ein paar Grad wärmer als außerhalb der Stadt, viel Schnee war nicht liegengeblieben. Aber mit etwas Glück sah die Umgebung beim Winter-Resort ihrer Eltern ganz weiß aus.

„Zwei Monate“, bestätigte Ryan. „Und wie haben wir uns kennengelernt?“

Nachdenklich legte Kat den Kopf schief. War das nicht die typische Frage? Jeder wollte immer irgendeine gute Story hören, wie das Paar zusammengekommen war, dabei gab es manchmal keinen besonderen Moment, keine große Geste …

„Vielleicht bleiben wir möglichst nah an der Wahrheit? Mir wurde intern in der Firma die falsche Nummer gegeben, ich hatte keine Ahnung, dass ich meinem Boss schrieb, und wir kamen ins Gespräch. Aus ein paar Nachrichten wurden immer mehr, und am Ende haben wir beschlossen, ein Blind Date zu vereinbaren.“

Von der Seite musterte sie sein Profil, den stark ausgeprägten Kiefer, die gerade Nase und die hohen Wangenknochen. Bei ihren Worten verzogen sich seine Lippen zu diesem unwiderstehlichen, breiten Lächeln.

„Erzählen wir ihnen auch, dass du bei unserem Blind-Date abgehauen bist?"

Zwar spürte sie, wie ihr die Hitze in die Wangen stieg, trotzdem nickte sie entschlossen. „Ja, das macht unsere Geschichte nur glaubhafter."

„Also gut, du bist von unserem Date abgehauen, aber ich war ein hartnäckiger Bastard und habe nicht lockergelassen, bis du zugestimmt hast, mit mir auf ein zweites Date zu gehen."

„Wir können selbst unseren Vertrag erwähnen", schlug sie vor, „nur machen wir ihn zu einem stinknormalen *Love Contract* und lassen das Ganze mit der Fake-Beziehung aus."

Ein humorvolles Lachen kam über seine Kehle. „Ja, das Detail lassen wir lieber weg."

Auch Kat musste kichern, merkte, wie sie sich mehr und mehr entspannte, je länger sie nebeneinander im Auto saßen und sich unterhielten. Sie hatte nicht das Gefühl, immer eine starke Front vorspielen zu müssen, wie das vor allem zu Beginn ihrer Karriere immer der Fall gewesen war, weil sie sich als Frau in einer männerdominierten Welt hatte beweisen müssen.

Bei Ryan konnte sie einfach sie selbst sein. So richtig wurde ihr das erst in diesem Moment bewusst, wo sie allein waren und sie sich keine Sorgen machen musste, was das TALI-Personal von ihr denken würde.

„Erzähl mir von deiner Familie", bat er schließlich. „Ich sollte zumindest ein paar Namen kennen, oder?"

„Du hast recht“, stimmte sie zu. „Meine Eltern heißen Sarah und Elijah. Ich habe drei jüngere Brüder, Michael, den alle nur Mick nennen, Grayson und Carter. Mick ist alleinerziehender Vater, seine Tochter heißt Molly. Sie ist fünf und purer Zucker.“ Allein bei dem Gedanken an ihre Nichte wurde ihr warm ums Herz, sie liebte die Kleine und sah sie viel zu selten.

„Ich hoffe, deine Familie wird ein Nachsehen mit mir haben, falls ich die Namen deiner Brüder verwechsle.“ Ein hilfloses Grinsen umspielte seine Lippen.

„Angesichts dessen, dass wir erst zwei Monate zusammen sind, werden sie bestimmt Verständnis dafür haben.“ Als er kurz den Blick von der Straße abwandte und sie ansah, zwinkerte sie ihm zu.

Mit der Hand, die noch immer auf ihrem Knie ruhte, drückte er sie kurz. Danach fuhren seine Finger auf ihrem Oberschenkel langsam auf und ab, wie er das auch in der Besitzer-Box während des Boston-Berserks-Spiels getan hatte. Mit einem Aufseufzen gab Kat dem Drang, seine Hand zu halten, einfach nach und sagte sich, dass das alles zu ihrem Schauspiel gehörte. Sie übten lediglich, stimmt’s?

Mit beiden Händen ergriff sie seine starken Finger, die sich um ihre viel schmaleren schlossen. Erneut sah sie sich zu ihm um, konnte seine Mimik aber nicht lesen, weil er wieder auf die Straße konzentriert war.

Während der restlichen Fahrt gab sie ihm Infos zu dem Winter-Resort ihrer Familie und erzählte ihm so einige lustige Geschichten aus ihrer Kindheit. Die Zeit verging wie im Flug. Kurz bevor sie ihr Ziel erreichten, wünschte Kat, sie hätten länger gebraucht, denn sie wollte die angeregte Unterhaltung noch gar nicht beenden.

Die Nervosität vom Morgen kam wieder in ihr auf, kaum dass sie das große Holzhaus in der Ferne erkannte. Nicht einmal der bezaubernde Anblick der schneebedeckten Landschaft konnte sie beruhigen. Das Winter-Resort sah aus wie eine riesengroße Blockhütte, hatte einen hufeisenförmigen Grundriss, eine riesengroße Veranda, Balkone und einen ganz eigenen Charme. Der komplette linke Flügel des Hauses beinhaltete die privaten Räumlichkeiten ihrer Familie. Der Rest des Gebäudes bestand aus verschiedenen Gemeinschaftsräumen wie dem Speisessaal oder der riesengroßen, einem gemütlichen Wohnzimmer ähnelnden Lobby und natürlich vielen Gästezimmern.

„Hier bist du aufgewachsen?“, fragte Ryan in ungläubigem Ton. „Mit dem Schnee sieht das Ganze aus wie aus einem Märchen.“

Wärme breitete sich in ihr aus, schließlich verband sie mit dem Winter-Resort viele schöne Kindheitserinnerungen und war sehr stolz auf das, was ihre Familie über die Jahre hinweg aufgebaut hatte. Früher hatte es nur den See zum Schlittschuhlaufen gegeben, mittlerweile hatten ihre Brüder dafür gesorgt, dass ihr Angebot erweitert wurde und mit der Zeit ging. Es gab angelegte Wege, die im Sommer und Herbst mit Quads befahren werden konnten, im Winter und Frühjahr wiederum mit Schneemobilen. Für die Jahre, in denen es nicht kalt genug wurde und der See nicht zufror, hatten sie eine Eislaufbahn errichtet. Zudem war für verschiedene Angebote für die Kinder gesorgt – Plätzchen backen, basteln …

„Das Resort ist tatsächlich ein beliebtes Postkartenmotiv“, erwiderte sie schmunzelnd. Wenig später zeigte sie nach rechts und fügte hinzu: „Wir können zwar vor der Haustür stehen bleiben, um unsere Taschen auszuladen, aber die Parkplätze sind rechts neben dem Haus."

Bevor Ryan auch nur reagieren konnte, öffnete sich bereits die große Holztür und zwei Gestalten wurden sichtbar.

„Sind sie das?", fragte jemand, vermutlich ihre Mom.

„Ja, das sind sie!", sagte Mick, der so groß war, dass er seiner Mutter die Sicht versperrte. Durch die Frontscheibe zwinkerte er Kat zu, woraufhin sie ihm zulächelte und winkte.

Im nächsten Moment zog er den Kopf zurück ins Innere des Hauses und brüllte: „Sie sind da!"

Kurz darauf strömte ihre gesamte Familie aus dem Anwesen.

„Tante Kat ist da!", rief ihre Nichte Molly und strahlte übers ganze Gesicht. Mick nahm sie auf den Arm, sorgte sich vermutlich, dass der Kleinen zu kalt wurde.

Kurz darauf drängte sich ihre Mutter an ihren hochgewachsenen, breit gebauten Söhnen vorbei, um besser sehen zu können, und fragte: „Hat sie wirklich einen Mann mitgebracht?"

Kat spürte, wie ihr die Hitze in die Wangen stieg, am liebsten hätte sie das Gesicht in den Händen vergraben. Mit einem ausgeatmeten „Nicht ihr Ernst" sank sie auf dem Beifahrersitz nach unten, als könne sie sich so unsichtbar machen.

„Oh, sie hat wirklich jemanden mitgebracht! Und was für ein gut aussehendes Exemplar!"

Bei dieser Aussage ging ein Ruck durch Kats Körper, plötzlich saß sie wieder kerzengerade da, starrte ihre Mutter vorwurfsvoll an und rief: „Mo-om!"

Sie konnte kaum in Worte fassen, wie peinlich ihr die ganze Sache war. Als Ryan plötzlich in schallendes Gelächter ausbrach, war sie nicht sicher, ob sie erleichtert oder ihr alles nur noch peinlicher sein sollte.

„Wie gesagt, meine Familie sollte mit Warnhinweisen kommen“, sagte sie leise und schüttelte den Kopf.

Nachdem Ryan den Wagen vor der großen Haustür geparkt hatte, ergriff er ihre Hand und führte sie an seine Lippen, um einen kleinen Kuss darauf zu setzen. Er schenkte ihr ein Lächeln, in beruhigendem Ton sagte er: „Ich mag deine Familie jetzt schon, das wird bestimmt witzig!“

Kat stieß ein Schnauben aus, ignorierte das rege Treiben vor den Autofenstern geflissentlich. „Wenn du das Fehlen jeglicher Privatsphäre und meine naseweise Mutter als witzig empfindest, dann ja, dann wird das ein amüsanter Urlaub für dich.“

In einer aufmunternden Geste drückte er lediglich ihre Hand. „So schlimm wird es schon nicht werden.“

Kaum hatte er zu Ende gesprochen, ließ ein lautes Klopfen gegen das Fenster der Beifahrertür sie beide zusammenzucken. Breit grinsend stützte ihr Bruder Mick einen Arm auf das Autodach, um sich so nach unten zu beugen und durch das Fenster zu spähen. Molly, die noch immer auf seiner Hüfte saß, winkte begeistert.

„Steigt ihr aus und begrüßt uns, oder wollt ihr euch da drin noch länger verstecken?“

Kapitel 19

Ryan war kein Mann, der sich schnell beeindrucken oder einschüchtern ließ, das war auch gut so, sonst hätte er sich von Kats großer, lauter Familie vermutlich überrollen lassen.

Nachdem sie aus seinem Wagen ausgestiegen waren, hatten die Harris sie praktisch umkreist wie hungrige Haie ihre Beute. Die Tatsache, dass Kat bei jeder peinlichen Frage, den Neckereien ihrer Brüder knallrot anlief, löste bodenlose Belustigung in Ryan aus. Sie sah niedlich aus mit den rosafarbenen Wangen, die perfekt zu ihrem pinken Mantel passten.

Viele Umarmungen und Händeschütteln später hatte Carter ihm den Autoschlüssel abgenommen, um den Audi zu parken. Grayson trug wiederum das Gepäck ins Innere des Hauses. Zwar hatte Ryan helfen wollen, aber sie schüttelten die Köpfe.

„Los, rein mit euch ins Warme!“, sagte Kats Mutter, die eine scheuchende Bewegung mit den Händen vollführte.

Schon wurden Kat und Ryan ins Innere des Winter-Resort geleitet. Die kleine Molly plapperte fröhlich vor sich hin, bombardierte Kat geradezu mit Erzählungen. Gleichzeitig redete Mrs. Harris auf ihre Tochter ein, stellte eine Frage nach der anderen.

Ryan war es schleierhaft, wie Kat es schaffte, den beiden gleichzeitig zuzuhören und sogar hin und wieder eine Antwort einzuwerfen. Ihm schwirrte schon nach kürzester Zeit der Kopf, während er versuchte, den Gesprächen irgendwie zu folgen. Mick und Mr. Harris schienen zu wissen, dass dieser Versuch zwecklos war, denn auf dem Weg in den Westflügel schmunzelten sie lediglich stumm vor sich hin.

Folglich gab es auch Ryan auf. Stattdessen befriedigte er seine Neugierde und bewunderte das Innere des großen Blockhauses. Der Bau war rustikal, hatte aber eine moderne Einrichtung, die nur ab und zu mit ein paar antik aussehenden Möbeln gespickt war. Alles in allem strahlte das Innere des Resort Wärme und Gemütlichkeit aus.

Die Eingangstüren führten direkt in einen Aufenthaltsraum mit Kamin, fünf Sofas, Bücherregalen und vielem mehr. Als sie eintraten, hoben ein paar der Gäste, die dort saßen und sich unterhielten, die Köpfe. Sie schienen sich allerdings nicht von dem Trubel gestört zu fühlen, sondern lächelten, manche riefen den Harris sogar zu, dass das wohl ihre verschollene Tochter Kat sein musste. Nicht verwunderlich angesichts des familiären Ambientes, das hier herrschte.

Während Ryan den Harris folgte, erkannte er bald Familienfotos an den Wänden. Daher vermutete er, dass sie den privaten Bereich der Harris erreicht hatten. Kurz darauf bogen sie in einen Wohn-Essbereich ab. Sonnenstrahlen strömten durch das große Fenster über der Küchenanrichte, als hieße selbst das gute Wetter sie willkommen.

Ryan geriet ins Stolpern, als ihm jemand fest auf den Rücken klopfte und ihn mehr oder weniger auf einen der Barhocker vor der Kücheninsel drückte.

„Setz dich“, sagte Kats Vater. Schon beim ersten Blick auf den älteren Mann hatte Ryan an einen Holzfäller denken müssen – angefangen mit den ledernen Arbeitsstiefeln, über die Jeans, die schon bessere Tage gesehen hatte, zu dem rotschwarz karierten Flanellhemd und dem silbernen Vollbart, den Mr. Harris trug. Er schien ein grimmiger, hart arbeitender Mann zu sein, denn auch wenn er bestimmt Mitte sechzig war, wirkte er weiterhin trainiert, die Schultern breit, seine Haltung aufrecht, stolz.

„Schön, dass ihr da seid!“, rief Mrs. Harris, die wie nebenbei einen Topf aus einem der Schränke holte und ihn auf den Herd setzte.

Sobald die ältere Frau alles andere als unauffällig die Brauen auffordernd hochzog und ihre Tochter per Kinnnicken dazu aufforderte, auf dem Hocker neben Ryan Platz zu nehmen, musste er schmunzeln. Kat stieß ein Schnauben aus, schüttelte den Kopf, gab ihrer Mutter aber schließlich nach. Kaum dass sie neben ihm saß, die Hände auf der Kücheninsel abgestützt, legte er seine Finger über die ihre. Er glaubte, sie könne etwas Beruhigung ganz gut gebrauchen, daher begann er, sanft mit dem Daumen über ihren Handrücken zu streicheln.

Im Augenwinkel bemerkte er, das Mrs. Harris selbstzufrieden lächelte, während sie Milch und Schokoladenstücke in den Topf gab, das Ganze erhitzte und immer wieder mit einem Schneebesen umrührte.

„Heiße Schokolade ist doch jetzt bestimmt das Richtige für euch!“, sagte sie. „Wie ich meine Tochter kenne, hat sie noch nichts gegessen. Stimmt's oder habe ich recht?“

Statt Kat anzusehen, wandte sie sich an Ryan. Er musste ein amüsiertes Glucksen unterdrücken. „Ich erinnere sie auch ständig daran, etwas zu essen.“ Er zuckte zusammen, kaum dass Kat ihm vors Schienbein trat.

Die Geste ließ Mr. Harris leise lachen. Er beugte sich vor, um seinem kleinen Mädchen einen Kuss gegen die Schläfe zu setzen, als wolle er sagen: *Richtig so!*

Danach machte er sich von dannen, um sich im Esszimmer auf einen der Stühle zu setzen und etwas, das wie ein Holzfäller-Magazin aussah, zu lesen. Ryan hatte nicht einmal gewusst, dass so etwas existierte! Was wurde darin diskutiert? Das neueste Flanellhemd? *Wie bringe ich meinen potenziellen Schwiegersohn mit einer Axt um und lasse es wie einen Unfall aussehen?*

Beinahe hätte er aufgelacht, schaffte es aber, die Reaktion zu unterdrücken. Stattdessen streichelte er immer weiter über Kats weiche Haut, bis sie ihn nicht mehr ganz so böse anfunkelte. Kurz darauf führte er ihre Hand an seine Lippen, um ihre Fingerknöchel zu küssen.

„Ich habe heute sehr wohl gefrühstückt, aber eine heiße Schokolade klingt gut." Mit einem Seufzen gab sie schließlich nach. In versöhnlichem Ton fügte sie hinzu: „Meine Mom macht die beste heiße Schokolade."

Kaum hatte sie die Worte ausgesprochen, stimmten Mr. Harris, Mick und seine Tochter sofort laut zu. „Die beste!" Es klang wie das Amen in der Kirche.

„Na da bin ich gespannt", sagte Ryan.

„Sag ja nichts Falsches, wir nehmen Moms heiße Schokolade hier sehr ernst", erklärte Mick, der Molly sanft auf dem Boden abstellte, damit sie zu ihrem Großvater rennen konnte. Danach lehnte er sich mit der Hüfte gegen die Küchenanrichte, verschränkte die Arme vor der muskulösen Brust und betrachtete Ryan mit einem fiesen Grinsen.

Er ahnte jetzt schon, dass Kats Familie es ihm nicht leicht machen würde. Doch er konnte es verstehen, hätte er eine Schwester, würde er sie auch unbedingt beschützen wollen.

„So, Ryan …", begann Mrs. Harris, die noch immer dabei war, den Topf umzurühren. Langsam stieg Dampf auf, bestimmt wäre die Schokolade bald geschmolzen. „… Kat hat uns nicht sonderlich viel von dir erzählt", sie warf ihrer Tochter einen tadelnden Blick zu, „also musst du das jetzt wohl selbst tun."

Zwar war das Lächeln der älteren Frau freundlich, voller Wärme, doch sie konnte ihn nicht täuschen. In ihren Augen blitzte dasselbe Feuer, das er von Kat kannte. Sarah Harris war eine Löwenmutter, und auch wenn sie ihre Tochter in den Wahnsinn trieb, wollte sie am Ende vom Tag doch nur das Beste für Kat. Und offensichtlich war sie nicht sicher, ob Ryan das war.

„Meinem Bruder und mir gehört *Tanner Corporation*, wir haben Tochterfirmen in verschiedenen Bereichen, am liebsten kümmere ich mich um die Start-up-Firmen – ob das nun eine kleine Bäckerei ist, die Kekse in den verrücktesten Wunschformen für Partys anbietet, oder irgendein Softwareunternehmen …"

Erst einen Sekundenbruchteil später wurde ihm bewusst, wie still es plötzlich im Raum geworden war, nur Molly rannte weiterhin fröhlich um den Esszimmertisch herum, ließ sich im Gegensatz zu den Erwachsenen von dem Namen *Tanner* nicht beeindrucken.

„Gehören euch nicht die Boston Berserks?", wollte Carter wissen. Er und Grayson mussten die Küche gerade rechtzeitig betreten haben, um Ryans Erklärung mit anzuhören. Wie erstarrt standen die beiden unter dem Türrahmen.

Carter war der Erste, der seine Fassung zurückerlangte, und setzte sich in Bewegung, um den Audi-Schlüssel vor Ryan auf die Kücheninsel fallen zu lassen. Wenig später machte sich Grayson auf, um wie sein Vater am Esszimmertisch Platz zu nehmen – Molly grinste ihn an, als sie ihn umrundete.

„Danke", murmelte Ryan und nickte Carter zu. Im Anschluss fügte er hinzu: „Ja, die Boston Berserks gehören dem Familienunternehmen."

„Alter, Kat!" Damit stieß Carter seiner Schwester den Ellenbogen in die Seite. „Das hättest du uns mal früher sagen können! Dann hätten wir dich in Boston besucht und du hättest uns ein paar Tickets klarmachen können!"

„Schön zu hören, dass ich alleine nicht Grund genug bin, um mich zu besuchen", gab sie in sarkastischem Ton zurück, klang allerdings kein bisschen verletzt. Diese Sticheleien schienen normal unter den Harris-Geschwistern zu sein.

Carter grinste verschmitzt. „Sorry, Schwesterherz", gab er in reuelosem Ton zurück.

„So wie ich das verstanden habe, seid ihr ohnehin mehr Hockeyfans?" Fragend blickte Ryan von Carter zu Mick.

„Jup, aber wer würde sich ein paar NBA-Tickets entgehen lassen?" Carter zuckte mit den Schultern.

„Du bist echt unmöglich", stieß Kat aus, hob eine Hand, um sie flach auf das Gesicht ihres Bruders zu legen und ihn auf diese Weise fortzuschieben. Lachend trat dieser ein paar Schritte zurück, ging danach um die Kücheninsel herum, damit er seiner Mutter über die Schulter blicken konnte.

„Riecht das gut", brummte er, wurde jedoch kurz darauf von Sarah weggescheucht.

„Ist gleich fertig, hol doch schon mal Tassen", bat sie, woraufhin ihr Sohn den nächsten Oberschrank öffnete und sich ans Werk machte. Neben dem Herd stellte er acht Tassen in Reih und Glied auf.

„Bist du dann nicht Kats Boss?", fragte Mick. Im Gegensatz zu seinem jüngeren Bruder klang er alles andere als begeistert von der Info, wer Ryan genau war. Tatsächlich schienen sich seine muskulösen Oberarme anzuspannen, er machte sogar einen Schritt auf Ryan zu, als glaubte er, er habe seine Position ausgenutzt und Kat zu etwas gezwungen, was sie nicht wollte.

Ruhig erwiderte er den Blick des anderen Mannes. „*Tanner Living* ist eine unserer Tochterfirmen, ja", gab er zu. „Bis vor ein paar Tagen hatte ich mit diesem Zweig unseres Business allerdings nichts zu tun."

„Ihr habt euch also nicht über den Job kennengelernt?"

„Mick!", sagte Kat scharf, doch sie brauchte ihn nicht vor ihren Brüdern zu beschützen, zumal er Micks Verhalten gut verstehen konnte.

„Nein, tatsächlich wussten wir zu Beginn nicht einmal, wer der jeweils andere war." Ryans Lippen kräuselten sich zu einem amüsierten Schmunzeln, das sich nur noch verstärkte, kaum sah er, wie Micks Schultern nach unten sackten und sich ein verwirrter Ausdruck auf dessen Zügen ausbreitete.

„Was meinst du damit?"

„Habt ihr euch über die Dating-App kennengelernt, die ich dir vorgeschlagen habe?", rief Sarah in begeistertem Ton, grinste von einem Ohr zum anderen, als habe sie höchstpersönlich ihre Tochter vor einem Leben voller Einsamkeit gerettet.

„O Mann", stöhnte Kat lediglich und schlug sich eine Hand gegen die Stirn. „Mom, du weißt schon, dass Mabels Dating-App für Personen über sechzig gedacht ist?"

Sarah runzelte die Stirn. „Wieso habt ihr euch bei einer Dating-App für über Sechzigjährige angemeldet?", fragte sie sichtlich verwirrt. „Seit wann stehst du auf ältere Männer?"

Diesmal schlug sich Kat nicht nur ein Mal die Hand gegen die Stirn, sondern gleich mehrfach. Währenddessen brachen ihre jüngeren Brüder in bellendes Gelächter aus. Ryan brauchte jegliches bisschen Selbstbeherrschung, um es ihnen nicht gleichzutun. Seine Mundwinkel zuckten, seine Wangenmuskeln schmerzten vor Anstrengung.

„Nein, Mom, ich habe mich *nicht* bei der App angemeldet, eben weil sie für über Sechzigjährige ist!"

„Ach so, wieso sagst du das nicht gleich? Wie habt ihr euch denn dann kennengelernt?", wollte Sarah wissen, die angefangen hatte, den Topfinhalt in die bereitgestellten Tassen zu schütten. Ryan musste zugeben, dass ein unglaublich leckerer Geruch vom Herd ausgehend zu ihm drang.

„Mir wurde während eines Meetings die falsche Nummer gegeben, ich wollte eigentlich jemand ganz anderen erreichen … Ich wusste nicht, dass es Ryans Nummer war, aber irgendwie hat sich dann ein Gespräch entwickelt." Als Kat begann zu erzählen, warf sie Ryan einen verunsicherten Blick zu, woraufhin er sie beruhigend anlächelte. Seine Finger schlossen sich fester um ihre, drückten sie aufmunternd.

Weil sie nicht weitersprach, begann er, die Geschichte selbst fortzuführen. Dabei warf er einen Blick in die Runde. „Wir haben uns über Wochen hinweg geschrieben, uns ganz ohne Namen kennengelernt und schließlich ein Blind Date ausgemacht."

„Oh, wie romantisch!", verkündete Sarah, auch Mick wirkte beruhigt, hatte womöglich ein ganz anderes Szenario im Kopf gehabt, als er hörte, dass Ryan der Boss seiner Schwester war.

„Das Blind Date lief alles andere als gut." Bei der Erinnerung gluckste er leise, sodass Kats Brüder ihn neugierig betrachteten. „Sie hat es nicht mal bis zum Tisch in dem Café geschafft – mit einem Blick auf mich ist sie umgedreht und abgehauen."

Erneut brachen Carter, Grayson und Mick in Gelächter aus, letzterer klopfte Kat auf die Schulter, wie um ihr zu sagen, dass sie alles richtig gemacht hatte.

„Aber am Ende hat es ja offensichtlich doch geklappt." Mit einem breiten Lächeln verteilte Sarah die Tassen heiße Schokolade unter den Anwesenden. Im nächsten Moment stellte sie auch vor Kat und Ryan zwei dampfende Tassen ab. Bei dem köstlichen Geruch, der ihm in die Nase stieg, stieß er einen genießerischen Laut aus.

„Wir haben *Love Contracts* in all unseren Firmen", fügte Ryan hinzu, wobei er gerade Mick einen ernsten Blick zuwarf. Dieser nickte knapp, es war nur eine klitzekleine Bewegung, doch ein zufriedener Zug bildete sich um seinen Mund. Offenbar schien ihn das Wissen über die *Love Contracts* zu besänftigen.

„Was steht denn für heute auf dem Plan?", wollte Kat wissen in einem offensichtlichen Versuch, vom Thema abzulenken.

Ihre Mutter schenkte ihr ein mildes Lächeln, wie um ihr zu zeigen, dass sie sie durchschaut hatte, antwortete ihr aber: „Die Gäste haben schon gefrühstückt, Grayson hat nachher eine Ski-Truppe, ansonsten ist erst später wieder etwas zu tun, wenn wir das Abendessen vorbereiten müssen. Diese Woche ist noch nicht so viel los, die meisten Gäste kommen erst am Freitag an, dann sind wir praktisch ausgebucht."

„Kannst du Skifahren?", wollte Mick wissen, der ihn weiterhin prüfend betrachtete. Kat mochte die älteste der vier Geschwister sein, aber es war unübersehbar, dass ihre Brüder ihr gegenüber sehr beschützerisch waren. Ein Grinsen zuckte an Micks Lippen. „Falls nicht, kannst du nachher bei Graysons Kurs mitmachen … dann haben die Kinder was zu lachen."

Anscheinend würde Grayson später ein paar Kids im Skifahren unterrichten.

Ryan erwiderte Micks Grinsen, störte sich nicht daran, dass der andere Mann keine Gelegenheit ausließ, ihn zu triezen. Vielleicht war das sogar ein Kompliment, schließlich verhielten sich die Familienmitglieder untereinander genauso.

„Habt ihr einen Skiverleih? Fahren kann ich, aber mein Equipment habe ich nicht dabei."

Kapitel 20

Kat glaubte, dass ihre Wangen nie wieder eine normale Farbe annehmen würden, so oft, wie sie seit der Ankunft beim Winter-Resort geglüht hatten. Sie liebte ihre Familie, aber ihre Leute waren wirklich Meister darin, sie in Verlegenheit zu bringen. Mick und ihre Mutter hatten Ryan mehr oder weniger verhört!

„Das Militär sollte meine Mom anstellen, ich wette, ihre Verhörmethoden wären unsagbar effektiv“, wisperte sie, während sie gemeinsam mit Ryan die Küche verließ.

In seiner Stimme lag ein Schmunzeln. „Sie würde den Gefangenen eine heiße Schokolade servieren, sie anlächeln und alle Informationen aus ihnen herausbekommen, die sie haben will.“ Er nickte zustimmend.

Auflachend stieß sie ihre Schulter gegen die seine. Grayson hatte sie darüber informiert, dass er ihr Gepäck in Kats altes Kinderzimmer gebracht hatte. Nachdem sie die Stufen in den ersten Stock erklommen hatten, liefen sie durch den Gang und hielten schließlich vor ihrem alten Zimmer, das sich im hintersten Eck des linken Flügels befand.

Nachdem sie die Tür geöffnet hatte, betraten sie gemeinsam den Raum. Gespannt wartete Kat auf Ryans Reaktion. Nachdem er seinen Mantel in der Küche ausgezogen hatte, war darunter zwar kein Designeranzug zum Vorschein gekommen, dafür aber ein zweifelsohne schweineteurer Rollkragenpullover und schicke Stoffhosen. Auch wenn er es nicht versuchte, echte Landeier wie die Harris sahen ihm den Reichtum auf den ersten Blick an. Im Gegensatz dazu war der Raum geradezu einfach eingerichtet. Vor ein paar Jahren hatten sie das komplette Haus modernisiert, dabei hatten sie auch Kats altes Kinderzimmer aufgemotzt. Es war nicht luxuriös, aber dafür umso gemütlicher.

Die Zimmertür fiel mit einem leisen Klicken hinter ihr ins Schloss, mit dem Rücken lehnte sie sich dagegen, beobachtete abwartend, wie Ryan durch den Raum ging und den Blick über die Einrichtung und die Fensterfront zum Balkon gleiten ließ.

„Ihr habt es wahnsinnig schön hier", sagte er, kaum dass er sich vom Fenster ab- und in ihre Richtung wandte. In seinen Augen las sie nichts anderes als Ehrlichkeit, woraufhin sich Wärme in ihrem Innern ausbreitete.

„Freut mich, dass es dir gefällt." Sie schenkte ihm ein Lächeln. Ihre Tasche und sein Koffer lagen auf einer kleinen Bank, die am Fußende des Bettes stand. Mit dem Kinn nickte sie in diese Richtung und fügte hinzu: „Komm, ziehen wir uns um, bevor meine Mom ungeduldig wird."

„Und das will natürlich keiner von uns", erwiderte er mit einem breiten Grinsen. „Nicht dass sie noch die zweite Folterrunde beginnt. Diesmal mit selbst gebackenen Keksen statt heißer Schokolade?" Fragend zog er die Augenbrauen in die Höhe und zwinkerte ihr zu.

Kichernd schüttelte sie den Kopf über ihn, wurde aber bald darauf wieder ernst. Fest erwiderte sie seinen Blick. „Ich bin wirklich erleichtert, dass du nicht kurz nach der Ankunft zurück in deinen Wagen gestiegen und davongebraust bist."

Eigentlich hatte sie sagen wollen, wie erleichtert sie war, dass er mit ihrer Familie klarkam.

Aber wieso sollte das wichtig sein, wenn ihre Fake-Beziehung nach zwei Wochen bereits vorbei war? Folglich hatte sie sich im letzten Moment dazu entschieden, ihren Satz abzuwandeln.

Bevor er etwas erwidern konnte, zog sie den Reißverschluss ihrer Reisetasche auf, kramte Skiunterwäsche daraus hervor, dazu lange Wollsocken und tapste ins angrenzende Badezimmer. Bevor sie die Tür schloss, sah sie sich über die Schulter noch einmal zu Ryan um. „Gib einfach Bescheid, wenn du dich fertig umgezogen hast, damit ich weiß, wenn ich wieder rauskommen kann."

Noch während sie sprach, ergriff er den Saum seines Pullovers und zog ihn sich in einem Schwung über den Kopf. Darunter kam eine durchtrainierte Brust und ein zum Anbeißen aussehender Sixpack zum Vorschein. Kats Atem stockte. Schockiert, weil sie nicht darauf gefasst gewesen war, dass er sich einfach vor ihr ausziehen würde, stieß sie ein Quietschen aus, sprang geradezu ins Bad und schloss die Tür hinter sich.

Durch die Wand hörte sie Ryans raues Lachen. „Kat, ich denke, in den nächsten zwei Wochen werden wir noch viel mehr voneinander sehen. Du kannst rauskommen, wann auch immer du willst."

Weil sie kein Wort herausbrachte, gab sie lediglich einen zustimmenden Laut von sich und biss sich auf die Zunge. Ihr Herz raste, ihre Wangen fühlten sich schon wieder ganz heiß an, und als sie den Blick hob, sodass er auf ihr Abbild im Spiegel über dem Waschbecken prallte, sah sie auch, wie rot ihr Gesicht angelaufen war. Hitze strömte durch ihren Körper, der Anblick von Ryans muskulösem Oberkörper und den breiten, mächtigen Schultern hatte sie unvorbereitet getroffen. *Verflucht, ist der Mann sexy!*, dachte sie.

Mit zitternden Händen legte sie den Stapel Kleidung auf dem Waschtisch ab, danach drehte sie den Wasserhahn auf, um sich ein bisschen kaltes Nass ins Gesicht zu spritzen. *Bekomm dich in den Griff!*, sagte sie sich im Stillen. *Du solltest ihn nicht so anschmachten, das hier ist alles nur Fake.*

Sie atmete noch ein paarmal tief ein und aus, um ihren Puls wieder zu beruhigen, danach zog sie sich hastig um, schließlich war gleich Abfahrt, und sie würden mit ihren Brüdern zum Skilift aufbrechen, während ihre Eltern mit Molly zurückblieben und die Stellung halten würden.

Seit jeher kochte Kats Mutter morgens und abends für alle Gäste, nach dem Frühstück wurden die Zimmer frisch gemacht – das erledigte der Rest der Familie. Neben dem normalen Betrieb kümmerten sich ihre Brüder um das Instandhalten der Anlagen und was sonst noch so anfiel. Ihr kleines, aber feines Winter-Resort war ein Familienbetrieb durch und durch.

Mittlerweile war es fast Mittag, folglich hatten die Gäste längst gefrühstückt, die meisten waren auf Achse und die Zimmer waren bereits geputzt, sodass ihre Eltern gut allein klarkommen sollten. Falls irgendetwas sein sollte, brauchte ihre Mom nur anzurufen und sie wären vom Skilift binnen fünfzehn Minuten zurück beim Resort, um auszuhelfen. Das war auch der Grund, warum ihre Brüder nie verstanden hatten, warum Kat eine Karriere in Boston verfolgt hatte: Das Leben im *Harris Winter-Resort* war anstrengend, aber gleichzeitig konnten sie jeden Tag die wunderschöne Natur genießen, die für andere nur während des Urlaubs erreichbar war und für die sie weite Wege auf sich nahmen.

Gerade schloss sie den Verschluss ihres Sport-BHs, danach zog sie sich das Oberteil ihrer Skiunterwäsche über. Nachdenklich verließ sie das Badezimmer, nahm sich vor, am Abend in der Küche zu helfen, um ihrer Mom Arbeit abzunehmen.

Ein Rascheln riss sie aus den Gedanken, abrupt hob sie den Kopf, sodass ihr Blick auf Ryan fiel. Dieser schlüpfte gerade in einen Schneeanzug, der eigentlich nicht sexy hätte aussehen sollen, doch er betonte die schmalen Hüften und die muskulösen Schultern. Schnell wandte sie den Blick ab und machte sich daran, aus der Reisetasche ihre Schneehose und -jacke herauszuholen.

„Wir haben für die Gäste einen Skiverleih, bestimmt finden wir was Passendes für dich."

„Ich bin schon ewig nicht mehr Ski gefahren", sagte er kopfschüttelnd, ein kleines, nostalgisch wirkendes Lächeln zuckte an seinen Mundwinkeln.

„Ist wie Radfahren, du wirst es schon nicht verlernt haben." Sie zwinkerte ihm zu.

„Das will ich mal hoffen, aber wenn doch, dann haben deine Brüder wenigstens etwas zu lachen." Er schien es mit Humor zu nehmen.

Sobald auch Kat fertig angezogen war, ergriff er ihre Hand und zog sie hinter sich her aus dem Zimmer, hinein in den Gang. Seine starken Finger lagen warm um die ihren, vermittelten ihr das trügerische Gefühl von Verbundenheit. Besser sie passte auf, dass sie es sich nicht zu Kopf steigen ließe. *Alles Fake*, erinnerte sie sich.

In den nächsten zwanzig Minuten fanden sie passende Skier und Schuhe für Ryan, luden alles in Micks Truck und fuhren die kurze Strecke zum Skilift. Dieser wurde nicht von der Familie Harris betrieben, doch sie waren mit dem Inhaber befreundet, schließlich sorgten sie seit Jahren dafür, dass er reichlich Kundschaft hatte. Ihre Gäste bekamen sogar Rabatt auf die Karten des Lifts.

Kaum dass sie geparkt hatten und ausgestiegen waren, legte Kat den Kopf in den Nacken, atmete die frische Luft ein und schloss für einen kurzen Moment die Augen. Boston war eine tolle Stadt, doch sie merkte jedes Mal, wenn sie zurück nach Hause kam, wie gut es ihr tat, ab und an dem Verkehrslärm, den Abgasen und dem ganzen Trubel zu entkommen.

En kühler Wind wehte über ihre Wangen. Zwar fröstelte sie leicht, lächelte aber, kaum dass sie die Lider wieder hob und den Blick über die schneebedeckte Landschaft gleiten ließ. Auf der Piste wurde noch mit Schneekanonen nachgeholfen, das wäre vermutlich schon bald nicht mehr nötig.

„Dir wird bestimmt gleich warm, wenn du die Piste runterschießt", sagte Grayson mit einem herausfordernden Grinsen.

„Ihr fahrt Wettrennen?", vermutete Ryan.

„Kat ist ungeschlagen", bestätigte Carter, „aber nur, weil sie kleiner ist als wir. Weniger Luftwiderstand", behauptete er mit einem großspurigen Lächeln.

„Oder, weil ihr lahme Enten seid und es einfach nicht draufhabt", flötete sie in zuckersüßem Ton.

„Da hat aber jemand eine große Klappe, der schon seit fast einem Jahr nicht mehr auf Skiern stand. Mach den Mund mal nicht zu weit auf." Mick war gerade dabei, seine Arbeitsstiefel auszuziehen und in die Skischuhe zu schlüpfen, in denen er unmöglich hätte Autofahren können. Die anderen trugen ihre Skischuhe bereits.

Kaum dass er so weit war, schulterten sie ihre Ski und machten sich auf den Weg zu dem kleinen Bügellift.

„Du hast nur Angst, dass ich dir wieder davonfahre und dich blamiere." Damit warf Kat ihm ein selbstsicheres Lächeln zu. Sie hatte das vermisst – die unbekümmerten Sticheleien mit ihren Brüdern.

Schon bald hatten sie den Parkplatz überquert und erreichten den untersten Rand der Piste. Die Bewegungen waren gewohnt, als Kat die schweren Skier von der Schulter gleiten ließ, sie vor sich auf dem Boden platzierte und sich auf die Bindungen stellte, bis ihre Schuhe mit einem Klicken einrasteten. Über die Schulter warf sie Ryan einen neugierigen Blick zu. Er hatte gesagt, dass es lange her sei, dass er zuletzt Ski gefahren war, doch auch er war schon bereit, loszulegen.

Mithilfe ihrer Skistöcke stießen sie sich vom Boden ab und machten sich auf den Weg zur unteren Liftstation. Zwar mussten sie anstehen, allerdings nicht sehr lang. Das war der Vorteil an dem kleinen Lift – viele Urlauber und auch einige Einheimische fuhren lieber etwas weiter weg, um größere Pistengebiete zu erreichen. Der hiesige Bügellift eröffnete lediglich drei Strecken mit moderaten Schwierigkeitsgraden, doch für die Gäste des Winter-Resorts und für die Familie Harris war das kleine, aber feine Gebiet perfekt. Schön in der Nähe, natürlich war es nichts für Leute, die einen Adrenalinkick suchten, doch es war einfach eine nette Strecke.

„Keine Ahnung, welche Strecken du normalerweise fährst, aber erwarte lieber nicht zu viel“, sagte Kat an Ryan gerichtet. Wer weiß, vielleicht hatte der Milliardär früher in seiner Freizeit schwarze Pisten in den Schweizer Alpen gemeistert, dann wäre er am Ende enttäuscht.

„Ich bin einfach nur froh, mal wieder rauszukommen.“ Er zuckte mit den Schultern. Langsam bewegten sie sich in der Schlange zum Lift voran. Sie trugen Skihelme und -brillen, deswegen konnte Kat den Ausdruck in seinen Augen nicht erkennen, aber sein Lächeln wirkte ehrlich.

„Ist eine schöne Abwechslung zum Büroalltag, was?", sagte sie, schließlich ging es ihr genauso.

„Du müsstest nur deinen Job in Boston kündigen und wieder beim Familienbetrieb einsteigen", rief Carter, der in der Schlange hinter ihnen stand.

Bildete sie sich das nur ein oder verkrampfte sich Ryan neben ihr? Verwirrt sah sie zu ihm auf, doch die Skibrille verhinderte weiterhin, dass sie seine Miene lesen konnte.

„Und mich jeden Tag mit euch herumärgern?", rief sie zurück. „Nein, danke!"

Ihre drei Brüder lachten, waren seit jeher ein eingeschweißtes Team. Kat konnte sich niemand Besseren vorstellen, um das Winter-Resort zu führen. In ernsterem Ton fügte sie hinzu: „Dad hat erzählt, dass ihr die Schneemobil-Strecke für diese Saison noch erweitert habt …" Während sie sprach, warf sie Mick einen Blick zu. Er war der älteste der drei, vielleicht war er deswegen auch schon immer derjenige, der am verantwortungsvollsten war. Bestimmt war die neue Strecke seine Idee gewesen.

„Wenn ihr so weitermacht, rennen euch die Touris bald die Türen ein." Sie zwinkerte ihm zu. „Ihr braucht mich gar nicht, ihr schaukelt das Ganze auch allein." Sie schenkte ihm ein stolzes Lächeln.

„Vielleicht brauchen wir dich nicht", gab er zu, „aber wir haben dich immer gern hier."

„Aaaaw", stieß sie mit übertrieben gerührter Stimme aus. „Bist du nett zu mir, damit ich dich beim Skirennen gewinnen lasse?"

Er machte einen Satz nach vorn, vermutlich wollte er einen Kitzelangriff starten wie in ihrer Kindheit, doch Ryan und Kat waren mittlerweile an erster Stelle in der Schlange. Sie stieß eine Mischung aus Lachen und Quietschen aus, als sie nach vorn flüchtete, beide Stöcke in einer Hand, die andere schlang sie um Ryans Unterarm, damit er sich beeilte, ihr zu folgen. Sein raues, belustigtes Lachen ließ Schmetterlinge in ihrem Bauch aufflattern. Gemeinsam hasteten sie nach vorn, nahmen den Bügel von dem Liftbetreiber entgegen, schoben ihn in die richtige Position und mit einem kleinen Ruck wurden sie den Berg hinaufgezogen.

Kat konnte es sich nicht verkneifen, sich zu Mick umzusehen und ihm die Zunge herauszustrecken. Ihre Familie brachte in ihr selbst jetzt noch den frechen Teenager zum Vorschein. Ihr Bruder schüttelte grinsend den Kopf, als auch er einen Bügel gereicht bekam und hinter ihnen den Berg hochfuhr, Carter und Grayson direkt hinter ihm.

„Wie gut fährst du?“, wollte Kat wissen. Natürlich hatten ihre Brüder sie bereits aufgestachelt, doch sie würde kein Rennen fahren, wenn das bedeutete, dass sie Ryan oben auf dem Berg mit wackeligen Knien allein lassen würde.

„Du musst dir keine Sorgen machen“, erwiderte er. Ein geheimnisvolles Lächeln zog an seinen Lippen, sodass sie sich fragte, woran er gerade dachte.

„Wo sind Start- und Endpunkte eures Rennens?“, fragte er interessiert, woraufhin Kat nach vorn zeigte, um ihm zu bedeuten, wo es losging.

„Siehst du die kleine Baumgruppe?“ An der oberen Liftstation standen drei hohe Tannen beisammen, ihre Äste mit Schnee bedeckt, der unter der Sonne glitzerte und den Bäumen etwas Majestätisches verlieh.

Ryan nickte.

„Dort starten wir, der Endpunkt ist der letzte Pfeiler vor der unteren Station."

„Verstehe", erwiderte er.

Während dem Rest der Fahrt herrschte Stille zwischen ihnen, doch es war nicht unangenehm. Ganz im Gegenteil, es hatte etwas Friedliches, in dem gemütlichen Tempo des kleinen Bügellifts hochgezogen zu werden und den Blick über die märchenhafte Schneelandschaft gleiten lassen zu können. Kühle Luft strich über ihr Gesicht, wie eine sanfte Berührung, die Sonne sorgte für ein atemberaubendes Lichtspiel. Hier draußen fühlte man sich frei, es war im wahrsten Sinne des Wortes ein Urlaub von ihrem Leben im hektischen Stadtzentrum von Boston.

„Ich bin froh, dass ich mitgekommen bin", sagte Ryan, der hörbar ausatmete. Vielleicht fiel in diesem Moment ein Haufen Stress von ihm ab, sie konnte sich gar nicht vorstellen, wie es sein musste, für so viele verschiedene Firmen verantwortlich zu sein, nie gänzlich abschalten zu können …

„Ich bin auch froh", gestand sie mit einem Lächeln. Es fühlte sich gut an, seinen warmen Körper neben dem ihren zu spüren. So eng nebeneinander während der Liftfahrt drückten ihre Schultern gegeneinander, als seien sie eine Einheit. Tatsächlich hatte ihre Mom auch viel weniger an Kat herumgenörgelt als sonst, ihr Plan ging also auf.

Wenig später erreichten sie den Gipfel, Kat stieß sich vom Bügel des Lifts ab und bog nach links auf die Piste. Ryan, der außen gefahren war, war derjenige, der den Bügel am Ende losließ und etwas später ebenfalls nach links abbog. Während sie darauf wartete, dass auch ihre Brüder oben ankamen, warf sie Ryan einen fragenden Blick zu. Doch er nickte lediglich, ein beruhigendes Lächeln umspielte seinen Mund.

Folglich machte sich Kat für das bevorstehende Rennen bereit, ging in Position und sah stur nach vorn. Als ihre Brüder einen Frühstart hinlegten – die kleinen Schummler! –, stieß sie sich mit den Skistöcken vom Boden ab, um ihnen hinterherzurasen.

Mick, Carter und Grayson lachten, doch das würde ihnen schon noch vergehen, wenn Kat sie einholte und an ihnen vorbeibrauste. Verbissen beugte sie sich vor, um ihr Tempo anzuheizen, Wind schlug ihr entgegen, die Kälte auf ihren Wangen kam ihr vor wie viele Nadelstiche, aber all das ließ sie sich lebendig fühlen. Mit einem Auflachen ging sie etwas weiter in die Knie, fuhr schnelle Haken und hatte bald den langsamsten ihrer Brüder überholt. Grayson war schon immer gemütlich drauf gewesen, nahm an den Rennen zwar teil, aber eher aus Gutmütigkeit und nicht weil er wirklich vorhatte, zu gewinnen.

Zur Mittagszeit war die Piste angenehm leer, vermutlich waren viele eingekehrt, um eine Stärkung zu sich zu nehmen, bevor sie weiter Ski fuhren. Sollte Kat nur recht sein, so konnte sie ihr Tempo sogar noch beschleunigen, ohne andere Skifahrer in Gefahr zu bringen.

Ein losgelöstes Lachen kam über ihre Lippen, kaum dass sie auch Carter überholt hatte. Nun fehlte nur noch Mick. „Ich krieg dich!“, rief sie ihm hinterher.

„Boston hat dich wohl zum Weichling gemacht“, brüllte er zurück, Humor lag in seiner Stimme. Der Kerl wollte sie nur ärgern, sie aus dem Konzept bringen, damit er zum ersten Mal das Rennen gewann, das die Geschwister schon seit ihrer Kindheit veranstalteten.

Zischende Geräusche entstanden bei jedem Haken, den sie mit den Skiern fuhr, womit sie Schnee zur Seite fliegen ließ. Kaum dass es die Strecke zuließ, ging sie in die Hocke, beugte sich vor, ließ die Haken sein und fuhr wie ein Pfeil geradeaus nach unten. Mick passierte den zweitletzten Lift-Pfeiler kurz vor ihr, im nächsten Moment erreichte sie ihn, warf ihm ein triumphierendes Lächeln zu, während sie ihn überholte. Doch kurz bevor sie den letzten Pfeiler und damit den Endpunkt des Rennens erreichte, schoss eine hochgewachsene Gestalt an ihr vorbei.

Ihre Augen weiteten sich, als sie den dunklen Schneeanzug erkannte. Ryan!

Kurz darauf erreichte er als Erster das Ziel, richtete sich von der gebeugten Stellung auf und verlangsamte sein Tempo in ein paar gekonnten, präzisen Bewegungen. Mit einer harten Bremsung kam er zum Stehen.

Kat fiel beinahe die Kinnlade herunter, als sie neben ihm abbremste. Ruckartig nahm sie die Skibrille ab, um ihn besser betrachten zu können. Ungläubig sah sie zu ihm auf. „Lange her, dass du das letzte Mal Ski gefahren bist?"

Breit grinsend zuckte Ryan mit den Schultern. „Ist es. Aber ich vergaß, zu erwähnen, dass ich bis während meiner Unizeit professionell Rennen gefahren bin."

Mick und Carter erreichten sie gerade rechtzeitig, um Ryans letzten Satz zu hören. Kaum dass sie Kats schockierten Gesichtsausdruck bemerkten, brachen sie in schallendes Gelächter aus.

„Wir haben einen neuen Sieger!", verkündete Carter.

„Wurdest wohl von deinem Thron gestoßen, was?", murmelte Mick, ein breites Grinsen auf den Zügen.

Kat konnte nicht anders, als Ryan mit der Faust gegen die Schulter zu boxen. „Unglaublich!“, rief sie. „Ich bin von Schummlern umgeben! Die einen legen einen Frühstart hin, die anderen verschweigen eine Profikarriere …“

„Na, Profikarriere ist etwas übertrieben“, gab Ryan in unbekümmertem Ton zurück.

Kichernd schüttelte sie den Kopf über ihn, hätte dem Milliardär in dem sonst so steifen Designeranzug nicht zugetraut, dass er mit ihrer verrückten Familie mithalten konnte. Aber offenbar war Ryan genauso gut darin, einzustecken, wie auch auszuteilen, was sarkastische Sprüche und Neckereien anging.

Mit gemächlichen, langsamen Bögen kam Grayson auf sie alle zu gefahren. Als er abbremste, ahnte Kat bereits, was er vorhatte, konnte aber nicht ausweichen, weil am Hang unter ihr Ryan stand. Im nächsten Moment war es auch schon zu spät, Grayson bremste so ab, dass er direkt über ihr zum Stehen kam, allerdings noch etwas weiter rutschte und ihr damit einen leichten Stoß verpasste.

„Du Mistkerl!“, rief sie aus, während sie ins Straucheln geriet, gegen Ryan prallte und sie beide zu Boden riss. Der weiche Pulverschnee fing ihren Sturz ab, nichtsdestotrotz wurde ihr beim Aufprall die Luft aus den Lungen gedrückt. Wie musste es da Ryan erst gehen?

Bestürzt stellte sie fest, dass sie auf seiner breiten Brust gelandet war, während er mit dem Rücken auf die Piste geknallt war. Betroffen stützte sie eine Hand auf seinem Oberkörper ab, um ihm ins Gesicht sehen zu können. Seine Skibrille war verrutscht, sodass nur noch ein Auge bedeckt wurde. Weil das nicht bequem sein konnte, hob sie die Hand, um die Brille auf seinen Helm und weg von seinem Gesicht zu schieben.

Plötzlich legte sich eine warme Hand gegen ihre Wange. Erst da wurde ihr bewusst, dass Ryan den anderen Arm um ihre Taille geschlungen hatte, vermutlich um ihren Sturz abzufangen.

„Alles okay?", brummte er, wobei er ihr einen besorgten Blick zuwarf.

„Ich bin weich gelandet", gab sie in ironischem Ton zurück. Dabei verpasste sie seiner muskulösen Brust einen vielsagenden Klaps, was ihn dazu brachte, leise zu glucksen.

Ohne sich davon abhalten zu können, ließ sie die Augen nach unten wandern, war vom Anblick seines attraktiven Lächelns gefangen. *Die sexy Grübchen gehören aber auch verboten!*

Ein Pfiff wurde laut. „Nehmt euch ein Zimmer!", rief einer ihrer Brüder, Amüsement klang in seiner Stimme mit.

Plötzlich wurde Kat bewusst, wie nah ihr Gesicht dem von Ryan eigentlich war. *Mein Gott, wirst du etwa schon wieder rot?*, fragte sie sich.

Ehe sie sich jedoch von Ryans Körper herunterwälzen konnte, um neben ihm im Schnee zu landen, zwinkerte er ihr zu, ließ seinen Arm von ihrer Taille hinaufwandern, um ihn sanft hinten auf ihren Skihelm zu legen und ihren Kopf hinab zu den seinen zu ziehen. Ihr stockte der Atem, als sich seine Lippen auf die ihren pressten.

Mit dem Augenzwinkern hatte er klargemacht, dass das hier zu ihrem Schauspiel gehörte. Er hatte die Rolle als ihr Fake-Freund angenommen und hatte offenbar auch vor, sie überzeugend rüberzubringen.

Sehr überzeugend sogar, dachte sie mit einem Aufseufzen, als sie spürte, wie er mit der Zungenspitze über ihre Lippen fuhr. Es war, als habe er einen elektrischen Stoß durch ihren Körper geschickt. Mit einem erregten Wimmern öffnete sie sich ihm und er vertiefte den Kuss. Hunderte von Schmetterlingen schienen in ihrem Bauch aufzuflattern, ihre Haut kribbelte und ihre Finger verkrallten sich im Stoff seines Schneeanzugs, drückten in seine feste Brustmuskulatur, während sie seinen Kuss erwiderte. Die Art, wie er mit der Zunge vorstieß, mit der ihren tanzte, dominant, als wüsste er genau, was er wollte, ließ sie erschaudern.

Der nächste Pfiff und das Lachen ihrer Brüder waren Kats Rettung, sonst hätte sie sich zweifelsohne in dem Kuss verloren. Das wäre jedoch fatal gewesen, schließlich bedeutete er nichts.

Bestimmt war ihr Gesicht so rot wie eine Tomate, als sie schließlich den Kopf hob, Ryan sie losließ und ihr einen derart heißen Blick zuwarf, dass sie glaubte, die Wärme dessen auf ihrer Haut spüren zu können.

„Fahren wir weiter oder wollt ihr lieber zurück auf euer Zimmer?", wollte Grayson in Plauderton wissen.

Nachdem Kat sich wieder aufgerappelt hatte, versetzte sie ihrem Bruder einen leichten Schubs. „Du hast die Verzögerung verursacht", gab sie zurück, „also beschwer dich nicht."

Durch den Sturz hatten sich die Sicherheitsbindungen ihrer Skier gelöst, das war auch gut, sonst hätten sie sich bestimmt die Knie verdreht. Allerdings hatten sich die Dinger verselbstständigt und waren die letzten Meter des Berges allein hinuntergefahren.

Im Augenwinkel sah sie, wie Mick einen Arm ausstreckte, um Ryan zurück in den Stand zu ziehen. Kurz darauf fuhren ihre Brüder voraus, während Ryan und Kat zu Fuß bis zur unteren Liftstation gingen. Dort angekommen, sammelten sie ihre Skier ein.

Kaum dass sie wieder abfahrbereit waren, sah Kat zu ihm auf und sagte: „Ich verlange eine Revanche!“

Kapitel 21

Der Kuss war die beste und gleichzeitig die dümmste Idee gewesen, die Ryan seit Langem gehabt hatte. *Die beste*, weil es sich verdammt gut angefühlt hatte, Kats weiche, volle Lippen zu spüren und ihren Mund mit seiner Zunge zu erobern. *Die dümmste*, weil er seitdem an nichts anderes mehr denken konnte als daran, dass er sie noch einmal küssen wollte.

Vielleicht hatte Mrs. Harris ihm das angesehen, denn nach dem Abendessen hatte sie ihm zugezwinkert und behauptet: „Ihr seid bestimmt müde, seid ja heute erst hergefahren, dann der lange Tag auf der Skipiste … Geht doch ruhig schon mal schlafen, wegen uns müsst ihr nicht wach bleiben."

Carter, der jüngste der Harris-Geschwister, hatte „Schick die Turteltäubchen ins Bett" gehustet, woraufhin seine beiden Brüder die Köpfe geschüttelt und leise vor sich hin gelacht hatten.

Im nächsten Moment schob Sarah Kat und ihn bereits aus der Küche in den Gang.

„Hat sie uns gerade etwa rausgeschmissen?", fragte Kat in ungläubigem Ton. Es schien eher eine rhetorische Frage zu sein, daher antwortete er auch nicht, konnte sich das Schmunzeln aber nicht verkneifen.

So langsam verstand er, warum Kat keinesfalls allein zu ihrem Weihnachtsurlaub hatte antreten wollen. Ihre Mutter schubste sie bei jeder Gelegenheit regelrecht in Ryans Richtung, rempelte Kat *versehentlich* an, sodass sie gegen ihn stolperte, oder – wie gerade eben – schickte die beiden ins Bett. Ihre alles andere als unauffälligen Versuche, für das Liebesglück ihrer Tochter zu sorgen, amüsierten Ryan. Allerdings konnte er sich gut vorstellen, wie es gelaufen wäre, wäre Kat ohne Begleitung hierhergekommen.

„Sie ist nicht zu fassen", murmelte Kat vor sich hin, während sie neben ihm her ging. Sie durchquerten den Raum, um die Treppe in den ersten Stock zu nehmen und schließlich ihr Zimmer zu erreichen.

Kaum dass sie es betreten hatten, blieb Kat plötzlich ruckartig stehen.

„Wir haben nur ein Bett", stellte sie fest, als sei ihr das erst jetzt so richtig bewusst geworden.

Seine Mundwinkel zuckten, während er in aller Seelenruhe an ihr vorbei zu seinem Koffer ging, der noch immer auf der Bank am Fußende des Bettes lag. Der Schneeanzug hing mit dem Rest der Ausrüstung im Trockenraum. Nachdem sie von der Piste zurückgekehrt waren, hatten sie sich umgezogen, beim Kochen geholfen und in einem großen Saal gemeinsam mit den Gästen zu Abend gegessen. Danach waren sie in den Westflügel zurückgekehrt, um im privaten Wohnzimmer der Familie zusammenzusitzen. Carter war ein echter Entertainer, hatte eine lustige Geschichte nach der anderen erzählt, während Ryan es einfach nur genossen hatte, neben Kat auf einem der Sofas zu sitzen, seine Finger über ihre Wirbelsäule gleiten zu lassen und zuzuhören. Sein Job war hektisch, oft eilte er von einem zum nächsten Meeting oder wälzte sich durch irgendwelche Akten. Zur Abwechslung mal nichts zu machen, tat gut – sein Bruder hatte recht gehabt, Ryan brauchte diesen Urlaub wirklich.

Während er damit begann, den Inhalt seines Koffers in den Kleiderschrank zu räumen, starrte Kat noch immer das Bett an, als würde es sie jeden Moment angreifen. Zwar hatte sie den Kuss auf der Piste erwidert und spannte sich unter seinen Berührungen nicht mehr an, doch es war offensichtlich, dass sie sich nicht wohl damit fühlte, die Nacht neben ihm zu verbringen.

„Ich werde auf der Couch schlafen“, sagte er, damit die tiefe Falte zwischen ihren Brauen verschwand.

Abrupt drehte sie sich um, bis ihr Blick auf das Sofa neben der Balkontür fiel. Offensichtlich war sie zu durcheinander gewesen, um daran zu denken.

„Du kannst das Bett haben“, widersprach sie sofort, doch Ryan schüttelte den Kopf.

„Ich bestehe darauf“, widersprach er. Wenn einer von ihnen beiden gut ausgeschlafen sein musste, dann Kat. Wie sonst sollte sie die Sticheleien ihrer Familie aushalten?

•OOO•

Ein lautes, knallendes Geräusch ließ ihn hochschrecken.

„Tante Kat, Tante Kat, Tante Kat!“, rief eine hohe Kinderstimme in aufgeregtem Ton.

Noch im Halbschlaf sah sich Ryan in Richtung der Zimmertür um. Die kleine Molly rannte gerade hindurch und direkt auf das Bett zu. Mit Anlauf sprang sie hoch auf die Matratze, wobei sie Kat den Ellenbogen in den Bauch rammte. Beim Anblick zuckte Ryan mitfühlend zusammen, im nächsten Moment stieß Kat ein Ächzen aus. Damit war wohl auch sie wach.

Ruckartig setzte sie sich auf und blinzelte ein paarmal. Nachdem sie zu sich gefunden zu haben schien, legte sie die Arme um ihre Nichte und zog diese neben sich auf die Matratze. „Guten Morgen.“ Kats Stimme war verschlafen.

„Ich bin so froh, dass du da bist!“, plapperte die Kleine sofort drauflos. „Habe dir noch so viel zu erzählen!“ Wie zum Beweis hob sie ein Spielzeugpferd in die Höhe. „Das ist Spot!“

Kats Nichte redete noch weiter, doch Ryan hörte gar nicht mehr richtig zu, war viel zu sehr von dem Anblick fasziniert, der sich ihm darbot. Vor dem Zubettgehen hatten sie nacheinander geduscht, im nassen Zustand waren Kats honigblonde Haare mehr oder weniger glatt gewesen. Aber über Nacht waren sie getrocknet und endlich sah er ihre wilde Lockenmähne in ihrer vollen Pracht.

Der Drang, seine Hände in ihrem Haar zu versinken, ihren Kopf zurückzukippen und ihre Lippen mit einem heißen Guten-Morgen-Kuss zu bedecken, war beinahe übermächtig. Sie sah so sexy aus mit den großen, unbändigen Locken, die in alle Richtungen abzustehen schienen.

Die Frau, die in nichts weiter als einem langen, riesengroßen T-Shirt auf dem Bett saß, hatte rein gar nichts mehr mit der zurechtgemachten Gebäudemanagerin zu tun, die er bei ihrem ersten Date in *Ella's Newbury Café* und später im TALI-Gebäude erblickt hatte.

Hatte er nicht das Feuer in ihr wecken wollen, um die zurechtgemachte Hülle durcheinanderzubringen? In einem schicken Hosenanzug und mit dem strengen Dutt strahlte Kat Eleganz aus, aber mit ihrem Schlafshirt und der Lockenmähne war sie atemberaubend. Das wilde Haar verlieh ihr den Eindruck, als habe sie eine heiße Nacht mit einem Liebhaber hinter sich, der seine Hände ständig darin vergraben hatte. Hitze strömte durch seinen Körper, Ryan würde die Rolle nur zu gern übernehmen.

Blinzelnd erinnerte er sich daran, dass ein Kind anwesend war, und schnappte sich das Kopfkissen, um es auf seinem

Schoß abzulegen. Gezwungen ruhig atmete er ein und aus, um die Reaktion seines Körpers zu beruhigen. Diese Frau ging ihm einfach unter die Haut … Hatte es schon nach wenigen Textnachrichten getan, in natura war der Effekt nur noch stärker.

„Süße, warum gehst du nicht in die Küche und hilfst deiner Nana dabei, Frühstück vorzubereiten? Ryan und ich kommen bald hinterher und dann erzählst du mir, was Spot und seine Freunde alles angestellt haben, Deal?"

Molly setzte eine nachdenkliche Miene auf. „Deal", sagte sie schließlich, fügte aber grinsend hinzu: „Aber nur, wenn ich deine heiße Schokolade bekomme."

„Du willst heute Morgen zwei große Tassen heiße Schokolade trinken?", fragte Kat mit übertrieben ungläubiger Stimme. Sie beugte sich über ihre Nichte, um die Kleine am Bauch zu kitzeln. „Passt das da alles rein?", wollte sie wissen, woraufhin Molly vergnügt zu kichern begann.

Bei dem Anblick breitete sich Wärme in Ryan aus, die beiden waren auch wirklich zu niedlich.

„Du bekommst meine Schoki", versprach Kat, bevor sie schließlich von ihrer Nichte abließ und dieser half, von dem hohen Bett herunterzuklettern.

Schon rannte die Kleine zurück zur noch immer offen stehenden Tür. Unter dem Rahmen blieb sie stehen, um zu winken und ihr Spielzeugpferd Spot zum Abschied wiehern zu lassen. Danach knallte sie die Tür hinter sich zu, im Innern des Zimmers konnten sie die davoneilenden, tapsigen Schritte des Mädchens hören.

„Entschuldige", murmelte Kat, kaum dass sie wieder allein waren. Mit einem Seufzen ließ sie sich zurück in die Kissen fallen. „Wie viel Uhr ist es?", wollte sie wissen.

Ryan streckte einen Arm aus, um sein Handy vom Sofatisch zu holen. Kurz darauf sagte er: „Neun Uhr vorbei.“

„Mist!“ Sofort setzte sich Kat wieder auf, schwang die Beine über den Bettrand und stand auf. „Molly kann überhaupt nicht beim Frühstückmachen helfen, meine Mom ist bestimmt schon damit fertig. Die Gäste können von acht bis zehn Uhr frühstücken. Eigentlich wollte ich ihr helfen …“

Sie wirkte fahrig, nachdem sie vom Bett aufgestanden war und sich im Zimmer umsah. Er hatte keine Ahnung, was sie suchte, vielleicht ihre Pantoffeln, vielleicht ihre Reisetasche, aber das war ihm im Grunde auch egal. Ryan genoss schlichtweg den Anblick ihrer nackten, langen Beine. Das Schlafshirt reichte ihr lediglich bis zur Mitte der Oberschenkel, außerdem war er ziemlich sicher, dass sie keinen BH darunter trug, weil er ihre Brustspitzen durch den Stoff deutlich erkennen konnte.

Unachtsam schob er Decke und Kissen von seinem Schoß und erhob sich vom Sofa. Mit langen Schritten durchquerte er das Zimmer, keine zwei Sekunden später hatte er sie erreicht. Sofort wirbelte sie zu ihm herum, legte den Kopf in den Nacken und sah mit großen Augen zu ihm auf. Seine Selbstbeherrschung riss, er konnte nicht widerstehen, vergrub beide Hände in ihren großen, hellen Locken und sagte:

„Du solltest das Haar wirklich häufiger offen tragen.“ Klang seine Stimme rauchig?

Es kam ihm vor, als würde er in ihrem Blick versinken. Er wusste nicht, wer von ihnen beiden einen Schritt nach vorn getan hatte, wusste nur, dass sich seine lange Härte plötzlich gegen ihren weichen Bauch presste. Ein heiseres Stöhnen drang über seine Lippen, und er musste sich zurückhalten, nicht einen leisen Fluch auszustoßen.

Als sie dann auch noch einen kehligen Laut von sich gab, beugte er den Kopf und verschlang ihren Mund mit einem hungrigen Kuss. Fake-Beziehung hin oder her, die Anziehungskraft zwischen ihnen war nicht zu leugnen und er konnte und wollte sich nicht dagegen wehren.

Sein Puls beschleunigte sich, während er seine Zunge mit ihrer verschlang. Erregte Schauer rannen über seinen Rücken, die Empfindungen wurden nur noch stärker, als sich Kat enger gegen ihn drückte, sich an ihm rieb.

Gemeinsam stöhnten sie auf, ließen nur voneinander ab, um nach Atem zu ringen. Langsam strich er mit den Fingern über ihre Kopfhaut nach vorn, um ihr Gesicht schließlich in die Hände zu nehmen und mit dem Daumen über ihre Wangen zu streicheln. „Guten Morgen, Sunshine", brummte er dicht an ihren Lippen.

„Guten Morgen", flüsterte sie, wobei sie blinzelnd zu ihm aufsah. Dabei wirkte sie vollkommen durcheinander und in seinen Augen unglaublich süß. Weil er sie nicht überrumpeln wollte, trat er schließlich von ihr zurück, wenn auch widerwillig.

„Ich nehme eine kalte Dusche", murmelte er, was ihr ein Auflachen entlockte. Wärme breitete sich in seinem Innern aus, er fühlte sich … *glücklich*, so sehr wie schon seit Langem nicht mehr. Seine Mundwinkel zuckten, als er im angrenzenden Badezimmer verschwand.

Etwa fünfzehn Minuten später verließ Ryan die Dusche, nahm sich eins der weichen Handtücher aus dem Regal und trocknete sich ab. Danach schlang er es sich um die Hüften, um zurück ins Schlafzimmer zu kehren. Kat war mittlerweile angezogen – schade eigentlich, das Schlafshirt hatte ihm gut an ihr gefallen.

Sobald sie ihn erblickte, wanderten ihre Augen an seinem Körper hinab. Die geradezu elektrische Anziehungskraft zwischen ihnen knisterte, er hielt inne, um ihr Zeit zu geben, ihn eingehend betrachten zu können. Kurz darauf zuckte sie jedoch wie ertappt zusammen und wirbelte herum. Sie stieß einen angespannten Laut aus, schnappte sich ihre Reisetasche und ging damit zum Kleiderschrank, als wäre es plötzlich von größter Bedeutung, auch ihre Klamotten einzuräumen.

Mit einem selbstzufriedenen Lächeln trat er neben sie, so dicht, dass er die Wärme ihres Körpers spüren konnte. Mit voller Absicht ließ er seinen Arm gegen ihre Schulter streifen, als er an ihr vorbeigriff und aus dem Schrank Boxerbriefs, eine Stoffhose sowie einen Norwegerpullover holte. Kat erbebte sichtlich, ihre Finger zitterten, während sie ein paar T-Shirts neben seine auf das Regalbrett legte. Ihre Reaktion schickte erregte Schauer über seinen muskulösen Rücken.

Bevor er zurücktrat, beugte er sich vor, um mit der Nasenspitze an ihrem schlanken Hals entlang zu streichen. Genüsslich atmete er ihren Duft nach Vanille und Zimt ein.

„Dein Parfum riecht zum Anbeißen gut“, raunte er gegen ihre Haut, bevor er sanft an ihr knabberte. Schließlich schaffte er es, sich von der Versuchung, die Kat darstellte, loszureißen, und trat zurück.

Sie beide stießen abgehackt den Atem aus, kaum dass sich Ryan von dem Kleiderschrank abgewandt hatte. Nachdem er die frischen Klamotten auf dem Bett abgelegt hatte, ballte er ein paarmal die Fäuste und entspannte sie wieder, während er um Selbstbeherrschung rang.

Ein paar Sekunden später löste er das Handtuch von seinen Hüften, warf es über den Bettpfosten und machte sich daran, sich anzuziehen. Kat hielt den Blick ohnehin auf ihre Arbeit konzentriert, selbst wenn nicht, sie sollte ihn ruhig sehen.

„Fertig?“, fragte sie bald darauf, vermutlich weil kein Rascheln von Kleidung mehr zu hören war.

Tatsächlich hatte er gerade den Knopf seiner Hose geschlossen, brauchte nur noch in seine warmen Hausschuhe zu schlüpfen. „Ja, bin so weit.“

Kaum hatte er die Worte ausgesprochen, drehte sie sich vom Kleiderschrank in seine Richtung. Offenbar hatte sie es wirklich nicht gewagt, sich vorher umzusehen. Ihre Schüchternheit, die an Verklemmtheit grenzte, war niedlich angesichts dessen, wie tough sie als Gebäudemanagerin auftrat.

Neugierig ließ er den Blick ein zweites Mal durch ihr Zimmer gleiten, hatte sich am Vortag nur einen schnellen Eindruck verschafft. Nun, da er genauer hinsah, erkannte er die vielen persönlichen Details. Eine Fotowand zeigte eine deutlich jüngere Version von Kat mit ihren Freundinnen, vermutlich war sie da noch auf der Highschool gewesen. Ein paar Pokale standen in einem Regal, offenbar war sie im Track-Team gewesen und hatte ein paar Langstreckenläufe gewonnen. Am Fuße des Sofas, auf dem er geschlafen hatte, hing eine Kuscheldecke, die über und über mit kleinen Blümchen bedruckt war.

Wie vermutet verbarg die perfekt zurechtgemachte TALI-Managerin einen weichen, sarkastischen, ja sogar feurigen Kern.

Und er freute sich drauf, ihn nach und nach zu enthüllen.

„Dann lass uns frühstücken gehen, ich bin sicher, meine Mom hat uns noch was aufgehoben“, sagte Kat auffordernd; sie war schon auf halbem Weg zur Zimmertür.

Während er ihr durch den Gang und die Treppen nach unten folgte, konnte ihm nicht entgehen, dass sie ihre Locken wieder zu dem strengen Dutt gebändigt hatte. Enttäuschung breitete sich in ihm aus, weil er die Finger nicht noch einmal in ihrem Haar vergraben konnte.

Keine drei Minuten später erreichten sie den Wohn-Essbereich der Harris-Familie. Nachdem sie durch die Tür getreten waren, legten sich mehrere Augenpaare auf sie. Molly saß auf der Küchenanrichte, baumelte mit den Beinen und fing an zu strahlen, sobald sie ihre Tante erblickte. Ihr kleiner Mund war braun verschmiert, offenbar hatte sie die erste Tasse heiße Schokolade bereits intus.

„Guten Morgen“, sagte Kat, eilte sofort an die Seite ihrer Mutter, um dieser beim Abwasch zu helfen. „Es tut mir leid, ich habe vergessen, einen Wecker zu stellen, wollte dir beim Frühstückmachen helfen …“

„Ach, papperlapapp.“ Sarah winkte ab. „Ihr zwei hattet bestimmt Besseres zu tun.“ Mit einem anzüglichen Lächeln wackelte die ältere Frau mit den Augenbrauen.

„Mom!“, rief Kat sofort, die Stimme warnend, ihr Gesichtsausdruck entsetzt.

Ryan lachte gemeinsam mit ihren Brüdern, die am Esszimmertisch saßen, auf. Die Männer schienen einen Kaffee zu trinken, vermutlich ging es danach zurück an die Arbeit. Mr. Harris Senior konnte Ryan nirgends entdecken. Gestern hatte er doch das Holzfäller-Magazin gelesen, vielleicht hatte der Artikel *Wie bringe ich meinen potenziellen Schwiegersohn mit einer Axt um und lasse es wie einen Unfall aussehen?* ihm Ideen gegeben und er traf gerade alle Vorbereitungen. Ryan schmunzelte.

„Wo ist Dad?“ Kat sah sich suchend um.

„Er holt die Larsons vom Flughafen ab", erklärte Sarah mit einem warmen Lächeln, welches Ryan vermuten ließ, dass die Larsons Stammgäste im *Harris Winter-Resort* waren.

„Ich schlafe auch manchmal auf der Couch ein", verkündete Molly gerade, die weiterhin mit ihren Beinen baumelte, den Blick auf ihre Füße gerichtet, als vergnügte der Anblick sie. „Tante Kats Sofa war bestimmt bequem! Ich liebe ihre Kuscheldecke, aber Dad hat gesagt, dass ich sie nicht nehmen darf, weil sie nicht mir gehört …" Während die Kleine fröhlich vor sich hin plauderte, verschluckte sich einer der Brüder an seinem Kaffee, hustete leise, während der Rest des Raums in Stille verfiel.

„Ryan hat auf dem Sofa geschlafen? Ihr habt euch gestritten", stieß Sarah sofort aus, wobei sie von ihrer Tochter zu Ryan und wieder zurück sah. Sie schürzte die Lippen, schnalzte sichtlich unzufrieden mit der Zunge und fixierte Kat mit verengten Augen. „Du hast so einen guten Fang gemacht! Du solltest dich wirklich ein bisschen mehr anstrengen, Beziehungen muss man pflegen …" Mrs. Harris warf die Arme in die Luft, als hätte sie ihrer Tochter schon Hunderte Male diesen Vortrag gehalten und sei es müde, Kat erklären zu müssen, was sie zu tun hatte.

„Du wirst nicht jünger! Wenn du eine Familie bekommen willst, solltest du wirklich bald anfangen, anstatt es dir mit dem ersten Mann zu verderben, den du seit Jahren mit nach Hause bringst!"

Für einen kurzen Moment fehlten Ryan die Worte, sein Blick schoss zu Kat, die aussah, als habe ihre Mutter ihr gerade eine Ohrfeige verpasst. Scham und Zorn huschten über ihre Züge, an ihren Seiten ballten sich ihre Hände zu Fäusten.

„Vielleicht will ich ja gar keine Familie“, erwiderte sie.

Sarah öffnete und schloss mehrmals den Mund, wirkte derart schockiert, als habe ihre Tochter gerade einen Mord gestanden.

„Natürlich willst du eine Familie“, widersprach sie schließlich. „Du willst doch nicht alleine sein, wenn du einmal alt bist.“

Und das war der Kern der Sache, oder? Mrs. Harris nörgelte an ihrer Tochter herum, schob sie Ryan beinahe auf den Schoß und trieb Kat in den Wahnsinn, aber am Ende tat sie all das nur, weil sie sich um ihr kleines Mädchen sorgte. Weil sie Angst hatte, dass Kat eines Tages aufwachen würde, nur um festzustellen, dass sie ganz allein auf dieser Welt war und die Karriere, für die sie jahrelang gearbeitet hatte, sie nicht so erfüllte, wie sie es immer geglaubt hatte.

Das schwarze Loch, das Susanna unwissentlich vor ein paar Wochen in Ryans Brust gerissen hatte, gähnte in diesem Moment geradezu auf. Er konnte die Ängste, die Mrs. Harris pflegte, ganz genau nachempfinden. Denn er *war* eines Morgens aufgewacht, nur um festzustellen, wie leer sein verdammtes Leben war.

Aber selbst, wenn er die Motive der älteren Dame verstand, bedeutete das nicht, dass er es guthieß, wie sie versuchte, ihre Tochter mit aller Gewalt auf einen anderen Pfad zu lenken. Abgesehen davon, dass es viele Menschen gab, die Erfüllung in ganz anderen Dingen als in der Familiengründung fanden …

Ein Ruck ging durch seinen Körper, sofort streckte er eine Hand aus, um Kats schmale Finger zu ergreifen und sie zurück gegen seinen Körper zu ziehen. Von hinten schlang er die

Arme um sie, ihr Rücken schmiegte sich gegen seine Brust, seine Pranken kamen auf ihrem Bauch zum Erliegen.

„Wir haben uns nicht gestritten", sagte er mit fester Stimme. „Ich bin beim Lesen auf dem Sofa eingeschlafen, das ist alles." Weil er spüren konnte, wie angespannt Kat in seiner Umarmung war, beugte er den Kopf, um einen sanften, hoffentlich beruhigenden Kuss auf ihr Haupt zu setzen.

Sarah stützte die Hände in die Hüften, betrachtete die beiden kritisch. Vermutlich glaubte sie Ryan kein Wort, doch ehe sie etwas sagen konnte, trat Mick an die Küchenanrichte. Nachdem er Molly hochgehoben und sie sich auf die Hüfte gesetzt hatte, sagte er:

„Für heute haben wir Plätzchenbacken für die Kids auf dem Programm."

„Coockies!", rief Molly begeistert, löste die Arme, die sie zuvor um den starken Hals ihres Vaters geschlungen hatte, und schmiss sie voller Begeisterung in die Höhe.

Ihre ehrliche Freude ließ die Erwachsenen lächeln, die Anspannung im Raum verschwand abrupt. „Du hattest eigentlich schon genug Süßes für heute", brummte Mick, schien den großen Kulleraugen seiner Tochter jedoch nicht widerstehen zu können, als sie ihre kleinen Patschehände an seinen Vollbart legte und „Aber … aber Cookies!" stammelte.

„Also gut, du darfst mitmachen, iss bloß nicht zu viel, ja?"

„Okay", versprach die Kleine, doch ihr schelmisches Lächeln verriet, dass sie ihren Dad gerade anflunkerte. Ihr Pokerface musste sie eindeutig noch üben.

Mick schüttelte grinsend den Kopf, kurz darauf wandte er sich seiner Schwester zu. „Könntest du das Plätzchenbacken mit den Kids übernehmen? Carter, Grayson und ich wollten heute die neue Schneemobilstrecke ein letztes Mal abfahren, bevor wir sie freigeben."

„Natürlich", sagte Kat sofort. „Was ist mit dir?"

„Er kann mit uns kommen", schaltete sich Carter vom Esstisch aus ein. Bei dem herausfordernden Blick, den er Ryan zuwarf, wurde ihm klar, was die drei Brüder vorhatten. Sie wollten ihn aushorchen.

„Musst du nicht", sagte Kat, die ihre Brüder offenbar auch sofort durchschaute und sie mit schmalen Augen betrachtete.

„Schneemobilfahren klingt gut", widersprach Ryan jedoch, schreckte vor den Harris-Brüdern nicht zurück, wusste schließlich, dass Kat sozusagen im Doppelpack mit ihrer Familie kam.

Und er wollte sie. Nicht nur als Fake-Freundin.

Kapitel 22

Weil Ryan noch nie zuvor in seinem Leben Schneemobil gefahren war, hatten die Brüder ihm erst alles erklärt und ihn ein paar Runden ums Haus drehen lassen, bis sie davon überzeugt waren, dass er die weite Strecke mit ihnen fahren konnte. Die Maschine war einfach zu bedienen – immerhin gab es sogar kleinere Modelle für Kinder! –, die Schwierigkeit lag vielmehr darin, bei unebenem Gelände sicher im Sattel zu sitzen, das Gewicht ähnlich wie bei einem Motorrad zu verlagern und sich in die Kurven zu lehnen. Als er das Ganze erst einmal raushatte, zuckte ein Lächeln an seinen Lippen. Ryan musste zugeben, dass es mehr Spaß machte, als er ursprünglich gedacht hatte!

„Also gut, fahren wir!", rief Mick gegen das Motorengeräusch an, nachdem Ryan ein letztes Mal um das Haus gefahren und schließlich vor der großen Scheune zum Stehen gekommen war, in der die Schneemobile geparkt wurden. Es fanden sich eine ganze Reihe von Maschinen in dem Gebäude, weil sie auch an Gäste verliehen wurden.

Carter und Grayson saßen bereits auf ihren Schneemobilen, Mick klopfte Ryan auf die Schulter und fügte hinzu: „Fahr einfach hinter den beiden her, ich bilde das Schlusslicht."

Sobald Ryan genickt hatte, wandte Mick sich von ihm ab, um auf sein eigenes Schneemobil aufzusteigen. Schon bald düsten sie alle los, Carter und Grayson gaben ein ordentliches Tempo vor, sodass sich Ryan zu Beginn sehr konzentrieren musste. Je mehr Zeit verging, desto sicherer fühlte er sich jedoch, er gewöhnte sich an das Vibrieren der Maschine und traute sich, den Blick auch ab und zu von der Strecke über die umliegende Landschaft wandern zu lassen.

Diese war atemberaubend. Schneebedeckte Hügel, glitzerndes Weiß, so weit das Auge reichte. Durch den Motorradhelm und die Schutzkleidung, die er trug, spürte er die Kälte kaum, auch wenn Fahrtwind gegen ihn blies.

Es dauerte nicht lange, bis sie an einer Kreuzung ankamen, an der Carter und Grayson haltmachten. Automatisch bremste auch Ryan ab, die Motoren ihrer Maschinen summten leise vor sich hin.

Kaum dass Mick sie erreicht hatte, erklärte Carter: „Diese Strecke hier ist noch nicht geöffnet.“ Damit zeigte er auf eines der Holzschilder, die in verschiedene Richtungen zeigten. Unter anderem wurde auf ihnen die Streckenlänge angegeben, so konnten die Gäste sich für kürzere oder längere Runden entscheiden. Außerdem war der Schwierigkeitsgrad auch auf den Schildern aufgeführt. Die Symbole waren selbsterklärend.

„Ihr habt euch das System selbst ausgedacht?“, fragte er in anerkennendem Ton.

Carter streckte einen Arm aus, um Grayson auf die Schulter zu klopfen. Ihre beiden Schneemobile standen direkt nebeneinander, sodass sich Carter nur ein bisschen zur Seite lehnen musste. An Ryan gerichtet sagte er: „War Graysons Idee, er hat auch die Schilder geschnitzt.“

Sofort betrachtete Ryan die Wegweiser erneut, erkannte, dass sie mit gewissenhafter Handarbeit hergestellt worden waren. Grayson schien eine Liebe zum Detail zu besitzen.

„Sehen absolut professionell aus.“ Er warf seinem Gegenüber einen beeindruckten Blick zu.

„Naaah.“ Der mittlere der Brüder winkte ab, doch es war ihm anzusehen, dass er sich über das Kompliment freute.

Durch das Schild wusste Ryan nun, dass sie für die ihnen bevorstehende Strecke drei Stunden brauchen würden. Zum Glück war sie für Anfänger geeignet, sonst hätte er womöglich noch Probleme bekommen.

„Siehst du da vorne das Absperrband?“, rief Mick. „Ich fahre schnell vor, lasse euch durchfahren und danach riegele ich die Strecke wieder ab. Wir geben sie erst frei, wenn wir sicher sind, dass alle Wege ausreichend befestigt und durch den Schnee keine Äste darauf gefallen sind.“

Bis zu diesem Moment war Ryan nicht klar gewesen, wie viel Arbeit das Instandhalten solcher Strecken war, vermutlich mussten die Brüder sie regelmäßig abfahren und immer bereit sein, falls einer der Gäste anrief, weil er auf ein Problem gestoßen war. Es war offensichtlich, dass die drei hart arbeiteten, egal wie viel und gerne sie herumalbern. Und dafür respektierte er sie sehr.

„Außerdem wollen wir auf der Strecke noch ein paar zusätzliche Wegweiser anbringen, damit sich auch wirklich niemand verfahren kann“, fügte Grayson hinzu. Während des Gesprächs hatte er das Visier seines Motorradhelms hochgeklappt, sodass Ryan sehen konnte, wie er mit den Augen rollte.

„Passiert das häufiger?“

„Es gibt immer ein paar Dummköpfe, die meinen, ins Dickicht fahren zu müssen, dann liegen bleiben und um Hilfe rufen, nur um am Ende zu behaupten, die Strecke wäre nicht ausreichend ausgeschildert gewesen.“

In triezendem Ton fügte Carter hinzu: „Meistens sind das irgendwelche reichen Schnösel wie du.“

„Ich glaube, aus dem Alter der großkotzigen Collegekids, die einen größeren Treuhandfond als ihr Ego besitzen, bin ich langsam raus …“, gab er in trockenem Ton zurück.

Die Brüder stießen ein bellendes Lachen aus; er hatte das Gefühl, dass er ihren ersten Test hiermit bestanden hatte. In der Familie Harris hatte man nichts zu suchen, wenn man mit triefendem Sarkasmus und ständigen Sticheleien nicht zurechtkam.

„Also dann, weiter geht's!“ Damit zog Grayson sein Visier wieder herunter und legte den Rückwärtsgang ein, damit Mick problemlos an ihm vorbeifahren konnte. Dieser fuhr die kurze Strecke zum Waldeingang und stieg von seiner Maschine ab, um die Absperrung zu entfernen. Nachdem die restlichen Männer an ihm vorbeigefahren waren, schob er sein Schneemobil in den Wald, sperrte die Strecke hinter sich wieder ab und fuhr den anderen hinterher.

Erst als sie das vierte Motorengeräusch hinter sich vernahmen, beschleunigten sie wieder ihr Tempo. Während der nächsten Stunde stießen sie auf keinerlei Hindernisse, die Strecke war frei. Wenn sie auf Trampelpfade aufmerksam wurden, die vermutlich durch Wanderer oder Wildtiere entstanden waren, machten sie halt. Carter hatte Werkzeug in seiner Satteltasche; Grayson führte wiederum aus Holz ausgesägte, hellgelb gestrichene Pfeile mit sich. Diese nagelten sie so an die Bäume, dass wirklich niemand, der auch nur über ein bisschen Grips verfügte, mit seinem Schneemobil in den Trampelpfad abbiegen würde.

Zwar war der mit großen Baumwurzeln bedeckte Waldboden von Laub und Schnee bedeckt, dennoch war die Strecke uneben. Schon bald merkte Ryan, dass es in die Oberschenkel ging, das Ruckeln der Maschine mit den Beinen auszugleichen. Vermutlich würde er morgen unter einem tierischen Muskelkater leiden, egal ob er regelmäßig aufs Laufband stieg oder Gewichte stemmte. Auf dem Schneemobil schien er Muskeln zu gebrauchen, von denen er bis jetzt nicht einmal gewusst hatte, dass er sie besaß. Auch das ständige Vibrieren des Motors war anstrengender als geahnt. Kein Wunder, dass Kats Brüder gebaut wie Bären waren und auch ihr Vater noch extrem fit wirkte.

Unbeirrt setzten sie ihren Weg fort. Als Carter eine Kurve besonders ruckartig nahm, drehten seine Räder kurz durch und spritzten Schnee und Laub gegen Ryans Brust. Er grinste lediglich still in sich hinein, glaubte nicht daran, dass es sich dabei um einen Zufall gehandelt hatte. Aber wenn die Brüder glaubten, dass sie Ryan damit vertreiben könnten, dann hatten sie falsch gedacht. So schnell gäbe er Kat bestimmt nicht auf – täte er das, hätten die anderen Männer recht und er hätte Kat ohnehin nicht verdient. *Ein weiterer Test*, begriff er. Auch wenn Grayson und Carter ihn noch weitere Male mit ähnlichen Manövern provozierten, ließ er sich nicht ärgern.

Etwa dreißig Minuten später bremsten die Harris-Brüder jedoch so abrupt ab, dass er beinahe in sie hineingefahren wäre. Zum Glück schaffte er es rechtzeitig, seine Maschine zum Stehen zu bringen, und das ohne nach vorn katapultiert zu werden und herunterzufallen.

„Sorry, Mann!", rief Carter. Seine Stimme klang ernst, also schien es kein neuer Versuch zu sein, Ryan auf die Palme zu bringen.

Verwirrt betrachtete er die beiden, bis er das Problem erkannte: Ein paar abgebrochene Äste lagen auf der Strecke.

Carter und Grayson stiegen von ihren Schneemobilen ab, um sie zu beseitigen. Bevor Ryan ihnen zu Hilfe kommen konnte, waren sie bereits fertig.

„Weiter geht's!“ Grayson gab seinem ältesten Bruder Mick das Go-Zeichen, um ihm zu verdeutlichen, dass alles geregelt war.

Keine drei Sekunden später setzte sich das Grüppchen wieder in Bewegung, diesmal ging es bergab, was die Muskeln in Ryans Oberschenkeln nur noch mehr strapazierte. Seine Mundwinkel zuckten amüsiert – er war sicher, die Brüder würden sich einen Ast lachen, wenn sie wüssten, dass er jetzt schon Muskelkater bekam.

Kopfschüttelnd lenkte er sich ab, indem er den Blick über seine Umgebung wandern ließ. Auch im Wald gab es viel zu sehen, der Schnee sorgte für seine ganz eigene Magie. Kleine Eiszapfen hingen von Bäumen herab, glitzerten in der Sonne, während sie zu schmelzen begannen und Tropfen auf den Boden fielen.

Ich sollte das hier häufiger machen, dachte Ryan, womit er nicht unbedingt die Schneemobilfahrt meinte, auch wenn diese ihm Spaß machte, sondern für ein Wochenende die Arbeit sein zu lassen und wegzufahren. Natürlich war er kein ganz so schlimmer Workaholic wie Dan, hatte immerhin regelmäßig Lucas' Footballspiele besucht sowie mit ihm und Susanna zu Abend gegessen, doch abgesehen davon hatte er sich nie Freizeit gegönnt.

Irgendwann hatte er vergessen, zu leben, zu genießen. Das wollte er in Zukunft ändern.

Als das Grüppchen das nächste Mal haltmachte, war Ryan darauf gefasst, sprang von seiner Maschine und ging auf Carter zu. Ehe dieser absteigen konnte, deutete Ryan auf dessen Satteltaschen. Zwar wirkte Carter für einen kurzen Moment überrascht, nickte dann jedoch. Im Anschluss holte sich Ryan Werkzeug heraus, nahm den Wegweiser entgegen, den Grayson ihm bereits reichte, und hämmerte den gelben Pfeil neben dem Trampelpfad fest.

Fragend warf er den Harris-Brüdern einen Blick zu, diese schienen mit seiner Arbeit zufrieden zu sein, denn sie gaben ihm den Daumen nach oben. Folglich verstaute er Hammer und Nägel wieder in Carters Satteltasche.

Schon ging es weiter, sie verfielen in einen angenehmen Trott, machten immer wieder halt und wechselten sich damit ab, neue Pfeile anzubringen.

Kurz vor dem Ende ihrer Strecke lag ein überraschend großer Baumstamm mitten auf dem Weg. Grayson, der vorn weggefahren war, rief eine Warnung, damit sie alle rechtzeitig abbremsten. Nachdem die vier Männer von ihren Schneemobilen gestiegen waren, traten sie zu Fuß an den Baumstamm heran. Mick kickte dagegen und schüttelte den Kopf, allerdings wirkte es nicht wie ein impulsiver Wutausbruch. Stattdessen konnte Ryan eine konzentrierte Falte zwischen den Brauen des anderen Mannes erkennen, kaum dass dieser das Visier seines Helms hochschob.

„Ist morsch“, ließ Mick die restlichen Männer wissen, vermutlich hatte er das mit seinem Kick überprüft.

„Besser, dass er jetzt umgefallen ist als später, wenn die Gäste hier unterwegs sind“, erwiderte Grayson.

Carter nickte. „Einen Unfall können wir echt nicht gebrauchen.“

Prüfend ließ Ryan den Blick an dem umgefallenen Baumstamm entlanggleiten. Das eine Ende war gebrochen, das andere hatte verkohlte Enden, vermutlich war vor Jahren ein Blitz eingeschlagen. Der Baum war sicherlich schon lange tot, dadurch war er morsch geworden und schließlich hatte die Schneelast dazu geführt, dass er umgefallen war.

Zu viert können wir ihn tragen. Mit diesem Gedanken trat er an das eine Ende des Baums, streckte die durch Motorradhandschuhe geschützten Finger aus und umfasste mit ihnen das abgebrochene Ende.

„Der Bürohengst kann ja anpacken!“ Grayson lachte, seiner Stimme fehlte aber jede Schärfe.

Mick klopfte Ryan auf den Rücken, gesellte sich zu ihm und ergriff den Baum am selben Ende. Grayson und Carter wiederum gingen auf die andere Seite. In den nächsten Minuten hievten sie den morschen Stamm gemeinsam hoch und trugen ihn in den äußersten Rand des Waldes, sodass die Strecke wieder frei war.

Der Rest des Wegs verlief ereignislos. Es dauerte nicht lange, bis sie das Absperrband erreichten – sie schienen eine große Schlaufe gefahren zu sein. Als Mick das Band diesmal entfernte, um die anderen Männer vorbeifahren zu lassen, packte er es in seine eigene Satteltasche, anstatt es wieder anzubringen.

Damit war die Strecke offiziell freigegeben.

Ryan konnte nicht umhin, einen Funken Stolz zu verspüren, dabei geholfen zu haben, dass der Weg sicher war. Körperliche Arbeit hatte einen gänzlich anderen Reiz als ein Bürojob. Es gab Tage, da hatte er kaum Zeit, von seinem Laptop auch nur aufzusehen, weil er so viel zu tun hatte, und doch kam es ihm am Abend so vor, als hätte er rein gar nichts geschafft.

Wenn man lediglich Mails beantwortete und Verträge las, konnte man das, was man erreicht hatte, nicht richtig greifen.

Der Moment, in dem Mick das Absperrband entfernte, war hingegen eindrücklich. Das hier hatten sie erreicht. Schilder an Bäume genagelt, mit Kraft und Schweiß Äste, sogar einen Baumstamm vom Weg entfernt und dafür gesorgt, dass hier später Gäste entlangdüsen konnten.

Als sie schließlich wieder bei der Scheune ankamen und ihre Schneemobile verräumten, schwebte immer noch ein zufriedenes Lächeln auf Ryans Gesicht.

„Hast dich gut geschlagen“, sagte Grayson, der ihm gutmütig auf die Schulter klopfte.

Wortlos öffnete Mick einen kleinen Kühlschrank, der unter der Werkbank auf der anderen Seite der Scheune stand, und hob ein paar Flaschen Bier in die Höhe. Sofort gesellten sich die restlichen drei Männer zu ihm, nahmen je eine Flasche entgegen und stießen auf das gelungene Tageswerk miteinander an.

Ryan lehnte mit der Hüfte gegen die Werkbank und trank einen langen Zug seines Biers. Erst jetzt merkte er, wie durstig er nach der anstrengenden Fahrt war. Durch die vielen Stopps, die sie hatten machen müssen, hatten sie statt der auf dem ersten Schild angegebenen drei Stunden deutlich länger gebraucht.

„Du und Kat also …“, begann Carter, ließ den Satz abreißen, sodass er zwischen ihnen in der Luft zu hängen schien.

Sofort spürte Ryan die Aufmerksamkeit aller drei Harris-Brüder auf sich. Es war offensichtlich, dass sie mehr über seine Absichten ihrer Schwester gegenüber erfahren wollten.

„Ich kann euch versichern, dass ich nicht hier wäre, wenn es mir nicht ernst mit ihr wäre“, erwiderte er, denn für ihn war es alles andere als Fake, egal was im Vertrag stand.

„Wenn du ihr wehtust, bekommst du es mit uns zu tun“, brummte Mick in seinen Vollbart.

„Ich habe nichts anderes erwartet“, erwiderte Ryan ruhig.

„Dann verstehen wir uns ja.“

Die vier Männer grinsten einander an und genossen ihr Bier.

Kapitel 23

Schon in den letzten Jahren hatte Kat immer mal wieder mit den Kindern der Gäste Plätzchen gebacken. Jedes Mal bereitete es ihr Freude, die Kleinen anzuleiten, wie sie ihr beim Hinzufügen der Zutaten oder Umrühren helfen konnten … Dabei zuzusehen, wie ihre Augen zu leuchten begannen, während sie Zeuge dessen wurden, wie aus dem Teig leckere Sugar Cookies wurden, war einfach zauberhaft. Oft musste sie aufpassen, dass keines der Kinder dem Backofen zu nahe kam. Während sie durch die Glasscheibe spähten, wollten sie am liebsten Hände und Gesicht dagegen pressen, als könnten sie dann besser sehen, wie der Teig langsam goldbraun gebacken wurde.

Weil den Kindern die Geduld fehlte, zu warten, bis die Kekse abgekühlt waren, hatte sie mit den Kleinen lediglich eine kleine Menge zusammengerührt, damit sie den ganzen Prozess das Plätzchenbackens miterleben konnten. Am meisten Spaß machte es ihnen jedoch, die Sugar Cookies zu verzieren. Deswegen hatte Kat den Morgen damit verbracht, mehrere Bleche vorzubacken, diese waren bereits abgekühlt und bereit für ihre Glasur.

Sie hatten Ausstecher in Form von Tannen, Sternen und Schneeflocken, die mit buntem Zuckerguss bemalt und farbigen Streuseln perfektioniert worden waren. Natürlich konnte keines der Plätzchen auch nur annähernd mit den Fotos aus irgendeinem Kochbuch mithalten, aber sie waren auf ihre ganz eigene Art und Weise perfekt.

„Schau mal hier“, sagte sie zu Todd, einem sechsjährigen Jungen, der geschworen hatte, eines Tages Koch werden zu wollen. Seine Mutter hat ihm offenbar gesagt, Liebe ginge durch den Magen, und weil er sich in ein Mädchen aus seinem Kindergarten verguckt hatte, hatte er seine Mutter beim Wort genommen.

Kat musste immer noch schmunzeln bei der Erinnerung daran, wie er ihr alles bis ins kleinste Detail erzählt hatte. Gerade reichte sie ihm eine durchsichtige Plastiktüte, damit er seine eigens verzierten Kekse hineintun konnte.

„So kannst du sie deinen Eltern mitbringen“, erklärte Kat, während der kleine Junge den letzten Keks in die Tüte schob.

„Meinen Eltern?“, fragte er, in teils entsetztem, teils empörtem Ton. „Ich werde sie Lola schenken!“, rief der Kleine voller Inbrunst – Lola war seine Kindergartenliebe.

Ein sanftes Lächeln umspielte Kats Lippen. „Lola wird sich bestimmt freuen“, stimmte sie zu. Danach nahm sie eine Schere, um vom Geschenkband etwas abzuschneiden und damit die Tüte des Jungen zuzubinden.

Kaum war dies geschehen, sah er sie fragend an. „Meinst du, sie will dann meine Freundin sein?“ Seine Stimme klang voller Hoffnung.

„Ich drücke dir fest die Daumen“, erwiderte sie und strich ihm übers Haar.

Mit einem letzten Lächeln nickte er ihr zu, danach machte er auf dem Absatz kehrt und ging zu seinen Eltern, die gekommen waren, um ihn zur ausgemachten Uhrzeit abzuholen.

Kat begleitete die kleine Familie noch bis zur Tür, die vom Westflügel in den großen Gemeinschaftsraum führte. Nachdem sie ein paar Abschiedsworte gemurmelt hatte, zog sie die Tür zu und stieß den Atem aus. Zwar hatte es Spaß gemacht, mit den Kindern ein paar Stunden zu verbringen, doch sie war durch den Lärmpegel nun ganz schön geschafft. Mit einem müden, aber glücklichen Lächeln kehrte sie zurück in die Küche.

Kopfschüttelnd betrachtete sie das Chaos, das die Kids hinterlassen hatten. Mit einem Seufzen machte sie sich daran, aufzuräumen. Währenddessen warf sie einen Blick auf die Uhr, nur um festzustellen, dass bereits über vier Stunden vergangen waren, seit Ryan und ihre Brüder mit den Schneemobilen aufgebrochen waren.

Hoffentlich vergraulen sie ihn nicht, dachte sie, wobei sie sich auf die Unterlippe biss. Ein unwohles Gefühl machte sich in ihrer Magengegend breit.

Ihre Brüder waren extrem beschützerisch, was Kat anging. Das war schon immer so gewesen, auch wenn sie die älteste von den Harris-Geschwistern war. Zwar hatte sie keine Ahnung, was ihre Brüder mit Ryan vorgehabt hatten, als sie ihn mit auf die Strecke eingeladen hatten, aber bestimmt nichts Gutes.

Nachdenklich räumte sie das schmutzige Geschirr in die Spülmaschine, weichte die Ofenbleche im Waschbecken ein und wischte alle Oberflächen mit einem nassen Lappen ab. Als sie fertig war, machte sie sich daran, die Bleche zu schrubben, dabei fiel ihr Blick durch das Küchenfenster auf die Scheune, die schräg gegenüber dem Haus stand. Das Schiebetor stand weit offen. Abrupt hielt sie inne, kaum dass sie die vier hochgewachsenen Gestalten im Inneren erkannte. Die Männer schienen sich zu unterhalten, zu lachen und nebenher ein Bierchen zu trinken.

Ganz so schlimm kann es dann wohl nicht gelaufen sein, oder?, vermutete sie im Stillen. Als ihr Blick über Ryans muskulöse

Gestalt glitt, ließ sein entspanntes Lächeln ein geradezu elektrisches Kribbeln über ihre Haut wandern. Freude breitete sich in ihrem Inneren aus, denn Ryan sah aus, als gehörte er dazu.

Er passte perfekt ins Bild.

Die Tatsache, dass er mit ihren Brüdern klarkam; dass die drei Dickschädel ihn auf irgendeine verrückte Art auf die Probe gestellt und ihn als Kats Freund abgesegnet hatten, rief Hoffnung in ihr hervor. *Womöglich gibt es eine Zukunft für uns beide.*

Der Gedanke ließ sie zusammenzucken, als hätte man sie geschlagen. Das hier war alles nur gespielt, es tat überhaupt nichts zur Sache, ob Ryan mit ihrer Familie klarkam oder was ihre Brüder von ihm dachten. In nicht einmal mehr zwei Wochen wäre dieses ganze Theater vorbei, Ryan und sie würden zu ihrem jeweiligen Leben zurückkehren und nur noch geschäftlich miteinander zu tun haben.

Mit zitternden Händen machte sie sich an den Abwasch, biss die Zähne zusammen und zwang sich dazu, alle Träumereien aus ihrem Kopf zu verbannen. Entschieden wandte sie den Blick vom Fenster ab, damit nicht noch mehr dumme Gedanken in ihr aufkamen.

Gerade als sie die fertig gespülten und abgetrockneten Bleche zurück in den Ofen schob und sich wieder aufrichtete, hörte sie mehrere dunkle Stimmen. Keine zwei Sekunden später traten Ryan und ihre Brüder in die Küche. Sofort huschte ihr Blick von einem Gesicht zum nächsten, betrachtete sie prüfend, doch die relaxten Ausdrücke wirkten ehrlich, jegliche Spannung zwischen den Männern schienen beseitigt.

„Hey“, grüßte sie mit einem vorsichtigen Lächeln. „Hat alles geklappt?“

Carter klopfte Ryan auf den Rücken, mit einem Grinsen verkündete er: „Alles super, kannst ihn häufiger mitbringen – er weiß, sich nützlich zu machen.“

Lachend schüttelte sie den Kopf. „Klar, ich habe Ryan auch nur mitgebracht, damit er für euch arbeitet.“

Grayson setzte eine übertrieben verwirrte Miene auf. „Etwa nicht?“

Sie kicherte. Das gefährliche, warme Gefühl breitete sich noch weiter in ihrem Innern aus. Sie wollte sich abwenden, sich nicht noch mehr von der geselligen Situation einwickeln lassen, doch da hatte Ryan bereits die Küche durchquert, einen Arm um ihre Taille geschlungen und sie zu sich gezogen. Mit einem Kuss gegen ihre Stirn murmelte er: „Hey, Sunshine.“

Seine raue Stimme vibrierte geradezu durch ihren Leib, sein herbes Aftershave stieg ihr in die Nase. Sie musste gegen die Reaktion ihres eigenen Körpers ankämpfen, denn jede Faser ihres Seins schien danach zu schreien, sich gegen seine feste Brust zu schmiegen, die Arme um ihn zu schlingen und sich halten zu lassen.

Angespannt zwang sie sich, nach dem Kuss von ihm zurückzutreten. Allerdings wollte sie die Vermutungen ihrer Familie, dass Ryan und sie sich gestritten hatten, nicht auch noch verstärken. Folglich lächelte sie zu ihm auf und fragte:

„Hungrig?“ Danach sah sie an ihm vorbei zu ihren Brüdern.

Mick zuckte lediglich mit den Schultern. „Du weißt, dass ich immer etwas essen kann.“

Bei seinem trockenen Ton musste sie schmunzeln, denn er hatte schließlich recht, erinnerte sie seit jeher an einen Bären, der sich auf den Winterschlaf vorbereitete und deswegen andauernd aß.

„Ich könnte auch etwas vertragen“, murmelte Ryan, der seine Hand auf ihrem unteren Rücken hatte liegen lassen. Wärme ging von seinen Fingern aus, schien auf sie überzugehen und verstärkte das Kribbeln in ihrem Innern nur noch. In seiner Gegenwart schien ihr Körper hypersensibel zu sein.

„Molly will Spaghetti mit Tomatensoße und Fleischklößchen zum Mittagessen, wäre das für euch okay?“, fragte sie zweifelnd, schließlich war das ein typisches Gericht für Kinder. Für die Gäste kochten sie erst wieder am Abend.

Die Männer nickten, kurze Zeit später fragte Mick:

„Wo ist Molly denn?“ Suchend sah er sich um. Wenn er Kat gegenüber beschützerisch war, dann war er das seiner Tochter gegenüber noch zehnmal so viel.

Vor sechs Jahren, als er von der Schwangerschaft seiner damaligen Freundin erfahren hatte, war es ein Schock gewesen. Die beiden hatten weniger eine Beziehung geführt, sondern waren einfach hin und wieder miteinander in die Kiste gesprungen, beide hatten lediglich etwas Unverfängliches gewollt – ein gemeinsames Kind war selbstverständlich das genaue Gegenteil davon. Der Schock war jedoch noch größer gewesen, als Mollys Mutter einfach abgehauen war, weil ihr die Verantwortung für ein neues Leben schlichtweg zu viel … zu anstrengend gewesen war.

Mick war alles andere als perfekt, aber er war ein richtig guter Dad und Kat war verdammt stolz auf ihn.

„Molly hat vorhin mit uns Plätzchen verziert, aber dann ist sie mit Mom ins Nähzimmer gegangen.“ Vermutlich gab die Kleine gerade ihr Bestes, um ihre Großmutter dazu zu überreden, neue Kleider für ihre Lieblingspuppe zu nähen. Auch wenn diese bereits einen abwechslungsreicheren Kleiderschrank hatte als Kat.

Als er das hörte, entspannten sich Micks Schultern sichtlich, gleichzeitig huschte Belustigung durch seine Augen.

„Dann schnappe ich mir Molly mal lieber, damit Mom in Ruhe arbeiten kann." Mit diesen Worten verschwand er in Richtung Gang.

Ihre Mutter hatte ein paar aufgeplatzte Nähte von Bettwäsche und Handtüchern reparieren wollen, allerdings konnte sich Kat nur zu gut vorstellen, wie sie stattdessen von Mollys charmantem Betteln abgelenkt wurde.

„Konntet ihr die Strecke freigeben?", fragte Kat, die sich von Ryan löste, um zum Kühlschrank zu gehen. Nachdem sie alle benötigten Zutaten herausgeholt hatte, machte sie sich daran, die Fleischbällchen für das Mittagessen vorzubereiten.

„Ja, die Strecke ist frei, wir haben bereits einen Aushang an der Pinnwand im Gemeinschaftsraum gemacht und es auf unserer Facebook-Seite verkündet", antwortete Carter. Er und Grayson hatten sich auf ein paar Barhockern an der Kücheninsel niedergelassen, Ryan gesellte sich in diesem Moment zu ihnen.

Auch wenn sie sich etwas komisch dabei vorkam, ihren Boss zum Gemüseschnippeln zu verurteilen, legte sie wortlos drei Brettchen und Messer vor den Männern ab. Kurz darauf stellte sie mittig vor ihnen eine Schüssel mit gewaschenen Tomaten hin.

„Ich bin sicher, die ersten Gäste werden die neue Strecke heute Nachmittag schon erkunden", fügte Grayson hinzu. „Du machst die Soße komplett frisch?", wollte er im direkten Anschluss wissen, wobei sein Blick über die Zutaten wanderte. Seine Augen begannen zu leuchten, ähnlich wie Mollys, wenn sie ausnahmsweise eine zweite Tasse heiße Schokolade bekam.

Ein Grinsen zog ihre Mundwinkel nach oben. „Sag bloß, Spaghetti mit Tomatensoße und Fleischbällchen ist immer noch dein Lieblingsessen."

„Ich hatte eben schon als Junge einen guten Geschmack", entgegnete Grayson, verschränkte die muskulösen Arme vor der breiten Brust und zwinkerte ihr zu. „Verrat es ja nicht Mom, aber wenn du die Soße kochst, schmeckt sie noch besser."

„Blasphemie!", rief Carter und legte den Kopf lachend zurück.

„Sollen wir die Tomaten einfach in kleine Würfel schneiden?", hakte Grayson in aufgeregtem Ton nach. Entweder er hatte nach der Arbeit auf der Strecke einen Bärenhunger oder er konnte es nicht erwarten, sein Lieblingsessen seit Kindertagen zu verspeisen.

„Genau, das wäre toll. Danke!", erwiderte sie, wobei sie Ryan einen verunsicherten Blick zuwarf. Erst da fiel ihr auf, wie anders er aussah. Sein zurückgestrichenes Haar war leicht verschwitzt, vermutlich weil er so lange den Motorradhelm getragen hatte; zwar hatte er wieder einen dieser teuren Wollpullover an, doch wie ihre Brüder war er noch nicht aus der Motorradhose geschlüpft, und vor allem wirkten seine Züge vollkommen entspannt.

Während sie im TALI-Gebäude nebeneinanderher gearbeitet hatten, hatte er zwar auch einmal eine Kaffeepause gemacht oder ihr zugelächelt, und doch gab es einen subtilen Unterschied zu der Gelassenheit, die er jetzt ausströmte. Es freute sie mehr, als sie zugeben wollte, dass ihm dieser Urlaub wirklich gutzutun schien. Bis zu diesem Moment hatte sie befürchtet, ihre Familie würde ihn in den Wahnsinn treiben und er würde seine Entscheidung bereuen, ihren Fake-Freund zu spielen.

„Die Tomatensoße mit Fleischbällchen ist so besonders wie die heiße Schokolade, nehme ich an?“, wollte Ryan wissen, der Grayson einen neugierigen Blick zuwarf.

Schon bald waren die drei Männer in ein Gespräch vertieft und schnitten nebenher die Tomaten. Es sorgte für ein angenehmes Hintergrundgeräusch, während Kat die Fleischbällchen formte, Zwiebeln in einer Pfanne anbriet, die Tomaten hinzufügte und nach und nach die Soße kreierte. Im Innern der Küche war es warm, leckere Düfte lagen in der Luft, ihre Brüder und Ryan sorgten für ausgelassene Stimmung, und Kat genoss es, endlich mal wieder zu kochen.

Zwar vergaß sie während der Arbeit wirklich oft, zu essen, zudem kochte sie nicht sonderlich gern nur für sich selbst, aber für mehrere Personen etwas zuzubereiten, machte ihr großen Spaß. Das nach so langer Zeit mal wieder tun zu können, erfüllte sie mit einem tiefen Gefühl von Zufriedenheit.

Nach und nach kehrten auch ihre Eltern, Mick und Molly zurück in die Küche – vielleicht angezogen durch den würzigen Geruch, der sicherlich von der Küche durch den ganzen Westflügel strömte.

„Mmh, riecht das gut“, brummte ihr Vater, der kurz neben ihr stehen blieb, einen Blick auf die Töpfe warf und einen Kuss gegen ihre Schläfe drückte.

Er war noch nie ein Mann vieler Worte gewesen, doch sie kannte ihn gut genug, um zu wissen, was er ihr mit der kleinen Geste sagte: *Riecht gut, mein Schatz, danke fürs Kochen. Ich freue mich aufs Essen, habe einen riesengroßen Hunger!*

Kat lächelte leise, ihr Dad konnte mit wenigen Blicken, Gesten und nur den kürzesten Sätzen ganze Unterhaltungen führen.

„Der Tisch ist schon gedeckt", antwortete sie und stieß in einer verspielten Bewegung ihre Schulter gegen die seine. „Setz dich ruhig schon mal hin, das Essen ist gleich so weit."

Stumm nickte er, umfasste kurz ihren Unterarm, um diesen dankend zu drücken, danach ging er Richtung Esszimmer davon. Ein Blick über die Schulter zeigte ihr, dass ihre gesamte Familie sich bereits um den Tisch verteilt hatte, sich laut unterhielt, sich zweifelsohne stichelte, aber belustigt dabei lachte.

Egal wie sehr der Gedanke, den Weihnachtsurlaub anzutreten, sie in den letzten Wochen bekümmert hatte, nun da sie hier war, war das Gefühl, zu Hause zu sein, nicht zu leugnen. Denn *zu Hause* war man bekanntlich nicht an irgendeinem bestimmten Ort, sondern bei den Menschen, die man liebte. Und auch wenn ihre Mom sie regelmäßig auf die Palme brachte, so hätte Kat die Vorweihnachtszeit nirgendwo anders lieber verbracht.

Nachdem sie die Soße ein letztes Mal abgeschmeckt hatte und zufrieden war, prüfte sie noch die Spaghetti. Sie waren perfekt al dente, also schüttete sie das Wasser ab und winkte Carter heran, damit er ihr half, die Töpfe zum Esszimmertisch zu tragen.

„Riecht unglaublich lecker, Sis", sagte er, während er den Topf mit der Soße darin vor sich hertrug und den Raum durchquerte. Dabei hing seine Nase fast in der würzigen Köstlichkeit, weil er sich nach unten gebeugt und genüsslich eingeatmet hatte.

Kopfschüttelnd und grinsend zugleich folgte sie ihm mit dem Topf Nudeln.

Ohne sich dagegen wehren zu können, wanderten ihre Augen sofort in Ryans Richtung, der am Tischende hin zur Kücheninsel saß und sich auf seinem Stuhl zu ihr gedreht hatte. Mal wieder kam es ihr so vor, als könnte sie die Hitze seines intensiven Blickes auf ihrer Haut spüren. Als sie neben ihm zum Stehen kam und sich vorbeugte, um den Topf auf einem der Untersetzer abzustellen, legte sich eine seiner großen Hände auf ihre Hüfte. Kaum dass sie sich wieder aufgerichtet hatte, übte er leichten Druck aus, sodass sie zwei Schritte rückwärts stolperte und so zwischen seinen Beinen zum Stehen kam.

In diesem Moment wurde ihr der Größenunterschied zwischen ihnen beiden erst so richtig bewusst, denn in sitzender Position musste er nicht einmal den Kopf strecken, um einen Kuss gegen ihre Schulter setzen zu können.

„Nach dem Essen wird deine Mutter bestimmt nicht mehr glauben, dass wir uns gestritten haben", flüsterte er.

Sie konnte den Humor in seiner Stimme hören und in seinen Augen lesen, was eine Mischung aus diebischer Vorfreude und leichter Panik in ihr auslöste. *Was zum Teufel plant er?*

Mit der freien Hand streichelte er die Innenseite ihres rechten Arms hinab, was ihr Gänsehaut bescherte, und strich weiter, bis er ihre Finger miteinander verschränken konnte. Daran zog er sie auf den noch freien Platz neben sich.

Grayson hatte bereits begonnen, allen aufzutun, ihm konnte es offenbar gar nicht schnell genug gehen.

„Mehr Fleischbällchen!", verlangte Molly, wobei sie ihren Onkel mit großen Kulleraugen ansah. „Biiitteee", fügte sie lang gezogen hinzu. Als die Kleine mit den Wimpern klimperte, brachen die Erwachsenen am Tisch in amüsiertes Gelächter aus.

„Wie soll man da Nein sagen?“, fragte Grayson in die Runde, ein hilflos wirkendes Lächeln auf dem Gesicht. Im nächsten Moment fischte er mit der Kelle zwei Extrafleischbällchen aus der Soße, um sie seiner Nichte auf den Teller zu tun.

„Guten Appetit miteinander!“, rief Kats Mutter, deren Worte von den Anwesenden wiederholt wurden, bevor die ganze Truppe zu essen begann.

Zunächst herrschte gefräßige Stille am Tisch, erst als der schlimmste Hunger gesättigt worden war, begannen die Gespräche wieder.

„Es ist wirklich gut, dass du da bist“, sagte Mick an Kat gewandt. „Mit der neuen Schneemobilstrecke hatten wir dieses Jahr so viel zu tun, dass wir zwar schon den Gästebereich geschmückt haben, aber im Westflügel noch gar nicht dazu gekommen sind.“

„Ich will Weihnachtslichter!“, bekräftigte Molly die Worte ihres Vaters sofort. Schmollend schob sie die Unterlippe vor, kicherte aber kurz darauf auf, weil Mick sie am Bauch kitzelte. „Dad!“, rief sie in vorwurfsvollem Ton.

Mick grinste lediglich in seinen Vollbart, sodass er für einen kurzen Moment genauso aussah wie sein Vater. Dieser saß am Kopf des Tisches und konnte sein Schmunzeln trotz Bart nicht verstecken – seine Enkelin bereitete ihm große Freude, das war nicht zu übersehen.

„Wir können morgen die Deko vom Dachboden holen und gleich mit dem Schmücken anfangen“, schlug Kat vor.

Sofort jubelte Molly, woraufhin Carter eine Hand ausstreckte, um seiner Nichte übers Haar zu wuscheln.

„Dad, dich habe ich heute noch gar nicht gesehen. Was hast du denn gemacht?“, wollte Kat wissen, die sich nach rechts drehte, um ihren Vater über den Tisch hinweg besser sehen zu können. Dadurch stieß ihr Knie gegen Ryans Oberschenkel. Ehe sie wieder Abstand zwischen sie beide bringen konnte, landete seine Hand auf ihrem Bein, streichelte auf und ab. Die sanfte Berührung fühlte sich bereits viel zu vertraut an.

„Er war in seiner Werkstatt", sagte ihre Mom, ein kleines Lächeln kräuselte ihre Lippen. „In letzter Zeit ist er immer in seiner Werkstatt." Sie zwinkerte ihrem Ehemann zu, der sie mit einem genauso verliebten Ausdruck betrachtete.

Wenn Kat ihre Eltern so betrachtete, dann wünschte sie sich tatsächlich genau *das*. Mit dem Partner, den man liebte, alt werden – die Gefühle nach Jahren noch genauso stark, wenn nicht sogar stärker als am Anfang der Beziehung. Eine Familie gründen, seine Liebsten um sich haben …

Es brachte Kat beinahe um, zugeben zu müssen, dass ihre Mom am Ende recht haben könnte. Vielleicht, aber nur ganz vielleicht hegte Kat denselben Traum, den ihre Mom für sie hatte.

Hätte ihre Mutter sie nur nicht so gepusht, derart auf sie eingeredet, vielleicht hätte sie sich dann nicht so lange gegen diese Offenbarung gewehrt.

Und wieso wurde ihr das ausgerechnet in diesem Moment klar, wenn ihr Boss, der in Boston stadtbekannte Milliardär Ryan Tanner, mit seinem viel zu attraktiven Körper und seinem Ladykiller-Lächeln neben ihr saß?

Kat wagte es kaum, sich in seine Richtung zu drehen und von unten einen möglichst unauffälligen Blick auf ihn zu werfen. Sie konnte gar nicht genug davon bekommen, die Lachfältchen an seinen Augen zu betrachten, die hohen Wangen, die gerade Nase und die geschwungenen Lippen anzusehen, die wie von einem Bildhauer mit Liebe zum Detail gemeißelt erschienen. Aber es war nicht nur die Tatsache, dass er ein gut aussehender Mann war, es war die Wärme in seinen Augen, die Gutherzigkeit in seiner Brust und die Stärke, Verletzlichkeit zeigen zu können.

Offensichtlich war sie nicht die Einzige, die die Blicke des anderen spüren konnte, denn kurz darauf wandte er sich ihr zu. Mit einem klitzekleinen Lächeln, das irgendwie … *privat* auf sie wirkte – als gehörte es nur ihr –, löste er die Hand von ihrem Knie und hob sie an ihr Gesicht. Wenig später wurde ihr klar, dass er mit einer ihrer wilden Locken spielte. Sie musste dem Drang widerstehen, die Haarsträhne zurückzustreichen und mit einer Klammer zu befestigen, wie sie das sonst immer tat. Aber wenn Ryan sie so ansah, dann konnte sie ihr wildes Haar gar nicht als Makel betrachten.

Nachdem er die große Korkenzieherlocke einmal hatte auf und ab hüpfen lassen, streichelte er über ihre Wange nach unten. Sie war noch nie so froh darüber gewesen, ein Linkshänder zu sein, wie in dem Moment: In der Linken hielt sie die Gabel, um die Spaghetti aufzurollen, doch ihre Rechte war frei. So konnte Ryan ihre Hände miteinander verschlingen und sie zwischen ihnen auf der Tischplatte ablegen.

Als wäre nichts gewesen, aß er weiter, hingegen klopfte Kat das Herz fast bis zum Hals. Sie musste ein paarmal tief ein- und ausatmen, um die in ihrem Bauch aufflatternden Schmetterlinge zu beruhigen. Erst dann begann auch sie wieder damit, Spaghetti oder Fleischklöße aufzuspießen und zu den Lippen zu führen.

„Woran arbeitest du denn gerade?“, fragte sie ihren Vater, um sich abzulenken.

„Er baut mir ein neues Küchenregal“, erklärte ihre Mutter, tiefe Zuneigung klang in ihrer Stimme mit.

„Schreinerlich begabt?“, wollte Ryan wissen, wobei er ihrem Vater einen interessierten Blick zuwarf.

Wie immer gab diese nur einen brummigen Laut von sich, was übersetzt so viel hieß wie: *Jupp, schon immer.*

Weil Ryan ihren Dad noch nicht seit Jahren kannte und die verschiedenen grummeligen Laute deswegen auch nicht deuten konnte, erklärte Kat: „Wenn irgendwas im Haus repariert werden muss, weiß mein Vater immer, was zu tun ist. Aber nicht nur das, er hat die komplette Küche gebaut!“

Sichtlich beeindruckt weiteten sich Ryans Augen. Nicht verwunderlich angesichts dessen, dass die Einbauküche mit der aus teuren Einrichtungshäusern mithalten konnte.

„Und du trittst in die Fußstapfen deines Vaters?“, hakte Ryan nach, wobei er Grayson ansah. Es überraschte Kat, dass er ihre Brüder offenbar schon gut genug kannte, um solcherlei Beobachtungen zu machen.

Grayson zuckte überrascht zusammen, als er angesprochen wurde. Vor einer Sekunde hatte er sich noch zwei Fleischbällchen auf einmal in den Mund gestopft und eine Grimasse gezogen, um Molly zum Lachen zu bringen. Er verschluckte sich, hustete, bis Carter ihm ein paarmal auf den Rücken klopfte. Kats Kichern klang minimal gehässig, doch das geschah ihrem Bruder nur recht.

„Dad hat mir alles beigebracht“, bestätigte Grayson, nachdem er wieder normal atmen konnte. „Wann immer ich ein bisschen Freizeit habe, stelle ich Designermöbel her.“

„Also Einzelstücke?“ Ryan war das ehrliche Interesse anzuhören.

Grayson nickte. „Tische, Schaukelstühle und so Zeug …"
„Er stellt sein Licht unter den Scheffel!", sagte Kat sofort. Egal wie sehr die Geschwister einander neckten und ärgerten, sie waren immer füreinander da. „Er ist verdammt gut in dem, was er tut. Leute aus ganz Amerika geben bei ihm Möbel in Auftrag. Neulich hat er für eine berühmte Sängerin aus Nashville eine Krippe gebaut, die sollte bald bei ihr ankommen, oder?"
Ihr Bruder gab einen zustimmenden Ton von sich, beschäftigte sich damit, Spaghetti auf seine Gabel zu rollen.
„Er hat mir Fotos geschickt", erklärte Kat an Ryan gewandt. „Ich wette, wenn die Krippe erst mal bei ihr ankommt und sie Fotos auf ihrem Instagram-Profil postet, dass Grayson sich dann gar nicht mehr vor Bestellungen retten kann."
„Hast du eine Website?", wollte Ryan wissen. Irgendetwas in seinem Blick sagte Kat, dass diesmal der Geschäftsmann aus ihm sprach. Er führte etwas im Schilde.
„Habe ich. Nichts Großes, nur ein paar Bilder und ein Kontaktformular."
„Er ist der kreative Typ", erklärte ihre Mutter, wobei sie Grayson ein stolzes Lächeln zuwarf. „Aber er ist schüchtern, was seine Kunst angeht."
Durch die Hobelarbeit, die es benötigte, um die handgefertigten Möbel herzustellen, strotzte Grayson nur so vor Muskeln. Rein optisch konnte man sich kaum vorstellen, dass er schüchtern sein könnte, schließlich wirkte er beinahe so bullig wie Mick.
„Mom", stieß Grayson sichtlich genervt aus.
„Ich will doch nur, dass du stolz auf deine Arbeit bist. Wir alle sehen, wie begabt du bist, nur du siehst das nicht."

Carter lachte auf. „Pass bloß auf! Jetzt, wo Kat vergeben ist, haben wir bald Moms volle Aufmerksamkeit.“

Ein fieses Grinsen breitete sich auf Graysons Zügen aus. Seine Pose strotzte nur so vor Selbstsicherheit, als er sich mit vor der Brust verschränkten Armen auf dem Stuhl zurücklehnte. „Mick ist der Älteste von uns, wir haben noch Zeit.“

„Stimmt!“ Kurz darauf gaben sich Carter und Grayson die Faust.

Innerlich zuckte Kat zusammen, der Austausch traf sie unvorbereitet.

Sie hatte immer geglaubt, ihre Mom würde auf ihr herumhacken, weil sie die einzige Tochter war, doch vielleicht hatten ihre Brüder recht. Womöglich konzentrierte ihre Mutter so sehr auf Kat, weil sie die Älteste der Geschwister war, und würde sich schon bald um Mick kümmern …

Das Problem war nur, dass Kat nicht *wirklich* vergeben war. Beinahe hätte sie zwischen zusammengebissenen Zähnen hervorgepresst, dass sich Mick keine Sorgen zu machen brauchte – in ein paar Wochen wäre sie wieder Priorität Nummer eins auf der To-do-Liste ihrer Mutter!

Als könne Ryan ihren innerlichen Tumult spüren, drückte er ihre Hand. Von der Seite warf sie ihm ein dankbares Lächeln zu, wenn es auch ein wenig gezwungen wirkte.

„Sind alle fertig? Habt ihr Lust auf ein paar Sugar Cookies als Nachtisch?“, fragte Kat in die Runde, um das aktuelle Thema möglichst schnell zu beenden. Wenn auf eine Sache in ihrer Familie Verlass war, dann darauf, dass keiner von ihnen jemals Nein zu Nachtisch sagen würde.

Sofort wurden im Raum Ja-Rufe laut, sodass sich das dunkle Gefühl der Verbitterung schon bald aus Kats Brust verflüchtigte.

Kaum war sie aufgestanden und hatte damit begonnen, die leer gegessenen Teller zu stapeln, tätschelte ihr jemand die Schulter.

„Lass mal", sagte ihre Mom. „Ich räume ab, du hast schon gekocht." Damit nahm sie ihr den Stapel Teller einfach aus den Händen, womit sie klarmachte, dass sie keine Widerrede gelten lassen würde.

Mit dem Vorwand, an Ryans Teller heranzukommen, schubste ihre Mutter sie per Hüftschwung zur Seite. Natürlich hätte sie auch einfach darauf warten können, dass er ihn ihr reichte, doch dann hätte sie ihre Tochter schließlich nicht in seine Richtung stoßen können.

Mal wieder alles andere als subtil, dachte Kat ironisch.

„Hoppala!", rief ihre Mutter, wobei sie es zustande brachte, keine Miene zu verziehen.

Aber Kat durchschaute sie natürlich. Zu selben Teilen ungläubig, verärgert und belustigt, stolperte sie zwei Schritte zur Seite. Kopfschüttelnd starrte sie ihrer Mutter hinterher, die sich geschäftig daranmachte, den Tisch fertig abzuräumen.

Kat wurde von starken Armen aufgefangen, doch anstatt ihr nur dabei zu helfen, das Gleichgewicht wiederzufinden, zog Ryan sie einfach auf seinen Schoß. Überrascht stieß sie den Atem aus, als sie sich plötzlich umgeben von seinem angenehm herben Geruch, seinem festen Körper und seiner Wärme wiederfand.

Zwar konnte sie sein Grinsen nicht sehen, spürte es aber, als er den Kopf zu ihrem Hals senkte und mit den Lippen über ihre Haut strich.

„Habe ich dir nicht gesagt, sie würde unseren vermeintlichen Streit vergessen?", raunte er gegen ihren Hals.

Schauer rannen über ihren Rücken, doch sie konnte die Berührung nicht so recht genießen, schließlich trug er doch mit Absicht dick auf, um ihre Familie Mollys Lagebericht vom Morgen vergessen zu lassen. Nichtsdestotrotz schmiegte sich ihr verräterischer Körper enger gegen seine breite Brust, denn es fühlte sich für einen Moment so an, als gehörte sie genau hierhin – in seine Arme.

Plötzlich wurden ihr ein Glas Milch und ein Teller mit Plätzchen darauf in die Hände gedrückt, als wolle ihre Mom damit verhindern, dass sie sich von Ryans Schoß erhob. Dieser wiederum zog die Arme fester um ihren Bauch.

„Ihr zwei habt euch doch gegen mich verschworen!“, flüsterte sie ihm zu.

„Vielleicht“, antwortete er. „Vielleicht gefällst du mir hier aber auch einfach nur gut.“

Ein neuer Schauer rann über ihre Wirbelsäule, dieser stärker als der vorherige. *Was meint er damit?* Ihr Herz machte einen hoffnungsvollen Satz, bevor es in einem rasanten Rhythmus zu schlagen begann. In diesem Augenblick wurde ihr klar, wie sehr sie sich wünschte, dass das hier echt wäre. Und das war gefährlich.

Aber der Mann, den sie in den letzten Wochen über Textnachrichten kennengelernt hatte, war so viel mehr als ihr Boss. Freundschaft, Zuneigung und Humor hatten sie miteinander verbunden, bevor sie sich auch nur gesehen hatten. Wären die Umstände andere … wären sie nicht Vorgesetzter und Angestellte, womöglich hätten sie dann mehr haben können als nur eine Fake-Beziehung.

Kapitel 24

Als er am nächsten Morgen aufwachte, tat er dies zu dem Geruch von Vanille und Zimt. Früher hätte der Duft ihn an Weihnachten oder Plätzchen erinnert, doch seit ein paar Tagen verband er damit eine ganz bestimmte, wunderbare Frau. Ein genießerisches Brummen kam über seine Kehle. Etwas kitzelte seine Nase, er war ziemlich sicher, dass es ihre großen Korkenzieherlocken waren. Automatisch vergrub er das Gesicht tiefer in ihrem Haar, bis sich seine Lippen gegen ihren Nacken pressten.

Er sollte es nicht tun, schließlich hatten sie in ihrem Schlafzimmer keine Zuschauer, denen sie eine Beziehung vorspielen mussten, doch das war ihm verdammt noch mal egal. Seit Jahren wollte er zum allerersten Mal einfach tun, wonach er sich sehnte.

Kurz darauf presste er einen Kuss gegen ihre Haut, konnte nicht widerstehen, sie mit der Zunge zu kosten, an ihr zu knabbern … Ein Stöhnen entglitt ihm, als Kat begann, sich unruhig auf der Matratze zu bewegen und ihr runder, perfekter Po gegen ihn presste.

Verflucht. Seine lange Härte drückte sich gegen sie, ihre Bewegungen bewirkten, dass sie sich praktisch an ihm rieb.

Der eine Arm, den er um sie geschlungen hatte, zog sich instinktiv fester, seine Finger spannten sich an, drückten in ihren weichen Bauch, während er um Selbstbeherrschung rang. Kat schlief noch, merkte bestimmt nicht einmal, was sie tat, egal wie gut sich das anfühlte.

Nach dem Debakel am vergangenen Morgen hatten sie nach dem Abendessen beschlossen, von nun an doch gemeinsam im Bett zu schlafen. Wie er nun eng mit ihr verschlungen aufwachte, bereute er es keine Sekunde lang.

Ein genießerischer Laut drang über seine Kehle, während er noch einmal tief ihren weihnachtlichen Geruch einatmete. Ob sie je nach Jahreszeit ein Parfum wählte oder ob ihr Duft ihn immer an die kalten, besinnlichen Wochen erinnern würde?

Immer?, schoss ihm der verbitterte Gedanke durch den Kopf. Wer sagte denn, dass sie im Sommer noch zusammen wären? Ihr bescheuerter Fake-Beziehung-Vertrag sagte aus, dass in nicht einmal zwei Wochen alles vorbei war. Mittlerweile verabscheute er das unterzeichnete Stück Papier, würde es am liebsten zerreißen. Entschlossenheit strömte durch sein Innerstes – er würde alles geben, um sie davon zu überzeugen, dass das, was zwischen ihnen war, so viel mehr als nur Fake war!

Mit diesem Gedanken strich er sanft das Haar von ihrer Schulter, um im Anschluss eine Spur von Küssen ausgehend von ihrem Hals hinab bis zu ihrer Schulter zu setzen. Im Schlaf war ihr T-Shirt hochgerutscht, seine Finger auf ihrem Bauch streichelten nackte Haut, nicht den dünnen Baumwollstoff. Ihr Aufseufzen war wie Musik in seinen Ohren, jagte ein Kribbeln über seinen muskulösen Rücken. Streichelnd wanderten seine Finger auf und ab, bis sie auf den Saum ihres Höschens stießen. Automatisch strich er daran entlang.

Mit einem süßen, erregt klingenden Ton bäumte sie sich ihm entgegen, murmelte hörbar verschlafen: „Mmh, das fühlt sich gut an."

Ein Lächeln umspielte seine Lippen, kurz bevor er an ihrer Halsbeuge zu knabbern begann. Die Haut unter seinen Fingerspitzen war samtweich, ihr Duft nach Vanille und Zimt vermischte sich mit seinem viel herberen nach Fichte, und Ryan konnte nicht sagen, dass es ihm missfiel. Ganz im Gegenteil sogar.

Als sie sich ihm erneut entgegenreckte, rieb ihr Hintern zum zweiten Mal gegen seine Erektion, die so hart war, dass es beinahe schmerzte. Scharf sog er den Atem ein, biss Kat leicht in die Schulter, was ihr einen wunderbaren Laut entlockte, der eine Mischung aus Kichern und Quietschen war.

Im nächsten Moment drehte sie sich auf den Rücken, schlang die Arme um seinen Nacken, als wolle sie ihn an Ort und Stelle halten. Nur zu gern setzte er noch ein paar weitere Küsse gegen ihre Halsbeuge, während er die Ellenbogen rechts und links von ihrem Kopf in die Matratze stützte, sein Körper über den ihren erhob und Platz zwischen ihren Beinen fand. Als er seinen Unterleib gegen ihren sinken ließ, stöhnten sie beide auf. Die rhythmischen Bewegungen seiner Hüften hätte er nicht verhindern können, selbst wenn er es gewollt hätte, so sehr brauchte er sie.

Alles an ihr war begehrenswert. Angefangen mit dem frechen Aufblitzen in ihren Augen, ihrer scharfen Zunge und dem schwarzen Humor.

Sein Herz hämmerte in einem wilden Rhythmus, während er eine seiner Hände in ihren großen Locken vergrub. Auf diese Art und Weise kippte er ihren Kopf leicht zurück, damit er sie mit einem tiefen Kuss verschlingen konnte.

Die dicke Decke rutschte an ihnen hinab, als sie die Beine um ihn schlang und ihn fester gegen sich zog. Die Tatsache, dass sie in seinen Mund seufzte, zeigte ihm deutlich, dass er mit jedem Vorrollen seiner Hüfte den perfekten Punkt zwischen ihren weichen Schenkeln traf. Der Kuss wurde leidenschaftlicher, seine Zunge tanzte mit der ihren. Mit dem einen Arm stützte er sich weiterhin ab, die andere Hand glitt aus ihren Locken, an ihrem Körper entlang über ihre Rippen und legte sich schließlich auf den freien Streifen Haut zwischen dem Saum ihres Höschens und dem hochgerutschten Schlafshirt. Streichelnd glitten seine Finger nach oben, erreichten den unteren Rand ihrer Brüste und …

Ein lautes Knallen ließ ihn mitten in der Bewegung erstarren.

„Tante Kat, Tante Kat, Tante Kat!", rief es wie am Morgen zuvor, wenig später waren bereits tapsende Schritte zu hören.

Die wunderbare, hitzige, anschmiegsame Frau unter ihm zuckte zusammen. Plötzlich, als würde Kat im selben Moment wie ihm klar, was das Knallen verursacht hatte … besser gesagt, *wer* da gerade in ihr Schlafzimmer gestürmt war, klopfte sie ihm hektisch auf den Rücken. Sofort ließ sie die Beine, die sie gerade noch um seine Hüften geschlungen hatte, sinken, sodass er sich von ihr wälzen konnte.

Hastig tat er genau das, wobei er sich in einer fließenden Bewegung ein Ende der Decke schnappte, um sie möglichst unauffällig über seinen Unterleib zu ziehen. Mit dem Rücken gegen das Kopfteil des Bettes gelehnt saß er neben Kat auf der Matratze. Diese strich sich fahrig mit den Händen die Locken aus dem Gesicht, zerrte ihr T-Shirt herunter und setzte sich in Windeseile neben ihm auf; die Decke zog sie sich bis hoch zum Bauch.

„Hilfst du heute beim Frühstückmachen?", wollte Molly wissen, die gerade mit großen Augen neben dem Bett zum Stehen kam.

Sie hatte einen Teddybären unter den Arm geklemmt und trug noch ihren Schlafanzug, demnach waren Ryan und Kat an diesem Morgen offenbar früher aufgewacht. Die Kleine hätte in ihrem Aufzug niedlicher nicht sein können.

„Ja, wie versprochen", bestätigte Kat, die sich räuspern musste, weil ihre Stimme kratzig klang. Ryan wollte gerne glauben, dass sie rau vor Lust war.

„Gibt es heute Pancakes?" Molly wippte auf ihren Füßen vor und zurück, kratzte sich über den kleinen Bauch, bevor sie ihren Teddybären dagegen presste und nun mit beiden Armen festhielt.

„Ich weiß nicht, was deine Nana auf dem Speiseplan hat, aber einmal in der Woche gibt es garantiert Pancakes."

Ryan konnte sich gut vorstellen, dass das ein Favorit bei den Gästen des Winter-Resort war.

„Mit Blaubeeren oder Schokostreuseln?" Molly schien unendliche Fragen auf Lager zu haben, wodurch Ryan schmunzeln musste, auch wenn sie etwas unterbrochen hatte, was er nur zu gern fortgeführt hätte.

Er atmete ein paarmal tief ein und aus, versuchte die Hitze, die durch seine Adern strömte, zu beruhigen und seine Erektion dazu zu bringen, abzuebben.

„Ich habe keine Ahnung, ob Blaubeeren oder Schokostreusel. Geh doch zu Nana in die Küche, vielleicht kannst du sie dazu überreden, das zu machen, was du dir wünschst." Während Kat sprach, beugte sie sich nach vorn, um mit dem Zeigefinger auf die Nasenspitze ihrer Nichte zu stupsen. Das brachte das Mädchen zum Lächeln.

„Mache ich!", rief Molly, wobei sich ihr Lächeln zu einem gewinnenden Grinsen verbreiterte – offenbar wusste die Kleine ganz genau, wie sie ihre Großmutter um den Finger wickeln konnte. Kurz darauf machte sie auf dem Absatz kehrt, um aus dem Zimmer zu rennen und die Pancake-Mission zu verfolgen.

Kaum war Molly verschwunden, stießen Ryan und Kat den Atem aus, ihre Schultern sackten nach unten. Als sie einander ansahen, brachen sie jedoch in Gelächter aus. Kat kicherte sogar so stark, dass sie sich an Ryans Unterarm festklammerte und ihr Oberkörper sich krümmte. Nach einer Weile, als sie wieder atmen konnte, sagte sie: „Puh, das war knapp!"

Zustimmend nickte er: „Ich hatte nicht vor, in diesem Urlaub eine Unterhaltung über Blümchen und Bienen mit deiner Nichte führen zu müssen." Er grinste.

„Das soll mal schön Mick machen", stimmte Kat grinsend zu. Kurz darauf wurde ihre Miene jedoch ernst. Wenn er sich nicht irrte, war das sogar eine Falte der Verärgerung zwischen ihren Augenbrauen. Schon bald erfuhr er auch wieso:

„Das war meine Mom! Sie hat Molly zu ihrem kleinen Spion gemacht." Sie stieß ein verärgertes Schnauben aus.

In jeder anderen Situation hätte Ryan geglaubt, dass Kat übertrieb oder paranoid war. Doch nach ein paar Tagen in Sarah Harris' Gegenwart konnte er sich nur zu gut vorstellen, dass sie ihre Enkelin tatsächlich als Späher vorschickte.

„Außerdem wollte ich gestern Abend die Zimmertür zuschließen, weil ich gewusst habe, dass sie heute Molly wieder schicken würde!" Kat schüttelte den Kopf. „Aber rate mal: Mein Schlüssel war nicht da."

Ryan konnte nicht anders, gluckste leise. Man konnte über Sarah Harris sagen, was man wollte, doch eines war sicher: Wenn sie sich etwas in den Kopf gesetzt hatte, fand sie Mittel und Wege.

„Das ist echt nicht lustig!", rief Kat, wobei sie seiner Schulter einen Klaps versetzte.

Unbeeindruckt lachte er weiter. „Ich mag deine verrückte Familie“, sagte er schließlich und es war die Wahrheit. Seit Jahren hatte es nur Dan und Ryan gegeben, natürlich war ihre NBA-Mannschaft wie eine Familie, doch als Besitzer lag ein gewisser Abstand zwischen ihnen und dem Rest des Teams. Auch Loreen, die seit jeher eine Mutterrolle in ihrem Leben übernommen hatte, hatte ihre eigenen Kinder, um die sie sich Sorgen machen musste. Vielleicht gefiel es Ryan deswegen so sehr, dass Kat in einer großen, lauten Familie aufgewachsen war, jeder seine Nase in die Angelegenheiten des anderen steckte und ihre Mutter gluckenhaft über ihre Kinder wachte.

„Du kannst dich wirklich glücklich schätzen, dass du sie hast“, sagte er und meinte jedes Wort davon ernst.

Kat seufzte leise, ließ den Kopf gegen seine Schulter sinken und sah zu ihm auf. „Das tue ich auch, aber trotzdem treiben sie mich manchmal in den Wahnsinn.“

Grinsend erwiderte er ihren Blick. „Ist Familie nicht dazu da?“

Sie lachte. „Vielleicht hast du recht. Und was ist mit dir? Ich weiß, deine Mutter war nie Teil deines Lebens, dein Vater ist früh gestorben, aber hast du Onkel oder Tanten?“ Der hoffnungsvolle Blick, den sie ihm zuwarf, berührte etwas tief in seinem Innern. Offensichtlich wünschte sie sich aus vollem Herzen, dass Dan und er nicht allein gewesen waren, sondern ehrliche Unterstützung erfahren hatten, wie sie das von ihren Liebsten kannte.

Er schenkte ihr ein kleines Lächeln, konnte die Traurigkeit darin allerdings nicht vor ihr verbergen, denn ihr Blick wurde nur noch weicher und ihre Mundwinkel zogen nach unten. „Nein, nach dem Tod meines Vaters musste Dan die ganze

Verantwortung auf seinen Schultern tragen, ich war noch nicht volljährig, deswegen musste er die Firma übernehmen. Er hat versucht, mich vor alledem abzuschirmen, wollte, dass ich in Ruhe die Highschool beenden und studieren konnte. Loreen, unsere Sekretärin, die uns schon seit Kindertagen kennt, hat auf uns aufgepasst, so gut es ging, aber sie hat selbst Kinder und konnte natürlich nicht immer da sein." Er zuckte mit den Schultern. „Nach meinem Uniabschluss bin ich sofort in die Firma eingestiegen, von da an haben Dan und ich die Verantwortung geteilt. Wir halten einander den Rücken frei."

„*Deswegen* hat er dich in den Urlaub geschickt", begriff Kat mit einem sanften Ausdruck auf den Zügen. „Weil er wusste, dass du eine Auszeit bitter nötig hattest."

Glaubte sie, Dan hätte ihr deswegen die falsche Nummer gegeben? Damit sie sich anfreunden und gemeinsam in den Urlaub fuhren? Innerlich schüttelte Ryan den Kopf, denn er hatte eine ganz andere Vermutung.

Niemand kannte Ryan so gut, wie sein Bruder das tat. Er war ziemlich sicher, dass Dan geahnt hatte, warum er in den letzten Wochen so mies drauf gewesen war … dass die Sache zwischen Susanna und Ryan ein für alle Mal vorbei war.

Er hatte noch nie jemanden kennengelernt, der eine derart gute Menschenkenntnis hatte wie Dan. Man mochte es ihm nicht ansehen, weil er immer so distanziert und kühl wirkte, doch er beobachtete seine Mitmenschen. Manchmal glaubte Ryan, sein älterer Bruder könne in andere hineinsehen.

Dan hatte geglaubt, dass Kat und Ryan zusammenpassten. Das war der Grund, warum er ihr die falsche Nummer gegeben hatte, oder nicht?

Innerlich machte sich Ryan eine Notiz, sich bei seinem Bruder zu bedanken. Natürlich hätte er die beiden auch auf irgendeiner Gala miteinander bekannt machen können, anstatt die etwas unkonventionelle Methode des Verkupplungsversuchs über eine falsche Nummer zu wählen. Nichtsdestotrotz war Ryan seinem Bruder dankbar.

Wenn er so recht darüber nachdachte, glaubte er, dass Dan und Sarah sich gut verstehen würden. Bestimmt könnten sie einander Tipps geben: *Wie verkuppel ich meine Familie am besten?* Ein breites Grinsen zuckte an seinen Lippen, weil er davon überzeugt war, dass es Dan sogar Spaß machen würde, Sarah dabei zu helfen, ihre Söhne unter die Haube zu bringen.

„Ich finde es schön, wie ihr aufeinander aufpasst", sagte Kat, wobei sie die Finger ausstreckte, um sie in Ryans Hand zu legen, die zwischen ihnen beiden auf den Laken ruhte.

Wärme breitete sich in seinem Innern aus, denn das war das erste Mal, dass Kat eine Berührung initiiert hatte. Bis auf ihr hitziges Zusammenkommen von vorhin, aber das zählte nicht, da waren ihre Verstände von Lust vernebelt und noch im Halbschlaf gewesen.

Fest schlangen sich seine Finger um ihre. „Du meinst, wir passen aufeinander auf wie deine Mom auf dich?" Vielsagend zwinkerte er ihr zu.

Kat stieß ein genervt klingendes Stöhnen aus. „Touché", murmelte sie. „Ich weiß, dass sie es nur gut meint, aber ihre ständigen Ratschläge kommen mir eher wie Herumnörgeln vor, geben mir das Gefühl, dass irgendetwas mit mir nicht stimmt."

Er runzelte die Stirn. „Mit dir stimmt *alles*", sagte er, ehe er sich zurückhalten konnte. Die Worte verließen seine Kehle heftig, der Ton intensiv, beinahe verbissen. Denn die Wahrheit war doch, dass es sich für ihn genau so anfühlte: dass zwischen ihnen alles stimmte und der Fake-Beziehung-Vertrag ein großer Fehler gewesen war. Stattdessen hätte er von Anfang an alle Karten auf den Tisch legen und Kat dazu bringen sollen, unabhängig von irgendeinem Vertrag mit ihm zusammen sein zu wollen.

Sie suchte seinen Blick, den er nur zu gerne erwiderte. Sollte sie ruhig sehen, wie ernst ihm seine Worte waren. Einige Sekunden lang betrachtete sie ihn lediglich still, eine kleine Falte bildete sich zwischen ihren Brauen, bis sie schließlich nickte, als wäre sie sich nun sicher, dass er sie nicht anlog.

Ein klitzekleines Lächeln zog ihre Mundwinkel nach oben. „Danke", wisperte sie, bevor sie sich vorlehnte und einen Kuss gegen seine nackte, muskulöse Brust setzte.

Darunter begann sein Herz augenblicklich zu rasen. Seine Finger kribbelten danach, Kat an der Taille zu packen und unter sich zu ziehen. Doch ehe er auch nur länger darüber nachdenken konnte, erhob sie sich vom Bett.

„Ich muss mich beeilen, wenn ich meiner Mom beim Frühstück helfen will …" Damit verschwand sie im angrenzenden Badezimmer.

Mit einem Seufzen ließ Ryan den Kopf zurück gegen das Kopfteil des Bettes sinken und schloss für einen Moment die Augen. Der Wunsch, zu ihr unter die Dusche zu gehen, erfüllte ihn, doch er schüttelte entschieden den Kopf. Sie hatten wirklich keine Zeit dazu.

Etwa zwanzig Minuten später traten sie beide frisch geduscht und angezogen in die Küche, wo Sarah bereits an der Arbeit war.

„Guten Morgen!“ Mit einem strahlenden Lächeln wandte sie sich ihnen zu, schmunzelte jedoch, kaum sah sie die verschlafenen Gesichter. „Kaffee steht schon bereit“, sagte sie mit einem Augenzwinkern.

Humorvoll lachte er auf, konnte nicht leugnen, dass er mehr oder weniger koffeinsüchtig war, so viele Tassen wie er normalerweise im Büro trank.

„Danke“, brummte er an Mrs. Harris gerichtet. Danach ging er auf einen der Oberschränke zu – mittlerweile wusste er, dass sich darin die Tassen befanden.

Über die Schulter fragte er: „Sunshine, willst du auch einen?“ Neben Sarah stand bereits eine dampfende Tasse.

„Ja, gern. Danke“, sagte Kat.

Daraufhin nahm er zwei Tassen aus dem Schrank, um mit diesen zur altmodischen Filtermaschine zu gehen, die ein paar Schritte weiter auf der Anrichte stand. Während er ihnen einschenkte, holte Kat Milch aus dem Kühlschrank, kurz darauf trat sie neben ihn. Die Situation fühlte sich so normal an, als hätten sie einander schon Hunderte Male die Tassen gereicht, um im Wechsel Kaffee oder Milch einzuschenken. Tiefe Zufriedenheit schien durch sein Innerstes zu summen, während sie sich beide mit der Hüfte gegen die Küchenanrichte lehnten und damit begannen, an dem morgendlichen Gebräu zu nippen.

„Was steht für heute Morgen auf dem Frühstücksplan?“, wollte Kat wissen, die ihre Mutter dabei beobachtete, wie sie Butter in zwei Pfannen gab. Diese befanden sich bereits auf dem Herd.

„Rührei, Speck und Toast“, erwiderte Sarah. Die Pancake-Mission ihrer Enkelin war offenbar gescheitert oder auf einen anderen Tag verschoben worden.

Nachdem Kat noch einen großen Schluck aus ihrer Tasse genommen hatte, stieß sie sich von der Küchenanrichte ab, stellte ihre Tasse darauf und sagte: „Ich übernehme das Rührei, du den Speck?“

„Danke, mein Schatz, klingt gut.“ Sarah nickte vor sich hin, derweil schaltete sie den Gasherd an, sodass schon bald Flammen unter den Pfannen hochzüngelten.

„Wie kann ich helfen?“ Fragend sah Ryan zwischen den beiden Frauen hin und her.

Kaum hatte er zu Ende gesprochen, betrat Carter den Wohn-Essbereich. „Morgen!“, rief er in die Runde. Im Gegensatz zu Ryan und Kat schien er ein Frühaufsteher zu sein, denn seine Stimme klang geradezu eifrig, als könne er es nicht erwarten, in den Tag zu starten. „Du kannst mir helfen, den Essenssaal vorzubereiten.“

Gesagt, getan. Auch Ryan nahm noch ein, zwei große Schlucke aus seiner Kaffeetasse, bevor er sie leicht wehmütig zur Seite stellte, um Carter zu folgen.

Der weihnachtlich geschmückte Essenssaal befand sich im Ostflügel des Anwesens, in einer Ecke war sogar ein Christbaum aufgestellt, dabei war im Gemeinschaftsraum neben dem Kamin bereits einer. Lichterketten hingen von den Vorhängestangen und gebundene Gedecke aus echtem Tannengrün und Weihnachtskugeln waren auf den Tischen verteilt. Ryan könnte wetten, dass diese selbst gemacht waren – das wäre nur eines der Dinge, die dem *Harris Winter-Resort* den familiären Charme verpassten.

„Wir stuhlen jeden Abend auf, um durchzufegen“, ließ Carter ihn wissen, der schnurstracks auf einen der vielen Tische zuging und damit begann, die Stühle zurück auf den Boden zu stellen.

Am Vorabend hatten Ryan und Kat mit dem Rest der Familie Harris sowie den Gästen bereits im Speisesaal zu Abend gegessen, allerdings hatte Ryan in der Küche geholfen, nicht beim Decken oder Abräumen der Tische.

Sobald Carter erklärt hatte, was zu tun war, machte sich Ryan daran, ihm zu helfen. In den nächsten fünf Minuten stuhlten sie ab, danach holte Carter frische Tischtücher aus einem unauffälligen Einbauschrank. Einer von ihnen hob die Gedecke an, der andere warf die frische Decke über den Tisch. Angesichts dessen, dass viele Familien in das Resort kamen, konnte sich Ryan allzu gut vorstellen, dass die Tischtücher schnell durch kleckernde Kinder schmutzig wurden. Bestimmt hatten sie täglich Unmengen an Wäsche und dazu passende Industriewaschmaschinen.

Kaum waren sie fertig, tauchten bereits die ersten Gäste auf. Carter war gerade dabei, den großen Kaffeevollautomaten anzumachen, der am Ende der Buffettische stand. Ryan wiederum holte frisches Geschirr aus dem Einbauschrank, um es neben dem Automaten abzustellen.

„Ronald, guten Morgen! Früh wach! Geht's heute wieder auf die Piste?“, rief Carter in die Richtung der ersten Gäste. Als Ryan sich umsah, erkannte er, dass es sich dabei um eine vierköpfige Familie handelte: Die Eltern schienen Anfang fünfzig zu sein, die beiden Kinder vermutlich um die sechzehn und achtzehn Jahre alt.

Der Familienvater winkte Carter durch den Raum hinweg zu, sie mussten Stammgäste sein, wenn sie sich sogar beim Vornamen nannten.

„Ja, wir wollen diesmal ein bisschen weiter wegfahren, deswegen sind wir früh aufgestanden – sonst bekommen wir ja gar keinen Parkplatz mehr.“

„Na, dann wünsche ich euch viel Spaß beim Skifahren!“, antwortete Carter. „Essen kommt sofort.“ Nachdem der Kaffeevollautomat betriebsbereit war, richtete er sich auf und klopfte Ryan auf den Rücken. „Das ist übrigens Ryan, meine Schwester hat einen Mann mit nach Hause gebracht.“ Das verkündete er mit einem Schmunzeln.

Als der Familienvater antwortete, begriff Ryan auch, was Kats Bruder derart amüsierte.

„Da wird sich Sarah aber freuen!“, rief Ronald.

„Lass mich raten, deine Mom hat den Gästen auch schon von ihren Plänen für Kat erzählt?“, fragte Ryan.

Carter grinste breit, wobei er die Hände in die Hosentaschen schob und auf die Fersen zurückwippte. „’türlich“, erwiderte er.

Lachend schüttelte Ryan den Kopf. Dan und Sarah würden sich wirklich fabelhaft verstehen! Jetzt müsste er es nur noch schaffen, Kat davon zu überzeugen, auch nach Vertragsende mit ihm zusammenzubleiben. Vielleicht könnten sie Weihnachten nächstes Jahr wieder hier im Resort verbringen, Dan und Jenn mitbringen … und natürlich ihr Baby, das bis dahin geboren wäre. Vielleicht könnten sogar Abby und J.J. mitkommen.

Dann wäre es wirklich und wahrhaftig ein riesengroßer Familienurlaub.

Innerlich zuckte er zusammen, riss sich am Riemen. Er sollte sich keine Hoffnungen machen, bevor er nicht mit Kat gesprochen hatte. Ryan weigerte sich, sich wieder in irgendwelchen Träumereien zu verlieren, wie er das mit Susanna über die Jahre getan hatte. Das hatte nur zu Herzschmerz geführt.

So langsam fragte er sich sogar, ob er wirklich *sie* geliebt hatte oder nur die *Vorstellung* von ihnen beiden und Lucas als Familie.

Er schüttelte den Kopf, wollte sich auf andere Gedanken bringen, bevor auch der Rest der Familie Harris im Speisesaal auftauchte … Wie aufs Stichwort betraten sie nacheinander den Raum, sie trugen riesengroße, metallene Warmhaltebehälter. Die Chafing Dishes wurden auf den Buffettischen abgestellt, ein Blick auf die Uhr sagte Ryan, dass es Punkt acht Uhr war. Es dauerte nicht lange, bis noch weitere Gäste in den Saal strömten.

In den nächsten Minuten luden sie sich die Teller am Buffet voll und holten sich Kaffee, Tee oder Orangensaft, währenddessen unterhielten sich die Harris mit den Gästen. Wenig später setzten sie sich an einen der großen Tische und begannen mit dem Frühstück.

Ryan genoss jeden Bissen, so langsam hatte er das Gefühl, dass im Urlaub einfach alles besser schmeckte. Er hatte keine Ahnung, ob das an Sarahs Kochkünsten oder an der guten Gesellschaft lag. Automatisch sah er zur Seite, um Kat zu mustern, die neben ihm saß.

„Tante Kat!", rief Molly von der gegenüberliegenden Seite des Tisches. Kaum dass sie die Aufmerksamkeit ihrer Tante hatte, fragte sie: „Ist Ryan nicht zu schwer?"

Kaum hatte die Kleine die Worte ausgesprochen, verschluckte er sich an seinem Kaffee – so wie es aussah, würde er noch eine weitere Tasse benötigen, um den Tag zu überstehen!

Im Augenwinkel bemerkte Ryan, dass Kat puterrot anlief. Normalerweise genoss er den Anblick, die rosafarbenen Wangen ließen sie süß aussehen, doch in diesem Moment verriet ihre Reaktion einfach viel zu viel. Mick, der neben seiner Tochter Platz genommen hatte, warf ihnen beiden spekulative Blicke zu.

„Wieso zu schwer?“, wollte er von seiner Tochter wissen.

„Na, weil Ryan auf ihr geschlafen hat“, sagte Molly in einem Ton, als wäre ihre Frage klar.

Zum Glück hatte Ryan bereits geschluckt, sonst hätte er seinen Kaffee diesmal vermutlich vor lauter Schock ausgespuckt.

Plötzlich war es still am Tisch, alle Augenpaare schienen auf ihnen beiden zu liegen. Einen Wimpernschlag später brachen Grayson und Carter in dreckiges Gelächter aus. Zwar zuckten auch Micks Mundwinkel, doch gleichzeitig schien er sich Sorgen zu machen, was genau seine Tochter mitangesehen hatte. Mr. Harris Senior wiederum blickte grimmig drein wie immer, vermutlich hatte er ähnliche Gedanken wie der Älteste seiner Söhne.

Sarah konnte ihr Grinsen nur schlecht verbergen. „Ihr habt euch also wieder vertragen?“, flötete sie.

„Wir haben uns nie gestritten“, erwiderte Kat und stieß ein genervtes Seufzen aus.

Mick räusperte sich, zog fragend eine Braue hoch und nickte in Richtung seiner Tochter.

Sichtlich unwohl rutschte Kat auf ihrem Stuhl hin und her, automatisch streckte Ryan die Hand aus, um sie in einer beruhigenden Geste auf ihrem Knie abzulegen.

„Ich habe nicht auf ihr geschlafen, mich nur über sie gebeugt, um ihr einen Guten-Morgen-Kuss zu geben“, erklärte er an Molly gerichtet. Danach suchte er Micks Blick und schüttelte beinahe unmerklich den Kopf, um dem anderen Mann still zu sagen: *Sie hat nichts gesehen, es war wirklich nur ein Kuss.*

„Guten-Morgen-Bussis sind was Schönes.“ Molly nickte verstehend, als könne sie nun nachvollziehen, wovon sie in der Früh Zeuge geworden war.

„Finde ich auch", stimmte Ryan zu, wobei er sich ein kleines Lächeln nicht verkneifen konnte.

„Daddy, gehen wir heute Schlittschuhfahren?", fragte Molly im nächsten Moment, wobei sie Mick mit großen Augen betrachtete. Offenbar war das vorherige Thema für sie bereits erledigt.

Ryan konnte spüren, wie sich Kats Beinmuskulatur unter seinen Fingerspitzen entspannte. Sanft strich er über ihre Jeans, beugte sich zu ihr, um einen Kuss gegen ihre Schläfe zu setzen. Von dort ausgehend ließ er die Lippen zu ihrem Ohr wandern. Nach dem Duschen hatte sie sich das Haar wieder zu einem strengen Dutt nach hinten gebunden, sodass er nicht einmal Locken zur Seite schieben musste, um ihr zuzuflüstern.

„Hoffentlich schickt deine Mutter morgen keinen Spion mehr, nun da wir uns … *vertragen* haben. Vielleicht finden wir ja sogar den Schlüssel."

Zu seiner Freude lief sie auf seine Worte hin nur noch röter an. Ob sie auch daran dachte, was am Morgen beinahe zwischen ihnen passiert wäre, hätte Molly sie nicht unterbrochen? Und vor allem: Wünschte sich Kat genauso sehr wie er, dass sie diese Nacht das Zimmer abschließen könnten?

Gegenüber von ihnen war eine kleine Diskussion ausgebrochen. Molly versuchte mit allen Mitteln, ihren Vater dazu zu überreden, mit ihr Schlittschuhfahren zu gehen.

„Aber Daddy!", rief sie. „Du hast es versprochen!" Mit den kleinen Händen klammerte sie sich an seinem muskulösen Unterarm fest, zerrte daran und blickte ihn flehentlich an.

Sofort bekam Ryan Mitleid mit dem anderen Mann, denn er war nicht sicher, ob er Molly je etwas abschlagen könnte, wäre sie seine Tochter. Vermutlich würde er gar nicht mehr dazu kommen, zu arbeiten ... Schmunzelnd schüttelte er den Kopf über sich selbst.

„Baby, ich habe noch einen Haufen Arbeit vor mir ...“, begann Mick zu erklären, doch Molly schien sich davon nicht beeindrucken zu lassen.

„Biiitteee“, bettelte sie und zerrte gleich noch einmal am Unterarm ihres Vaters.

„Onkel Carter, Onkel Grayson und ich müssen ein paar Gäste abholen, zum Großhändler fahren, um die Vorräte aufzustocken, und danach mit deinem Grandpa alles sicher für den angekündigten Schneesturm machen.“

Molly blieb unbeirrt. „Biiitteee.“ Sie klimperte mit den langen, schwarzen Wimpern wie eine Weltmeisterin.

Ehe Ryan sichs versah, knickte er beim Anblick der Kleinen ein und bot an: „Wenn ich irgendetwas helfen kann, müsst ihr mir nur eine Aufgabe geben.“

„Ryan und ich können das Einkaufen übernehmen“, schaltete sich nun auch Kat ein. „Vielleicht können wir dann am Nachmittag gemeinsam mit Molly Schlittschuhfahren?“

Ein dankbarer Ausdruck trat auf Micks Züge, der es als alleinerziehender Vater sicherlich nicht leicht hatte. „Klingt gut, danke“, brummte er. An Molly gerichtet fügte er hinzu: „Dann verbringst du den Vormittag mit deiner Nana – ihr könnt das Schmücken im Westflügel übernehmen. Danach essen wir zusammen zu Mittag und gehen zur Eislaufbahn, ja?“

Sofort nickte sie zustimmend. Damit war die Sache beschlossen.

Kapitel 25

Als sie sich am Nachmittag aufmachten, um zur Eislaufbahn zu spazieren, war Kat hundemüde, trotzdem freute sie sich bereits auf die Zeit mit ihrer Nichte, die viel zu schnell groß wurde. Umso wichtiger war jeder kleine Moment mit ihr.

Den Morgen hatte sie damit verbracht, die Gästezimmer zu putzen. Währenddessen hatten ihre Mom und Molly die privaten Räumlichkeiten der Familie genauso schön weihnachtlich geschmückt wie den Rest des Winter-Resorts. Derweil holten Carter, Grayson und ihr Vater neue Gäste beim nächstgelegenen Flughafen ab, Mick und Ryan wiederum hatten Holz gehackt.

Danach waren Kat und Ryan in die nächste Stadt gefahren, um einen Großeinkauf zu machen. Ein Schneesturm war angesagt, früh für diese Jahreszeit, doch sie mussten darauf vorbereitet sein. Lebensmittel, Getränke, aber auch Haushaltsgegenstände wie Klopapier, Seife und vieles mehr landeten im Einkaufswagen. Dazu waren sie mit dem Pick-up ihres Vaters gefahren, dessen Ladefläche am Ende komplett vollgepackt war. In dem Geschäft, das extra auf Gastronomiebetriebe und Hotels ausgelegt war, gab es alles, was sie gebraucht hatten, aber die Gänge waren ihr beinahe endlos lang erschienen. Bestimmt war Kat mehrere Meilen von einem Regal zum anderen gerannt, bis sie schließlich alles von der Einkaufsliste ihrer Mutter abgehakt hatten.

In ihrem Skiverleih gab es natürlich auch Schlittschuhe, sodass sie etwas Passendes für Ryan gefunden hatten. Die kleine Eislaufbahn war nicht weit vom Haupthaus entfernt und verfügte über Flutlicht, immerhin wurde es in der kalten Jahreszeit schon sehr früh dunkel. Ein Spazierweg führte dorthin, den Kats Brüder mit viel Aufwand ähnlich wie einen Park angelegt hatten – mit Laternen, Bäumen, Beeten und sogar ein paar Bänken. Natürlich war im Winter von den Blumen nichts zu sehen, doch die Bäume hatten sie mit Lichterketten geschmückt.

Molly rannte fröhlich vor ihnen her, Mick trug ihre und seine eigenen Schlittschuhe, Ryan seine und Kats. Mit der freien Hand hielt er ihre fest umschlungen. Es fühlte sich ganz natürlich an, neben ihm her zu spazieren, sich mit ihm und ihrem Bruder zu unterhalten, zu lachen … einfach nur *zu sein*. Den Moment genießen.

Kat wollte mehr davon.

Weil sie nicht ständig daran denken wollte, dass die Fake-Beziehung nach dem Urlaub enden würde, zwang sie sich, die Gedanken daran zu vertreiben und sich ausschließlich auf das Hier und Jetzt zu konzentrieren.

Zwar trug sie unter ihren Jeans Strumpfhosen, allerdings war sie nicht so dick angezogen wie zum Skifahren. Tatsächlich hatte sie sich sogar für ihren neuen, heiß geliebten Wintermantel entschieden. Sie liebte es, wie farbenfroh er war, hatte extra dazu passend pinkfarbene Handschuhe und eine Mütze mit lustigem, großem Bommel daran gekauft.

Im Büro war sie immer professionell gekleidet, meist in dunklen Tönen – grau, schwarz, marineblau … Den Mantel hatte sie sich sozusagen selbst geschenkt, weil sie das Bedürfnis gehabt hatte, aus dem langweiligen Alltag von Businesse Attire auszubrechen.

„Kannst du Schlittschuh fahren? Und jetzt sag bloß nicht, es ist lange her, dass du es das letzte Mal gemacht hast, nur damit sich nachher herausstellt, dass du Profi bist." Grinsend sah sie zu ihm auf, mit der freien Hand versetzte sie seiner muskulösen Brust einen Klaps.

Bei ihren Worten gluckste Mick amüsiert in seinen Vollbart. „Du bist doch nur enttäuscht, dass du zum ersten Mal in unserem Leben nicht das Skirennen gewonnen hast."

„Ich bin noch nie in meinem Leben Schlittschuh gefahren", verkündete Ryan, sodass die Harris-Geschwister ihn von jetzt auf gleich mit großen Augen anstarrten.

„Noch nie Schlittschuh gefahren? Das kann doch nicht wahr sein." Ungläubig schüttelte sie den Kopf.

Auch Molly war ein paar Schritte weiter vor ihnen auf dem Spazierweg stehen geblieben, um ihn mit schräg gelegtem Kopf zu betrachten. Überlegte sie gerade, ob irgendetwas mit ihm nicht stimmte?

„Warum?", wollte sie wissen, als käme es ihr schlichtweg unmöglich vor, dass jemand nicht so gern Schlittschuh fuhr, wie sie das tat.

„Nicht jeder wohnt auf einem Winter-Resort", erinnerte Kat ihre Nichte in sanftem Ton.

„Das sollten sie aber", sagte Molly ernst. Natürlich stimmte ihr dickköpfiger, grummeliger Vater ihr daraufhin zu.

„Ja, das sollten sie", sagte Mick. „Deswegen wirst du auch nie ausziehen, stimmt's, Baby? Und heiraten tust du auch erst, wenn du dreißig bist."

„Okay, Daddy", sagte Molly bereitwillig, woraufhin Mick selbstzufrieden grinste.

Kat lachte auf, schüttelte amüsiert über ihren Bruder den Kopf. Wenig später drückte sie Ryans Finger, die noch immer mit ihren verschlungen waren, und sagte:

„Wir bringen dir das Schlittschuhfahren schon bei.“

Unter ihren Fußsohlen knirschte der schneebedeckte Weg, auf den ihre Brüder Kies gestreut hatten, damit keiner der Gäste ausrutschte. Nachdem sie um die nächste Kurve gebogen waren, konnten sie die Eislaufbahn bereits sehen. Die darum verteilten Bäume waren mit Schnee bedeckt, Eiszapfen hingen herunter und im Hintergrund konnten sie den zugefrorenen See erkennen. Noch war dessen Eisschicht nicht dick genug, um darauf Schlittschuh fahren zu können. Mehrere Schilder warnten deutlich sichtbar davor, den See zu betreten.

Lächelnd atmete Kat aus, ihr kompletter Körper entspannte sich bei dem Anblick, der sich ihr bot. Gleichzeitig strömte neue Energie durch ihre Glieder – Vorfreude, nach so langer Zeit wieder Schlittschuh zu fahren.

Sie ließen sich auf einer Bank nieder, um ihre Winterstiefel auszuziehen und stattdessen in die Schlittschuhe zu schlüpfen. Mick half Molly dabei, diese zuzuschnüren. Schon bald waren sie so weit, hielten einander an den Händen, um das Gleichgewicht zu bewahren, während sie auf den Kufen zur Eislaufbahn balancierten. Kaum dass sie die Umzäunung erreichten, konnten sie sich daran abstützen. Mick öffnete das Tor für sie alle, sofort schoss seine Tochter voran auf die Eisfläche.

„Ihr steht eine Karriere als Eiskunstläuferin bevor“, murmelte Kat ungläubig, kaum dass sie sah, was ihre Nichte in den vergangenen zwölf Monaten gelernt hatte. Die Kleine flitzte über das Eis und machte sogar ein paar Kunststücke.

Mick nickte. „Ich habe sie schon bei einem Kurs angemeldet, der startet im Januar, dann sehen wir ja, ob es ihr gefällt.“

„Es soll ja auch Spaß machen“, stimmte Kat zu. Sie machte eine scheuchende Handbewegung, um ihrem Bruder zu bedeuten, dass er ruhig schon einmal vorgehen sollte. Ryan und sie würden bestimmt etwas länger brauchen. Kurz darauf folgte Mick seiner Tochter, um ein Auge auf sie zu haben.

Kat zog leicht an Ryans Hand, damit er neben sie trat. „Halt dich am Rand fest“, forderte sie ihn auf, wartete ab, bis auch er die Eislaufbahn betreten hatte. Danach folgte sie ihm und schloss das Tor hinter ihnen.

„Vielleicht bist du als Kind Inliner gefahren? Eigentlich ist das ziemlich ähnlich. Am besten fahren wir ein paarmal außenrum, damit du ein Gefühl dafür bekommst.“

Seine Knie wirkten wackelig, aber er nickte ihr zu. Mit der rechten umfasste er die Umzäunung, die linke streckte er aus, um ihre Finger zu ergreifen. Er zwinkerte ihr zu. „Ich brauche alle Hilfe, die ich kriegen kann.“ Belustigung huschte über seine Züge. „Ich merke jetzt schon, dass das hier nicht mein Sport ist.“

Tatsächlich wirkte der sonst so autoritäre, selbstbewusste Milliardär wie ein frisch geborenes Fohlen, das mit seinen langen Beinen noch nicht so ganz zurechtkam. Bei dem Anblick konnte sich Kat das Kichern nicht verkneifen, meinte es aber nicht böse, denn: „Aller Anfang ist schwer“, sagte sie. „Pass bloß auf, bestimmt fährst du in einer halben Stunde schon wie eine Eins.“

Sie konnte sich nicht vorstellen, dass jemand, der derart elegant auf Skiern stand, Schwierigkeiten haben würde, auf Schlittschuhen seine Balance zu halten.

O wie sie sich geirrt hatte.

Molly kicherte vergnügt, als Ryan ungefähr zum fünften Mal auf seinen Hintern plumpste. Sofort kam sie angesaust, um ihm eine kleine Hand entgegenzustrecken, als wolle sie ihm aufhelfen.

„Onkel Ryan, das kannst du wirklich nicht sehr gut!", rief sie, wobei sie ihn mit großen Augen anstarrte.

Onkel Ryan. Die Worte versetzten Kat einen sehnsüchtigen Stich, den sie nicht hatte kommen sehen. Molly hatte sich dabei bestimmt nichts gedacht, schließlich war Kat ihre Tante, vermutlich war es für sie da nur logisch, Ryan ihren Onkel zu nennen. Doch es bewirkte, dass in Kats Kopf Zukunftsszenarien entstanden, die allesamt viel zu schön waren, um wahr zu werden.

Unbewusst rieb sie sich mit einer Hand über ihr plötzlich rasendes Herz, Molly plapperte einfach weiter, als sei nichts gewesen.

„Vielleicht war es besser, dass du nie Schlittschuh gefahren bist", überlegte die Kleine laut, worauf Ryan humorvoll auflachte.

Kurz darauf zog Mick seine Tochter sanft zur Seite, schließlich konnte sie Ryan beim besten Willen nicht hochhelfen. Stattdessen reichte er ihm selbst die Hand und half dem anderen Mann zurück auf die Füße.

„Womöglich hast du recht", erwiderte Ryan, wobei er Kats Nichte zuzwinkerte. „Ich hätte mir ein Kissen umbinden sollen, damit ich weicher lande."

Das brachte Molly erneut dazu, zu kichern. Der helle, fröhliche Ton würde immer eines der schönsten Dinge bleiben, die Kat je gehört hatte. Kinderlachen war etwas ganz Besonderes. Automatisch streckte sie eine Hand aus, um ihrer Nichte über die Wange zu streichen und ihr danach das Stirnband zurechtzuziehen. Nicht, dass Molly kalte Ohren bekam!

Im Anschluss wandte sie sich wieder Ryan zu, der es mit Micks Hilfe zurück an die Umgrenzung der Eislaufbahn geschafft hatte. Mit ausfallenden Bewegungen fuhr sie in Sekundenschnelle zu ihnen hinüber, wich ein paar anderen Schlittschuhläufern aus und bremste direkt vor Ryan ab.

„Sollen wir schon mal zurückgehen?“, fragte sie in sanftem Ton. Er hatte sich wirklich Mühe gegeben, doch seine ursprüngliche Einschätzung, dass das hier nicht sein Sport war, war treffend gewesen.

Er löste eine Hand vom Geländer, um sie gegen ihre Wange zu legen. Durch die Geste und den intensiven Blick, mit der er ihr in die Augen sah, schmolz sie beinahe. Sie wollte sich gegen seine breite Brust schmiegen, sich gegen ihn lehnen und einfach nur seinen wunderbaren männlichen Geruch einatmen … Erneut schoss Sehnsucht durch ihr Innerstes, diesmal so heftig, dass es ihr vorkam wie eine Flutwelle, von der sie überrollt wurde.

Sanft strich er mit dem Daumen über ihre Wange. „Fahr du ruhig weiter, ich kann sehen, dass es dir Spaß macht, und wegen mir bist du bisher gar nicht dazu gekommen, richtig zu fahren.“ Er schenkte ihr ein entschuldigendes Lächeln. „Ich kann mich auf eine der Bänke setzen, euch ein bisschen zugucken.“

„Aber das wird doch zu kalt“, widersprach sie sofort.

„Dann gehe ich zurück und sehe, ob ich deinem Vater, Grayson und Carter dabei helfen kann, das Haus auf den Sturm vorzubereiten.“ In einer unbekümmerten Geste zuckte er mit den Schultern.

Erleichterung strömte durch ihren Körper, denn sie konnte ihm ansehen, dass er seine Worte ernst meinte. Ryan wäre nicht beleidigt, wenn sie sich nicht um ihn kümmerte, ganz anders als so mancher ihrer Exfreunde.

Wie oft hatte sich einer ihrer früheren Partner darüber beschwert, dass sie zu viel arbeitete, nur weil sie nicht jede freie Sekunde an seiner Seite hing? Sie wollte einen Partner, keinen Mann, den sie bemuttern musste. Ryan schien keinerlei Probleme damit zu haben, ihr Freiraum zu geben; sie gleichzeitig nachts festzuhalten, die Momente, die sie miteinander teilten, ganz besonders zu genießen, mit ihr zu lachen …

„Wenn das wirklich okay für dich ist, dann würde ich gerne noch ein bisschen hierbleiben", sagte sie nickend. In ebendiesem Moment sauste Molly an ihnen vorbei, sodass alles in Kat danach kribbelte, ihrer Nichte hinterher zu rasen. Es machte so viel Spaß, über die Eisfläche zu gleiten, den Wind auf den Wangen zu spüren und ein paar Sprünge und andere Kunststücke auszuprobieren.

„Natürlich ist das okay." Damit beugte er sich vor, um einen kleinen Kuss auf ihren Mund zu setzen. Ein wohliger Schauer ging durch ihr Innerstes. Gerade als sie antworten wollte, ertönte das Läuten eines Handys.

Ryan ließ die Hand von ihrer Wange sinken, um sie in seine Manteltasche zu schieben. Eine Sekunde später zog er sein klingelndes Smartphone daraus hervor. Seine Stirn runzelte sich, kaum dass er einen Blick auf das Display geworfen hatte.

„Was ist los?", wollte sie sofort wissen, denn die Sorgenfalte zwischen seinen Augenbrauen war unübersehbar.

„Tut mir leid, ich muss da drangehen." Damit betätigte er bereits das Knöpfchen für *Anruf annehmen* und hob das elektronische Gerät an sein Ohr. Gespannt betrachtete Kat seine Mimik, streckte eine Hand aus, um damit seinen Unterarm zu drücken und ihm zu zeigen, dass sie für ihn da war.

„Lucas, was gibt's?"

War das nicht der Sohn seines verstorbenen besten Freundes? Kein Wunder, dass sich die Sorgenfalte zwischen seine Brauen gegraben hatte.

„Moment … Mach langsam … Bist du betrunken?“ Seine Stimme war dunkel, klang aber nicht vorwurfsvoll – das würde in diesem Moment auch gar nichts bringen.

„Natürlich komme ich dich abholen. Sag mir, wo du bist“, brummte Ryan wenig später. Währenddessen ließ Kat ihre Finger von seinem Unterarm nach unten streichen, legte sie auf die Hand, mit der er sich weiterhin an der Begrenzung der Eisbahn festhielt, und drückte kurz.

„Geh in ein Café, bestell dir etwas Warmes zu trinken und setz dich in irgendeine Sitzecke. Und dann bleibst du genau da, wo du bist, hörst du?“, redete Ryan auf den Jungen am anderen Ende der Leitung ein. „Ich komme dich abholen, bin in einer Stunde bei dir.“

Der Teenager schien irgendetwas zu sagen, woraufhin Ryan wiederholte: „Du gehst in ein Café und wartest dort auf mich, verstanden?“ Sein Ton war streng. Bald darauf sackten seine Schultern vor sichtlicher Erleichterung nach unten, vermutlich hatte Lucas zugestimmt. „Gut, bis dann. Ich bin so schnell da, wie es geht.“

Kurz darauf legte er auf und schob das Handy zurück in die Tasche seines Mantels. Ein tiefes Seufzen verließ seine Kehle, ließ seinen muskulösen Oberkörper sich heben und senken.

„Ist alles in Ordnung mit ihm?“, wollte Kat sofort wissen, konnte sich nur zu gut vorstellen, wie Ryan sich gerade fühlte. In den letzten Jahren, wenn sie mit Mick telefoniert hatte und ihre Nichte nur stärkeres Fieber gehabt hatte, dann hatte sie sich auch immer unglaubliche Sorgen gemacht.

„Ja.“ Er schüttelte den Kopf. „Nein“, stieß er aus, wirkte diesmal verärgert. „Lucas ist nach der Schule mit Freunden auf einen Weihnachtsmarkt gegangen, anscheinend ist eine seine Klassenkameradinnen mit einem College-Studenten zusammen, der hat ihnen Rum besorgt und sie haben ihren Punsch zu deutschem Glühwein upgegraded.“

In Boston durfte man erst mit einundzwanzig Jahren Alkohol kaufen, ohne den College-Studenten wären die Jugendlichen nicht daran gekommen. Natürlich machte sich Kat keine Illusionen darüber, dass auf verschiedenen Partys auch für Bier gesorgt wurde – Teenies waren da kreativ, schickten ältere Geschwister zum Einkaufen oder hatten sogar gefälschte Ausweise. Allerdings tranken die Kids meistens nur Light Beer auf ihren Highschool-Partys, das nicht sonderlich hochprozentig war.

Kein Wunder, dass Lucas nun betrunken war, sicherlich vertrug er nichts und in den Punsch hatten sie schließlich Rum gekippt.

Kat verzog den Mund. „O Mann“, murmelte sie.

„Es tut mir leid, ich muss ihn abholen fahren.“ Mit dem Rücken lehnte sich Ryan gegen das Geländer, drehte die Hand, sodass ihre Finger in den seinen lagen, und hielt sie fest. Er beugte sich vor, um ihr einen Kuss aufzudrücken. Gegen ihre Lippen versprach er: „Sobald ich ihn zu Hause abgeliefert habe, komme ich zurück. Ich werde ein paar Stunden weg sein, mehr nicht.“

Fest erwiderte Ryan ihren Blick, als wolle er ihr versichern, dass er auch wirklich zu ihr zurückkommen würde. Angesichts dessen, dass Lucas der Sohn der Frau war, in die Ryan jahrelang verliebt gewesen war, wusste Kat seine Worte zu schätzen.

Vielleicht hätte sie sich Sorgen darüber machen sollen, dass er Lucas zu Hause ablieferte, Susanna begegnete und begriff, dass er sie noch immer liebte; für sie kämpfen wollte und keine Zeit für die Fake-Beziehung mit Kat hatte. Aber sie hatte ihn als ehrlichen, aufrichtigen Mann kennengelernt, also glaubte sie ihm. Er würde wiederkommen.

Ohne sich zurückhalten zu können, drückte sie die Knie durch, um sich ihm entgegenzurecken. Der Kuss war sanft. „Pass auf dich auf. Lucas hat gesagt, er setzt sich in ein Café, dort ist er sicher. Also fahr nicht zu schnell, nur weil du glaubst, dich beeilen zu müssen. Niemandem ist geholfen, wenn du nachher einen Autounfall hast."

Sorge lag in ihrer Stimme, die sie weder verbergen konnte noch wollte.

„Mache ich", versprach er, wobei er ihr ein beruhigendes Lächeln schenkte. „Tut mir leid, dass ich so plötzlich abhauen muss. Genieß noch das Schlittschuhfahren mit Molly und Mick, später bin ich wieder da."

„Dir muss überhaupt nichts leidtun", sagte sie sofort. Sie liebte die Tatsache, dass er auf den Jungen aufpasste, alles stehen und liegen ließ, um Lucas zur Seite zu stehen. Schließlich zeigte ihr das doch nur, was für ein guter Mann er war.

Ryan Tanner war loyal, fürsorglich, beschützerisch und da, wenn man ihn brauchte. All das waren wunderbare Eigenschaften und nichts, worüber sie sich jemals ärgern würde.

Sie entzog ihm ihre Finger, aber nur um mit beiden Händen über seine breite Brust zu streicheln. „Lucas kann froh sein, dich zu haben", sagte sie mit einem Lächeln. „Wir sehen uns später."

Er nickte, sah ihr noch einen Moment lang fest in die Augen, schien irgendetwas in ihrem Blick zu suchen. Vielleicht wollte er sich davon überzeugen, dass sie ihm glaubte. Schließlich wandte er sich von ihr ab und hangelte sich am Geländer entlang, um die Eislaufbahn zu verlassen. Kaum dass er die Bank erreicht hatte, unter der sie zuvor ihre Schuhe abgestellt hatten, zog er sich die Schlittschuhe aus. Er schlüpfte in seine Winterstiefel, winkte ihr noch ein letztes Mal zu, danach eilte er den Spazierweg in Richtung des Haupthauses entlang.

Als ein zischendes Geräusch entstand, weil jemand scharf neben ihr abbremste, zuckte Kat zusammen. Sofort ruckte ihr Kopf zur Seite, ihr Blick fiel auf die ernste Miene ihres Bruders.

„Habe ich das gerade richtig gehört? Er muss irgendeinen Lucas vom Weihnachtsmarkt abholen, weil er betrunken ist?"

Kat nickte.

„Hat er einen Sohn?", hakte Mick im nächsten Moment nach. Und was sollte Kat daraufhin sagen? Natürlich war Lucas nicht Ryans leiblicher Sohn, doch durch seine Erzählungen wusste sie, dass er seit dem Tod seines besten Freundes immer für den Jungen da gewesen war, dessen Footballspiele besucht hatte, bei jeder seiner Geburtstagsfeiern dabei gewesen war und sie … *Familienessen* bei Lucas und Susanna zu Hause veranstaltet hatten. In all den Jahren hatte Ryan so etwas wie eine Vaterrolle übernommen.

Sie zuckte mit den Schultern. „Es ist kompliziert", erklärte sie leise, ihre Stimme voller Sorge, weil sie hoffte, dass der Junge in betrunkenem Zustand keine Dummheiten anstellen würde, sondern wirklich in einem Café auf Ryan wartete.

Kapitel 26

Auch wenn er Kat versprochen hatte, vorsichtig zu fahren, war es ihm verdammt schwergefallen, das Gaspedal nicht tiefer und tiefer zu drücken. Sein Körper kribbelte, weil ihm die verschiedensten Horrorszenarien durch den Kopf gingen, was Lucas alles passieren könnte. Was, wenn er durch seine Trunkenheit in irgendeiner Gasse ausrutschte, hinfiel und bewusstlos liegen blieb? Sie hatten Minusgrade; wenn niemand ihn entdeckte, würde er ganz schnell unterkühlen …

Ryans Hände verkrampften sich um das Lenkrad. Er hatte versucht, Susanna anzurufen, aber ihr Handy schien aus zu sein – vermutlich war der Akku leer.

Bestimmt zum hundertsten Mal sagte er sich, dass alles gut gehen und Lucas auf ihn hören würde. Zum Glück war er mittlerweile in Boston angekommen, war nur noch ein paar Minuten von seinem Ziel entfernt.

Als er an einer roten Ampel haltmachen musste, nutzte er die Chance, um Lucas' Nummer zu wählen. Angespannt trommelte er mit den Fingern auf seinem Oberschenkel herum, bis der Junge endlich abnahm.

„Ryan?“

„Wo bist du? Welches Café?“, hakte er sofort nach. Durch die Sorge klang seine Stimme härter, als ihm lieb war.

„Bist du böse auf mich?“, lallte der Junge.

Ein zynisches Schmunzeln verzog seine Lippen. Na, wenigstens konnte sich Lucas noch mit ihm unterhalten, dann lag er zumindest nicht irgendwo in einer Gasse und kühlte aus. *Immer auf das Positive konzentrieren*, sagte er sich.

„Nein, Lucas, ich bin nicht böse auf dich. Ich bin froh, dass du mich angerufen hast. Sag mir bitte, wo ich dich abholen soll.“ Er gab sich Mühe, einen möglichst ruhigen Ton anzuschlagen. Um sich zu beruhigen, atmete er ein paarmal tief ein und aus. Als die Ampel auf Grün schaltete, fuhr er an, konnte dank der Freisprechanlage seines Audis jedoch weitertelefonieren.

„Ich bin bei Ella“, murmelte Lucas schließlich, wobei er sich wie ein schwärmender Dummkopf anhörte. Nun, in betrunkenem Zustand war er das vermutlich auch. „Sie hat mir ein Sandwich gemacht, ist eine tolle Frau …“

Ein belustigtes Glucksen verließ Ryans Kehle, gleichzeitig setzte er sofort den Blinker, nun da er wusste, wohin genau er fahren musste.

„Ist sie wirklich“, stimmte er zu, war der Ehefrau seines Boston-Berserks-Spielers schließlich mehr als dankbar, dass sie sich um den Jungen gekümmert hatte. Die beiden kannten sich durch verschiedene Team-Veranstaltungen, auf die er Susanna und Lucas gelegentlich mitgenommen hatte.

„Bin gleich da“, ließ er Lucas wissen, bevor er den Anruf beendete und sich wieder ganz auf die Straße konzentrierte.

Die Fahrt an sich kostete ihn lediglich fünf Minuten, doch die Suche nach einem Parkplatz gestaltete sich schwieriger. Als er endlich etwas gefunden hatte, stieg er hastig aus und marschierte über den Gehweg bis zu *Ella's Newbury Café*. Nachdem er eine Stunde im geheizten Innern seines Wagens verbracht hatte, fröstelte er nun. Daher war er froh, schon bald durch die Türen ins Innere des Cafés zu treten. Ein Klingeln über den Türen kündigte sein Eintreten an.

Sofort ließ er den Blick durch die Räumlichkeiten gleiten, konnte Lucas jedoch nicht auf Anhieb entdecken. Tagsüber gab es hier die leckersten Cupcake-Kreationen, abends standen jedoch italienische Gerichte auf der Karte – als Nachtisch konnte man aber natürlich einen leckeren Muffin bestellen.

Es herrschte eine romantische Atmosphäre mit weichem Licht, Weihnachtssternen auf der Mitte jedes Tisches, künstlichen Schneeflocken und Lichterketten über den Fenstern. Mittlerweile war es sieben Uhr am Abend, um diese Zeit schien das Café und Restaurant genauso gut besucht zu sein wie tagsüber.

Ryan runzelte die Stirn, weil er Lucas nirgends entdecken konnte. Gerade als er sein Handy aus der Manteltasche fischen wollte, um den Jungen erneut anzurufen, nahm er im Augenwinkel eine Bewegung wahr. Automatisch sah er sich um, sodass er Ella erblickte, die gerade dabei war, auf ihn zuzugehen. Mit einem Lächeln winkte sie ihm zur Begrüßung zu.

Kurz darauf hatte sie ihn bereits erreicht. „Hi, Mr. Tanner“, sagte sie mit weicher, freundlicher Stimme. „Sie suchen bestimmt Ihr Patenkind.“ In ihren Augenwinkeln bildeten sich Lachfältchen, Humor tanzte über ihr Gesicht. Vielleicht hatte Lucas nicht nur am Telefon schwärmend geklungen, sondern die Cafébesitzerin auch angehimmelt.

„Guten Abend, Ella“, erwiderte er. „Und ja, ich bin hier, um Lucas abzuholen.“

Per Kinnnicken deutete sie zu einer Tür hinter der Theke, die bestimmt zu Büro- und Lagerräumen führte. „Ich habe ihn in den Aufenthaltsraum der Mitarbeiter gesetzt“, erklärte sie, war offensichtlich zu höflich, um hinzuzufügen, dass einige ihrer Restaurantgäste einen betrunkenen Teenager womöglich als störend empfunden hätten.

Er schenkte ihr ein zerknirschtes Lächeln. „Danke und entschuldigen Sie bitte.“

„Wir waren alle mal jung, oder?", erwiderte Ella unbekümmert, streckte einen Arm aus und tätschelte seine Schulter, wie um ihm zu versichern, dass Lucas' Auftauchen kein Problem gewesen war. „Er ist ein netter Junge, höflich, auch wenn er bereits lallt."

Letzteres schien sie zu beeindrucken, woraufhin Ryan doch noch ein ehrliches Lachen ausstieß. Bald darauf folgte er Ella hinter die Theke, durch die Tür und bis zum Aufenthaltsraum ihrer Angestellten. Darin befanden sich ein paar bequem aussehende Sofas, ein Esstisch mit einigen Stühlen darum sowie eine kleine Küchenzeile.

Auf einem der Sofas entdeckte er Lucas' zusammengesunkene Gestalt, daneben auf einem Beistelltisch stand Geschirr, sodass er sich wieder daran erinnerte, was Lucas gesagt hatte. Ella hatte den Teenie gefüttert.

„Danke, dass Sie sich um ihn gekümmert haben", sagte er an die junge Frau neben sich gerichtet.

Ella winkte ab. „Er hat gesagt, dass er noch nicht zu Abend gegessen hat, vermutlich hat der Alkohol deswegen so reingehauen. Also habe ich ihm ein Sandwich und einen Kaffee gemacht. Aber der Koffein hat wohl nicht gewirkt." Schmunzelnd zuckte sie mit den Schultern.

Damit hatte sie zweifelsohne recht, denn Lucas schnarchte leise vor sich hin. Bei dem Anblick konnte Ryan ein Lächeln nicht unterdrücken, schüttelte gleichzeitig aber den Kopf über den Jungen. Unglaublich, wie schnell er groß geworden war. War er nicht gerade noch auf der Grundschule gewesen? Jetzt war er in der Abschlussklasse auf der Highschool und hatte sich zum ersten Mal betrunken.

Schlafend wirkte er deutlich jünger, erinnerte Ryan an das

kleine, verlorene Kind, das Lucas nach Alexanders Tod gewesen war. Wärme und tiefe Zuneigung kamen in ihm auf. Für den Jungen würde er durchs Feuer gehen.

Gerade als er seine Geldbörse hervorgekramt hatte, um Ella für Sandwich und Kaffee zu bezahlen, schüttelte sie den Kopf.

„Ist wirklich nicht nötig, bei den Boston Berserks passen wir aufeinander auf, stimmt's?“ Sie zwinkerte ihm zu.

„Stimmt“, erwiderte er, denn das war die reine Wahrheit. „Haben Sie vielen Dank.“ Er fühlte sich verpflichtet, die Worte noch einmal zu wiederholen, denn er war unendlich froh, dass Lucas nichts passiert war. Sich mit aufgeputschtem Punsch zu betrinken, würde eines Tages nur eine lustige Erinnerung an seine Jugend sein.

„Mehr als gern geschehen“, erwiderte die Cafébesitzerin. „Sie kommen allein zurecht?“

„Ja, danke.“ Er nickte, wollte Ella nicht noch länger aufhalten.

„Dann wünsche ich Ihnen einen schönen Abend, ich gehe zurück zu den Gästen.“ Mit einem letzten Lächeln eilte sie zurück in die Richtung, aus der sie gekommen waren.

Nachdem Ryan sich von ihr abgewandt hatte, durchquerte er den Raum, bis er vor Lucas zum Stehen kam. Sanft, aber bestimmt rüttelte er ihn an der Schulter. Schon bald blinzelte der Junge, seine Lider schienen schwer zu sein, als er mit verhangenem Blick zu Ryan aufsah.

„Hey“, krächzte er, als sei seine Kehle rau. Wer weiß, vielleicht hatte er auf dem Weihnachtsmarkt mit seinen Freunden irgendwelche Songs geträllert, herumgegrölt oder schlichtweg zu viel gelacht.

„Hey“, wiederholte Ryan den Gruß, dabei packte er Lucas am Oberarm, um ihm zu helfen, sich aufrecht hinzusetzen. Bis eben hatte er über der Armlehne des Sofas gehangen. „Geht's? Oder dreht sich alles?“, hakte er nach, denn das Letzte, was er wollte, war, dass Lucas auch noch hier in Ellas Café kotzte.

„Mir ist nicht schwindelig, bin nur so, so müde.“ Ein geradezu selig wirkendes Lächeln zog an den Lippen des Teenagers. Offenbar gehörte er zu den Menschen, die in angeheitertem Zustand anhänglich und extrem fröhlich wurden. „Wo ist Ella?“, wollte er wissen. „Ich muss mich noch bedanken.“ Als er das sagte, streckte er die Arme zu seinen Seiten aus, als wolle er sie umarmen.

Japp, eindeutig anhänglich, dachte Ryan amüsiert und nutzte die Gelegenheit, sich einen von Lucas' ausgestreckten Armen über die Schulter zu werfen, um den Jungen so in den Stand zu ziehen.

„Huch!“, stieß Lucas überrascht aus, schwankte für einen Moment, bis er das Gleichgewicht wiederfand. Mit der freien Hand klopfte Ryan ihm aufmunternd auf die Brust.

„Ich habe dich“, versicherte er, danach zog er den Teenie voran. Durch das ganze Football-Training verfügte der Junge über einiges an Muskeln und das dementsprechende Gewicht, außerdem war er mittlerweile fast so groß wie Ryan. Deswegen war es nicht gerade einfach, Lucas zu stützen und davon abzuhalten, auf die Schnauze zu fallen. Doch nach ein paar Schritten fanden sie einen gemeinsamen Trott. Zwar schienen Lucas' Knie weich zu sein, weshalb er schwer auf Ryans Schulter lehnte, doch er schaffte es, seine Füße zu schleppenden Schritten zu bewegen.

Ohne weitere Zwischenfälle schafften sie es bis nach draußen. Zum Abschied hatte Ryan Ella ein letztes Mal zugewunken und Lucas in die Seite gestoßen, weil der Junge kurz davor gewesen war, der Cafébesitzerin etwas über die Köpfe der Gäste hinweg zuzurufen. Am Ende hatten sie es durch die Ausgangstüren geschafft, ohne die Restaurantbesucher weiter zu stören.

Schwankend brachten sie den Weg bis zu Ryans Auto hinter sich. Neben seinem Audi angekommen, lehnte er Lucas dagegen, damit er nicht umfiel, und öffnete ihm die Beifahrertür. Danach half Ryan ihm dabei, einzusteigen.

Kaum war das erledigt, ging er um den Wagen herum, damit er hinter dem Steuer Platz nehmen konnte. Sobald er saß, entwich ihm in einem langen Schwall der Atem. Die ganze Anspannung, die während der Autofahrt vom *Harris Winter-Resort* bis nach Boston in ihm aufgekommen war, fiel nun endlich von ihm ab. Automatisch sah er zur Seite, als müsse er sich erneut davon überzeugen, dass es Lucas gut ging. Seine Mundwinkel zuckten, kaum erkannte er, dass der Junge schon wieder eingeschlafen war.

Kopfschüttelnd beugte er sich zur Seite, um ihn anzuschnallen. Davon ließ sich Lucas nicht stören, begann sogar wieder, leise zu schnarchen. Sobald das leise Klicken des Gürtels erklang, lehnte sich Ryan zurück, schnallte sich selbst an und startete den Wagen.

Die Fahrt zu Susannas Haus verlief ruhig, doch zum ersten Mal seit langer Zeit fielen ihm die Weihnachtsdekorationen an den Straßenlaternen und Häuserfronten auf. Als sei er zuvor immer zu gestresst oder mit dem Kopf ganz woanders gewesen, um seine Umgebung überhaupt so richtig zu bemerken. Vielleicht hatten die paar Tage mit Kat ihn gelehrt, das Leben wieder zu genießen.

Denn das hatte er: jede Minute, ja, jede Sekunde mit ihr genossen.

Als er schließlich in die Einfahrt bog, zog ein Lächeln an seinen Lippen. Nachdem er den Motor abgestellt hatte, zückte er sein Handy, um Kat eine kurze Nachricht zu schreiben.

Ryan: Habe Lucas eingesammelt, wir stehen jetzt praktisch vor seiner Haustür.

Ihre Antwort kam beinahe sofort. Innerlich schalt er sich, ihr nicht früher Bescheid gegeben zu haben, schließlich hatte er auf der Eislaufbahn gemerkt, dass sie sich Sorgen um ihn machte.

Kat: Freut mich, dass du gut angekommen bist. Reiß ihm nicht den Kopf ab, ja? Als Teenie hast du bestimmt auch ein paar Dummheiten angestellt.

Ryan lächelte leise, bevor er zu tippen begann.

Ryan: Warst du ein böses Mädchen?

Kat: Das musstest du jetzt schreiben, oder? 😂

Ryan: Na wenn du mir so eine Vorlage gibst. 😊 Schmunzelnd fügte er hinzu: **Ich melde mich, wenn ich zurückfahre.**

Kat: ❤

Es war nur ein blödes Herz-Emoji und trotzdem beschleunigte sich sein Puls, Wärme schien seinen gesamten Körper auszufüllen. *Mein Gott, ich bin der Frau erlegen, oder?*, fragte er sich selbst, empfand der kleinen Offenbarung gegenüber jedoch keinerlei Ärger oder Abneigung, vielmehr hieß er die Gefühle willkommen.

Mit einem Lächeln schob er das Handy zurück in seine Manteltasche und schnallte sich ab. Sanft drückte er Lucas' Schulter und sagte: „Hey, wir sind da."

Kurz darauf blinzelte der Junge, sein Blick wanderte von Ryan zur Frontscheibe, durch die er die Veranda seines Zuhauses erkennen konnte.

„Ich hatte Angst, dass du nicht kommen würdest“, murmelte er leise. Es war Jahre her, dass Ryan sein Patenkind so bedrückt gehört hatte – Lucas schien ihm nicht einmal in die Augen sehen zu können.

Ein Ruck ging durch Ryans Körper, kerzengerade saß er auf dem Fahrersitz, während er dem Jungen lauschte.

„Du weißt schon, weil es zwischen dir und Mom … nicht geklappt hat.“

Ein Stich ging durch sein Innerstes, doch nicht weil sein Herz wehtat, vielmehr kam Scham in ihm auf. Lucas hatte die ganze Zeit gesehen, was los war, und er war es nun, der unter Ryans Träumereien litt. Das war das Letzte, was er je gewollt hatte.

„Sieh mich an“, verlangte er mit fester Stimme, weil er wollte, dass Lucas ihm auch wirklich glaubte. Zögerlich drehte der Teenager schließlich den Kopf in seine Richtung und erwiderte seinen Blick.

„Ich werde *immer* kommen, wenn du meine Hilfe brauchst, werde alles stehen und liegen lassen und zu dir fahren“, versicherte er Lucas in glasklarem Ton, damit ja kein Zweifel blieb. „Du bist mein Patenkind, ich habe deinem Dad versprochen, auf dich aufzupassen, wenn er es nicht mehr selbst tun kann. Und daran wird sich *nie* etwas ändern. Hörst du?“

Seine Stimme war rau von Gefühl, denn Alexander war dem Leben viel zu früh entrissen worden, hatte ein Loch in ihrer aller Leben hinterlassen. Ryan vermisste ihn bis heute, genauso sehr wie er auch Jake vermisste.

Zwar wirkten Lucas’ Augen leicht glasig, doch die Tränen und Gefühle, die darin schimmerten, waren echt und kein bisschen gedämpft durch den Alkohol. Sein Adamsapfel hüpfte auf und ab, vermutlich schluckte er schwer, bevor er Ryan zunickte.

„Egal, was zwischen deiner Mom und mir passiert, das wird rein gar nichts an unserer Beziehung ändern. Ich bin immer nur einen Anruf entfernt.“ Fest sah er Lucas in die Augen, hoffte inständig, dass er ihm glaubte. In den letzten Wochen hätte er sich zusammenreißen und Lucas’ Footballspiele besuchen sollen. Im Nachhinein tat es ihm unglaublich leid, dass er dem Jungen mit seinem Verhalten solche Angst gemacht hatte.

Lucas hatte seinen Dad verloren, er sollte nicht auch noch befürchten müssen, den Mann zu verlieren, der nach Alexanders Tod eine Vaterrolle für ihn eingenommen hatte.

„Ich habe dir ja schon erzählt, dass es in der Firma gerade extrem viel ist, aber bald sollte sich die Lage beruhigt haben. Ich verspreche, danach bin ich wieder bei jedem deiner Spiele da und bin dein größter Fan.“ Er zwinkerte Lucas zu. „Ob es dir peinlich ist oder nicht.“

Das brachte den Jungen dazu, aufzulachen. Die Anspannung, die Ryan bis gerade eben noch in Lucas gesehen hatte, verflüchtigte sich – seine Schultern sackten nach unten.

„Dann lass uns jetzt reingehen“, sagte Ryan in aufforderndem Ton, warf dem Teenager aber noch einen prüfenden Blick zu. Als dieser nickte, ein ehrliches Lächeln auf den Zügen, war Ryan davon überzeugt, dass Lucas ihm glaubte.

Zur Sicherheit wiederholte er noch einmal: „Ich bin immer für dich da.“ Damit drückte er ihm die Schulter.

Danach schnallte er sich ab und stieg aus. Mit langen Schritten ging er um den Wagen herum, damit er Lucas heraushelfen konnte. Er war unglaublich froh, dass sie beide dieses Gespräch geführt hatten. Ryan meinte ernst, was er gesagt hatte:

Er hatte Alexander damals versprochen, auf Lucas aufzupassen. Abgesehen davon hatte er den Jungen über die Jahre wie einen eigenen Sohn lieben gelernt und hatte nicht vor, irgendwann nicht mehr Teil von Lucas' Leben zu sein.

Zum Glück waren die Einfahrt und der Weg bis zur Veranda gestreut, sonst wären die beiden sicherlich ausgerutscht und hingefallen. Nachdem sie es schließlich die Stufen bis zur Haustür hinauf geschafft hatten, streckte Ryan den Arm aus und klingelte.

„Meinst du, Mom wird böse auf mich sein?“, wollte Lucas merklich besorgt wissen.

„Ich bin sicher, sie ist froh, dass du einen von uns angerufen hast. Bestimmt wird sie es trotzdem nicht toll finden, dass du dich betrunken hast …“ Ryan schenkte dem Teenager ein fieses Grinsen. „… aber spätestens morgen, wenn du verkatert aufwachst, wirst du deine Lektion gelernt haben.“

„Sei nicht so gemein“, brummte Lucas, grinste aber.

Im nächsten Moment wurde bereits die Haustür aufgerissen.

„Hast du deinen Schlüssel vergessen?“, fragte Susanna, ein Lächeln auf dem Gesicht. Dieses verschwand ruckartig, kaum hatte sie die Tür komplett aufgezogen und sah, wer sich dahinter verbarg.

„Ryan?“, stieß sie in verwirrtem Ton aus. Ihr Blick wanderte von seinem Gesicht zu dem ihres Sohnes. „Hast du dich auf dem Weihnachtsmarkt verletzt?“, fragte sie ihren Sohn, der sich noch immer stark an Ryan abstützte.

„Nicht so ganz“, erklärte er trocken und schob den Teenager vor sich ins Innere des Hauses. „Er sollte jetzt einfach ins Bett, ich erkläre dir alles.“

Susanna trat zurück, um die beiden hereinzulassen, wirkte überrumpelt, gab aber einen zustimmenden Laut von sich. Kurz wandte sie sich von ihnen ab, um über die Schulter zu rufen: „Derek, kannst du bitte kommen?“

Es dauerte nicht lange, bis der breit gebaute Mann, den Ryan vor Wochen von hier hatte wegfahren sehen, im Gang erschien und auf sie zukam. Anscheinend hieß er Derek. Über Susannas Kopf hinweg trafen sich sein und Ryans Blick, im Gegensatz zu damals verspürte er absolut gar nichts, während er den anderen ansah.

Keinen Funken Eifersucht, keinen Schmerz in seiner Brust.

Er nickte Derek zu, der andere Mann hob das Kinn, um die Begrüßung zu erwidern. Kurz darauf kam er neben Susanna zum Stehen, legte eine Hand gegen ihren unteren Rücken und sah fragend zu ihr hinab.

„Könntest du Lucas bitte nach oben helfen? Ryan erklärt mir so lange, was passiert ist.“

Wenig später nahm Derek ihm den Teenager ab, klopfte Lucas auf die Schulter und murmelte: „Das kriegen wir schon hin.“ Mit diesen Worten hievte er den Jungen mehr oder weniger die Treppen hinauf.

„Danke, Mann“, erwiderte Lucas, sein Lallen war besser geworden, aber nicht zu überhören.

Für einen Moment sah Ryan den beiden noch hinterher, sie tauschten sich leise aus, vermutlich machte sich Derek ein Bild von Lucas’ Zustand. Susannas Freund schien ein netter Kerl zu sein, es war offensichtlich, dass er sich gut um den Jungen kümmern würde.

Beruhigt riss Ryan den Blick von den beiden los, trat noch etwas weiter ins Haus hinein und schloss die Tür hinter sich.

Gerade als er den Mund aufmachen wollte, um zu erklären, wie sich alles zugetragen hatte, hob Susanna die Hände.

„Jetzt zieh erst mal den Mantel aus und komm rein!“, rief sie aus. Bevor er ihren Worten jedoch Folge leisten konnte, war sie bereits auf ihn zugetreten und hatte die Arme um ihn geworfen. „Tut gut, dich endlich mal wiederzusehen.“ Nachdem sie ihn losgelassen hatte, versetzte sie seinem Oberkörper einen freundschaftlichen Klaps.

Zum ersten Mal seit Jahren strömte in ihrer Gegenwart keinerlei Sehnsucht durch seinen Körper. Es war befreiend.

Scharf stieß er den Atem aus. Es kam ihm vor, als könne er endlich wieder frei atmen. Das klaffende Loch in seiner Brust fühlte sich kleiner an als noch vor ein paar Wochen.

„Ich bin auch froh, wieder hier zu sein“, erwiderte er mit einem ehrlichen Lächeln. Vor allem war er froh, wieder hier sein zu können und nichts weiter als platonische Zuneigung Susanna gegenüber zu empfinden.

Sie waren praktisch miteinander aufgewachsen. Genauso wie Lucas für ihn immer wie ein Sohn sein würde, so würde Susanna immer seine beste Freundin bleiben – aber mehr würde es zwischen ihnen beiden niemals geben. Und das war in Ordnung so.

Nachdem Ryan den Mantel abgestreift und an der Garderobe aufgehängt hatte, folgte er ihr in die Küche. Zwei Kochtöpfe standen auf dem Herd, köchelten leise vor sich hin und verströmen einen köstlichen Geruch. Vermutlich war Susanna dabei gewesen, das Abendessen vorzubereiten, als Ryan mit Lucas hier aufgekreuzt war.

Als er sich an dem runden Tisch niederließ, fühlte es sich für einen kurzen Moment an wie nach Hause kommen. Er konnte nicht zählen, wie viele Stunden er in diesem Haus verbracht hatte, wusste nicht, wann seine Gefühle sich von bloßer Freundschaft wegbewegt hatten.

Einen Wimpernschlag lang wünschte er, er könne in der Zeit zurückgehen, um die Vergangenheit zu ändern. Doch dann dachte er an Kat und dass er sie ohne den ganzen Schlamassel nie kennengelernt hätte … Zumindest wäre es nie zu ihren tiefsinnigen Chat-Gesprächen gekommen, und die wollte er um keinen Preis missen.

„Du siehst … verändert aus“, murmelte Susanna, die gegen die Küchenanrichte lehnte und ihn mit vor der Brust verschränkten Armen betrachtete.

„Der Urlaub hat mir gutgetan“, erwiderte er, ein entspanntes Lächeln zog an seinen Lippen. Das plötzliche Bedürfnis, ihr von Kat zu erzählen, so wie sie sich früher auf der Highschool von ihren Schwärmen berichtet hatten, überkam ihn unerwartet. Doch es war willkommen, sehr sogar, denn es zeigte ihm, dass er ihre Freundschaft nicht kaputt gemacht hatte, sondern sie dazu zurückkehren konnten, was sie einst gehabt hatten.

Bevor er weitersprechen konnte, riss Susanna die Augen auf.

„Stimmt! Dein Urlaub hat doch schon begonnen! Wieso zum Teufel bist du noch in Boston?“ Verwirrt zog sie die Stirn kraus.

„Lucas rief mich heute Nachmittag an, bat mich um Hilfe … Ich war nur eine Stunde entfernt.“ Er zuckte mit den Schultern, mehr gab es dazu eigentlich nicht zu sagen, schließlich würde er noch viel weitere Strecken auf sich nehmen, um für den Jungen da zu sein.

„O Mann, tut mir leid, dass dein Urlaub unterbrochen wurde.“ Sie verzog das Gesicht. „Ich habe den Alkohol gerochen, was hat Lucas angestellt? Ich dachte, er sei nach der Schule nur mit Freunden auf den Weihnachtsmarkt, und er hat versprochen, pünktlich zum Essen wieder hier zu sein." Sie stieß ein ironisch klingendes Lachen aus. „Nun, pünktlich zum Essen ist er, aber in seinem Zustand bringt er vermutlich keinen Happen hinunter, schläft eher am Tisch ein."

„Sie haben ihren Punsch mit Rum gepimpt, die ganze Geschichte erzählt er dir morgen besser selbst." Ryan zuckte mit den Schultern. „Er rief mich an, damit ich ihn abholen komme. Ich glaube, er hatte Angst, von dir Ärger zu bekommen."

„Das hätte er auch!", rief Susanna sofort, wobei sie aufgebracht die Arme in die Luft warf.

Bei ihrem Anblick musste er schmunzeln, auch wenn er ihre mütterliche Sorge nur zu gut verstehen konnte. Auf der Fahrt vom Winter-Resort nach Boston war es ihm schließlich ähnlich ergangen.

„Zum Glück hat er dich angerufen", sagte Susanna nach einer Weile. „Besser so, als dass er auf dem Heimweg in der Straßenbahn eingeschlafen oder sonst etwas passiert wäre." Seufzend schüttelte sie den Kopf, stieß sich von der Küchenanrichte ab, um schließlich neben Ryan am Tisch Platz zu nehmen.

„Ich kriege noch graue Haare wegen dem Jungen", sagte sie kopfschüttelnd, im Anschluss warf sie Ryan ein selbstironisches Lächeln zu.

„Die habe ich schon", erwiderte er mit einem Grinsen, denn seine Schläfen färbten sich tatsächlich allmählich grau.

„Wir werden alt, was?" Sie zwinkerte ihm zu, doch kurz darauf wurde ihr Blick ernst. „Wir sind schon so lange befreundet", sagte sie leise, streckte eine Hand aus, um Ryans zu drücken. Für einen kurzen Augenblick huschte so etwas wie Wehmut durch ihren Blick, als wären sie zwei verwandte Seelen.

„Es ist nicht so, dass ich nie daran gedacht habe“, gestand sie ihm leise, was ihm den Atem stocken ließ, denn er hatte tatsächlich immer geglaubt, allein mit seinen Gefühlen dazuzustehen. Zwar hatte er gehofft, dass sie eines Tages Ähnliches für ihn empfinden würde, hatte aber gedacht, dass sie noch um Alexander trauerte.

„Aber es ist besser so, oder nicht? Irgendwo tief in unserem Inneren hätten wir uns immer schuldig gefühlt, als ob …“ Sie unterbrach sich, doch er wusste auch so, was sie sagen wollte.

„Als ob wir ihn betrügen würden“, beendete er ihren Satz und erinnerte sich daran, dass Kat während ihrer allerersten Chat-Unterhaltung etwas Ähnliches gesagt hatte.

Susanna schenkte ihm ein trauriges Lächeln. „Ja, genau.“ Erneut drückte sie seine Hand, bevor sie ihren Arm wieder zurückzog.

Ihr Gespräch tat weniger weh, als er befürchtet hatte. Wahrscheinlich hatten sie diese Aussprache schon seit langer, langer Zeit gebraucht.

Auf dem Schoß rang Susanna mit den Fingern. „Ich bin glücklich mit Derek. Nichts an ihm erinnert mich an Alexander, das, was wir haben, ist etwas Eigenes.“

Ryan verstand, was sie versuchte, zu sagen. Sie beide würden immer die gemeinsamen Erinnerungen mit Alexander haben – wären sie ein Paar geworden, hätte das womöglich zwischen ihnen gestanden. Aus der wunderschönen, engen Jugendfreundschaft wären Schuldgefühle und Bedauern geworden.

Nein, Susanna hatte recht, das, was sie beide verband, sollten sie genau so bewahren, wie es war – die Erinnerungen an Alexander würden für immer nur schöne Empfindungen in ihnen hervorrufen, nicht das Gefühl, ihn zu verraten.

„Du bist nicht alleine im Urlaub, stimmt's?" Für einen kurzen Moment waren sie beide zwanzig Jahre jünger, saßen in der Highschool in der Cafeteria. Susanna stieß neckend mit ihrer Schulter gegen seine, während sie sich darüber unterhielten, auf wen sie gerade standen. Ihr Kichern versetzte ihn in die Zeit zurück, ihr ehrliches Gespräch von gerade eben half ihm, endlich mit dem, was hätte sein können, aber niemals sein würde, abzuschließen.

„Sie heißt Kat", gestand er ihr, wobei er das glückliche Grinsen, das dabei an seinen Mundwinkeln zog, nicht verhindern konnte. Seine Chat-Bekanntschaft, die mittlerweile zu so viel mehr geworden war, tat ihm einfach gut.

„Kat?" Verwirrt runzelte Susanna die Stirn.

„Kurz für Katelyn", erklärte er.

„Ah." Sie nickte verstehend. Stumm betrachtete sie ihn einige Augenblicke lang, bevor sie sagte: „Du verbringst Weihnachten mit ihr?"

„Ja und ich hoffe, das wird sich in den nächsten Jahren auch nicht ändern." Er wollte mehr als nur zwei Wochen mit Kat, so viel mehr.

„Ich freue mich für dich." Susanna lächelte ihn an.

Stille legte sich über sie und mit ihr kam ein Gefühl des Friedens. Sie hatten gesagt, was gesagt werden musste – und zwar schon seit Jahren. Plötzlich fühlte sich Ryan tausendfach leichter, als wäre eine Last von ihm abgefallen. Als er seiner ältesten Freundin ins Gesicht sah, wusste er, dass es ihr ähnlich ging.

Nachdem er sich von seinem Stuhl erhoben hatte, beugte er sich vor, um einen Kuss gegen ihre Stirn zu pressen. „Und ich freue mich für dich“, erwiderte er ihre Worte von zuvor.

Mit einem Lächeln richtete er sich zu seiner vollen Größe auf und drehte sich Richtung Tür zum Gang. Unter dem Rahmen erkannte er Dereks bullige Gestalt, konnte allerdings nur so etwas wie Verständnis in den Augen des anderen Mannes lesen. Vielleicht hatte Susanna ihm von ihrer und Ryans komplizierter Beziehung erzählt.

An diesem Abend hatten sie endlich die verschiedensten Gefühle, die sie miteinander verbanden, entwirrt.

Erneut nickten die beiden Männer sich zu. Ryan war froh, dass Susanna jemanden gefunden hatte, der sie glücklich machte und nicht ständig an den Verlust ihres Ehemanns erinnerte. Und er war unglaublich dankbar dafür, dass er seinen ganz persönlichen Sonnenschein gefunden hatte.

„Kat wartet auf mich“, murmelte er. „Ich mache mich auf den Weg, damit es nicht so spät wird.“

„Gute Fahrt!“, sagte Susanna. „Und, Ryan?“

Derek betrat die Küche, um ihm Platz zu machen. Im Gang angekommen sah Ryan noch einmal zurück. Er wurde Zeuge dessen, wie Derek hinter Susannas Stuhl zum Stehen kam und seine Hände in einer sanften Geste auf ihre Schultern legte. Der Anblick ließ ihn lächeln.

„Ja?“ Fragend zog er die Brauen hoch.

„Danke.“ Das eine Wort in Kombination mit ihrem Lächeln sprach Bände: *Danke für deine Freundschaft, danke, dass du immer für mich da warst, danke für deine Hilfe mit Lucas … Danke.*

Seine Mundwinkel zogen sich noch etwas weiter nach oben, beinahe unmerklich nickte er ihr zu, bevor er sich auf den

Weg zur Garderobe machte. Nachdem er seinen Mantel gepackt hatte, verließ er das Haus und setzte sich in seinen Audi. Die Leichtigkeit in seinem Innern hielt an, wurde sogar noch verstärkt, kaum regte sich die Vorfreude darauf, bald wieder bei Kat zu sein, in seinem Innern.

Schnell zückte er sein Handy, um ihr Bescheid zu geben, dass er sich nun auf den Weg machte.

Ryan: Ich fahre jetzt los.

Kat: Vielleicht bin ich schon im Bett, bis du hier bist, bin hundemüde. Weck mich bitte, wenn du da bist.

Ihre Sorge berührte etwas tief in seinem Innern, zeigte es ihm doch, dass er ihr etwas bedeutete … dass auch für sie nicht alles nur Fake war.

Ryan: Mach ich.

Wenig später ließ er den Motor an, um sich auf den Rückweg zu machen.

Kapitel 27

Die gemütliche Lobby war stockdunkel, als Ryan später am Abend das *Harris Winter-Resort* betrat. Zu seiner Überraschung war die Haustür nicht abgeschlossen gewesen, vermutlich hatte Kat ihrer Familie Bescheid gegeben, damit sie für ihn offen ließen.

Weil er keinen der Gäste stören wollte, gab er sich Mühe, leise zu sein, während er durch die Lobby in Richtung Westflügel schritt. Im Kamin brannte noch ein Feuer, was die einzige Lichtquelle war. Doch es reichte aus, dass er es bis zur Tür in den Westflügel schaffte, ohne über irgendwelche Möbel zu stolpern.

Sobald er den Gang betrat, sah er, dass am anderen Ende Licht aus der Küche drang. Sofort beschleunigte sich sein Herzschlag – vielleicht war Kat doch noch wach. Er konnte es kaum erwarten, sie wiederzusehen. Es war verrückt, aber in den wenigen Stunden, die sie getrennt voneinander verbracht hatten, hatte er sie vermisst. Außerdem wollte er ihr von dem Gespräch mit Susanna erzählen, denn wenn ihn jemand verstehen würde, dann die Frau, der er schon vor Wochen alles über die verkorkste Situation zwischen ihm und seiner Jugendfreundin erzählt hatte.

Mit einem Lächeln stieß er die angelehnte Tür zur Küche auf, erwartete, Kat mit einer heißen Schokolade oder einer Tasse Tee am Esszimmertisch sitzen zu sehen, geriet aber ins Stocken.

Kein anderer als Mr. Harris Senior stand an der Küchenanrichte. In einer Hand hielt er ein Glas mit bernsteinfarbener

Flüssigkeit darin, vermutlich Whisky. Offenbar hatten sie einen ähnlichen Geschmack, was alkoholische Getränke anging.

Kaum hatte Ryan die Küche betreten, legte sich Elijahs grimmiger Blick auf ihn. Sein grauer Vollbart machte es schwer, seine Mimik zu lesen. Wie immer war er in Arbeitshosen und ein kariertes Flanellhemd gekleidet – Ryan hatte noch nie jemanden getroffen, auf den die Umschreibung *Holzfäller-Typ* besser passte als auf Kats Vater.

„Guten Abend." Ryan nickte dem anderen Mann zu. Bisher hatte er nicht sonderlich viel mit ihm zu tun gehabt, hatte den Verdacht, dass in Elijah Harris' Augen niemand gut genug für sein kleines Mädchen war und er Ryan nicht sonderlich gut leiden konnte.

In diesem Moment bestätigte sich der Verdacht, denn die Augen des älteren Mannes wurden schmal. Nichtsdestotrotz näherte sich Ryan der Kücheninsel, während er die Knopfleiste seines Mantels öffnete, um ihn schließlich von den Schultern zu schieben. Auf der gegenüberliegenden Seite der Kücheninsel angekommen, legte er den Mantel auf einem der Barhocker ab und erwiderte Elijahs Blick.

Wenn Kats Vater etwas zu sagen hatte, dann sollte er es ausspucken. Abwartend betrachtete er sein Gegenüber.

„Wenn du noch Gefühle für die Mutter deines Kindes hast, dann hast du hier nichts verloren. Du wirst Kat nur das Herz brechen." Elijahs tiefe Stimme durchschnitt die Stille, er warf Ryan einen verurteilenden Blick zu. Kurz darauf schüttelte er in einer abfällig wirkenden Geste den Kopf, danach hob er seinen Drink an die Lippen.

„Meinen Sohn?", fragte Ryan verwirrt.

Ungeduldig wedelte Elijah mit der Hand, wie um Ryan zu

verstehen zu geben, dass er ihm keine Lügenmärchen erzählen sollte. „Mick hat euer Gespräch überhört, du musstest deinen Sohn Lucas irgendwo abholen. Kat hat zwar nicht viel dazu gesagt, aber selbst ich weiß, was *Es ist kompliziert* bedeutet."

Sobald Ryan klar wurde, dass hier ein großes Missverständnis vorlag, stieß er ein Lachen aus, doch das schien genau die falsche Reaktion gewesen zu sein, denn die Augen des anderen Mannes verengten sich nur noch mehr. Sofort räusperte sich Ryan und erklärte:

„Lucas ist nicht mein Sohn. Mein bester Freund Alexander starb vor Jahren an einer Herzerkrankung, seitdem bin ich für seinen Sohn Lucas und seine Frau da."

Außerdem haben wir uns heute endlich ausgesprochen, es besteht keinerlei Grund zur Sorge, dass ich noch Gefühle für sie habe, fügte Ryan gedanklich hinzu. Das würde er Kats Vater gegenüber lieber nicht aussprechen, die Situation war zu kompliziert, um sie in ein paar Worten zu erklären.

Eine Weile lang musterte Elijah ihn lediglich stumm, doch Ryan hielt seinem Blick stand, weigerte sich, wegzusehen. Immerhin wollte er, dass Mr. Harris wusste, wie ernst es Ryan mit Kat war.

Aber der alte Brummbär wandte sich einfach von ihm ab.

Enttäuschung strömte durch seinen Körper, weil er glaubte, mit Kats Vater noch immer keinen Schritt weiter gekommen zu sein. Sie kam nur im Doppelpack mit ihrer Familie, daher war es Ryan wichtig, auch mit Elijah zurechtzukommen. Wenigstens so etwas wie ein Waffenstillstand zwischen ihnen beiden wäre wünschenswert.

Doch offensichtlich war der ältere Mann nicht dazu bereit, ihm zu glauben, würde ihn wohl auch den Rest des Urlaubs aus schmalen Augen betrachten und grimmig das Gesicht verziehen, wann immer ihre Blicke sich trafen. An diesem Abend war Ryan zu müde, um sich weiter um den guten Willen des anderen zu bemühen, aber er würde nicht aufgeben … würde *Kat* nicht aufgeben.

Gerade als er sich abwenden wollte, hörte er ein leises Klirren. Verwirrt sah er auf, nur um festzustellen, dass sich Elijah lediglich von ihm abgewandt hatte, um ein zweites Whiskyglas aus einem der Küchenschränke zu holen.

Im nächsten Moment stellte er es vor Ryan ab und schenkte ihm ein. Wortlos hob er sein eigenes Glas, wie um mit ihm anzustoßen. Vielleicht glaubte er ihm ja doch! Stumm ergriff Ryan den angebotenen Drink, stieß mit Elijah an und kippte ihn hinunter. Die bernsteinfarbene Flüssigkeit brannte seine Speiseröhre hinab, wärmte ihn von innen heraus.

Kaum dass sie ihre Gläser zurück auf die Kücheninsel gestellt hatten, schenkte Elijah ihnen beiden nach.

„Der Sohn deines verstorbenen Freundes also“, murmelte er, wobei er ihm einen forschenden Blick zuwarf.

„Ja“, versicherte Ryan. Als der ältere Mann das Glas hob, tat er es ihm gleich. Wenn Kats Vater ihn abfüllen wollte, um sicherzugehen, die Wahrheit von ihm zu hören, täte er ihm gerne den Gefallen.

„Hast du Fotos?“, hakte Elijah nach.

Ryan schmunzelte angesichts dessen, dass sein Gegenüber sogar Beweisfotos sehen wollte. „Natürlich“, antwortete er, kramte das Handy aus der Tasche seines Mantels, der über den Barhocker neben ihm lag, und öffnete die Galerie.

Während er durch die Fotos scrollte und schließlich bei einem Bild ankam, das Susanna, Alexander, Lucas und ihn selbst zeigte, breitete sich zum einen Wärme in seinem Innern aus, weil sein Kumpel damals so verdammt glücklich ausgesehen hatte; zum anderen ging ein Stich durch ihn, weil er seinen besten Freund vermisste.

Kurz darauf schob er Elijah das Smartphone über die Küchenanrichte entgegen. „Hier", sagte er. „Das sind Alexander, seine Frau Susanna und sein Sohn Lucas."

Sein Gegenüber gab lediglich ein unbestimmtes Brummen von sich.

„Lucas ist mittlerweile siebzehn Jahre alt, heute hat er sich das erste Mal betrunken." Bei der Erinnerung daran, wie glücklich und anhänglich der Junge dank des Alkohols gewesen war, musste Ryan leise glucksen. Er streckte den Arm aus, um ein paar Fotos weiter zu scrollen und Elijah ein aktuelles Foto von Lucas zu zeigen.

Als er aufsah, erkannte er zu seiner großen Überraschung auch auf dem Gesicht des grimmigen Holzfällertyps ein Grinsen.

„Das erste Mal betrunken?", fragte Elijah. „Kein Wunder, dass er nicht seine Mutter angerufen hat." Die Augen des älteren Mannes funkelten humorvoll.

Vielleicht war es nur die Wirkung des Whiskys, doch Ryan glaubte, so etwas wie Wohlwollen, ja, sogar Einvernehmen im Blick seines Gegenübers zu erkennen. Zustimmend nickte er. „O ja, Susanna hätte dem Jungen den Kopf abgerissen."

„Gute Sache, dass du für deinen besten Freund auf ihn aufpasst." Zwar wirkte die Geste widerwillig, doch Elijah nickte ihm anerkennend zu.

Für eine Weile tranken die beiden Männer lediglich ihren Whiskey, Stille breitete sich zwischen ihnen beiden aus, doch diesmal war sie angenehm, nicht erdrückend.

Nachdem Ryan sein Glas geleert hatte, spürte er den Alkohol in seinem Blut mehr und mehr. Von zwei Gläsern war er zwar nicht betrunken, doch sein Körper war von Wärme erfüllt. Der Gedanke daran, dass Kat im Bett auf ihn wartete, schickte ein Gefühl von Glück durch sein Innerstes.

Bevor er ging, erwiderte er noch einmal fest Elijahs Blick und sagte: „Ich würde mit niemandem lieber Weihnachten verbringen als mit Kat.“ Es war die reine Wahrheit, mittlerweile kribbelte jede Faser seines Körpers danach, die Stufen nach oben und zu ihr zu gehen.

Als Elijah ihm zunickte, kam es Ryan beinahe so vor, als gäbe der ältere Mann ihm seinen Segen. Er bildete sich sogar ein, unter dessen Vollbart ein kleines Lächeln zu erkennen.

Nachdem er sein Glas in die Spülmaschine gestellt hatte, nahm er sein Handy von der Küchenanrichte, den Mantel ließ er auf dem Barhocker liegen. Zum Abschied hob er die Hand, wenig später machte er sich auf den Weg nach oben. Mit jedem Schritt, mit dem er sich Kats Zimmer näherte, kribbelte sein Körper noch ein bisschen mehr. Sein persönlicher Sonnenschein löste geradezu einen Rausch in ihm aus.

So leise wie möglich öffnete er die Zimmertür. Zwar hatte sie gesagt, dass er sie wecken sollte im Falle, dass sie schon schlief, doch wenn, wollte er es sanft tun und sie nicht durch ein lautes Geräusch aus dem Schlaf reißen. Kaum dass er eingetreten war und die Tür hinter sich geschlossen hatte, umhüllte ihn die Dunkelheit.

Ohne etwas sehen zu können, geriet er ins Schwanken – offensichtlich hatte der Whisky seinen Gleichgewichtsinn beeinträchtigt. Mit dem Rücken lehnte er sich gegen die nächste Wand, danach zog er das Handy aus der Hosentasche, um die

Taschenlampenfunktion anzustellen. Er richtete den Strahl auf den Boden, um Kat nicht zu stören.

Im weichen Licht erkannte er ihre schlafende Gestalt auf der Matratze. Sofort begann sein Herz schwerer zu schlagen. Sie musste vor dem Zubettgehen wieder geduscht haben, denn ihr Haar wirkte durch die Nässe dunkler als sonst und lockte sich bereits. Später würde ihn nichts davon abhalten, seine Hände in der Lockenpracht zu versenken.

Eine Welle der Hitze überkam ihn.

Hastig ging er ins angrenzende Badezimmer, putzte sich die Zähne, zog sich aus und schlüpfte in seine Schlafhose. Er beeilte sich, denn Kat zog ihn wie magisch an.

Kaum war er fertig, setzten sich seine Füße wie von selbst in Bewegung, trugen ihn zum Bett, damit er zu ihr unter die Decke schlüpfen konnte. Bald darauf lagen sie einander zugewandt auf der Seite. Nachdem er einen seiner muskulösen Arme um ihre Taille geschlungen hatte, um ihren weichen, warmen Körper gegen sich zu ziehen, gab sie einen verschlafenen Laut von sich. Seine Finger wanderten über ihre Wirbelsäule nach oben und vergruben sich kurz darauf in ihrem Haar, wie er es sich gewünscht hatte. Ein zufriedenes Brummen vibrierte durch seine Brust.

„Hey, Sunshine“, raunte er, nachdem er sich vorgebeugt hatte. Er setzte kleine Küsse gegen ihre Schulter, nur der Stoff ihres Schlafshirt zwischen ihnen.

„Hey“, flüsterte sie zurück, wodurch er wusste, dass sie aufgewacht war. Automatisch hob er den Blick, um ihr ins Gesicht sehen zu können. Ein Lächeln zierte ihre Lippen, was ihm geradezu einen Schlag in die Magengrube versetzte. *Gott, ist sie schön!*

Ohne sich davon abhalten zu können, setzte er eine Spur von Küssen angefangen an ihrer Schulter, über ihren Hals nach oben und bis zu ihren Lippen. Er eroberte ihren Mund, drang mit der Zunge vor, um mit der ihren zu tanzen. Sein Puls beschleunigte sich, kaum hatte er den Kuss vertieft, und die berauschenden Empfindungen schlugen auf ihn ein. Seine Faust in ihrem Haar verkrampfte, bestimmt ziepte es an ihrer Kopfhaut, doch sie beschwerte sich nicht, seufzte gegen seine Lippen, der hohe Ton voller Begierde. Über seine eigenen Lippen kam ein Stöhnen, der Kuss wurde tiefer, ungehemmter.

„Du schmeckst nach Whisky", wisperte sie, sobald sie sich voneinander gelöst hatten, um nach Luft zu ringen. Zwischen Kats Brauen hatte sich eine kleine Falte gebildet. Ryan war nicht sicher, ob es Sorge oder Verwirrung war.

„Ich bin nüchtern Auto gefahren", versicherte er sofort, konnte ihren warmen Atem auf seiner Haut spüren, was ein erregtes Kribbeln über seine Wirbelsäule schickte.

„Hast du dich etwa mit meinem Dad betrunken?", fragte sie leise, vermutlich hatte sie die bevorzugte Whiskeymarke ihres Vaters erkannt. Ein belustigtes Lächeln breitete sich auf ihrem Gesicht aus.

„Vielleicht ein bisschen", gab er zu.

Sein Handy hatte er fallen gelassen, als er zu ihr ins Bett gekrochen war. Es musste ganz in der Nähe auf dem Boden gelandet sein, sorgte für weiches Licht im Schlafzimmer, sodass er erkennen konnte, wie Humor in ihren Augen funkelte. Abrupt streckte er den Hals, um sein Gesicht in ihrem Haar vergraben und ihren köstlichen Geruch einatmen zu können. Wie sollte er auch widerstehen?

„Du schmeckst so gut wie Weihnachtsplätzchen“, brummte er, nachdem er einen weiteren Kuss auf ihre Schulter gesetzt hatte. Ein Aufseufzen war seine Antwort. Erst da wurde ihm bewusst, dass er die Finger nicht länger in ihren Locken verkrallt hatte, sondern sie wieder nach unten hatte wandern lassen. Streichelnd glitten sie über ihren Rücken und kamen schließlich auf ihrem Po an.

Unwirsch schob er den Stoff ihres T-Shirts beiseite. Kaum dass seine Finger über nackte Haut glitten, seufzte Kat noch einmal auf – für ihn klang es wie die schönste Melodie.

„Du hast kein Höschen an“, flüsterte er, war nicht zu betrunken, um zu begreifen, dass sie das mit Absicht getan haben musste. Sofort suchte er ihren Blick, forschend sah er ihr in die Augen. Vielleicht wünschte sie sich das hier genauso sehr wie er.

„Muss ich vergessen haben“, murmelte sie, ihre Wangen färbten sich rosa. Sobald er ihren Hintern packte und massierte, öffneten sich ihre Lippen zu einem tonlosen Stöhnen.

„Oder du hast keins angezogen, weil du wusstest, dass ich zu dir komme.“ Ein Lächeln umspielte seine Lippen; der Gedanke gefiel ihm, sehr sogar.

Mit der Hand auf ihrem Hintern zog er sie ruckartig nach vorn, bis ihr Unterleib gegen seine wachsende Erektion drückte. Die veränderte Position ließ sie beide aufstöhnen, Hitze prallte aufeinander, nur der dünne Stoff von Ryans Schlafhose trennte ihre Körper noch voneinander.

Mit einem dunklen, erregten Laut suchten und fanden seine Lippen die ihren, verschlangen sie geradezu, so drängend war sein Kuss. Gänsehaut überkam ihn, kaum dass er die zarte Berührung ihrer Hände auf seinem breiten Oberkörper spürte. Mit den Fingernägeln kratzte sie über seine Muskulatur, was die Lust in seinem Innern nur noch schürte.

Es fühlte sich so verdammt gut an, sie zu berühren; so lange sehnte er sich schon danach. Mittlerweile raste sein Herz, während sein Atem immer abgehackter ging. Der Kuss wurde zügelloser, Ryan fühlte sich, als stünde er unter Strom, jede Faser seines Körpers kribbelte, Begierde strömte durch ihn hindurch.

Mit einer drängenden Berührung wanderte seine Hand von ihrem Hintern zu ihrer Hüfte, in stummem Verständnis drehte sie sich auf den Rücken. Sofort wälzte er sich über sie, stützte sich mit einer Hand neben ihrem Kopf auf der Matratze ab, damit nicht sein volles Gewicht auf ihr lag.

Ihre Brüste drückten mit jedem ihrer hektischen Atemzüge gegen seinen Oberkörper, als sie dann auch noch begann, unruhig unter ihm herumzurutschen, entglitt ihm ein tiefes Stöhnen. Das letzte bisschen Zurückhaltung entglitt ihm, sie beide keuchten auf, kaum dass er die Hüften in rhythmischen Bewegungen an ihr zu reiben begann.

Er schien genau den richtigen Punkt zwischen ihren Schenkeln zu treffen. Erneut kratzten ihre Fingernägel über seinen muskelbepackten Oberkörper, ließen ihn erschaudern.

„Zieh das Shirt hoch", verlangte er in heiserem Ton. Als er in ihr Gesicht sah, zuckte ihr rechter Mundwinkel – offenbar wusste sie anhand seiner Stimme, wie sehr er sie wollte, und es gefiel ihr. Er hatte nicht vor, seine Gefühle vor ihr zu verbergen, stattdessen beugte er den Kopf, um fordernd an ihrer Unterlippe zu knabbern. „Hoch mit dem Shirt!", wiederholte er rau, kurz bevor er sie mit einem heißen Kuss verschlang und ihr erregtes Seufzen mit seinem Mund auffing.

„Du bist der Boss“, erwiderte sie neckend. Humor klang in ihren Worten mit, sonst hätte er sich selbst in seinem leicht angeheiterten Zustand Sorgen gemacht und sofort von ihr abgelassen. Allerdings ließ ihr freches Lächeln keinerlei Zweifel daran, dass sie ihn genauso sehr wollte wie er sie.

Kurz darauf erklang ein Rascheln, welches ihn wissen ließ, dass sie seinen Worten Folge geleistet hatte. Sofort wanderte sein Blick über sie … und verdammt, jeder Zentimeter ihres Körpers war wunderschön!

Mit einem gutheißenden Brummen setzte er eine Spur von Küssen angefangen an ihrem Mund nach unten, über ihren Hals, zu ihrem linken Schlüsselbein und bis zu ihren weichen Brüsten, dessen Knospen sich ihm bereits entgegenreckten. Als er abwechselnd an ihnen saugte und sie mit Bissen reizte, bäumte sich Kat ihm entgegen. Die hohen Laute der Lust, die dabei über ihre Kehle kamen, feuerten ihn an. Ihr Duft nach Vanille und Zimt umgab ihn, ein Gefühl der Schwere setzte sich in seiner Lendengegend fest und seine lange Härte pochte geradezu, so sehr wollte er sie.

Die Hitze, die durch seine Adern strömte, hatte schon lange nichts mehr mit den zwei Gläsern Whiskey, die er getrunken hatte, zu tun, sondern nur damit, wie sehr Kat ihn verrückt machte. Wie sehr alles an dieser Frau ihn reizte. Ihr weihnachtlicher Duft, ihre weichen Kurven, die Art, wie sie sich ihm entgegen bäumte, die süßen, kehligen Laute, die sie ausstieß … Er wollte mehr. Immer mehr. Konnte einfach nicht genug von ihr bekommen.

„Kondome“, murmelte er, bevor er sich noch gänzlich in ihr verlor.

„Nachttischschublade“, entgegnete sie sofort, klang genauso atemlos wie er. Ob ihr Herz genauso schnell raste wie das seine? Unter seinen Lippen konnte er ihren rasenden Puls spüren, während er sie über ihre Haut wandern ließ, um kurz darauf an ihrer Kehle zu knabbern. Bevor er von ihr abließ, setzte er einen Kuss gegen ihren Hals. Erst dann beugte er sich über sie, streckte den Arm nach dem Nachttisch aus, wo er schon bald fündig wurde.

Ein Knistern erklang, während er die Verpackung öffnete und sich schließlich ein Kondom überzog. Dabei stieß er scharf den Atem aus, seine Erektion war beinahe schmerzlich hart.

Verdammt, ich will dich so sehr!, dachte er, beugte sich vor und küsste sie wieder. Seine Zunge eroberte ihren Mund, verschlang sich mit ihrer, bis sie beide keuchten.

„Du bist so schön“, murmelte er gegen ihre Haut, kaum dass er den Kuss beendet hatte, atmete ihren köstlichen Duft ein, während er die freie Hand zwischen ihre Körper gleiten ließ, über Kats Bauch und tiefer streichelte. Ein Blick auf ihr Gesicht zeigte ihm, dass sie den Kopf zurückgeworfen hatte und ein Stöhnen ausstieß, das geradezu elektrische Impulse der Lust durch ihn schießen ließ.

Die Muskeln in seinen Schultern spannten sich an, während er sich weiterhin mit einer Hand neben ihr auf der Matratze abstützte und mit der anderen über ihren Venushügel nach unten streichelte. Schon bald traf er auf heiße Feuchte, was nur noch mehr Begierde durch ihn schickte. Seine lange Härte drückte sich gegen ihren rechten Oberschenkel, während er das Nervenbündel zwischen ihren Beinen zu umkreisen begann. Sobald er darüber rieb, bäumte sich Kat auf, seufzte seinen Namen, der sich noch nie so gut angehört hatte wie in diesem Moment. Von ihren Lippen, in diesem perfekt atemlosen Ton.

Mit einem erregten Knurren rieb er über ihren empfindlichsten Punkt, ihre Hüften kamen ihm entgegen und ihre Finger krallten sich in seine Schulterblätter.

„Ryan!“, seufzte sie erneut, der Ton fordernder, beinahe verzweifelt.

O wie er es liebte, sie so zu hören.

Das Grinsen, das an seinen Lippen zuckte, verschwand, kaum hatte er sich in Position gebracht und drang mit einem harten Vorstoß in sie ein. Pure, gleißende Lust strömte durch ihn hindurch, entlockte ihm ein tiefes Stöhnen.

Er ließ sich auf die Ellenbogen sinken, stützte sich rechts und links von ihr auf dem Bett ab, sodass er die Hände in ihren perfekten Locken vergraben und ihre Lippen mit einem Kuss verschlingen konnte. Währenddessen begann er einen harten, drängenden Rhythmus, hatte nie zuvor eine Frau so sehr gewollt wie nun Kat.

„Sunshine, du fühlst dich so gut an“, stieß er aus. Ihre intimsten Muskeln massierten ihn, was ihn Sterne sehen ließ. *Verdammt!*

Kopflos saugte er an ihrem Hals, atmete ihren Duft ein, der mittlerweile so etwas wie *zu Hause* bedeutete, und rammte sich immer wieder in sie. Schneller. Härter. Ihre Fingernägel kratzten über seinen Rücken, während sie jedem seiner Stöße entgegenkam, genau die Leidenschaft und das Feuer zeigte, das er ihr die ganze Zeit über hatte entlocken wollen.

Seine Haut kribbelte, sein Atem ging immer abgehackter, während Erregung und Lust weiter in ihm anwuchsen.

„Du bist perfekt“, murmelte er, keuchte auf, wusste nicht, ob er überhaupt noch Sinn ergebende Sätze ausstieß. Seine Fäuste verkrampften sich in ihrem Haar, während seine Hüften immer weiterarbeiteten und sie beide dem Höhepunkt immer näher brachte. Ihre Mitte verkrampfte sich auf die köstlichste Weise um seine Härte, und als er den Winkel leicht veränderte, traf er genau den zauberhaften Punkt in ihrem Innern, der sie jedes Mal stöhnen, ja, beinahe aufschluchzen ließ.

„O Gott … Ryan!", stieß sie aus.

Er nahm es als Aufforderung, eine seiner Hände aus ihrem Haar zu lösen, über ihren Hals nach unten zu streicheln und ihre Brüste zu kneten. Mit dem Daumen neckte er ihre harten Knospen, erst dann ließ er die Hand noch tiefer sinken, um auch ihre Klit zu reizen.

Unter ihm zuckte sie heftig zusammen, kaum dass er über ihren sensiblen Punkt strich. Mit einem unterdrückten Schrei bäumte sie sich ihm entgegen, erreichte ihren Höhepunkt auf wunderschöne Art und Weise. Ihr dabei zuzusehen, wie sich ihre Lippen öffneten, ihr Körper sich aufbäumte und sie den Kopf zurückwarf, war atemberaubend.

Selbst wenn er es gewollt hätte, er hätte sich nicht davon abhalten können, das Gesicht in ihrer Halsbeuge zu vergraben und ihre Haut zu küssen … zu kosten … ihren betörenden Duft einzuatmen.

Er stieß noch ein paarmal hart in sie, konnte spüren, wie sich ihre innersten Muskeln durch ihren Orgasmus verkrampften und seine eigene Lust noch verstärkten. Sein Herz galoppierte, sein Atem ging abgehackt. Mit einem heiseren Stöhnen folgte er ihr schließlich auf Wolke sieben, jede Faser seines Körpers spannte sich an, während er über ihr erstarrte, nur um schließlich auf ihr zusammenzusacken.

Seine starken Arme schlangen sich um ihren viel schmaleren Körper, sodass er sie beide herumwälzen konnte und sie nicht mit seinem Gewicht erdrückte. Angesicht zu Angesicht lagen sie gegenüber voneinander auf der Matratze, ihr warmer Atem vermischte sich miteinander, Ryans heißer Blick glitt gierig über Kats zarte Gesichtszüge. Mit erröteten Wangen, leicht geöffneten Lippen und vor Lust geweiteten Pupillen war sie schöner denn je.

„Alles okay?", fragte er, während er eine Hand gegen ihre Wange legte. Immerhin war das so ziemlich der intensivste Sex seines Lebens gewesen, seine Knie fühlten sich weich an – ging es ihr ähnlich?

Ein kleines Lächeln umspielte ihre Lippen. „Alles bestens", erwiderte sie, doch plötzlich zog sie die Brauen zusammen. „Wir sollten abschließen, bevor Molly morgen früh wieder ins Zimmer platzt."

„Aber der Schlüssel fehlt …", begann er, unterbrach sich aber, kaum dass er ihr Kopfschütteln bemerkte.

„Du glaubst nicht, was wie aus dem Nichts wieder aufgetaucht ist."

Ryan konnte nicht anders, lachte laut auf. Also hatte Kat recht gehabt und ihre Mutter hatte wirklich den Schlüssel geklaut, nur um ihn zurückzubringen, kaum dass sie ihre Spionage-Mission beendet hatte.

Auch Kat schmunzelte. In diesem Moment wurde ihm klar, wie … glücklich er sich fühlte. Vollkommen befriedigt nach ihrem atemberaubenden Mal, Wärme strömte durch sein Innerstes, weil sie eng umschlungen im Bett lagen, und Humor ließ seine Lippen sich kräuseln. Wann hatte er je nicht nur mit einer Frau geschlafen, sondern auch noch im Bett mit ihr gelacht?

Grinsend reckte er den Hals, um einen sanften Kuss gegen ihre Lippen zu setzen. „Sag mir bitte nicht, dass deine Mom auch die Kondome in der Nachttischschublade platziert hat."

„Okay, ich sag's dir nicht", stimmte Kat zu. Auch wenn sie lachte, konnte sie nicht vor ihm verbergen, wie sie das Gesicht verzog.

Erneut drang ein lautes Lachen über seine Kehle. *Unglaublich!*, dachte er amüsiert. Als er Kat wieder ansah, strömte noch mehr Wärme durch sein Innerstes – Lachfältchen hatten sich um ihre Augen gebildet, ein paar Locken waren ihr in die Stirn gefallen. Sie war so süß, sein Herz verkrampfte sich in seiner Brust.

„Schlaf gut, Sunshine", raunte er gegen ihre Lippen, bevor er sie ein letztes Mal zärtlich küsste. „Ich schließe eben ab." Damit erhob er sich, verschwand zuallererst im Bad, um das Kondom loszuwerden, danach ging er zur Schlafzimmertür. Ein wohltuendes Klicken erklang, kaum dass er den Schlüssel umgedreht hatte.

Mit einem zufriedenen Grinsen kehrte er zurück zum Bett. Auf dem Weg hob er sein hinuntergefallenes Handy auf. Kaum dass er sich neben Kat gelegt und sie beide zugedeckt hatte, schaltete er die Taschenlampenfunktion aus und legte das Smartphone auf dem Nachttisch ab.

„Schlaf du auch gut", erwiderte sie, kaum hatte sie sich an ihn gekuschelt. Wie anschmiegsam sie war, fühlte sich beinahe so gut an wie der Sex. Abrupt schlang er wieder einen Arm um ihre Taille, zog sie dicht gegen sich und musste sich auf die Zunge beißen, denn ihm lagen Worte auf der Zunge, für die es eindeutig noch zu früh war.

Oder?

Kapitel 28

Kat war feige.

Das musste sie sich selbst eingestehen, als sie am nächsten Morgen aus dem Bett schlüpfte, ehe Ryan aufwachte. So gut es sich in der Nacht angefühlt hatte, so verunsichert fühlte sie sich nun am berühmten *Morgen danach*. Zwar hatten sie keinen klassischen One-Night-Stand gehabt, aber sie hatte den Whiskey auf seiner Zunge schmecken können. Was, wenn der Alkohol dafür verantwortlich gewesen war, dass er mit ihr geschlafen hatte?

Würde er es bereuen, sobald er die Augen aufschlug und sich daran erinnerte, was zwischen ihnen beiden vorgefallen war?

Bei der alleinigen Vorstellung dessen ging ein Stich durch ihr Innerstes. Sich ihm hinzugeben, hatte sich verdammt gut angefühlt, sie wollte nicht, dass er irgendetwas daran bereute. Die Wahrheit war doch: Kat hatte keine Ausrede, warum sie ihre Zurückhaltung über Bord geworfen hatte. Im Gegensatz zu Ryan war ihr Verstand glasklar gewesen, nicht durch Alkohol beeinflusst.

Hatte sie sich in den letzten Tagen nicht gesagt, dass sie ihr Herz schützen musste? Warum zum Teufel hatte sie ihre eigenen Ratschläge missachtet? Wenn dieser Urlaub vorbei war, würde Ryan zurück in sein normales Leben kehren, und Kat? Sie würde die Scherben ihres gebrochenen Herzens aufsammeln müssen.

Verflucht noch mal!

Und wenn er es nicht bereute? Was, wenn sie nicht die Einzige war, die echte Gefühle entwickelte?

Kat wagte es kaum, zu hoffen. Wie dumm war sie eigentlich, sich in ihren Boss zu verlieben? So etwas war nie eine gute Idee, konnte bloß in einer Katastrophe enden. Erst recht angesichts dessen, dass sie in ihrem Vertrag schwarz auf weiß festgehalten hatten, dass alles Fake war.

Wie hatte sie sich in der vergangenen Nacht nur der Illusion hingeben können, dem wäre nicht so?

Aber es hat sich so echt angefühlt!

Angespannt stieß sie den Atem aus. Die Zähne hatte sie bereits geputzt, hastig zog sie sich frische Kleider an, danach trat sie wie gewohnt an den Waschtisch, um ihre Haare zu zähmen. Kaum dass ihr Dutt saß, schlich sie sich aus dem Zimmer. Auf dem Bett regte sich Ryan nicht einen Zentimeter, kein Wunder, immerhin hatte er gestern einen sehr langen Tag gehabt.

Mit einem leisen Klicken zog sie die Tür hinter sich zu, nachdenklich ging sie den Gang hinab. Es konnte nicht leicht für ihn gewesen sein, Lucas abzuholen und zu Hause abzuliefern. Wie hatte es sich angefühlt, die Frau wiederzusehen, in die er so lange unglücklich verliebt gewesen war? Nur hatte Ryan am Vorabend kein bisschen traurig oder wehmütig gewirkt, ganz im Gegenteil, sie erinnerte sich noch ganz genau an sein entspanntes, glücklich aussehendes Lächeln, als er zu ihr ins Bett gekrochen war.

Zeit heilte alle Wunden, oder? Hatte er … hatte er mit der Sache abgeschlossen? In einem ihrer vielen Chat-Gespräche hatte er ihr einmal gestanden, er wünschte sich die Zeit zurück, in der er und Susanna einfach nur befreundet gewesen waren.

War es selbstsüchtig von ihr, zu hoffen, dieses Szenario wäre eingetreten? Natürlich wünschte sie es sich um seinetwillen, aber auch … weil sie ihn für sich allein haben wollte.

Angespannt stieß sie den Atem aus.

Sie hatte sich längst in ihren Boss verliebt, es gab kein Zurück mehr.

O Gott.

Mit wild schlagendem Herzen nahm sie die Treppen nach unten, um schließlich die Küche zu betreten. Normalerweise war das hier der Ort, an dem ihre Familie zusammenfand, es war immer laut durch Gespräche oder Gelächter, doch um diese frühe Uhrzeit herrschte ungewöhnliche Stille. Die kam Kat jedoch gerade recht, weil sie in Ruhe nachdenken musste.

Mit einem Magneten war der Frühstücksplan am Kühlschrank befestigt, nachdem sie einen Blick darauf geworfen hatte, musste sie trotz des Chaos in ihrem Kopf schmunzeln. Pancakes waren angesagt – Molly würde sich freuen!

Sofort machte sie sich daran, schon einmal den Teig vorzubereiten. Die gewohnten Bewegungen führte sie beinahe automatisch aus, währenddessen strömten alle möglichen Fragen, Szenarien und Wünsche durch sie hindurch.

Weil Weihnachten kurz vor der Tür stand, entschied sie sich spontan dazu, weder Blaubeer- noch Schokoladenstreusel-Pancakes zu machen, stattdessen fügte sie etwas Zimt, geriebene Orangenschale und getrocknete Cranberrys hinzu. Ein zufriedenes Lächeln zuckte an ihren Lippen, kaum hatte sie den Teig abgeschmeckt, und die winterliche Süße breitete sich auf ihrer Zunge aus.

Noch war es zu früh, den Herd anzuschmeißen, doch sie stellte schon mal zwei Pfannen bereit. Kurz darauf ging sie zur Kaffeemaschine, ein paar Handgriffe später erklang das typisch gluckernde Geräusch. Im Speisesaal hatten ihre Brüder zwar für einen modernen, schicken Kaffeevollautomaten gesorgt, doch ihre Mom hatte sich geweigert, so ein *Unding* in ihrer eigenen Küche zuzulassen. Für sie war die gute alte Filtermaschine das einzig Wahre …

Erneut kräuselten sich Kats Lippen zu einem Schmunzeln. Etwa fünf Minuten später, als sie eine Tasse mit dem morgendlichen Gebräu in der Hand hielt, musste sie jedoch zugeben, wie gut es ihr schmeckte. Mit dem Po lehnte sie sich gegen die Küchenanrichte, während sie sich die Finger an der Tasse wärmte und immer wieder einen Schluck nahm. Genießerisch atmete sie den Duft ein.

Und wenn ich den Urlaub einfach genieße?

Der Gedanke schoss ihr ungefragt durch den Kopf. Sie biss sich auf die Lippe.

Ihre Gefühle für Ryan konnte sie nicht länger leugnen; wenn sie ehrlich war, hatte sie sich schon während ihrer Chat-Gespräche in ihn verliebt. Immerhin hatte sie sich auf jede seiner Nachrichten gefreut – das Letzte, was sie abends, und das Erste, was sie morgens getan hatte, war, auf ihr Handy zu blicken. Voller Erwartung hatte ihr Herz gerast … genauso wie jetzt, wenn sie nur an den gutherzigen, gleichzeitig autoritären Kerl dachte, der gerade in ihrem Bett schlief. Die Tatsache, dass er auch noch derart attraktiv war mit dem breiten Lächeln, den intensiven Augen, den ergrauten Schläfen und dem muskelbepackten Körper, war natürlich ein Bonus.

Nachdenklich nippte sie an ihrem Kaffee. Der Versuch, ihr Herz zu schützen, war von Vornherein zum Scheitern verurteilt gewesen, schließlich war es schon vor dem Urlaub an ihn verloren gewesen.

Warum hältst du dich dann noch zurück?, fragte sie sich.

„Da ist ja jemand früh wach!“

Kat zuckte zusammen, kaum dass die Stimme ihrer Mutter durch die Stille schnitt, abrupt wurde ihr Gedankengang unterbrochen. Ruckartig sah sie sich um, sodass sie ihrer Mom entgegenblicken konnte. Diese kam gerade durch die Tür und mit gemächlichen Schritten auf sie zu.

„Oh, du hast den Teig ja schon gemacht!", rief sie aus, kaum dass ihr Blick auf die beiden riesengroßen Schüsseln fiel, die auf der Küchenanrichte standen.

„Habe eine weihnachtliche Version gemacht, ich hoffe, das war okay", murmelte Kat, musste blinzeln, um sich gänzlich aus den Gedanken zu reißen und sich aufs Hier und Jetzt zu konzentrieren.

Auf ihre Worte hin holte sich ihre Mutter einen Teelöffel aus einer der Schubladen, tunkte diesen in den Teig ein und probierte. „Schmeckt super! Gut, dass du Cranberrys genommen hast – die sind bei den Kids beliebter als Rosinen."

Ein Lächeln zuckte an Kats Lippen, schließlich hatte sie beim Zusammenmischen des Teigs denselben Gedanken gehabt.

Mit einem Klirren landete der Löffel in der Spüle, im Anschluss wandte sich Kats Mom ihr zu. „Dein Vater hat mir erzählt, er und Ryan hatten gestern ein ernstes Wörtchen miteinander …"

Sofort fiel ihr das Lächeln vom Gesicht. Etwas überrumpelt blinzelte sie ihre Mutter für einen Moment lang lediglich an, beinahe hätte sie sich an ihrem Kaffee verschluckt.

„Er hat gesagt, er mag Ryan!", rief ihre Mom mit einem amüsierten Blitzen in den Augen aus.

Schlagartig strömte Erleichterung durch Kats Körper, sodass ihre Schultern nach unten sackten. Das kleine Adrenalinhigh hätte sie so früh am Morgen wirklich nicht gebraucht … Kopfschüttelnd fasste sie ihre Tasse fester; um sich zu beruhigen, nahm sie einen weiteren Schluck ihres Kaffees. Da fiel ihr auch wieder ein:

„Dad hat mit Ryan sogar seinen Lieblingswhiskey getrunken."

„Er muss ihn wirklich mögen", flötete ihre Mom sofort, und Kat konnte nicht verhindern, dass sich ihre Mundwinkel nach oben zogen. Ein warmes, glückliches Gefühl breitete sich in ihr aus. Es sollte ihr nicht wichtig sein, was ihre Familie, besonders ihr Vater, von Ryan hielt … aber das war es.

Kat *wollte*, dass sie ihn mochten, weil das hier für sie doch längst mehr als nur ein Schauspiel war.

Die ersten Sonnenstrahlen tanzten über die Schneelandschaft draußen vor dem Küchenfenster, drangen herein und kitzelten Kats Haut. Es kam ihr so vor, als wollte ihr selbst der glühende Feuerball sagen, dass alles gut werden würde.

„Wo ist er denn?", fragte ihre Mom, die sich suchend im Wohn-Ess-Bereich umsah.

„Hab ihn schlafen lassen, er kam gestern erst spät heim." Außerdem hatten sie sich nach seiner Rückkehr noch ein wenig zwischen den Laken verausgabt, doch das sagte Kat lieber nicht laut. Allerdings konnte sie nicht verhindern, wie ihr Gesicht zu glühen begann.

„Du wurdest schon immer schnell rot." Ihre Mutter grinste breit. „Ihr hattet es wohl noch schön gestern, hm?"

„Mom!", zischte Kat sofort, erinnerte sich nun auch wieder an den Stunt mit dem Schlüssel und den verdammten Kondomen in der Nachttischschublade. „Ich kann nur hoffen, dass du Mick auch bald mit deinen Verkupplungsmachenschaften in den Wahnsinn treibst, das wäre nur fair." Außerdem wollte sie dann diejenige sein, die etwas zu lachen hatte. *Hi, hi.* Bei der Vorstellung zog ein hämisches Grinsen an ihren Lippen.

„Keine Sorge, mein Schatz, ich wünsche *allen* meinen Kindern, dass sie ihr Glück finden“, antwortete ihre Mom mit einem reuelosen, beinahe sanften Lächeln.

Kat konnte nicht anders, stieß ein prustendes Lachen aus. „Dann kann ich mich wenigstens auf die Show freuen, sobald Mick an der Reihe ist.“

„Und das ist er bald, stimmt's?“ Ihr Gegenüber zog die Brauen hoch. Was ihre Mom damit eigentlich fragte, war, ob Kat und Ryan eine *sichere Sache* waren, miteinander eine Zukunft planten.

Was sollte Kat darauf antworten?

„Ich … hoffe es“, erwiderte sie schließlich, das war nicht einmal gelogen.

Plötzlich erklang das Geräusch rennender Schritte, sodass die beiden Frauen herumfuhren. Kat war auf das Schlimmste gefasst – war jemand hingefallen? Brauchte jemand Hilfe?

Kurz darauf raste Molly in die Küche, grinste jedoch von einem Ohr zum anderen und beachtete weder ihre Großmutter noch ihre Tante sonderlich.

„Ich brauche eine Karotte!“, rief sie zur Begrüßung, schoss an den beiden vorbei und auf den Kühlschrank zu.

Kat atmete auf – wenn die Kleine lachte, konnte ja nichts Schlimmes passiert sein. Amüsiert beobachtete sie, wie ihre Nichte sich so weit vorlehnte, dass praktisch ihr halber Körper im Innern des Kühlschranks verschwand.

„Soll ich dir helfen?“, fragte sie in möglichst neutralem Ton – Molly würde es bestimmt nicht gutheißen, würde ihre Tante sie auslachen.

„Nein, nein“, erwiderte die Kleine sichtlich unbekümmert, begann sogar, vor sich hin zu summen, bis sie schließlich fündig wurde. „Ha!“ Damit zog sie eine Karotte hervor, die sie triumphierend in die Höhe streckte. Kaum dass sie die Kühlschranktür wieder geschlossen hatte, drehte sie sich mit freudestrahlendem Gesichtsausdruck den Erwachsenen zu.

„Onkel Ryan und ich bauen einen Schneemann!“, verkündete sie.

Ehe Kat auch nur etwas erwidern konnte, raste Molly schon wieder los und verschwand aus der Küche. Der Kleinen schien nie etwas schnell genug zu gehen, ihre liebste Gangart war Galopp – oder wie auch immer das bei kleinen Kindern hieß. Teils belustigt, teils ungläubig starrte Kat ihrer Nichte hinterher.

„Hat sie gerade gesagt, dass sie mit *Ryan* einen Schneemann baut?“, fragte sie verdattert.

„Sieht ganz so aus“, erwiderte ihre Mutter, die ihren selbstzufriedenen Ton nicht verbergen konnte.

„Du hättest Molly nicht beibringen sollen, jeden Morgen in mein Zimmer zu platzen …“ Ihre Stimme wurde leiser, bis sie nur noch flüsterte. „… ich habe keine Ahnung, ob Ryan etwas anhatte!“

Als sie das Zimmer verlassen hatte, hatte er noch geschlafen – und zwar definitiv nackt. Entweder Molly hatte ihn in diesem Zustand erwischt, oder Ryan war bereits wach, frisch geduscht und angezogen gewesen, als die Kleine ins Zimmer geplatzt war. Kat konnte nur hoffen, dass letztere Version der Fall war.

„Ihr hattet es gestern also noch *sehr* schön.“ Ihre Mom grinste lediglich, woraufhin Kat einen frustrierten Laut ausstieß.

„Ja, sehr schön", erwiderte sie in bissigem Ton. „Gott, ich kann es kaum erwarten, bis du dir Mick vornimmst!"

„Ich auch." Die Stimme ihrer Mutter war trocken. „Ihr werdet langsam alle zu alt, hättet viel früher anfangen sollen, eine Familie zu gründen. Jetzt muss ich eben Druck machen."

Kat fiel die Kinnlade herunter, wortlos starrte sie ihre Mom an. Die Frau hatte den Verstand verloren, oder?

Allerdings wusste sie nach all den Jahren, dass es vollkommen zwecklos war, Sarah Harris zu widersprechen, also blieb Kat stumm, schüttelte nur immer und immer wieder den Kopf. *Nicht. Zu. Fassen.*

„Es ist Zeit", sagte ihre Mutter mit einem Blick auf die Uhr an ihrem Handgelenk. „Lass uns die Pancakes machen."

Stumm nickte Kat. Ob ihr Dad wusste, dass er eine Wahnsinnige geheiratet hatte? Ihre Mundwinkel zuckten. Mit gewohnten Bewegungen holte sie die Butter aus dem Kühlschrank, ihre Mutter wiederum zog die Besteckschublade auf, um ein Streichmesser und zwei Pfannenwender zu ergreifen. Schon bald brutzelte das Fett, sodass sie damit beginnen konnten, die Pancakes zu backen.

Kaum dass der Teig in den Pfannen landete und erhitzt wurde, strömte ein köstlicher Geruch durch die Küche. Zimt und Orange. *Lecker!*

„Sieh mal!" Sanft stieß ihr ihre Mom mit dem Ellenbogen in die Seite, während sie nebeneinander vor dem Herd standen und sich je um eine der Pfannen kümmerten. Auf eine der kalten Platten hatten sie einen Servierteller gestellt, auf dem sie die ausgebackenen Pancakes stapelten. Schon bald würden sie ihn in den Backofen schieben, um das Gebäck warm zu halten.

Sobald ihre Mutter sie angestoßen hatte, sah Kat auf. Ihr Blick fiel auf das Fenster über dem Herd. Sofort zuckte ein Grinsen an ihren Lippen, denn sie konnte beobachten, wie Molly einen noch nicht ganz angezogenen Ryan an der Hand aus dem Haus zerrte. Während der Reißverschluss seines Schneeanzugs noch offen stand und sein Schal eher schlecht als recht um seinen Hals hing, war Molly warm eingepackt. Zwar konnte Kat nicht verstehen, was die Kleine sagte, doch anhand der Lippenbewegungen erkannte sie, dass ihre Nichte Ryan gerade vollplapperte – wie immer eben.

Mit einem geduldigen Lächeln hörte er ihr zu, löste sanft seine Hand aus ihrem Griff, damit er sich den Schal richtig um den Hals wickeln und seinen Schneeanzug schließen konnte. Als er wieder aufsah, fiel sein Blick auf das Küchenfenster – Kat kam es so vor, als würde sie in seinen dunklen Tiefen versinken. Ihr Herz machte einen verdächtigen Sprung, bevor es zu rasen begann.

Ein schiefes Lächeln zog an seinem Mund, Lachfältchen bildeten sich um seine Augen, in denen sie glaubte, Hitze aufflammen zu sehen. Mit einem Mal wurde ihr innerlich ganz heiß. Ob er sich auch an die vergangene Nacht erinnerte? Er zwinkerte ihr zu, bevor er sich wieder Molly zuwandte, die begonnen hatte, vor ihm auf und ab zu springen, um seine Aufmerksamkeit zu erlangen.

Bei dem Anblick musste Kat schmunzeln. Es war herzallerliebst, wie der hochgewachsene Kerl der Fünfjährigen zuhörte, als sei das, wovon sie sprach, von weltbewegender Wichtigkeit. Kat wusste, wie gut es sich anfühlte, die volle Aufmerksamkeit dieses im Büro ernsten und gnadenlosen, im privaten Bereich aber fürsorglichen Mannes zu haben.

Das brutzelnde Geräusch, das entstand, als ihre Mutter frischen Teig in ihre Pfanne goss, riss Kat aus ihrem tranceartigen Zustand. Peinlich berührt löste sie den Blick vom Fenster, um sich im direkten Anschluss wieder ihrer aktuellen Aufgabe zuzuwenden.

Allerdings konnte sie nicht verhindern, immer wieder nach draußen zu sehen, während sie einen Pancake nach dem anderen in der Pfanne goldbraun backte. Durch den köstlichen Geruch knurrte ihr Magen, doch nicht einmal das konnte sie ablenken.

„Er ist gut mit Kindern“, stellte ihre Mutter mit vielsagendem Ton fest, wobei sie Kat erneut in die Seite stieß.

Dabei war es gar nicht nötig, Kat darauf aufmerksam zu machen, sie hatte es doch längst bemerkt. Je länger sie Ryan und Molly dabei zusah, wie sie Schnee zu immer größer werdenden Kugeln rollten, desto wärmer wurde ihr innerlich. Ab und an vergaß Molly, dass sie eigentlich einen Schneemann hatte bauen wollen, stattdessen schmiss sie Pulverschnee in Ryans Richtung, kicherte vergnügt, wenn er sich revanchierte. Mit einem breiten Grinsen legte die Kleine den Kopf zurück, streckte die Arme aus und drehte sich im Kreis, als würde es schneien.

„Ja, wirklich gut mit Kindern“, erwiderte Kat, schließlich konnte sie nicht leugnen, wie vorsichtig Ryan mit ihrer Nichte war. Schon bald setzten die beiden den Kopf auf den Rumpf des Schneemannes und machten sich daran, ihm Arme zu formen. Wie immer redete Molly fröhlich vor sich hin; was auch immer Ryan antwortete, es brachte sie zum Lachen.

Kats Herz schmolz beinahe. *Oh-oh.* Wäre ihr nicht schon vorher bewusst geworden, dass sie sich in Ryan verliebt hatte, wäre ihr in diesem Moment zweifelsohne klar geworden, dass sie in Schwierigkeiten war. In sehr großen Schwierigkeiten.

„Kat, wenden!"

Die mahnende Stimme ihrer Mutter ließ sie zusammenzucken. Sie brauchte zwei Sekunden, bis sie begriff, was los war. Schnell nahm sie den Pfannenwender wieder in die Hand und wendete den Pancake, damit die eine Seite nicht anbrannte und die andere backen konnte.

„Sorry, da hab ich nicht aufgepasst", murmelte sie, wurde kurz darauf aber wieder abgelenkt. Durch das Fenster drang Gelächter in die Küche. Sofort sah sie auf, nur um so ungefähr die süßeste Szene vor sich zu erblicken, die sie je gesehen hatte.

Molly und Ryan standen Seite an Seite vor ihrem vollendeten Werk, ihr Schneemann hatte eine Karottennase, Augen aus Tannenzapfen sowie einen Mund aus Ästen. Mit einem strahlenden Lächeln sah ihre Nichte zu Ryan auf, dieser wuschelte ihr über das Haar. Dadurch verrutschte Mollys Stirnband, was sie kichern ließ. Für einen klitzekleinen Moment sahen die beiden wie Tochter und Vater aus – Kats Herz machte einen neuen aufgeregten Satz.

Verflucht.

„Und jetzt sag mir noch mal, dass du keine Familie willst. Das sind deine Eierstöcke, die da gerade explodieren", flüsterte ihre Mutter, die sich zu ihr gelehnt hatte und ihr mit einem frechen Grinsen zuzwinkerte.

„Ich glaube nicht, dass das so funktioniert", erwiderte Kat in stockendem Ton, musste aber zugeben, dass die Szene draußen vor dem Küchenfenster tatsächlich so einige Träume in ihr lostrat. Hatte sie während des Gesprächs mit ihrer

Freundin Saoirse nicht darüber nachgedacht, dass Zukunftspläne auch vom richtigen Partner abhingen?

Selbstverständlich wollte nicht jede Frau Kinder, doch Kat kam aus einer großen Familie, sie hatte es geliebt, mit ihren drei Brüdern aufzuwachsen; hatte gerade während dieses Urlaubs die Beziehung ihrer Eltern bewundert. Kat wäre nie auch nur auf die Idee gekommen, einen ihrer Exfreunde mit zu ihrer Familie zu nehmen, doch mit Ryan fühlte es sich richtig an.

Vielleicht ging es ihm ja auch so?

Und wenn ich den Urlaub einfach genieße?, dachte sie erneut. Ihr Herz war ohnehin schon an Ryan verloren – ob sie die restlichen Tage mit ihm auskostete oder versuchte, sich zurückzuhalten, würde am Ende keinen Unterschied mehr machen. Wenn er nach dem Urlaub nichts mehr mit ihr zu tun haben wollte, würde es höllisch wehtun.

Aber sie konnte den Rest des Urlaubs mit ihm genießen, hoffen, dass er ähnliche Gefühle für sie entwickeln würde und er nach Weihnachten *nicht* getrennte Wege gehen wollte.

Entschlossen nickte Kat sich selbst zu. Beim Aufwachen mochte sie feige gewesen sein, doch von nun an würde sie mutig sein. *Wer nicht wagt, der nicht gewinnt*, oder wie ging das Sprichwort? Ein Lächeln zuckte an ihren Lippen, während sie sich daranmachte, auch den Rest des Teigs zu Pancakes zu verarbeiten.

Kapitel 29

Die Tage bis zum Weihnachtsabend vergingen wie im Flug, doch das passierte wohl, wenn man jeden einzelnen Moment genoss. Der angekündigte Schneesturm ließ auf sich warten, worüber sich nicht nur die Gäste des *Harris Winter-Resort* freuten. Auch Ryan und Kat genossen das zwar sehr kalte, dennoch mit Sonnenschein gesegnete Wetter. Sie hatten einen Schneemobil-Ausflug gemacht, wobei sie ihm ihren Lieblingsort gezeigt hatte. Auf der kleinen Lichtung mitten im Wald, wo mittags die Sonne für wunderschöne Lichtspiele auf dem schneebedeckten Boden sorgte, hatten sie ein Picknick gemacht. Molly hatte Ryan mit ihrer Beharrlichkeit, vielen *Biiitteee* und Klimpern ihrer langen, dunklen Wimpern sogar dazu überredet, zweimal auf die Eislaufbahn mitzukommen. Zwar konnte er noch immer nicht wirklich Schlittschuh fahren, aber immerhin fiel er nicht mehr ständig hin. Fortschritt.

Am Morgen des vierundzwanzigsten Dezembers hatte es begonnen zu schneien, mittlerweile war es Mittag, und es kamen so viele weiße, dicke Flocken vom Himmel, dass man praktisch die eigene Hand vor Augen nicht mehr sehen konnte.

„Daddy! Du siehst aus wie Santa!“, rief Molly sichtlich belustigt, kaum dass Mick zur Haustür hereinkam – er war schneebedeckt, selbst sein sonst dunkelbrauner Vollbart war weiß.

Mit einem Grinsen zwinkerte er seiner Tochter zu, bevor er den Kopf wie ein Hund schüttelte und weißes Nass in alle Richtungen flog.

Seine Tochter stieß ein Quietschen aus und flüchtete sich hinter Kat, die belustigt auflachte.

„Die Scheune ist abgeschlossen, alles gesichert“, murmelte Mick.

„Carter hat die Gäste informiert, dass sie wegen des aufkommenden Sturms drinnen bleiben sollten“, erwiderte sie. Ihr Bruder nickte, erinnerte sie mit seinem Brummlaut an ihren Vater. Ein Schmunzeln zog an ihren Lippen, Mick und ihr Dad glichen sich mit jedem Tag mehr.

„Wenn das so weitergeht, sind wir bis morgen eingeschneit.“ Ihr Bruder warf einen kritischen Blick durch eines der Fenster, wobei sich eine tiefe Falte zwischen seinen Brauen gebildet hatte.

„Eigentlich wollten wir morgen nach dem Geschenkeauspacken zurückfahren“, erwiderte Kat, die nachdenklich den Mund verzog. Plötzlich zog sich ein warmer, muskulöser Arm um ihre Taille, mit einem Ruck wurde sie an einen festen Körper gezogen. Etwas überrascht blinzelte sie zu Ryan auf, der ihr zuzwinkerte, den Kopf beugte und einen Kuss auf ihre Lippen setzte.

„Wir können auch am Sonntag zurückfahren.“ Er zuckte mit den Schultern. Die Tatsache, dass er genauso wie sie keine Eile zu haben schien, nach Hause zu kommen, erwärmte ihr Innerstes. Hoffnungsvoll erwiderte sie seinen Blick, vielleicht hatte sie ja Glück und sie beide wollten das Wort *Fake* vor ihrer Beziehung streichen. „Selbst wenn die Straßen es erst am Montag zulassen, dass wir zurückfahren, dein Boss wird schon Verständnis dafür haben.“ Seine Mundwinkel zuckten.

„Niemand kann etwas für das Wetter“, erwiderte sie, auch ihre Lippen verzogen sich zu einem Lächeln.

„Eben.“ Erneut beugte er den Kopf, an ihrem Mund konnte sie sein Grinsen spüren, ehe er sie ein zweites Mal küsste.

„Mal abwarten, wie lang der Sturm anhält“, sagte Mick. „Wenn's euch hilft, kann ich mit den Jungs von der Räumung sprechen, vielleicht vergessen sie zufällig unsere Auffahrt …“

Lachend legte Kat den Kopf zurück. „Großzügiges Angebot!“

„Alles für die Familie.“ Mick zwinkerte ihr zu, bevor er die Hand ausstreckte, um Molly hinter Kats Beinen hervorzulocken. Sofort machte die Kleine einen Satz nach vorn, legte ihre Finger in die ihres Vaters und ging neben ihm her in Richtung Küche.

„Vielleicht sollten wir sein Angebot annehmen“, raunte Ryan, der das Gesicht in ihrem Haar vergraben hatte. Am Morgen hatte sie nicht genug Zeit gehabt, sich einen Dutt zu binden – vielleicht war das auch nur eine willkommene Ausrede gewesen. Denn die Wahrheit war doch: In den vergangenen Tagen hatte Ryan ihr das Gefühl gegeben, wunderschön zu sein, oft betont oder mit Berührungen gezeigt, wie sehr er ihre Locken liebte, und plötzlich fühlte Kat sich gar nicht mehr so unzulänglich. Wie sollte er auch, wenn er genau das, was sie immer als Makel angesehen hatte, als besonders schön bezeichnete?

„Wolltest du deinem Bruder nicht Arbeit abnehmen?“ Fragend zog sie die Brauen hoch, auch wenn sie nichts dagegen gehabt hätte, noch ein paar Tage länger hierzubleiben.

„Die Stimme der Vernunft“, sagte er mit einem gespielt theatralischen Seufzen, kurz darauf biss er sie sanft in den Hals, sodass sie leise aufkeuchte.

Bald darauf richtete er sich wieder zu seiner vollen Größe auf, zog den Arm um ihre Taille jedoch etwas fester. Gemeinsam folgten sie Mick und Molly in Richtung des Westflügels – für das traditionelle Christmas Dinner gab es noch viel vorzubereiten, erst recht, weil sie nicht nur für die Familie Harris, sondern auch für die Gäste des Winter-Resort kochen mussten.

Die nächsten Stunden verbrachten sie damit, ein Festmahl vorzubereiten: den traditionellen *Eggnog, Eierpunsch*, gab es als Vorspeise, danach Rinderbraten, Kartoffelbrei mit Cranberrysoße, Birnen und angebratene Bohnen mit Speck. Als Nachtisch gab es eine *Pumpkin Cake Roll, Kürbis-Biskuitrolle* – auf das Dessert freute sich Kat schon besonders!

In der Küche angekommen, machten sie sich direkt an die Arbeit. Ryan half wie alle anderen mit, es fühlte sich so an, als wäre er schon häufig mit von der Partie gewesen. Aktuell war er dabei, mit ihren Brüdern und ihrem Dad Kartoffeln zu schneiden, während Kat mit ihrer Mom den Eierpunsch zubereitete. Automatisch sah sie in Richtung Esszimmer, wo die Männer alle am Tisch saßen, Brettchen sowie Schneidemesser vor sich, und sich unterhielten.

Wärme strömte durch ihren Körper. Am liebsten hätte sie Ryan gesagt, dass er recht hatte und sie Micks scherzhaftes Angebot wirklich annehmen sollten. In diesem Moment hätte sie alles gegeben, um noch ein paar Tage länger mit ihm verbringen zu können.

Seufzend zwang sie sich, den Blick von ihm abzuwenden und sich wieder der Rührschüssel zuzuwenden. Ihre Mutter machte gerade Eischnee, sie schlug Sahne. Der Eggnog wurde mit Rum, echter Bourbonvanille, Muskatnuss und natürlich einer ordentlichen Portion Zucker versüßt.

Die Küche verfügte über drei Backöfen – wenn das Winter-Resort ausgebucht war und sie für viele Gäste kochen mussten, war dies auch nötig. So wie bei dem diesjährigen Christmas Dinner, denn aktuell waren alle Öfen mit Rinderbraten belegt – diese backten bereits seit dem Morgen, damit das Fleisch bis zum Abend ganz zart wurde.

Schon bald schoben sie auch noch Bleche mit geschnittenen, gewürzten Kartoffeln in die Öfen. Während die Männer sich daranmachten, sich um die Bohnen mit dem angebratenen Speck zu kümmern, gingen die Frauen den Nachtisch an.

„Das musst du probieren", murmelte sie, als Ryan an ihr vorbeiging, um Carter die vorbereiteten Bohnen zu bringen. Ihr Bruder war gerade dabei, Speck anzubraten. Alles in allem war die Küche von den köstlichsten Gerüchen erfüllt, dank Molly und ihrer Mom hingen Lichterketten und selbst gebastelte Ornamente über den Fenstern, die für ein gemütliches Ambiente sorgten.

Das Christmas Dinner war jedes Mal ein Akt, aber am Ende lohnte es sich.

„Wie bitte?" Fragend drehte Ryan sich zu ihr, hatte sie offenbar durch Micks und Mollys schiefes Singen nicht verstanden.

Amüsiert grinste Kat und warf ihm einen verstehenden Blick zu. Um seine Augen bildeten sich kleine Lachfältchen, während er neben sie trat, damit er über ihre Schulter in die Rührschüssel vor ihr auf der Küchenanrichte spähen konnte.

„Das wird eine *Pumpkin Cake Roll*", ließ sie ihn wissen.

„Im Kuchenteig ist Kürbis?", fragte er sichtlich überrascht, wobei er den kräftig orangefarbenen Teig beäugte.

„Jap", bestätigte Kat mit einem Lachen. „Ich verspreche dir, das schmeckt super!" Der Grundteig war ein stinknormaler Biskuitboden, doch der Kürbis sorgte zusammen mit Lebkuchengewürz für das perfekte weihnachtliche Extra. Er wurde im Blech gebacken, zerhackte Pekannüsse kämen noch obendrauf und später wurde Frischkäse-Buttercreme mit Vanilleextrakt darauf gestrichen. Am Ende wurde das Ganze eingerollt und *tada*, die Kürbis-Biskuitrolle war fertig!

„Hier!“ Damit streckte sie ihm einen Teelöffel voll Teig entgegen. Ryan beugte sich vor, um die Lippen darum zu schließen.

Ein überraschter Ausdruck huschte über seine Züge. „Wirklich lecker!“, gab er zu.

„Und es wird noch besser.“ Sie grinste breit. „Warte nur ab, bis die Füllung dazukommt.“

„Mir ist es schleierhaft, wie jemand, der so gerne kocht wie du, ständig vergisst zu essen.“ Schmunzelnd betrachtete er sie. Noch immer stand er hinter ihr, sah zu ihr hinab, Kat wiederum hatte den Kopf in seine Richtung gedreht und blickte zu ihm auf. Ihre Gesichter waren einander ganz nah, ihr Puls beschleunigte sich, der Wunsch, ihn zu küssen, überkam sie so stark, dass sie beinahe vergaß zu antworten.

„Ich … ähm …“, murmelte sie. Abgehackt stieß sie den Atem aus, schüttelte den Kopf, wie um ihre Gedanken zu klären. Der Mistkerl grinste, als wüsste er, was für eine Wirkung er auf sie hatte. Mit einem Laut der Empörung stieß sie den Ellenbogen leicht zurück in seine Brust, Ryan lachte lediglich.

„Stress!“, rief sie, als ihr endlich wieder einfiel, was sie hatte sagen wollen. „Durch Stress bei der Arbeit vergesse ich es eben, zu essen.“ Sie zuckte mit den Achseln. Von hinten trat Ryan dicht an sie heran, die Bohnen hatte er Carter bereits übergeben, sodass er die Arme frei hatte, damit er sie um ihren Bauch legen konnte. Von jetzt auf gleich war sie von seiner Stärke und Wärme eingehüllt. Mit einem Seufzen ließ sie sich zurück gegen ihn sinken.

„Außerdem macht es keinen Spaß, nur für eine Person zu kochen. Als ob ich eine ganze Biskuit-Rolle alleine essen könnte!“

„Ich helfe dir demnächst gern beim Essen“, raunte er an ihrem Hals, bevor er einen Kuss auf ihre Haut setzte.

Ein warmer Schauer rann über ihren Körper, gleichzeitig schoss ihr Blick zu seinem. Wollte er auch, dass das hier zwischen ihnen nach dem Urlaub weiterging? Oder schwebte ihm nur eine Freundschaft vor? Letzteres würde sie nicht ertragen – wie sollte sie ihm gegenübersitzen, in aller Ruhe mit ihm Kuchen essen, während das Herz in ihrer Brust leise vor sich hin blutete?

Die Intensität seines Blickes ließ sie jedoch hoffen, dass er nicht nur Freunde bleiben wollte. Mut regte sich in ihrem Innern.

„Vielleicht koche und backe ich in Zukunft dann wieder häufiger“, entgegnete sie mit einem kleinen, vorsichtigen Lächeln.

„Würde mir gefallen.“ Seine tiefe Stimme strich über sie, kam ihr beinahe vor wie eine Berührung.

„Hey!“, rief es vom Esszimmertisch aus, woraufhin Ryan und Kat leicht zusammenfuhren. Beide sahen sich in die Richtung um, aus der die Stimme gekommen war.

Grayson grinste breit, ihm schien sehr wohl bewusst zu sein, dass er die beiden unterbrochen hatte. Sogar ihr Dad gluckste gerade leise in seinen Vollbart. „Der nächste Topf Bohnen ist fertig!“ Damit wollte er wohl sagen, dass Ryan ihn abholte und zu Carter an den Herd bringen sollte.

„Ah, verstehe schon“, erwiderte Ryan. Er löste sich von Kat, um gemächlichen Schrittes auf den Esszimmertisch zuzugehen. „Du hast Muskelkater, weil ich dich beim Skifahren gestern abgehängt habe, und kannst nicht aufstehen, stimmt's?“

Grayson riss die Augen auf, während Kat und Carter prustend loslachten. Womöglich verliebte sie sich in genau diesem Moment noch ein bisschen mehr in ihren Boss, weil er sich von ihren Brüdern nicht kleinkriegen ließ, sondern mit genauso viel Humor zurückgeben konnte.

„Wo er recht hat …“, brummte ihr Dad gerade, der Grayson in einer übertrieben mitleidigen Geste auf die Schulter klopfte.

Einige Sekunden lang schien es, als habe es Grayson die Sprache verschlagen, doch kurz darauf legte er den Kopf in den Nacken, um bellend zu lachend.

„Ich mag dich, Ryan“, murmelte er mit einem Kopfschütteln, als dieser am Esszimmertisch ankam. Kurz darauf nahm der hochgewachsene Geschäftsmann den Topf Bohnen entgegen, die Männer zwinkerten sich geradezu brüderlich zu.

Den Rest des Nachmittags über kochten, lachten und diskutierten sie, die Stimmung war ausgelassen. Kat war so unendlich froh, dass Dan Tanner ihr die falsche Nummer gegeben, sie deswegen Ryan kennengelernt hatte und er nun hier war. Ohne ihn hätte der Urlaub nicht einmal halb so viel Spaß gemacht.

Am Abend trug ihre Familie eine ganze Parade von Warmhaltebehältern in den Speisesaal, während Kat die Bleche mit den Biskuitböden in den Ofen schob. Sie brauchten nur zwölf Minuten, währenddessen bereitete sie mehrere frisch gewaschene Küchenhandtücher vor, indem sie sie auf der Anrichte ausbreitete und großzügig mit Puderzucker bestäubte. Kaum zog sie die Bleche aus den Öfen, stürzte sie die Biskuitböden auf die Küchenhandtücher und rollte sie ein.

Während sie die Füllung zusammenrührte, kühlten die Böden ab. Ihre Familie war gerade zweifelsohne dabei, im Speisesaal festlich zu decken. Schließlich rollte sie die Böden auf, bestrich sie mit der Frischkäse-Buttercreme, rollte sie wieder ein und packte sie in den Kühlschrank. In circa einer Stunde wären sie für den Verzehr bereit – das Timing war perfekt, bis dahin hätten die meisten zu Ende gegessen und würden sich auf den Nachtisch freuen.

Am Vortag hatte sie eine Karamellsoße gekocht. Wer es besonders süß mochte, könnte sich diese später über sein Stück Kuchen träufeln. Zufrieden mit ihrer Arbeit sah sich Kat noch einmal in der Küche um, wollte sichergehen, nichts vergessen zu haben. Dabei fiel ihr Blick zum ersten Mal seit Stunden wieder auf die Fenster – die waren mittlerweile vollkommen zugeschneit. Nun nahm sie auch das leise, beständige Pfeifen wahr, das von draußen ins Innere des Hauses drang. Offenbar wurde der Wind immer stärker, der angekündigte Schneesturm war endlich beim *Harris Winter-Resort* angekommen. Dadurch kam es ihr in der warmen Küche umso gemütlicher vor.

Als sie sicher war, nichts vergessen zu haben, wandte sie sich mit einem kleinen Lächeln in Richtung Tür. Bevor sie in den Speisesaal ging, eilte sie nach oben in ihr Zimmer, um sich noch etwas Schickes anzuziehen.

Die Stoffhose und der Norwegerpullover, die Ryan nach dem Frühstück auf dem Bett bereitgelegt hatte, fehlten, dadurch wusste sie, dass er schon hier gewesen war. Mit einem Lächeln erinnerte sie sich daran, dass er für den festlichen Anlass einen Anzug hatte anziehen wollen, damit wäre er unter den Gästen und ihrer Familie hervorgestochen. Also hatte sie sich darangemacht, seine Hälfte des Schranks nach etwas Passendem zu durchsuchen.

Ihre Strumpfhosen mit dem Schneeflockenmuster und das schlichte Kleid lagen noch auf dem Bett. Schnell begann sie, sich umzuziehen. Bald darauf machte auch sie sich auf den Weg in den Speisesaal.

Kapitel 30

Sie war atemberaubend.

Ryans Blick klebte geradezu an Kat, als sie den Raum betrat. Ihre durch Wandern, Ski- und Schlittschuhfahren trainierten Beine waren dank der Strumpfhose betont. Ihr Kleid war an Brust und Taille eng geschnitten, ging um ihre Hüften aber in einen weiten Rock über. Er wusste, dass sie ihren Po und ihre Oberschenkel zu dick fand, aber er hatte gern etwas in den Händen und war fest entschlossen, ihr zu zeigen, dass jeder Zentimeter ihres Körpers perfekt war. Ein Lächeln breitete sich auf seinen Zügen aus, während sein Blick über sie glitt – sie trug ihre Locken offen und er liebte es.

Nach zwei Wochen bei ihrer Familie schien der Bürostress von ihr abgefallen zu sein, statt eleganten Kostümen trug sie meist bequem geschnittene Kleidung, flache, nicht hohe Schuhe, geschminkt hatte sie sich schon seit Tagen nicht mehr … Sie so entspannt, so glücklich zu sehen, stellte etwas mit ihm an. Wärme breitete sich in seinem Innern aus, gleichzeitig rannen heiße Schauer über seinen muskulösen Rücken, weil er es nicht erwarten konnte, ihr in der Nacht das Kleid vom Körper zu streichen und sie auszupacken wie sein ganz persönliches Geschenk.

Vorhin hatten sie Zukunftspläne miteinander gemacht.

Sein Puls beschleunigte sich, als er daran dachte. Zwar war es nur darum gegangen, gemeinsam zu essen, aber er würde nehmen, was er kriegen konnte. Wie klein ihr Vorhaben auch war, es bedeutete, dass Kat der Möglichkeit, nach dem Urlaub gemeinsam Zeit zu verbringen, nicht abgeneigt war.

Die Gäste und ihre Familie saßen bereits an den langen Tischen oder luden sich am Buffet die Teller voll, während Kat durch den Raum auf ihn zukam. Kaum dass sie nur noch ein paar Schritte von ihm entfernt war, streckte er ihr eine Hand entgegen. Sobald sie die Finger in seine legte, zog er sie zu sich heran.

„Du siehst wunderschön aus", sagte er gegen ihre Lippen, sein Ton rau, kurz bevor er sich zu ihr beugte und einen heißen, verschlingenden Kuss von ihr stahl.

Einer der Gäste, der am Tisch links von ihnen saß, räusperte sich, als wolle er Ryan daran erinnern, dass Kinder anwesend waren. Schuldbewusst löste er sich von Kat, lächelte dem Familienvater entschuldigend zu und zog Kat mit sich in Richtung Buffet.

Von draußen tönte das Heulen des Windes an ihre Ohren, doch es wurde überdeckt von den angeregten Unterhaltungen und dem Gelächter der Anwesenden. Die Lichterkette des Weihnachtsbaums, der in einer Ecke des Speisesaals stand, war angeschaltet, ließ die vielen bunten Kugeln an seinen Ästen im weichen Schein fröhlich glänzen. Der Duft des köstlichen Essens erfüllte den Raum, überall, wohin er auch sah, erblickte Ryan lächelnde Gesichter. Selbst der letzte Weihnachtsmuffel hätte sich in diesem Moment wohl von der guten Stimmung anstecken lassen.

Er spürte, wie sich so etwas wie Frieden in seinem Innern ausbreitete. Seine Muskeln entspannten sich, lediglich den Arm um Kats Taille zog er fester, wollte den Abend einfach nur genießen.

Gemeinsam gingen sie zum Buffet, zu Beginn der langen Tische wartete der Eggnog auf sie. Ryan schenkte ihnen jeweils ein Glas ein. Während sie in der Schlange warteten, nippten sie an ihrem Eierpunsch, bis sie am Hauptgericht ankamen.

Dank des Rums brannte der erste Schluck Eggnog seine Kehle hinab, wurde aber abgemildert durch Sahne und Vanille. Innerlich wurde ihm nur noch wärmer, das friedliche Gefühl, das sich in seiner Brust festgesetzt hatte, ließ sein Herz in einem entspannten Rhythmus schlagen. Automatisch glitten seine Finger von Kats Taille zur Seite und nach unten, an ihrem Arm entlang, bis er ihre Hand ergreifen konnte. Diese führte er zu seinen Lippen, um einen sanften Kuss gegen ihre Haut setzen zu können.

Danach verschlang er seine Finger mit ihren und ließ sie zu ihren Seiten sinken. Als er hinab zu ihrem Gesicht sah, konnte er beobachten, wie sich ihre vollen Lippen zu einem Lächeln verzogen. Ihre dunkelblauen Augen, deren Farbe so satt war, dass sie bei schlechtem Licht beinahe braun oder schwarz aussahen, wirkten ganz weich. Wenn sie ihn so ansah wie in diesem Moment, wollte er sie nie mehr gehen lassen. Tiefe Gefühle schienen in ihren Augen zu schimmern, mit etwas Glück könnte er sie am Ende davon überzeugen, dass an ihrer Beziehung aber auch wirklich nichts fake war.

Zum Christmas Morning würde er ihr sagen, dass er sie auch nach Ende ihres Vertrages in seinem Leben haben wollte. Weil er wusste, wie wichtig Kat ihr Job war – und sie dafür umso mehr respektierte –, hatte er in den letzten Tagen bereits Vorbereitungen getroffen …

„Du hast irgendetwas vor“, sagte sie plötzlich, ihre Augen wurden schmal, während sie zu ihm aufsah.

Wie gut sie ihn doch kannte! Ein Schmunzeln zog an seinen Lippen. „Hab nur daran gedacht, was ich deinem Bruder zu

Weihnachten schenke“, wich er aus – irgendetwas musste er ihr sagen, sonst würde sie weiterbohren. Das wusste Ryan mit hundertprozentiger Sicherheit, denn er kannte sie mittlerweile genauso gut.

„Meinem Bruder?“ Sichtlich verwirrt zog sie die Brauen zusammen, kurz darauf huschte sogar so etwas wie Sorge über ihre Züge. „Du weißt schon, dass du meiner Familie nichts schenken musst?“

„Ich weiß, hat sich aber angeboten.“ In einer beruhigenden Geste streichelte er mit dem Daumen über ihren Handrücken, bevor er seine Finger noch etwas fester mit ihren verschlang und sanft drückte.

„Jetzt musst du es mir erzählen!“, verlangte sie, in diesem strengen Ton sprach sie sonst vermutlich mit Lieferanten, die irgendeinen Mist bauten.

Es war verdammt sexy.

Ein Grinsen breitete sich auf Ryans Gesicht aus. „*Tanner Corporations* gehört auch ein beliebtes Einrichtungsmagazin: *Homey Houses*. Als Grayson davon erzählte, dass er Designermöbel herstellt, habe ich mir seine Website angeguckt. Seine Werke sind beeindruckend und qualitativ für Generationen gemacht – die Krippe, die er für diese Sängerin gebaut hat? Ich wette, ihre Enkelin kann die Krippe eines Tages für ihr eigenes Baby nutzen.“

„Natürlich. Was Grayson baut, das hält auch!“ Bestätigend nickte Kat.

„Solch stabile Handarbeit ist heutzutage selten und meist bekommt man dann nur irgendwelches altbackenes Zeug.“

„Nicht bei Grayson.“ Kat grinste, ahnte offensichtlich bereits, worauf Ryan hinauswollte.

Während sie sprachen, rückten sie in der Menschenschlange weiter nach vorn. Schon bald hätten sie das in Chafing Dishes angerichtete Hauptgericht erreicht. Durch den leckeren Geruch knurrte sein Magen; um sich abzulenken, nahm er noch einen Schluck seines Eierpunschs. Ihm war es schleierhaft, wie ein Getränk Weihnachten bedeuten konnte, doch Eggnog war schließlich klassisch für die Jahreszeit. Kaum dass sich der Geschmack auf seiner Zunge ausbreitete, wurde er an alle Weihnachten zuvor erinnert – selbst an die, als Jake noch gelebt hatte. Damals war Ryan zu jung gewesen, um alkoholhaltigen Eierpunsch zu trinken, doch es gab auch eine Version für Kinder.

„Nein, nicht bei Grayson – seine Möbel haben einen zeitlosen Stil“, stimmte Ryan schließlich zu. „Die Tatsache, dass er kein Marketing macht und trotzdem ein Popstar auf ihn aufmerksam wurde, sagt alles.“ Er zuckte mit den Achseln. „Wieso ihm nicht einen kleinen Boost geben, indem ich *Homey Houses* auf ihn ansetze?“

„Du hast was?“ Kats Augen wurden groß.

„Es ist die zweitbeliebteste Einrichtungszeitschrift in den USA.“ Er zwinkerte ihr zu. „Ich bin sicher, schon bald kann er sich nicht mehr vor Aufträgen retten.“

„O mein Gott!“ Es war nur ein Hauchen, ihr schien die Stimme zu fehlen. „Zuerst die Aufmerksamkeit durch die Countrysängerin, dann eine Erwähnung in eurem Magazin … Das ist der Hammer!“

„Nicht nur eine Erwähnung, Sunshine“, verbesserte er sanft. „Sie machen ein mehrseitiges Portrait über ihn.“

Ihre Augen wurden sogar noch größer. „Ich …“, stieß sie aus. Sein Herz blieb beinahe stehen, für einen kurzen Moment glaubte er, sie würde die berühmten drei Worte sagen, doch das war vermutlich Wunschdenken.

Stattdessen unterbrach sie sich, stellte sich auf die Zehenspitzen und schlang abrupt die Arme um seinen Nacken. Plötzlich presste sich ihr warmer, kurviger Körper gegen ihn, automatisch hielt er sie fest und atmete ihren süßen Geruch ein.

In diesem Moment wurde ihm klar, dass Kat mit ihrem Vanille-Zimt-Parfum für ihn nicht nur nach Weihnachten *riechen*, sondern sich auch immer so *anfühlen* würde.

Nach Weihnachten – Wärme, Geborgenheit, Liebe, Glück …

Er zog die Arme fester um sie, setzte einen Kuss auf ihr Haupt, bevor er sie wieder losließ.

„Grayson wird ausflippen vor Freude“, sagte sie gerade, während sie sich ein paar Locken aus dem Gesicht streifte. „Danke.“ Ernst sah sie zu ihm auf.

Wortlos ergriff Ryan wieder ihre Hand, drückte sanft ihre Finger.

Kurz darauf waren sie in der Schlange vor dem Buffet so weit vorangekommen, dass sie sich Teller und Besteck nehmen konnten. Wenig später erreichten sie die Chafing Dishes und taten sich Rinderbraten, Kartoffelbrei sowie Bohnen mit Speck auf.

Während sie zu ihrem Tisch gingen, passierten sie auch Ronald und seine Familie, die Ryan das erste Mal getroffen hatte, als er Carter beim Herrichten des Saals fürs Frühstück getroffen hatte. Mittlerweile hatte er sich schon ein paarmal mit den Stammgästen des Winter-Resort unterhalten, Ronald hob zum Gruß die Hand, woraufhin Ryan und Kat ihm zulächelten.

Wenig später erreichten sie den Tisch, an dem der Rest ihrer Familie saß. Kaum dass sie Platz genommen hatten, klopfte Mick ihm auf die Schulter.

„Hast dich gut geschlagen – Christmas-Dinner-Vorbereitungen sind immer ein Riesenaufwand." Der vollbärtige Kerl nickte ihm anerkennend zu.

Elijah hob sein Glas Eierpunsch in die Höhe. „Auf uns!", brummte er, woraufhin sie alle gemeinsam anstießen – selbst die kleine Molly, allerdings mit Orangensaft.

„Danke, dass du dich um den Nachtisch gekümmert hast", sagte Sarah gerade, die neben ihrer Tochter saß, kurz einen Arm um dessen Schulter schlang und sie drückte.

„Ich freue mich schon darauf", erwiderte sie, wobei sie eine übertrieben gierige Miene aufsetzte. Gelächter brach am Tisch aus.

„Nachtisch ist immer das Beste vom ganzen Essen!", rief Molly ihrer Tante zustimmend zu.

„Jetzt probier erst mal den Braten, das Gemüse und die Soße – es wird dir schmecken, versprochen", brummte Mick in geduldigem Ton.

Während Ryan Zeuge all dessen wurde, breitete sich tiefste Zufriedenheit in ihm aus. Er lehnte sich auf seinem Stuhl zurück und pikste mit der Gabel den ersten Happen auf. Sofort breitete sich der intensive Geschmack gerösteter Kartoffeln auf seiner Zunge aus. Es schmeckte so gut, er musste ein genüssliches Aufseufzen unterdrücken.

„Lecker, was?", sagte Kat leise, die ihn mit einem wissenden Ausdruck von der Seite betrachtete.

„Sehr lecker", bestätigte er, was ihm einen lobenden Blick von ihrer Mutter einbrachte.

Das typische Klirren von Besteck gegen Glas ertönte, wodurch er automatisch ans Tischende sah. Elijah hatte sich von seinem Stuhl erhoben, plötzlich wurde es still im Speisesaal.

„Wer nicht zum ersten Mal bei uns zu Gast ist, weiß, dass ich kein Mann vieler Worte bin …“, begann er, seine tiefe Stimme dröhnte durch den ganzen Raum. Ein paar der Gäste schmunzelten, neckten den älteren Mann sogar mit leisen Ausrufen: *Ach, was?*

„Ich mach’s kurz: Wir freuen uns, dass ihr den Weg hierher gefunden habt und dass ihr euer Weihnachtsdinner mit uns verbringt. Viele von euch fahren Morgen nach Hause – falls es der Sturm nicht zulässt, keine Sorge: Wenn von hier niemand wegfahren kann, können auch keine neuen Gäste kommen.“ Bei seinen Worten gluckten ein paar der Anwesenden. „Demnach bleiben eure Zimmer frei und ihr könnt selbstverständlich länger bleiben.“ Offenbar hatten sich ein paar der Gäste genau darum Sorgen gemacht, denn es wurden erleichterte, dankbare Töne laut.

„Jetzt wünsche ich euch erst mal guten Appetit, besinnliche Feiertage und morgen eine schöne Bescherung im Namen der ganzen Familie Harris!“ Damit hob Elijah zum zweiten Mal an diesem Abend sein Glas; diesmal taten es ihm nicht nur die Familienmitglieder der Harris gleich, sondern auch alle Gäste.

„Schöne Feiertage!“, antwortete es aus allen Ecken des Speisesaals.

Wie in einem Horrorfilm flackerten plötzlich die Lichter, bis sie einfach ausgingen. Mit einem Mal war es stockfinster, durch die verschneiten Fenster drang nicht einmal das Licht des Sternenhimmels.

Jemand schrie erschrocken auf, ein Kind begann zu weinen und nur ein paar Plätze von Ryan entfernt rief Molly in alarmiertem Ton: „Daddy?“ Ihre herzzerreißende Stimme versetzte ihm einen Stich mitten in die Brust. Hätte Mick nicht sofort reagiert und beruhigend auf seine Tochter eingeredet, hätte Ryan das vermutlich selbst übernommen.

„Keine Panik, der Schneesturm muss einen Masten umgehauen haben – Stromausfall“, verkündete Elijah mit ruhiger Stimme über das besorgte Gemurmel der Gäste hinweg. „Bitte bleibt alle sitzen, damit sich niemand verletzt, es wird gleich für Licht gesorgt.“

Offenbar im Versuch, die Stimmung aufzulockern, fügte Carter hinzu: „Wir lassen uns doch nicht durch einen ollen Sturm Weihnachten verderben!“

„Candle-Light-Dinner ist außerdem romantisch!“, fügte Grayson hinzu.

Damit hatten die Brüder die Anwesenden erfolgreich dazu gebracht, belustigt aufzulachen; die Anspannung, die bis eben noch in der Luft gelegen zu haben schien, verflüchtigte sich. Das war auch gut so, schließlich war es bekannt, dass Menschen aus Angst dumme Dinge taten. Das Letzte, was sie gebrauchen könnten, wäre, wenn einer der Gäste aufstünde, in der Dunkelheit gegen das Buffet prallte und sich mit heißer Bratensoße Verbrennungen zuzöge.

Nun, da sie den Schock überwunden zu haben schienen, erinnerten sich ein paar der Anwesenden an ihre Smartphones. Hie und da strahlte ein Lichtkegel von einem der Tische aus nach oben.

„Grayson, geh den Notfallgenerator für die Heizung anschalten“, sagte Elijah, er klang kein bisschen beunruhigt, vermutlich hatte er in seinem Leben schon ein paar Schneestürme erlebt. „Der Rest von uns kommt mit in die Küche, wir holen Kerzen."

Sofort folgten sie seinen Anweisungen, in einem der Küchenschränke befand sich ein ganzes Kerzenlager mit dazu passenden Ständern, sowie ein paar tragbaren LED-Camping-Laternen. Als könne Sarah ihm die Frage vom Gesicht ablesen, sagte sie:

„Die geben wir den Gästen nachher mit auf ihre Zimmer."

Verstehend nickte er. Im Speisesaal konnten die Harris selbst darauf achten, dass am Ende des Essens alle Kerzen ausgepustet wurden, aber in den Zimmern der Gäste? Die Brandgefahr war viel zu hoch, kein Wunder, dass sie für batteriebetriebene Camping-Laternen gesorgt hatten.

„Das ist nicht euer erster Sturm, hm?", fragte er.

„Haben zugenommen in den letzten Jahren", brummte Elijah.

In den nächsten zehn Minuten kehrten sie in den Speisessaal zurück, verteilten auf allen Tischen mehrere Kerzenständer und zündeten die Dochte an. Nach und nach schalteten die Gäste die Taschenlampen-Apps ihrer Handys wieder aus, vermutlich um ihre Akkus zu sparen.

Die Chafing Dishes wurden mit Brenndosen warm gehalten, daher wurde ihr Essen trotz Stromausfall nicht kalt. Auch wenn Grayson die Sache mit dem Candle-Light-Dinner als Scherz gemeint hatte, so hatte er trotzdem recht gehabt: Kaum dass der Raum nur noch von Kerzen erleuchtet war, wurde er in warmes Licht getunkt. Der Anblick war wunderschön.

„So, dann guten Appetit – diesmal wirklich!", rief Elijah schließlich, was zu Kichern im Raum führte. „Und seht es positiv: Das ist ein Christmas Dinner, das ihr so schnell nicht vergessen werdet!"

„Hört, hört!" Das Klirren von Gläsern erklang, als die Gäste anstießen, schon bald war der Speisesaal mit Gesprächen und dem Geräusch von Besteck, das auf Porzellan traf, erfüllt.

Im Kerzenschein sah die Welt so viel weicher aus. Als sich Ryan zu Kat umsah, wirkten ihre honigblonden Locken beinahe wie flüssiges Gold.

„Tut mir leid, du hast dir das vermutlich anders vorgestellt", begann sie, aber er unterbrach sie.

„Es ist perfekt." *Du bist perfekt*, wollte er hinzufügen, hielt sich aber zurück. Als sie ihm ein süßes, klitzekleines Lächeln schenkte, fühlte es sich so an, als habe sie ihn in den Bauch geboxt. Schlagartig wurde ihm klar, dass er sich Hals über Kopf in diese wunderbare Frau mit all ihren Widersprüchen verliebt hatte – er bewunderte ihre toughe, kontrollierte Seite, die sie im Büro zeigte, respektierte ihren scharfen Verstand, konnte nicht genug von ihrer verspielteren, humorvollen Seite bekommen, die er erst hier im Urlaub so ganz zu Gesicht bekommen hatte, und sehnte sich nach ihren Berührungen.

Kat Harris war sein personifizierter Weihnachtswunsch.

Kapitel 31

Irgendetwas hatte sich verändert. Kat wusste nicht, was es war, doch etwas an Ryans Gesichtsausdruck ließ ihr heiße Schauer über die Haut rinnen. *Ist es kitschig, zu sagen, dass es sich anfühlt, als würde sein Blick mich in Wärme baden?* Sie schmunzelte. *Vermutlich.* Doch es war ihr ganz egal, nichts und niemand hätte sie davon abhalten können, das Christmas Dinner mit ihm zu genießen.

Der Schneesturm? Sie hörte das Heulen und Tosen von draußen gar nicht mehr; die kalten Finger, die der Wind ausstreckte, konnten sie nicht erreichen. Im Innern des Hauses war es kuschelig warm, das wohlige Gefühl in ihrem Innern wurde nur noch verstärkt, weil Ryan ihre Hand fest mit seiner umschlossen hielt.

Mittlerweile hatten die Gäste sich verabschiedet, ihre Familie und Ryan hatten die Tische abgeräumt und das übrige Essen in den Kühlschrank gepackt. Noch war es in dessen Innern relativ kühl, aber wenn das Stromnetz bis zum nächsten Morgen nicht repariert wäre, würden sie alles Verderbliche nach draußen stellen müssen, da war es schließlich genauso kalt wie in einem Kühlschrank.

Nachdem Molly ein paar der selbst gebackenen Sugar Cookies und ein Glas Milch für Santa auf dem Kaminsims bereitgestellt hatte, hatte sich auch die Familie Harris auf den Weg ins Bett gemacht. Ryan zog Kat gerade durch die Tür in ihr Zimmer, in der freien Hand hielt er eine der Camping-Laternen.

„Und? Wie hat dir die *Pumpkin Cake Roll* geschmeckt?“, fragte sie, während Ryan sich von ihr löste, um die batteriebetriebene Lampe ein paar Schritte weiter auf der Kommode abzustellen.

„Die sollten wir unbedingt bald wieder backen“, erwiderte er. „Vielleicht können wir Dan und Jenn einladen.“ Noch stand er mit dem Rücken zu ihr, weil er an dem Helligkeitsregler der Laterne schraubte, doch als er sich zu ihr umdrehte, stockte ihr der Atem. Sein ganzer Fokus schien auf ihr zu liegen, eine Braue hochgezogen – beinahe herausfordernd, sodass Kat sich fragte, ob er sie gerade nicht etwas völlig anderes fragte. Nämlich, wie die Dinge nach Ende ihres Fake-Beziehung-Vertrages zwischen ihnen stünden.

Hinter ihm flackerte das Licht, sodass er sich mit einem abgelenkten Ausdruck über die Schulter umsah. „Ich glaube, das Ding ist kaputt“, murmelte er.

Wie aufs Stichwort wurde es dunkel im Raum. Zum zweiten Mal an diesem Abend.

Auch wenn Kat das Herz beinahe bis zum Hals schlug durch die Worte, die Ryan kurz zuvor ausgesprochen hatte, so brach dennoch ein Kichern über ihre Kehle. Amüsiert schüttelte sie den Kopf, hielt aber abrupt inne, als sie plötzlich warme Hände auf ihren Schultern spürte. Ihr Atem stockte.

Offenbar hatte sich Ryan auf leisen Sohlen durch die Dunkelheit zu ihr bewegt, mit leichtem Druck, der Gänsehaut bei ihr auslöste, tastete er sich nach oben, bis seine Finger auf ihren Wangen lagen und ihren Kopf zurückkippten. Er musste sich über sie gebeugt haben, denn sie konnte spüren, wie sein Atem über sie strich.

Sie blinzelte, doch es war zu dunkel, um auch nur Konturen

zu erkennen. Ein Kribbeln ging durch sie, ihre anderen Sinne schienen sich zu schärfen, alles wirkte plötzlich so viel intensiver.

Mit dem Daumen strich Ryan über ihre Unterlippe, sodass sie scharf den Atem einsog, nicht widerstehen konnte und mit der Zunge über seine Haut leckte. Ein tiefes, halb unterdrücktes Stöhnen war die Antwort, ließ ihren Puls in die Höhe schlagen.

Als hätten ihre Hände ein Eigenleben entwickelt, schossen sie hoch, ohne dass sich Kat bewusst dafür entschieden hatte. Sie suchte und fand seine Handgelenke, hielt sich an ihm fest, während er den Kopf noch tiefer zu ihr senkte und sich ihre Lippen schließlich trafen.

Der Kuss war langsam, tief und voller Emotion, ihr stiegen Tränen in die Augen. Die plötzliche Sehnsucht, die sich zwischen ihnen auszubreiten schien, war so stark, sie konnte sie geradezu in der Luft spüren wie ein lebendiges Ding. Seine Zunge verschlang sich mit ihrer, das Streicheln bewirkte, dass sich die Muskeln in ihrem Unterleib voller Begierde zusammenzogen. Ihre Finger klammerten sich noch etwas fester an seinen Handgelenken fest, ein Laut der Lust entglitt ihr, den er mit seinem Mund auffing.

Als er seine Lippen wieder von ihren löste, gingen ihre Atemzüge stoßweise, waren das einzige Geräusch im Zimmer.

„Morgen endet unser Vertrag, aber mir ist egal, was darin steht.“ Sein Ton war rau, fordernd, vielleicht sprach er so mit seinem Gegenüber während einer Businessdeal-Verhandlung. Die Vibrationen seiner tiefen Stimme schienen durch ihren Körper zu streichen, fühlten sich an wie kleine elektrische Impulse, die sich nur noch verstärkten, kaum dass der Sinn seiner Worte richtig zu ihr durchdrang.

Hatte er gerade gesagt, dass er nicht wollte, dass ihre Beziehung endete?

Bebend atmete sie ein, sodass ihr sein herber Geruch in die Nase stieg. Dieser erinnerte sie immer an einen klaren Wintermorgen in einem der Nadelwälder da draußen, erinnerte sie an *zu Hause*.

In der Dunkelheit des Zimmers war es plötzlich ganz leicht, das auszusprechen, was ihr schon seit Tagen auf der Zunge lag; es war beinahe so, als unterhielten sie sich wieder über Textnachrichten. Manchmal war es eben einfacher, Wahrheiten und Gefühle zuzugeben, wenn man seinem Gegenüber dabei nicht ins Gesicht sah.

„Die letzten zwei Wochen waren perfekt“, flüsterte sie.

Zur Antwort brummte er zustimmend, beugte sich vor und strich mit der Nase an ihrer Wange nach unten über ihren Hals, als atmete er ihren Duft ein. Ihr Herz raste nur noch schneller, Lust brannte durch ihre Adern.

„Du arbeitest genauso viel wie ich, gibst mir nie das Gefühl, dass ich mich um dich kümmern muss oder dich vernachlässige …“

Ein tiefes, amüsiertes Lachen erklang. „Sunshine, wenn deine Exfreunde bemuttert werden wollten, sollten sie erst einmal erwachsen werden.“

„Sehe ich genauso.“ Ihr Schmunzeln klang in ihrer Stimme mit. Wie von einem unsichtbaren Band angezogen, stolperte sie einen Schritt näher auf ihn zu, schob es darauf, dass ihr Gleichgewichtssinn im Dunkeln schlechter war, doch die Wahrheit war, dass sie sich einfach verstanden und *aufgefangen* von ihm fühlte.

„Das waren keine echten Männer, sondern Jungen.“ An ihrem Hals spürte sie die Bewegungen seiner Lippen, während er sprach. Sie keuchte auf, legte den Kopf zur Seite, um ihm besseren Zugang zu verschaffen. Doch sie wäre nicht sie selbst, hätte sie die Situation nicht genutzt, um ihn zu necken.

„Und du bist ein echter Mann?", gab sie in verschmitztem Ton zurück.

„Keine Sorge, das beweise ich dir später."

O Gott! Wie schaffte er es, dass sein dummer Spruch so verflucht ernst und sexy klang? Ein Schauer rann über ihren Rücken, vor lauter Lust verkrampfte sich ihr Unterleib so sehr, dass sie sich plötzlich leer fühlte, unruhig die Schenkel gegeneinander presste.

„Erst reden wir und dann …" Verheißend ließ er den Satz abklingen. Wie um ihn zu unterstreichen, biss er sanft in ihre Halsbeuge. Kurz darauf strich sein Atem über ihre Haut nach oben, seine starken Finger legten sich etwas fester gegen ihre Wangen. „Ich liebe es, dass dir dein Job so wichtig ist, du glaubst nicht, wie viele Frauen sich nur wegen des Geldes für mich interessieren …" Bei jedem anderen hätte es vermutlich eingebildet geklungen, aber Ryan sprach lediglich Fakten aus. Er war nicht einfach wohlhabend, er gehörte zu den Superreichen in den USA, sein Name war bekannt – Kat konnte sich nur zu gut vorstellen, dass er es immer wieder mit Goldgräberinnen zu tun hatte.

„Du bist tough und weich zugleich … " Er setzte einen sanften Kuss gegen ihren Kiefer. „… loyal, für deine Familie da …" Diesmal presste er die Lippen gegen ihren rechten Mundwinkel. „… hast einen versteckten Humor …" Endlich gab er ihr einen richtigen Kuss, begierig seufzte sie auf, als seine Zunge die ihre streichelte. Als er sich von ihr löste, prallte sein Atem auf ihre Haut. „… und bist verflucht schön."

Eine seiner Hände ballte sich in ihren Locken zur Faust, sodass ein leichtes Ziepen an ihrer Kopfhaut entstand, aber es war nicht stark genug, um wehzutun. Dennoch sorgte der dominante Griff dafür, dass ein erregtes Kribbeln durch ihren Unterleib ging. Mit der anderen Hand streichelte er an ihrem Körper hinab, über ihren Rücken und bis zu ihrem Po. Fest packte er zu, zog sie voran, bis sie der Länge nach gegeneinander gepresst dastanden. Seine lange Härte presste sich gegen ihren Bauch, ließ sie keuchen. Zu wissen, dass er sie genauso stark begehrte wie sie ihn, war berauschend.

„Du warst für mich da, als wir noch Fremde waren – weißt du eigentlich, wie besonders das ist … wie besonders *du* bist, Sunshine?“ Er ließ sie nicht antworten, zog sanft, aber bestimmt an ihrem Haar, bis sie den Kopf ganz in den Nacken gelegt hatte. So hatte er freie Bahn, um Küsse und Bisse auf ihrem Hals zu verteilen, an ihrer Haut zu saugen und ihre Lust noch zu schüren. „Seit der ersten Textnachricht ist kein Tag vergangen, an dem ich mich nicht darauf gefreut habe, von dir zu lesen, dann dein Gesicht zu sehen und deine Stimme, dein Lachen zu hören. Daran wird sich auch nie etwas ändern.“

Durch die Kombination seines rohen Geständnisses und der Art, wie er kurz darauf einen Kuss gegen ihren wild schlagenden Puls an ihrem Hals presste, stieß sie abgehackt den Atem aus.

„Ich will dich in meinem Leben haben.“

Ihre Hände, die sie zuvor zu ihren Seiten hatte sinken lassen, als Ryans auf Wanderschaft gegangen waren, ballten sich zu Fäusten. Jedes Wort, das er ihr schenkte, berührte sie tief in ihrem Innern.

„Ich dich auch“, stieß sie aus, reckte den Hals, um ihn zu küssen, weil sie es keine Sekunde länger mehr aushielt. Sie wollte ihm nah sein, ignorierte das Ziepen an ihrer Kopfhaut – er hatte noch immer eine Hand in ihrem Haar vergraben –, stellte sich auf die Zehenspitzen und presste ihre Lippen gegen seine. Gemeinsam seufzten sie auf, ihre Zungen begannen einen leidenschaftlichen Tanz miteinander, den Ryan kontrollierte.

Ein tiefes Stöhnen entglitt ihm, kaum dass Kat sich enger gegen ihn presste und ihr Bauch gegen seine Erektion rieb. Plötzlich waren seine Hände überall, glitten an ihrem Körper hinab, ertasteten den Reißverschluss am Rücken ihres Kleides und zogen ihn auf. Hastig schlüpfte sie aus den langen Ärmeln, schon rutschte der samtweiche Stoff an ihr hinab und landete in ihrem Kreis um ihre Füße auf dem Boden. Im Stillen verfluchte sie sich, eine Strumpfhose angezogen zu haben, kaum dass Ryan den engen Stretchstoff nach unten schob, er aber an ihren Kurven hängen blieb.

Frustriert stieß sie den Atem aus. Hitze hatte sich in ihrem Innern ausgebreitet, Ungeduld und Sehnsucht brüllten in ihrem Innern auf.

Sein leises Lachen hätte sie ärgern sollen, stattdessen schickte es Blitze der Begierde durch sie. Plötzlich prallte sein warmer Atem gegen ihren Bauch. War er vor ihr auf die Knie gegangen? „Halt dich an meinen Schultern fest“, forderte er, kurz bevor er Küsse auf ihrer Taille verteilte – am Saum der Strumpfhose entlang.

Mit einem erregten Aufseufzen tat sie wie geheißen, streckte die Arme aus, bis sie seine muskulösen Oberarme fand und sich an ihm festklammern konnte. Ihr Kopf fiel in den Nacken, während er sie mit Zunge und Lippen verwöhnte. Ihre Bauchmuskulatur zuckte unter seinen Berührungen, ihr entging beinahe, wie seine Finger über ihre Rippenbögen strichen, den Saum der Strumpfhose packten und den Stoff schließlich an ihrem Körper hinabzog. Wenig später hob er zuerst ihren rechten, dann ihren linken Fuß an, bis sie das dumme Ding los war. Als kühle Luft über ihre Mitte strich, wurde ihr klar, dass er ihr das Höschen gleich mit ausgezogen hatte. Der Mann hatte eindeutig begabte Hände.

„Zieh den BH aus." Der dunkle Befehl ließ sie erschauern, die Hitze in ihrem Innern wurde beinahe unerträglich.

Ihr Pulse raste, ihre Finger zitterten, als sie sich am Verschluss ihres BHs zu schaffen machte, bis das Teil mit einem leisen Geräusch auf dem Boden landete.

„Was ist mit dir?", flüsterte sie, denn sie konnte es kaum erwarten, seine harten Muskeln nachzufahren und zu erkunden.

Wie zur Antwort ertönte ein Rascheln, danach erklang ein dumpfes Geräusch. War das seine Kleidung, die da auf den Boden fiel? Sofort streckte sie die Arme aus, seufzte glücklich auf, kaum dass ihre Fingerspitzen auf warme, glatte Haut trafen. Automatisch ging sie einen Schritt vor, fuhr mit den flachen Händen seinen breit gebauten Oberkörper nach, über jeden Hügel und jede Kuhle seines Sixpacks und die festen Packen seiner Brustmuskulatur. Testweise kratzte sie leicht mit den Fingernägeln über seine Haut, sein tiefes Stöhnen ermunterte sie, die Berührung zu wiederholen. Zudem beugte sie sich vor, um ein paar Küsse auf seiner Brust zu verteilen. Sein herber, männlicher Geruch umgab sie, bei ihrem nächsten Atemzug schloss sie die Augen, konnte ohnehin nichts erkennen.

Plötzlich stießen seine Hände gegen ihre Hüften; sobald er sie in der Dunkelheit ertastet hatte, packte er zu, streichelte nach oben und umfasste schließlich ihre Brüste. Sobald seine Daumen über ihre Knospen strichen, kam ein hoher, lustvoller Laut über ihre Kehle. Als er auch noch in ihre Brustspitzen kniff, keuchte sie seinen Namen.

„Meinst du, wir schaffen es zum Bett, ohne gegen x Möbel zu stoßen?“

Auch wenn ihr Körper geradezu brannte, so sehr wollte sie ihn, lachte sie auf, kaum vernahm sie seinen humorvollen Ton.

„Bekommen wir schon hin“, murmelte sie. Im nächsten Moment drängte Ryan sie mit seinem viel größeren Körper zurück, was sie nur zu gern zuließ. Wenig später prallte etwas Weiches gegen ihre Kniekehlen, was die Matratze sein musste. „Geschafft.“ Grinsend ließ sie sich zurückfallen, kam sich für einen Sekundenbruchteil schwerelos vor, als das weiche Bett sie auffing.

Sie konnte spüren, wie die Matratze neben ihrem Körper unter Ryans Gewicht nachgab, während er zu ihr kam. Sie nutzte die Zeit, den Arm in Richtung Nachttisch auszustrecken, um ein Kondom aus der obersten Schublade zu holen. Kaum dass das typische Knistern erklang, lächelte sie triumphierend, schloss die Finger um die Verpackung und drehte sich in Ryans Richtung.

Sein Körper strahlte Hitze aus, sodass sie instinktiv wusste, wie nah er ihr lag. Nachdem sie eine Hand nach ihm ausgestreckt hatte, fand sie seinen Waschbrettbauch, streichelte darüber und legte die knisternde Verpackung auf seinem Oberkörper ab, damit er sich um den Rest kümmern konnte.

„Steig auf.“ Der dominante Befehl ging ihr durch und durch. Sosehr sie seine entspannte Art außerhalb des Schlafzimmers liebte, so sehr genoss sie es, wie rau seine Stimme, wie fordernd seine Küsse und wie fest, aber geradezu ehrfürchtig seine Berührungen waren.

„Sunshine, steig auf“, wiederholte er, diesmal klang ein Lächeln in seinen Worten mit, als ahnte er, dass sie von einem Moment der Schüchternheit überrollt wurde.

„Uhm“, stieß sie aus, hatte die Position nie sonderlich gern gemocht, weil sie sich immer so auf dem Präsentierteller vorkam, wenn sie oben war, aber … *Es ist dunkel, er kann dich eh nicht sehen!*, sagte sie sich. Nervös biss sie sich auf die Unterlippe, während sie es schließlich anging.

Keine zwei Sekunden später lagen seine warmen, verlässlichen Hände auf ihren Hüften, halfen ihr, sodass sie sich plötzlich gar nicht mehr so unbeholfen vorkam. Hilflos streckte sie die Arme aus, bis sie auf seine breite Brust stieß und sich abstützen konnte. Sie kam auf seiner Taille zum Sitzen, seine lange Härte presste sich gegen ihren Po. Zu wissen, wie sehr er sie wollte, beschleunigte ihren Atem noch.

Kat keuchte auf, kaum ließ Ryan eine seiner Hände von ihrer Hüfte nach vorn, dann tiefer wandern. Zunächst streichelte er lediglich die Innenseite ihres linken Oberschenkels, fuhr dann aber bis zu ihrer Mitte.

„Bist du bereit für mich?“, fragte er, seine Stimme nur noch ein raues Flüstern. Als er über das Nervenbündel zwischen ihren Beinen und durch die heiße Feuchte fuhr, bäumte sich ihr Unterleib seiner Berührung entgegen – sie hätte sich nicht zurückhalten können, selbst wenn sie es gewollt hätte.

Ihre Antwort war unmissverständlich, als sie ihre Zustimmung stöhnte. Ein paarmal rieb er über ihre Klit, sie warf den Kopf zurück. „Ryan!“ Ihr Körper zuckte unkontrolliert. „Das fühlt sich so gut an!“, seufzte sie, doch schon bald ließ er von ihr ab und strich zurück zu ihrer Hüfte. Aber ihre Enttäuschung hielt nicht lange an.

Die Finger beider seiner Hände drückten sich in ihre Kurven, während er sie packte, anhob und über sich positionierte. Kurz darauf spürte sie ihn an ihrem Eingang, als er endlich in sie eindrang, stöhnten sie beide auf. Ihre innersten Muskeln verkrampften sich um ihn; das Gefühl der Leere endlich befriedigt, aber es war noch lange nicht genug.

Ein erschrockener Laut entwich ihr, kaum dass sich Ryan ruckartig unter ihr bewegte und sie seinen Atem auf ihren Wangen spürte. Er hatte sich unter ihr aufgesetzt, wie von selbst suchten und fanden ihre Münder sich zu einem langsamen, innigen Kuss. Gleichzeitig zog er sich zurück, nur um kurz darauf nach oben zu stoßen und einen gemächlichen, aber tiefen Rhythmus zu beginnen. Kats Zehen krümmten sich, die Reibung, die zwischen ihnen entstand, jagte Impulse der Lust durch sie hindurch. Sie hob die Arme, um sie um seinen starken Nacken zu schlingen, sich an ihm festzuhalten.

In diesem Moment kam es ihr so vor, als gäbe es nur noch sie beide auf der Welt; die Art, wie sie miteinander verschlungen waren, so innig wie nur menschenmöglich. Mit jedem Stoß seiner Hüften traf er diesen einen perfekten Punkt in ihrem Innern, sie konnte spüren, wie sich ihre intimsten Muskeln um ihn verkrampften, sich mehr feuchte Hitze in ihrem Unterleib sammelte … Sie kam jeder seiner Bewegungen entgegen, ihre Brustspitzen rieben über seine Brust. Es verstärkte das Kribbeln nur noch, das Besitz von ihrem gesamten Körper genommen zu haben schien.

Er beendete den Kuss, aber nur, um das Gesicht an ihrer Halsbeuge zu vergraben und leicht hineinzubeißen. Ihre

Muskeln spannten sich mehr und mehr an, während er sie mit jedem harten Stoß seiner Hüften näher auf den Orgasmus zutrieb. Seine Finger drückten sich fester in ihr Fleisch, doch die Art, wie er sie nahm, fühlte sich viel zu gut an, um den leichten Schmerz überhaupt wahrzunehmen, vielleicht verstärkte er ihre Sinneseindrücke sogar noch. Pure Lust schien durch ihre Adern zu fließen, ihr Herz raste und ihr Atem ging keuchend. Als all die Empfindungen sie schließlich übermannten und sich in einem unglaublichen Höhepunkt entluden, krallten sich ihre Fingernägel in seine Schultern. Um ihren heiseren Aufschrei zu dämpfen, presste sie die Lippen gegen seinen Hals, sodass nur ein leises Keuchen zu hören war.

Ihr kompletter Körper bebte, hinter ihren geschlossenen Augenlidern sah sie Sterne. Nie zuvor hatte sich Sex so gut angefühlt, vielleicht, weil sie auch nie so viel für ihren Partner empfunden hatte, wie sie das für Ryan tat.

Kurz darauf spürte sie, wie sich seine Muskeln unter ihren Fingerspitzen anspannten, sein mächtiger Körper schien zu erstarren, als auch er seinen Höhepunkt erreichte. Sein Stöhnen jagte Schauer über ihre Wirbelsäule und sorgte für köstliche Nachbeben in ihrem Innern.

Sein Atem strich über ihre Schulter, kurz bevor er einen kleinen Kuss darauf setzte. Seine Hände lösten sich von ihren Hüften, stattdessen schlang er die Arme fest um sie, sodass sich ihre Vorderseiten eng aneinanderpressten. Ihre Herzen schienen im Einklang zu schlagen, zumindest glaubte Kat, nicht nur ihren eigenen Puls hämmern zu hören. Das Gefühl von Geborgenheit legte sich um sie, erfüllte sie mit Wärme.

„Ich will genau hier bleiben", murmelte sie gegen seinen Hals, denn sie war noch nicht bereit, die unglaubliche Nähe zu ihm aufzugeben.

Sanfte Finger glitten durch ihr Haar, strichen über ihre Kopfhaut; Lippen pressten sich gegen ihre Stirn und plötzlich glaubte sie zu fallen. Aber Ryan fing sie auf, irgendwie war sie sich in dieser Sekunde sicher, dass er das immer tun würde. Plötzlich lag sie auf seine Brust gebettet da, ihre Körper weiterhin miteinander verbunden.

Schläfrigkeit überkam sie, dabei wollte sie nicht, dass dieser Moment je endete.

Kapitel 32

Ein zufriedenes Brummen entwich ihm, als er am nächsten Tag aufwachte. Noch hatte er die Augen geschlossen, wollte das Gefühl von Kats warmem, kurvigem Körper, der sich gegen seinen presste, ein wenig länger genießen. Nach dem Sex war sie eingeschlafen, er war kurz im Bad verschwunden, um zurück durch die Dunkelheit auf das Bett zu stolpern und direkt wieder zu ihr ins Bett zu schlüpfen. Er hatte sie die ganze Nacht lang festgehalten, als müsse er verlorene Zeit aufholen.

Er hätte viel früher erkennen sollen, dass er sich mehr in die Vorstellung von Susanna, Lucas und sich als Familie als in Susanna selbst verliebt hatte. Was, wenn er Kat früher getroffen hätte? Sie arbeitete schon ein paar Jahre für *Tanner Living* …

Kopfschüttelnd vertrieb er die Gedanken, wollte sich nicht in der Vergangenheit verlieren, sondern sich auf die Zukunft konzentrieren. Die Zukunft mit Kat.

„Guten Morgen, Sunshine“, sagte er leise lächelnd, weil ihre wilden, großen Locken seine Wangen kitzelten. Endlich schlug er die Lider auf, im Raum war es zwar nicht mehr dunkel, aber auch nicht wirklich hell. Verwirrt runzelte er die Stirn, erkannte jedoch, dass die Fenster zugeschneit waren, weswegen nur wenig Sonnenlicht durch die dicke weiße Schicht ins Innere des Zimmers drang. Allerdings war es genug, um Kats Gestalt neben sich genau ansehen zu können.

Sein Herz machte einen Satz, als er erkannte, dass ihre Mundwinkel im Schlaf nach oben zeigten. War sie auch so verdammt glücklich wie er? Ryan hoffte es sehr.

Nachdem er sich vorgebeugt hatte, küsste er ihre Schulter. Am Morgen hatte er einen Bartschatten, die Stoppel kratzten über ihre Haut, was sie zu wecken schien.

„Morgen“, grummelte sie, schien von ihren nächtlichen Aktivitäten wie ausgeknockt zu sein. Ein selbstzufriedenes Schmunzeln zuckte an seinen Lippen.

„Frohe Weihnachten, Sunshine!“, sagte er, woraufhin sie die Augen öffnete und er einen Moment lang wie in ihren dunkelblauen Tiefen gefangen war.

Langsam breitete sich ein Lächeln auf ihrem Gesicht aus, was ihre Züge zu erhellen schien. „Frohe Weihnachten!“

„Ich hab eine Überraschung für dich.“ Auf seine Worte hin bildete sich eine Falte der Verwirrung zwischen ihren Brauen, die er fortküsste. In den letzten Tagen hatte er nicht nur die Sache mit dem Einrichtungsmagazin organisiert, sondern noch ein paar andere Dinge. Das zu schaffen, ohne dass Kat davon etwas mitbekam, war gar nicht so leicht gewesen, aber es war ihm gelungen.

„Ich dachte, wir schenken uns nichts.“

„Es ist ein Geschenk für uns beide“, erwiderte er in beruhigendem Ton, presste einen Kuss gegen ihre Schulter und löste sich – wenn auch widerwillig – von ihr, um vom Bett aufzustehen. In seinem Rücken hörte er ein Rascheln, vermutlich hatte Kat sich auf der Matratze aufgesetzt, um ihm nachzublicken. Zielstrebig durchquerte er das Zimmer, um zum Kleiderschrank zu gelangen. Auf dessen Boden lag sein Koffer, daraus zog er ein paar zusammengetackerte Papiere.

Als er sich wieder umdrehte, bestätigte sich seine Vermutung: Kat lehnte mit dem Rücken gegen das Kopfteil des Bettes und beobachtete ihn. Die Decke hatte sie sich bis nach oben über ihre Brust gezogen, Ryan hingegen war splitterfasernackt, als er zu ihr zurückkehrte. Ihre Wangen wurden knallrot, als ihr Blick nach unten wanderte. Auch wenn er sie schon wieder wollte – wie auch nicht, nachdem sie die ganze Nacht lang dicht gegeneinander gepresst geschlafen hatten –, so ignorierte er die Reaktion seines Körpers.

Es war Christmas Morning und er hatte einen Plan. Schon seit Tagen.

Kurz darauf ließ er sich neben Kat auf die Matratze sinken, schlüpfte unter die Decke und lehnte sich ebenfalls gegen das Kopfteil des Bettes. Wortlos legte er die Papiere auf ihren Schoß.

Abwartend sah er dabei zu, wie ihre schlanken Finger danach griffen, beobachtete, wie sich ihre Miene von neugierig zu verwirrt änderte.

„Das ist unser Vertrag – wieso hast du ihn ausgedruckt?"

„Damit wir ihn zerreißen können."

Als sie mit geweiteten Augen zu ihm aufsah, schenkte er ihr ein sanftes Lächeln. Ihre Zähne gruben sich in ihre Unterlippe, sie schien irgendetwas in seinem Blick zu suchen, plötzlich grinste sie.

„Unser Weihnachtsgeschenk", sagte sie in verstehendem Ton.

Ryan nickte. „Aber das ist noch nicht alles." Damit ergriff er eine ihrer Hände, verschlang seine Finger mit den ihren, weil er sich nach derselben Verbundenheit sehnte, die er in der Nacht zu ihr verspürt hatte.

„Ich habe mit Dan gesprochen, er wird *Tanner Living* wieder übernehmen, stattdessen nehme ich ihm eine andere Firma ab."

Sichtlich überrascht blinzelte sie. „Das hast du für mich getan“, begriff sie, blinzelte ein paarmal, in ihren Augen sah er ein verräterisches Glänzen. Hoffentlich waren das nur Tränen der Rührung oder der Freude …

„Ja“, bestätigte er, hielt sie genau im Blick, um sicherzugehen, dass er nichts getan hatte, was ihr missfiel. „Ich weiß, wie sehr du deinen Job liebst und dass du nicht willst, jemand könne glauben, du hättest deine Position nur erreicht, weil du die Freundin vom Boss bist.“ Er stieß ein Schnauben aus. „Auch wenn das natürlich Blödsinn ist, weil du die beste *TALI*-Gebäudemanagerin bist, die wir haben!“

Ein schlagartiges Lächeln breitete sich auf ihren Zügen aus, was Erleichterung durch ihn schickte. „Freundin, hm?“, fragte sie in neckendem Ton, wobei sie mit ihrer Schulter leicht gegen seine stieß.

„Für den Anfang“, bestätigte er, hatte es längst aufgegeben, vor ihr zu verbergen, dass er noch so viel mehr von ihr wollte. Freundin? Mit etwas Glück trüge sie nächstes Jahr um diese Jahreszeit seinen Ring am Finger.

Ihre Augen weiteten sich, doch bevor sie etwas erwidern konnte, beugte er sich vor, um einen Kuss zu stehlen. Währenddessen zog er an dem Vertrag, den sie noch immer mit einer Hand umklammert hielt. Kaum dass er die Lippen wieder von ihren löste, zwinkerte er ihr zu und riss die paar Seiten einmal in der Mitte durch.

Ein befreiend klingendes Kichern drang über ihre Kehle, die Laute waren so verdammt schön, Ryan konnte gar nicht anders, auch seine Mundwinkel zuckten nach oben.

„Frohe Weihnachten“, wiederholte er, nachdem er den Vertrag vollständig zerstört hatte.

„Ich glaube, das ist das beste Geschenk, das ich je bekommen habe“, flüsterte sie.

„Meins auch“, stimmte er zu, Wärme breitete sich in seiner Brust aus. „Ich liebe dich, Sunshine.“ Es war ihm vollkommen egal, dass es vielleicht zu früh für solch ein Geständnis war. Fest sah er ihr in die Augen, wollte, dass sie begriff, wie ernst ihm die Worte waren.

Ihr Blick wurde ganz weich. „Und ich liebe dich.“

In seinem Innern begann sein Herz wild für sie zu schlagen. Sie konnte nicht einmal ahnen, wie verdammt glücklich sie ihn machte. Gerade als er sich vorbeugte, um sie erneut zu küssen, erklang ein Klopfen.

„Tante Kat, Onkel Ryan, Santa war da!“ Das war eindeutig Mollys aufgeregtes Stimmchen. Immerhin stürmte sie diesmal nicht einfach ins Zimmer, vermutlich hatte Mick ein ernstes Wörtchen mit ihr gesprochen nach dem Vorfall neulich. Ein Glück, denn Ryan war nicht sicher, ob sie am Vorabend abgeschlossen hatten. „Es ist Christmas Mooorning!“, rief sie, wobei sie das eine Wort in die Länge zog. Ein wiederholtes, dumpfes Geräusch war zu hören, vermutlich sprang die Kleine vor lauter Freude gerade auf und ab.

„Kommt schnell, wir packen die Geschenke aus!“ Damit rannte sie von dannen, ihre sich entfernenden Schritte waren zu hören.

„Bestimmt geht sie die anderen wecken“, murmelte Kat kopfschüttelnd, ein amüsierter Ton lag in ihrer Stimme.

Ryan drückte ihre Finger, die noch immer in seiner Hand lagen. „Meinst du, nächstes Jahr können Jenn, Dan und ihr Baby mit hierher kommen? Wenn ich sie überreden kann, vielleicht auch Abby und J.J.?“

Kat drückte zurück. „Weihnachten ist ein Familienfest", erwiderte sie schlicht, die Worte waren so einfach, trotzdem sagte sie damit alles: Natürlich wären seine Leute im Winter-Resort willkommen, schließlich ging es an Weihnachten doch darum, Zeit mit seiner Familie zu verbringen, sich auf das zu besinnen, was wirklich wichtig war – die Menschen, die man liebte.

„Komm, beeilen wir uns, sonst handeln wir uns eine Standpauke von Molly ein." Kat zwinkerte ihm zu, sodass Ryan laut auflachte.

„Na, das wollen wir ja nicht." Nur zu gut konnte er sich vorstellen, wie die Kleine ihnen die Leviten las, denn Molly war ihrer Tante in einem sehr ähnlich: Sie vertraten ihre Meinung voller Inbrunst.

Aus einem Impuls heraus beugte er sich vor und presste seine Lippen gegen Kats. In seinem Kopf entstand das Bild von einem anderen kleinen Mädchen mit den wilden Locken ihrer Mutter, vielleicht seinen dunkelbraunen Augen. Ob sie genauso vorlaut sein würde wie Molly?

Das Bild flackerte nur für einen kurzen Moment in ihm auf, doch sein erster Weihnachtswunsch hatte sich erfüllt, vielleicht hätte er in den nächsten Jahren noch einmal so viel Glück.

•OOO•

Ende

Danksagung

Von ganzen Herzen vielen, lieben Dank an die besten Leser der Welt, dafür, dass ihr die Boston Berserks nun schon so lange begleitet! Eure Rezensionen, E-Mails, PNs und Kommentare auf Social Media schätze ich sehr – ihr berührt mich, lasst mich lächeln oder mit euren lieben Worten demütig werden. Außerdem macht es einfach so viel Spaß, über „unsere Jungs“ zu quatschen. Danke, dass es euch gibt! ♥

Leider sind während des Schreibens meine Fellnasen erkrankt. Zwischen täglicher Medikamentengabe, Tierarzt-, Physio- und Osteopathieterminen hatte meine Korrektorin Sybille von SW Korrekturen e.U. unglaubliche Geduld mit mir. Liebe Sybille, hab herzlichen Dank für alles!

Alles Liebe,
eure Lia

Lesergruppe & Newsletter

Ihr möchtet die Autoren von *Book Boyfriend Edition* von ihrer persönlichen Seite kennenlernen und immer direkt über ihre Neuerscheinungen informiert werden? Dann schaut doch in unserer Lesergruppe auf Facebook vorbei oder meldet Euch zu unserem Newsletter an. Wir lieben den Austausch mit Euch! ♥

Cover-Enthüllungen, exklusive Gewinnspiele, Textschnipsel von noch unveröffentlichten Büchern und vieles mehr erwarten Euch.

NEWSLETTER-ANMELDUNG:

www.book-boyfriend.de/newsletter

FACEBOOK-LESERGRUPPE:

www.bit.ly/2I3aVIK

Printed in Poland
by Amazon Fulfillment
Poland Sp. z o.o., Wrocław

13358975R00244